일러두기

1. 번역에 쓰인 원전은 2013년 중국 장강문예출판사에서 출간한 '이월하 문집' 제1판을 사용했다.
2. 맞춤법과 띄어쓰기는 한글맞춤법과 외래어표기법에 따랐다.
3. 한자는 우리말로 표기하고, 꼭 필요한 경우에만 괄호 속에 원음을 병기해 이해하기 쉽도록 했다.
   예 : 다이곤多爾滾(도르곤)
4. 인명과 지명은 우리말로 표기했다. 단, 이미 굳어진 표현은 원지음을 존중했다.
   예 : 나찰국羅刹國(러시아). 이후에는 '러시아'로 표기
5. 본문 중의 괄호 안에 뜻을 풀이한 것은 모두 옮긴이의 설명이다.

【제왕삼부곡 제2작】

시진핑 주석이 반부패개혁의 모델로 삼은 황제

옹정황제 8

얼웨허 역사소설

홍순도 옮김

더봄

小說 雍正皇帝 : 二月河

Copyright ⓒ 2013 Eryuehe
Korean Translation Copyright ⓒ 2015 by theBOM Publishing co.

Korean edition is published by arrangement with Eryuehe
小說《雍正皇帝》出刊根據與原作家二月河的約屬於theBOM出版社. 嚴禁無斷轉載複製.

소설《옹정황제》의 저작권은 원작자 얼웨허와의 독점계약에 의해 출판사 '더봄'에 있습니다.
저작권법에 의해 한국 내에서 보호를 받는 저작물이므로 무단전재와 복제를 금합니다.

옹정황제 8권

개정판 1판 1쇄 인쇄 2015년 10월 7일
개정판 1판 1쇄 발행 2015년 10월 12일

지은이 얼웨허(二月河)
옮긴이 홍순도
펴낸이 김덕문

펴낸곳 더봄
등록번호 제2015-000072호
주소 서울특별시 중구 을지로 12길 28, 207호(저동2가, 저동빌딩)
대표전화 02-2264-0148   **팩스** 02-2264-0149
전자우편 thebom21@naver.com
블로그 blog.naver.com/thebom21

ISBN 979-11-86589-34-2 04820
ISBN 979-11-86589-26-7 04820(전12권)

책값은 뒤표지에 있습니다.

서재에 앉아 있는 옹정황제

옹정제는 집권 후 황제 측근의 군기처대신軍機處大臣을 두고, 군기처가 내각을 대신하여 6부를 지배하게 하였다. 이를 통해 강희제 말기 약화된 황권을 다시 반석 위에 올려놓았다. 특히 황실의 안정과 강력한 황권을 수립하기 위해 과거 황위를 놓고 다툰 형제들은 죽이거나 감금하는 등 철저히 배제시켜 놓고 대신들과 정사를 의논하였다. 주접奏摺이라는 제도를 통해 지방관이 직접 실정을 보고하도록 하였다. 그리고 그것을 황제 스스로 뜯어보고 발신인에게 반송하여 지시와 훈계를 내렸다. 뒤에 이것을 편찬한 것이《옹정주비유지》雍正硃批諭旨이다.

사이직史貽直

1682~1763. 강소江蘇 율양溧陽 사람. 자는 경현儆弦, 호는 철애鐵崖이다.

강희 39년(1700) 진사進士가 되어 검토檢討를 거쳐 시독학사侍讀學士까지 올랐다.
옹정 연간에 이부와 공부, 호부 시랑侍郞을 역임했고, 복건福建과 양강兩江 총독을
지냈다. 병부상서에 오른 뒤 섬서순무陝西巡撫를 맡아 서정西征에 필요한 군량미를
확보하는 일을 맡았다. 건륭 연간에 호광湖廣과 직예直隸 총독을 지냈고, 공부와 형부,
병부, 이부 상서尙書를 두루 역임한 다음 문연각대학사文淵閣大學士에 이를 정도로
황제의 환심을 사는 능력이 뛰어났다. 시호는 문정文靖이다.

고기탁高其倬

1676~1738. 한군양황기漢軍鑲黃族 출신으로, 요녕성 사람이다.
자는 장지章之, 호는 미소美沼이다. 청나라 시대 대신이자 시인으로
유명하다. 강희 33년(1694) 진사가 되고, 내각학사內閣學士에 올랐다.
옹정제 때 운귀雲貴와 민절閩浙, 양강兩江 총독을 지냈다. 민閩(복건)에
있을 때 민간에서 행하는 해양 무역의 금지령을 해제해줄 것을 청했다가
옹정제의 미움을 받아 강서 순무江西巡撫로 강등되었다. 그후 건륭제 초에
복권되어 공부 상서工部尙書까지 올랐다. 시호는 문량文良이다.

2부 조궁천랑雕弓天狼

38장

교만한 공신들

　오사도는 전날 저녁 북경에 이미 도착해 있었다. 북경에 모습을 나타낸 이유는 분명했다. 남경에서 이위를 만나고 자신의 발밑을 내려다보게 되면서 비로소 자신의 처지를 알게 된 것이다. 자신은 낙향하여 은둔하며 사는 소박한 꿈같은 건 마음대로 꿀 수도 없다는 사실을 새삼 실감했다. 또 옹정의 뜻에 따라 고분고분 움직이는 것만이 자신을 지키는 유일한 길이라는 사실 역시 깨달은 듯했다.

　그는 두 부인에게 살 곳을 마련해준 다음 서둘러 북경으로 돌아와서는 바로 이친왕부怡親王府를 찾았다. 그러나 윤상은 풍대에 가고 없었다. 두 사람이 만난 것은 밤이 이슥하게 깊은 후였다. 오랜 만에 만난 만큼 대화는 길었다. 어스름하게 동이 틀 때에야 잠깐 눈을 붙일 수 있었다. 오사도는 그 대화를 통해 연갱요가 입성한다는 사실을 알고 자리에서 일어나자마자 윤상과 함께 가마를 타고 성대한 환영식을 구경하러 나왔다.

윤상은 환영식이 파할 무렵 오사도가 툭 던진 말에 놀란 표정을 지었다.

"이 절름발이 아저씨가 또 무슨 엉뚱한 말을 하고 그러나? 연갱요는 단순한 개선영웅이 아니야. 폐하의 강산에 철통같은 장벽을 둘러준 사람이라고. 즉위하신 지 얼마 되지 않은 폐하의 위상을 굳건하게 높여줬단 말이지. 그런 차원에서 그 진가가 돋보이는 거고. 이제 연갱요를 향한 성총은 나를 능가할 것이라는 생각이 들지 않나?"

"열셋째마마께서는 반만 맞췄습니다. 이번 승전이 폐하의 강산에 철통같은 장벽을 둘러주는 효과를 거뒀다는 것은 틀림없는 사실입니다. 만에 하나 연갱요가 패했더라면 어떻게 됐을까요? 아마도 그러면 그렇지 하면서 무릎을 치고 일어나 축배를 들 여덟째마마가 바로 여덟 명의 '철모자왕'鐵帽子王(아무리 잘못이 있어도 영원히 세습이 되는 왕)들을 소집해 자리를 내놓으라면서 폐하의 명치끝을 위협했겠죠. 또 물고 물리면서 싸움이 길어져 속된 말로 빼도 박도 못하는 형국에 처했더라도 곤란했을 겁니다. 후방의 재정지원이 부실해 큰 곤욕을 치렀을 것이고, 나라의 재정상태도 심각한 상태에 빠졌을 것이 뻔합니다. 이런 측면에서 평가할 때 연갱요는 대단한 의미를 지닌 영웅입니다. 또 그런 신하를 두신 폐하께서는 실로 영명하신 군주가 아닐 수 없습니다. 남 잘되는 꼴을 못 보는 일부 몰지각한 세력들의 입에 재갈을 물려 버렸으니까 말입니다. 그러나 연갱요에게 내려질 성총이 열셋째마마를 능가할 것이라는 말은 전혀 맞지 않는 말씀입니다. 폐하께서는 열셋째마마를 통해 안정적인 국면을 꾀하셨습니다. 그러나 연갱요에게는 기대하는 것이 많지 않았습니다. 바깥 우환을 제거해 양외攘外(외적을 물리침)의 효과를 기대하셨을 뿐입니다. 공로는 공로로 끝나야 합니다. 이제부터 연갱요는 적당히 물러나는 자세가 필요합니다. 자기 분수를 제대로 알고 처신해야 정가에서 수명을 연장할 수 있습니다. 그러나 지금 연갱요는 고무풍선처럼 둥실둥실 떠다니면서 환각 상태에 빠져 있습니다. 뒤로 물러설 생각은 조금도 하지 않고 있군요. 그러니 어찌 앞으로 좋은 결과를 기대할 수 있겠습니까?"

생각에 잠긴 오사도가 좌액문으로 밀물처럼 밀려드는 백관들에게 시선을 두면서 말했다. 윤상은 연갱요의 일을 오사도가 말하는 식으로 분석해본 적은 한 번도 없었다. 그러나 언제 한 번 틀린 얘기를 한 적이 없는 오사도의 말이었기에 곰곰이 생각을 정리해 보았다. 결말을 상상만 해도 가슴이 서늘해진 듯 윤상은 한참 후에야 입을 열었다.

"그가 폐하의 접견을 받고 나오는 대로 불러서 얘기를 좀 나눠봐야겠어."

오사도가 순간 고개를 윤상 쪽으로 홱 돌렸다. 이어 잔뜩 힘이 들어간 눈으로 윤상을 똑바로 쳐다보면서 단호하게 말했다.

"열셋째마마, 저는 빠지겠습니다. 저는 절대 연갱요를 만나지 않을 겁니다. 저는 폐하의 지의를 받고 북경으로 돌아왔습니다. 폐하께서 다른 명이 없으시면 폐하나 열셋째마마 외에는 누구도 만나고 싶지 않습니다."

두 사람이 대화를 계속 나누고 있을 때였다. 염친왕부의 태감인 하주아가 우액문으로 나오더니 윤상에게 다가왔다.

"열셋째마마, 폐하께서 왜 이친왕이 안 보이느냐면서 어서 들라 하셨다고 합니다."

하주아는 옆에 서 있는 오사도를 힐끔 쳐다봤다. 그러나 더 이상 말은 없었다. 윤상이 웃으면서 대답했다.

"머리가 좀 어지러워 바람 쐬러 나왔었네. 가서 자네 주인에게 곧 간다고 말씀 올리게."

하주아가 물러가자 윤상이 다시 말을 이었다.

"오 선생의 뜻이 정 그렇다면 나도 강요는 하지 않겠어. 일단 우리 집으로 가 있어. 폐하께서 오 선생을 많이 그리워하셨는데, 도착했다는 것을 아시면 대단히 기뻐하실 거야."

"저는 별다른 볼 일이 없습니다. 연회가 끝나고 조용해지면 그저 오사도가 와 있다고만 전해주십시오. 저는 이친왕부에서 지의를 대기하고 있겠습니다."

오사도는 옹정이 자기를 보고 싶어 한다는 말에 마음이 복잡한 듯 천천히 대답했다. 이어 바로 윤상의 대교大橋를 타고 현장을 떠났다.

연갱요의 개선을 경축하는 환영연은 어화원御花園에서 열렸다. 원래 자금성 궁원 내에는 나무를 심지 못하게 돼 있었다. 때문에 불가마 같은 땡볕에도 그늘이라고는 찾아볼 수 없었다. 더구나 1000여 명을 한꺼번에 수용할 수 있는 궁전도 없었다. 하는 수 없이 연회는 어화원에서 열 수밖에 없었다.

윤상은 곧 어화원에 발을 들여놓았다. 어주방御廚房의 태감들은 비지땀을 흘리면서 쟁반을 머리 위로 받쳐 들고 음식을 나르느라 경황이 없었다. 저 멀리 배월대拜月臺의 양정凉亭 밑에 앉아 있는 옹정이 보였다. 그 옆에는 붉은 빛이 얼굴에 가득한 연갱요가 자리를 잡고 있었다. 또 그 밑으로는 몇몇 원로 친왕들이 배석하고 있었다.

급히 다가간 윤상은 머리를 조아린 채 옹정에게 문안을 올렸다. 이어 다시 일어나 원로 친왕들을 향해 한쪽 무릎을 꿇고 예의를 갖췄다. 그제야 윤상은 비로소 연갱요를 향해 돌아설 여유를 가질 수 있었다. 그는 환하게 웃으며 연갱요에게 축하인사를 건넸다.

"오늘이 있기까지 대장군이 정말 수고가 많았네. 먼 길 오느라 노고가 만만치 않았을 거야. 폐하께서 특별히 자네를 위해 마련하신 공훈축하 연회인 만큼 오늘은 만사 제쳐놓고 화끈하게 마셔야 하네."

연갱요가 느릿느릿 일어서면서 대답했다.

"이 사람이 무슨 공로가 있겠습니까. 모두 폐하의 현명한 가르침과 번뜩이는 예지와 인도가 계셨기 때문에 가능한 일이었습니다. 또 전방의 병사들이 성덕聖德을 우러러 받든 것도 주효했습니다. 그러니 제아무리 막돼먹은 인간 망종들이라고 해도 당당한 우리 군의 기세에 기가 죽지 않을 수가 있겠습니까? 과찬에 황송할 따름입니다, 열셋째 마마! 금명간 따로 시간을 내서 찾아뵙도록 하겠습니다."

"우리 열셋째와 연 장군은 짐의 측근 중 측근이야. 나라의 기둥이라고 할 수 있지."

옹정이 기분 좋은 목소리로 말했다. 그는 그러나 순간적으로 깊숙한 내 천川자를 미간에 그렸다. 연갱요가 자신을 찾아와 덕담을 건넨 윤상에게 얼른 자리에서 일어나 정중하게 예의를 갖추지도 않았을 뿐만 아니라 황제조차 안중에도 없는 듯 지나치게 자유분방한 언행을 보이는 것이 기분 나쁜 듯했다. 하지만 이내 환한 표정을 지었다.

"이번에 후방에서 뒷바라지하느라 제일 고생한 사람이 바로 열셋째네. 짐은 그저 조상들께서 쌓으신 홍복에 힘입어 손쉽게 행운을 거머쥐었을 뿐이야. 자자, 열셋째도 같이 앉지!"

윤상이 황급히 상체를 숙이면서 황송한 표정을 지었다.

"폐하의 넓으신 사랑에 몸 둘 바를 모르겠사옵니다. 그러나 사양하겠사옵니다. 폐하께서도 아시다시피 신은 고약한 병을 앓고 있사옵니다. 그로 인해 병균이 감염될 우려가 있어 감히 폐하와 동석할 수가 없사옵니다. 당연히 다른 자리에도 앉지 않는 것이 좋겠사옵니다.

여덟째 형님이 연회를 주재하고 계시니 신은 그저 술이나 따라 올리면서 성의를 표할까 하옵니다. 부디 윤허해주시옵소서.”

옹정이 윤상의 말을 듣고 나더니 미소를 머금은 채 흔쾌히 대답했다.

“자네 마음대로 하게! 그러나 몸에 무리가 가게 해서는 안 되네. 힘들면 쉬어가면서 해.”

옹정이 말을 마치자마자 바로 월대月臺 옆에 서 있던 윤사에게 고개를 끄덕였다. 그러자 그가 바로 큰소리로 외쳤다.

“연회를 시작한다! 음악을 울려라!”

윤사의 명령대로 곧 음악이 울려 퍼졌다. 사람들의 화기애애한 술렁임 속에서 연회가 시작됐다. 윤상은 먼저 첫잔을 들어 옹정의 만수무강을 기원했다. 이어 연갱요부터 시작해 원로 친왕들에게도 잔을 올렸다. 그리고 나중에는 작위爵位 순으로 술을 따르느라 다른 자리로 이동했다.

옹정이 술잔을 들어 혀로 핥듯 조금 마시고서는 미소를 머금은 채 말했다.

“짐이 술을 못하는 것은 세상이 다 아는 바이네. 그러나 여러 황숙께서는 우리 연 대장군의 좋은 날을 경축해 많이 권하고 마셨으면 하네.”

옹정의 말이 떨어지기 무섭게 황숙들이 일어나 저마다 앞을 다퉈 연갱요에게 술을 따랐다. 그 순간에도 갖가지 관악기와 현악기들이 빠르고 경쾌한 연주로 분위기를 한껏 고조시키고 있었다. 연갱요는 여기저기서 내미는 축하주를 받아 마시느라 정신이 없었다. 안주를 집어넣을 사이도 없었다. 나중에는 연신 술잔을 비워대는 바람에 뱃속에서 찰랑찰랑 물소리가 날 지경이었다. 술이 술을 마신다고 했던

가. 그래서일까, 이미 주량을 초과한 그는 눈이 게슴츠레해지고 표정도 흐트러져 있었다. 옆에서 봐도 위태로움을 한눈에 느낄 수 있을 정도였다. 그러나 연갱요는 여전히 주는 술잔을 마다하지 않았다. 술기운이 퍼지자 말도 마구 하고 싶은 모양이었다. 그는 목청껏 떠들었다.

"나는 말이오. 소싯적부터 책에만 묻혀 살았소. 만 권을 독파하고 나니 문치文治에 눈을 뜬 것 같았소. 그래서 성조聖朝에 내 모든 힘을 쏟아내려고 어린 나이에 수재에 합격했소. 거인, 진사를 거쳐 보화전에 들어왔을 때가 내 나이 스무 살이 될까 말까할 때였소. 그러다 운 좋게 폐하를 만나 그 문하에 들어갔소. 한군漢軍 정황기正黃旗 소속으로 있게 되면서 나도 모르는 사이에 무직武職으로 전직轉職을 하게 됐소. 그러다 보니 어느새 사람을 죽이고도 눈 하나 깜짝 않는 오늘날의 장군이 돼 있는 것이 아니겠소? 나는 폐하와는 은혜와 의리로 엮인 사이오. 수십 년 동안 폐하의 명령이라면 무조건 따랐소. 그곳이 가시밭길이든 칼산이든 가리지 않고 일을 해왔소. 그 과정에서의 쓰라림과 험난함은 폐하께서 누구보다 잘 알고 계시오……."

연갱요는 미리 연습이라도 한 듯 술술 말을 풀어냈다. 그러다 갑자기 뚝하고 뒷말을 삼켰다. 자신의 공로를 지나치게 강조하는 잘못을 저지르고 있다는 생각에 아차, 하는 생각이 든 모양이었다. 그가 바로 말꼬리를 돌렸다.

"나는 악종기에게 입버릇처럼 말했소. 나를 낳아준 사람은 부모이나 나를 알아주는 사람은 폐하라고 말이오. 이번 서부 전선에서의 대승은 무엇보다 폐하의 하늘같은 홍복에 힘입은 바가 컸소. 또 삼군三軍의 병사들이 목숨을 걸고 싸워준 덕분이기도 하오. 세상에는 독불장군이 없듯 이런 전폭적인 지원이 없었더라면 어찌 이 연아무개가 일대의 유장儒將이 될 것을 꿈이나 꾸었겠소. 불과 한 달 사이에 십만 적군을 섬멸하다니, 지금 생각해도 믿어지지가 않소. 어쨌든 선제께서 그렇게도 소망하시던 대업이 완성됐소. 다시 말하지만 이 모든 것은 하늘같은 폐하의 홍복에 힘입어……."

연갱요는 곧이어 서녕대첩의 경위에 대해서도 시간 가는 줄 모르고 얘기를 늘어놓았다. 당연히 그의 일거수일투족은 뭇사람들의 주목을 끌었다. 그를 위해 마련된 자리였으니 당연했다. 월대 저편에서 잠시 쉬고 있던 윤상은 그런 그의 목소리가 철판에 우박 떨어지듯 워낙 크게 울리자 지친 몸을 억지로 일으켜 세웠다. 이어 정신을 가다듬고는 그에게 다가갔다.

"연 대장군, 구구절절 맞는 말이야. 우리 주군의 크나큰 은덕은 황천후토皇天后土가 다 인정하는 바이지……."

옹정 역시 편안한 표정에 밝은 미소를 지으면서 내내 연갱요로부터 시선을 떼지 않았다. 윤상이 연갱요에게 매실탕梅實湯을 가져다주는 것을 보고는 연갱요가 술이 좀 과했다는 생각이 들었는지 자리에서 일어났다.

"술이 제대로 된 것 같군! 자네들은 어떨지 모르나 짐은 술 취해서 하는 진심 어린 말도 듣기 좋네. 솔직하기 때문이지! 충성이 밑바탕에 깔린 솔직함 말이야. 이보게, 연 대장군! 한 달 사이에 십만 명을 섬멸했다는 것은 정말 대단한 거야. 개국 이후 그 승전과 비견할 수 있는 대첩은 없었어. 사필史筆에 의해 널리 칭송되는 고대의 훌륭한 장군들의 승전 역시 별난 게 없었어. 술맛도 좋고 기분 끝내주는 이런 날에 자네가 검무劍舞를 추면 어떻겠나? 노래 한 곡도 불러주고. 그러면 짐은 기분이 날아갈 거 같은데?"

"알겠사옵니다, 폐하!"

연갱요가 벌떡 일어나 가슴을 쭉 내밀면서 씩씩하게 대답했다. 그러나 그는 이미 취기가 몽롱한 탓에 분별력이 떨어져 보였다. 자신의 '취중진언'醉中眞言에 따른 사람들의 반응 같은 것은 관심조차 없는 듯했다. 당연히 자신이 더 큰 실수를 저지를까봐 우려한 옹정이 궁여지책으로 자신에게 노래를 시켰다는 것도 알지 못했다. 그는 장오가 건네주는 검을 받아들었다. 이어 그 자리에서 한쪽 무릎을 꿇은 채옹정을 향해 군례를 올렸다. 그리고는 곧바로 월대 앞으로 가서 천천히 태극검을 휘두르기 시작했다.

"〈진아秦娥를 회상하면서〉라는 노래를 불러올리겠사옵니다. 부디폐하의 주흥酒興을 북돋아 드릴 수 있었으면 좋겠사옵니다!"

연갱요는 말을 마치자마자 읊듯이 노래를 했다. 장내의 사람들은약속이나 한 듯 숨을 죽였다.

강적羌笛(강족羌族 고유의 피리의 일종)소리 흐느끼듯 하더니,

만 장萬丈으로 길길이 뛰는 이리떼가 천궐天闕(천제天帝가 거처하는 곳)을 들이닥치네!

삼군三軍을 이끌고 명을 받은 이내 몸 이리떼를 맞받아 용맹하게 전진하니,

장군의 쇠 같은 갑옷을 제아무리 악을 쓴 들 물어뜯을 수 있으리오.

일월日月과 더불어 빛나는 이내 경경耿耿한 충성은 변함없어,

손가락 가는 곳마다 적들이 무너지네……

연갱요의 검무 수준은 상당했다. 노래를 부르자 속도가 점점 빨라지기도 했다. 마치 거센 삭풍을 동반한 광설狂雪이 흩날리는 듯했다. 햇빛을 받아 유난히 눈부신 장검의 묘기는 한참 동안이나 이어졌다. 얼마 후 연갱요는 천천히 동작을 거둬들이면서 자세를 똑바로 했다.

얼굴에는 어느덧 조금 전까지의 취기가 거짓말처럼 사라지고 없었다. 넋을 잃고 바라보던 수백 명의 문무 관리들은 여전히 그의 검무 장면이 주는 감동에서 헤어나지 못하는 듯했다. 박수갈채를 보내는 것도 잊은 채 그저 멍하니 앉아 있기만 했다.

"잘했네! 문무겸전의 진정한 영웅이라는 명칭에 전혀 손색이 없네."

옹정이 크게 만족한 듯 얼굴에 환희에 가까운 미소를 떠올렸다. 이어 자리에서 일어서더니 시계를 꺼내보면서 덧붙였다.

"벌써 미시未時가 다 됐군. 시간가는 줄 몰랐는데 말이야. 짐은 조금 휴식을 취한 후에 사람들을 접견해야 하네. 자네도 피곤할 텐데 옹화궁에 가서 쉬도록 하게. 내일 풍대 대영으로 함께 가자고. 짐이 직접 병사들을 위로해줄 것이니 그리 알고 있게!"

연갱요가 공손히 상체를 숙이면서 조심스럽게 대답했다.

"성은이 망극하옵니다. 하오나 옹화궁에 여장을 푸는 것은 너무 과분한 것 같사옵니다. 아무래도 풍대 대영에서 머물고 내일 현지에서 폐하를 영접하는 것이 낫지 않을까 하옵니다."

옹정이 연갱요의 말을 듣고는 윤상을 힐끗 쳐다봤다. 이어 머리를 끄덕였다.

"정 그렇다면 자네 편할 대로 하게. 풍대 대영에 머물더라도 내일 패찰을 건네고 들어왔다가 짐과 함께 순시를 하러 가는 것이 더 좋을 것 같네."

연갱요는 그것도 극구 사양하려고 했다. 그러나 옹정의 말투는 여지를 남겨두지 않았다. 그때 윤상은 왕공들을 모시고, 마제와 장정옥은 관리들을 데리고 서둘러 자리를 뜨고 있었다. 백관들은 왕공들이 한 줄로 줄지어 나가는 가운데 일제히 한쪽 무릎을 꿇었다. 연갱요는 더 이상 사양할 수가 없다고 생각한 듯 어쩔 수 없이 고개를 숙여 옹정의 뜻을 받아들였다. 그러자 옹정이 연갱요의 손을 잡고 웃으면서 말했다.

"들어올 때 짐이 데리고 들어왔으니, 나갈 때도 짐이 함께 가줘야지."

윤사는 옹정과 연갱요의 대화를 무덤덤하게 지켜만 보고 있었다. 그러나 얼굴은 차갑기 이를 데 없었다. 그가 곧 힘찬 손짓을 보냈다. 그와 동시에 돌계단 아래에서 음악소리가 크게 울려 퍼졌다. 옹정은 왕공들이 읍을 하고 백관들이 머리를 세 번 조아리는 가운데 연갱요를 데리고 어화원을 나섰다.

순간 연갱요는 부드러우면서도 차가운 옹정의 손바닥에 꽉 붙잡혀 꼼짝을 못하고 있는 손이 마치 지금 자신의 처지와 비슷하다고 느꼈다. 그 불편함은 점점 온몸으로 퍼져 몸을 옥죄는 것도 같았다. 하지만 그는 손가락을 움찔거려 봤을 뿐 감히 손을 빼낼 엄두는 내지 못했다. 그의 손이 옹정에게서 벗어난 것은 어화문을 나선 후였다. 그의 온몸은 땀으로 흥건히 젖어 있었다.

그날 저녁 염친왕 윤사는 조양문 밖에 있는 자신의 염친왕부에서 윤당을 환영하는 자리를 가졌다. 같이 자리한 사람들로는 시위 악륜대와 예부 소속 시위인 아이송아가 있었다. 염친왕부는 윤당이 북경에 있을 때 자기 집 안방처럼 드나들던 곳이었다. 강희 42년 상서방 대신이었던 색액도가 밀모를 통해 궁중을 협박하면서 태자를 옹립하려는 음모가 드러났을 때도 그랬다. 윤당은 거의 매일이다시피 이곳에 연금돼 있던 색액도를 보러 왔었다. 당연히 염친왕부라고 하면 눈감고도 걸어 다닐 수 있을 정도로 익숙한 곳이었다.

그런데 오늘 와 본 염친왕부는 어딘지 모르게 낯설었다. 아마도 그
것은 자신의 처지 때문이 아니었을까? 여덟째를 비롯해 아홉째, 열째
는 불과 얼마 전만 해도 '왕중삼걸'王中三杰로 불리면서 백관들을 통솔
했다. 육부도 종횡무진 누볐다. 게다가 열넷째 윤제마저 10만 대군을
거느리고 병부를 장악하면서 그들은 알 만한 사람들은 다 아는 조정
의 실세들로 통했다. 손만 뻗으면 저 하늘의 별도 따올 것 같은 높은
곳에서 좌중을 호령하면서 승승장구할 것 같았다. 그러나 하루아침
에 옹정이라는 인물이 치고 올라왔다. 불과 1, 2년 사이에 그들은 바
닥으로 곤두박질쳐 박살이 나고 말았다…….

　윤당은 웃고 떠들 기분이 전혀 아니었다. 아마도 척박하고 메마른
사막에서 갑자기 눈부신 금수錦繡의 세계로 돌아와 어색했기 때문일
수도 있었다. 그도 아니라면 이번 서역행에서 끝내 연갱요에게 가까
이 다가서지 못하고 초기의 목적을 달성하지 못한 좌절감 때문일 수
도 있었다.

　윤사는 전과는 달리 멍하니 앉아 넋 나간 사람처럼 생각에 잠겨 있
는 윤당을 보면서 입을 열었다.

　"오랜만에 만났는데 왜 그렇게 된서리 맞은 가지처럼 후줄근해가지
고 그래? 그동안 사막의 모래바람을 맞다보니 성숙해진 거야, 아니면
무슨 걱정이라도 있는 거야?"

　"너무 걱정이 많아 아무리 좋은 술도 넘어가지를 않네요. 열째 아
우 생각을 하고 있었어요. 옛날처럼 함께 주령酒令(술 마실 때 하는 놀
이)이나 하면서 술독에 빠지면 얼마나 좋을까요? 우리가 고기 안주
에 향기로운 술을 마시고 있는 지금 이 시각에도 그 동생은 장가구
에서 누런 흙모래나 들이마시고 있겠죠? 아령아, 규서…… 모두들 재
주 있고 충성스러운 우리 만주족의 손꼽히는 재목이었죠. 그런데 이

제는 다들 황천에 가고 없네요. 몇 년 사이에 뿔뿔이 흩어지고 헤어진 우리 식구들을 생각하니 술이 넘어가지 않아요."

윤당이 무거운 고갯짓으로 머리를 뒤로 넘기면서 거친 한숨을 토해냈다. 그의 목소리에는 상심이 가득 차 있었다. 악륜대를 힐끗 쳐다보는 눈길 역시 그랬다. 그가 다시 눈을 내리깔고 술잔을 들여다보더니 탁자에 내려놓았다.

악륜대 역시 마음이 편하지는 않았다. 윤당의 시선을 받지 못하고 슬그머니 외면한 것도 바로 그 때문이었다. 그가 그러는 데는 이유가 있었다. 윤당이 자신을 책망하고 있다는 사실을 모르지 않았던 것이다. 원래 그는 강희가 붕어하는 천재일우의 기회이자 백척간두의 위기가 찾아왔을 때, 윤제의 사주를 받아서 윤상을 도왔다. 당시 풍대 제독이던 성문운도 주살해버렸다. 북경성 전체가 윤사에게 넘어가지 않도록 제동을 걸려면 옹정을 밀어줘야 한다고 생각한 것이다. 그러나 그는 결과적으로 윤제에게 이용만 당하고 말았다. 윤제는 결코 그를 철저하게 믿은 것이 아니었다. 그저 윤사와 윤진 사이에 악륜대를 개입시켜 팽팽한 대치 상태에 들어가도록 한 뒤 자신이 어부지리를 챙기려는 계산을 했을 뿐이었다. 결국 악륜대는 그 전략에 충실히 따르다 오늘날의 국면을 초래하게 만들었다. 그러고 보면 악륜대는 윤사 등에게는 철천지원수에 가까운 죄인인 셈이었다. 그가 일말의 자책감을 느끼면서 실소를 터트렸다.

"저도 압니다. 아홉째마마께서 저를 원망하고 계신다는 걸요. 따지고 보면 다 제 잘못입니다. 제가 죽일 놈이고 바보, 천치라서 두 분 대왕의 기대를 저버렸습니다. 대사를 그르치게 하고 말았습니다……."

그러자 윤사가 윤당과 악륜대를 번갈아 보더니 푸우! 하고 웃음을 터트렸다.

"사슴 한 마리를 풀어 놓으면 힘세고 빨리 달리는 자가 그것을 얻기 마련이야. 그 당시 형세로서는 어쩔 수 없는 일이었지 않은가! 열넷째가 북경에 돌아온 후 우리는 솔직담백하게 다 털어놓고 얘기했어. 지나간 은원 같은 것은 다 비우고 다시 결속을 다지기로 했어. 그렇지 않았다면 악륜대 자네가 오늘 이 자리에 있을 수가 없겠지. 이럴 때일수록 우리는 집안싸움을 삼가고 단결해야 해. 정신 차려야 한다고!"

윤사는 잠시 말을 끊고는 직접 술을 따라 좌중의 사람들에게 한 잔씩 건네줬다.

"자, 자, 자! 과거는 술 한 잔에 깨끗이 씻어버려. 우리 다시 시작하자고!"

"알아듣기 쉽게 까발려 얘기하지 않으면 아홉째마마께서는 여전히 술 마실 기분이 나지 않을 겁니다."

악륜대의 말이 끝나기 무섭게 비스듬히 의자에 기댄 채 해바라기씨나 까먹고 앉아 있던 아이송아가 끼어들었다.

"아홉째마마, 너무 상심하지 마십시오. 세상일이라는 것은 바둑판과 같아서 언제 기막힌 반전이 생길지 모릅니다. 솔직히 코앞의 일도 예측할 수 없는데, 어찌 뒷일을 장담할 수 있겠습니까? 폐하는 철저히 외로운 사람입니다. 주변에 사람도 별로 없습니다. 진정한 독불장군이죠. 두고 보세요, 얼마 지탱하지 못하고 쓰러질 겁니다."

악륜대가 아이송아의 말에 놀라움이 가득한 눈으로 그를 바라봤다. 그리고는 탄식과 함께 입을 열었다.

"그게 쉽지만은 않아요. 권력의 심장부에 우리 사람이 없는 한 우리는 결코 현재의 국면을 반전시킬 수가 없어요. 이번에 창춘원에 들어갔다 쫓겨난 일만 보더라도 알 수 있지 않나요? 융과다가 야심차게 한번 뒤집어보려고 했어요. 계획에 따르면 우선 자금성과 창춘원을 점령하게 돼 있었어요. 이어 풍대 대영까지 탈환한 다음 '황제가 밖에서 변을 당했다'는 발문을 천하에 내리려고 했었죠. 그러면 자연스럽게 셋째 패륵 홍시를 옹립하게 되는 것이고요. 그야말로 완벽한 계획이라고 생각했죠. 그러나 결국은 어떻게 됐어요? 마제 그 비실이가 작심을 하고 막고 나설 줄이야! 그리고 이친왕이 달려와서 우리가 몇 날 며칠 밤을 새워가면서 계획한 일을 한순간에 깨뜨려버리지 않았나요? 이번에 연갱요가 나타나면서 하는 것도 봤죠? 그 하늘을 찌를 듯한 배짱과 기세를 좀 보세요. 왕작王爵만 안 내렸다 뿐이지 엄연한 왕 노릇을 하고 있는 것 같더군요. 폐하의 옆에는 문관으로는 장정옥과 방포가 있어요. 무관으로는 연갱요가 있죠. 그래도 폐하가 독불장군인가요? 여덟째마마, 저 악륜대가 일을 저질러 놓고 후회하거나 무서워서 이러는 것은 아닙니다. 아직까지도 유철성 그 자식은 도둑놈 대하듯 저를 의심하고 있습니다. 제가 융과다 중당의 병사들을 창춘원으로 들여보냈다는 겁니다. 만에 하나 진실이 밝혀지는 날에 저는 결코 역모죄에서 자유로울 수 없을 것 아닙니까? 아이송아 형님, 형님도 시위이니 내 처지를 잘 알 것 아니오?"

아이송아는 악륜대의 육촌 형이었다. 가까운 정도로는 오복五服(참최, 재최, 대공, 소공, 시마의 다섯 가지 복제服制. 오복친五服親이라고 하면 상례喪禮에서 상복을 입는 친척이라는 뜻) 내에 들었다. 그는 붉은색 두루마기를 입고 눈이 부시게 흰 옷깃을 밖으로 내보이는 차림을 하고 있었다. 대단히 깔끔해 보였다. 그가 하소연에 가까운 악륜대의 말을 듣고 나더니 앞니를 다 드러내고 웃으면서 말했다.

"지금 여덟째마마한테 자신의 결백을 주장하는 것인가? 늦었다고 생각되지 않나?"

검붉은 네모난 얼굴에 웃을 때 호박씨 같은 넓죽하고 못생긴 이빨만 아니었더라면 그나마 괜찮아 보였을 아이송아가 알쏭달쏭한 말을 내뱉고는 곧 입을 다물었다. 그러나 시선은 여전히 악륜대에게 두고 있었다.

"자네, 그 말은 잘못 됐네. 사람도 잘못 봤고. 악륜대는 절대 친구 팔고 주인 파는 치졸한 인간이 아니네. 자신의 양심에 당당하지 못한 사람이라면 절대 오늘 같은 자리에 나타나지 않았을 테지! 이번 일은 내 잘못도 있어. 사실 미리 악륜대에게 자초지종을 설명해주고 우리의 계획을 털어놨어야 했는데…… . 다만 악륜대의 덤병대는 성격이 걱정이 됐던 거야. 자칫 본의 아니게 말이 새나갈까 염려했던 것이지. 더구나 아는 게 너무 많으면 머리가 복잡해져. 오히려 결단력도 떨어지지. 그것들을 우려했던 점도 있었지. 이번에 악륜대가 당황하고 낭패를 본 것도 나름대로 이해는 가. 그 점 이 자리를 빌려 악륜대 아우에게 양해를 구하네. 내 사죄를 받아줄 거지?"

윤사가 아이송아를 흘겨보고는 말했다. 이어 갑자기 자리에서 일어나 악륜대에게 다가갔다. 그리고는 땅에 닿을 정도로 길게 읍을 했다. 순간 크게 놀란 악륜대가 황급히 두 손으로 윤사의 팔을 잡았다.

"여덟째마마! 저더러 어떻게 하라고 이러시는 겁니까? 어찌하다 보니 이렇게 죽을 쑤고 있습니다만 제 마음만은 그렇지 않다는 걸 알고 계시지 않습니까? 그러다 보니 저도 제 자신에게 불만이 쌓여서…… 결국 폭발할 수밖에 없었습니다. 그래서 그랬던 겁니다. 여덟째마마를 원망하는 마음은 추호도 없습니다. 다만 무슨 영문인지 몰라서……, 죽더라도 그 이유나 알고 죽어야 하지 않겠습니까?"

악륜대가 순간적으로 울컥 눈물을 쏟았다. 감정을 도무지 통제하지 못하는 듯 관자놀이가 심하게 푸들거리고 있었다. 목소리는 어느덧 쉬어 있었다. 그러자 윤사가 감동을 받은 듯 처연한 표정을 지었다. 이어 악륜대의 등을 어루만지면서 애써 웃음을 지었다.

"그럴 것 없어. 우리 사이에 오해가 있었다면 다 풀어버리세. 아홉째를 환영하는 자리인 만큼 즐거워해야지. 지나간 것들은 툭툭 털고 술이나 마시자고!"

윤당 역시 그 사이 처음보다는 마음이 훨씬 안정된 듯 보였다. 웃음 띤 얼굴로 술 한 모금을 마시고 나더니 입을 열었다.

"환영이고 뭐고 전혀 경황이 없었어요. 한마디로 기분이 엉망이었죠. 서녕에 갈 때만 해도 어떻게 해서든 연갱요 그 자식을 구워삶아 우리 편으로 끌어들여 보려고 했었어요. 그러나 전혀 곁을 주지 않는데 어쩔 도리가 없더라고요. 내가 아무리 닭 쫓던 개 지붕 쳐다보는 신세가 됐다 할지라도 그래도 명색이 용자봉손 아닙니까? 다른 것은 몰라도 군무軍務에 참여해 목소리는 좀 내볼 수 있잖아요. 그런데 연갱요 그 자식은 나를 하룻밤 자고 가는 손님마냥 방석에 고이 모셔 놨습니다. 또 꼼짝도 못하게 하면서 사람 피를 마르게 했어요. 어디 그뿐인 줄 아세요? 용자봉손을 공경한다는 미명하에 내가 일에 참견할 틈을 주지 않더군요. 지금까지 빛 좋은 개살구 취급을 당했어요. 나중에 보친왕이 오게 되면서부터는 군대를 지원한다는 명목으로 있던 내 처지는 더욱 처참해졌어요. 나중에는 그자들의 옆에 가 앉는 것조차 황송스럽게 느껴지더라고요. 내가 자꾸만 작아지는 느낌이 들지 않겠어요? 여덟째 형님만 북경에 남겨두고 우리를 뿔뿔이 흩어지도록 만든 폐하의 악랄한 수법에 새삼 간담이 서늘했어요."

윤당은 급기야 머리를 두 팔 사이에 깊숙이 파묻어버렸다.

"폐하가 우리를 그토록 경계하는 데는 다 이유가 있지. 어딘가 마음이 공허하다는 증거로 볼 수도 있어. 그건 분명해. 또 우리만 떼어

놓으면 '팔황자당'을 와해시킬 수 있을 것이라고 생각하는 모양인데, 그게 바로 정치를 모른다는 증거이기도 하지."

윤사는 윤당을 위로하듯 자신감 넘치는 표정을 지은 채 의자에 털썩 기대면서 말했다. 입가에는 일말의 냉소가 스쳐 지나갔다. 그가 천천히 몸을 일으킨 후 느릿느릿 발걸음을 옮겨놓으면서 다시 말을 이었다.

"'팔황자당'이 어디에 있는가? 바로 온 천하의 신민들 가슴속에 박혀 있는 거야! 지금 조야에는 폐하가 선제의 유조를 고쳤다는 소문이 파다해. '열넷째에게 황제 자리를 물려준다'傳位十四子라는 내용의 유조를 '넷째에게 황제 자리를 물려준다'傳位于四子라고 고쳤다는 기야. 충분히 신빙성이 있지 않아? 그건 그냥 소문으로 흘려버릴 일이 아니야. 폐하는 그렇게 불충한 사람이라는 뜻이니까. 어디 그뿐이야? 자기와 같은 뱃속에서 나온 아우를 수릉守陵 보내는 일로 다투고, 그 일로 황태후마마마저 화병이 나 발작을 일으켰잖아. 결국 세상을 떠나게 만들었지. 심지어는 황태후마마가 홧김에 기둥에 머리 박고 자살했다는 설도 있어. 당연히 그 가능성도 배제할 수는 없어. 그렇듯 폐하는 불효까지 저질렀어. 방귀를 뀌어놓고 손바닥으로 막을 수 있겠어? 백성들은 모두 진실을 알고 있다고. 나는 겉보기에는 바로 허물어질 것 같이 위태로워 보여. 그러나 사실은 태산처럼 든든해. 그 사실을 알 만한 사람들은 다 알아. 여기에 이제는 '연갱요당'까지 생겨나 여러 사람들이 다리를 걸치려고 할 거야. 폐하가 제아무리 비상한 재주를 가지고 있다고 해도 나를 매장해 버리지는 못할 걸? 그게 그렇게 쉬운 일은 아니지 않겠어?"

윤사의 목소리는 높지 않았다. 그러나 한마디 한마디에 살의가 번뜩이고 독기가 서려 있었다. 윤당은 예상 외로 강경한 윤사의 말에 적지 않게 놀랐다. 곧 그가 윤사의 얼굴에 번지는 소름끼치는 웃음을 보면서 물었다.

"연갱요라뇨? 연갱요는 왜 또 거론하십니까?"

윤사는 윤당의 물음에 뒷짐을 진 채 얼굴 가득 음산한 웃음만 지어보이고 대답은 하지 않았다. 그저 턱짓으로 아이송아를 가리킬 뿐이었다. 그러자 악륜대가 어안이 벙벙한 표정으로 아이송아를 바라봤다. 아이송아가 기다렸다는 듯 코가 떨어져 나가라 냉소를 흘리면서 입을 열었다.

"연갱요 머릿속에는 반란을 일으킬 수도 있는 반골反骨 기질의 사람이 한 명 들어 있거든요. 그자는 은銀과 검劍으로 벌써 십만 대군을 자신의 세력으로 만들어버렸어요. 서녕대첩 전에는 본전이 모자랐으나 지금은 오히려 조정을 위협하게 생겼네요!"

"그게……, 어떻게 그렇게 단언할 수 있는가?"

윤당이 깜짝 놀라 다시 물었다. 아이송아가 단호한 어조로 대답했다.

"폐하가 제후諸侯 대접을 해주니 전혀 사양하지 않고 덥석 무는 것을 보면 모르시겠습니까? 그게 이미 자신을 제후라고 생각해왔다는 분명한 증거죠. 생각해보세요, 아홉째마마. 연갱요가 밥을 먹으면 '진선'進膳하는 것이 되고 있습니다. 또 그가 관리를 선발하면 곧바로 '연선'年選이라고 합니다. 어디 그뿐인가요? 그는 자그마치 열한 개에 이르는 성의 군마를 휘하에 장악하고 있어요. 그리고는 자기 입맛에 맞는 사람을 대거 심고 미운 털 박힌 자는 인정사정없이 파내 버리고 있습니다. 그래도 조정에서는 한 번도 이의를 제기한 적이 없습니다. 왜 그랬겠습니까? 여러 가지 이유가 있겠으나, 조정으로서도 솔직히 연갱요를 의식하지 않을 수가 없다는 뜻 아니겠어요? 송사宋師 사건

아시죠? 그 자식이 문묘文廟를 수리합네 하면서 공금을 삼천 냥씩이나 횡령했지 않습니까? 대옥大獄에 처넣어야 마땅한 죄를 지은 것이죠. 그런데도 연갱요는 그 사실을 고발한 이유균李維鈞에게 오히려 비방죄를 덮어씌워 똥바가지를 엎어버리지 않았습니까? 결국 이유균은 두 계급이나 강등당했습니다. 반면 송아무개는 두 계급 껑충 뛰어올랐습니다. 이제 곧 직예 포정사 자리에 앉게 된답니다. 그리고 범시첩은 또 무슨 죄가 있어서 순무자리에서 쫓아냈냐고요? 바로 그 대단한 연갱요와 몇 마디 말다툼을 했다는 것이 죄명의 전부입니다. 이번에 하남성을 지나오면서도 거들먹대면서 전문경의 정무政務에 감 놔라 배 놔라 했나 봅니다. 전문경이 씩씩대면서 벼르는 것을 보면 확실히 그렇습니다."

윤사가 아이송아의 말을 들으면서 천천히 거니는가 싶더니 갑자기 손을 내저으면서 대화에 끼어들었다.

"나는 연갱요의 머릿속에 진짜 반골이 들어 있는지 단언할 수는 없어. 다만 연갱요가 무리를 만들고 사욕을 채우면서 교만한 것은 사실이야. 발호와 월권을 통해 윗사람을 무시하는 경향은 확실히 있어. 방금 아이송아가 지적했던 사건들에 대해서는 폐하도 사실 어쩔 수 없었겠지. 연갱요의 비위를 맞춰준 것일 뿐이라고 봐야 한다고. 그들 군신君臣 사이에는 이미 믿음이라는 덕목은 손톱만큼도 없어. 연갱요를 향한 폐하의 불신과 불만의 골이 상당히 깊어졌거든. 자네가 편지에서 언급했던 그 왕경기를 연갱요가 아직 데리고 있는 이유가 뭐겠어? 비상시 응급용으로 써먹겠다는 뜻이 아니겠나? 그 작자가 밀주문에 윤당 자네를 대단히 고분고분하다고 썼나 봐. 그러자 폐하가 주비에서 '윤당은 좀처럼 회개할 줄 모르는 나쁜 근성이 있다'라고 했다는 거야. 폐하는 또 연갱요가 '열째와 열넷째 마마는 북경으로 돌아오는 것이 바람직하다고 생각하옵니다'라고 상주를 하자 그저 '알았네!'라고만 했다는군. 가타부타 의사를 분명히 하지는 않았으나 사실은 반박한 것이나 다름없어. 연갱요는 폐하께서 파견한 열 명의 시위들을 함부로 대하고 심부름꾼으로 부려먹었어. 그래놓고도 그로 인해 자기가 폐하의 심기를 얼마나 불편하게 했는지를 아직 몰라. 심지어 그는 이번에 북경에 들어왔을 때 왕공대신들을 보고도 자리에서 내려와 무릎을 꿇지 않았어. 오히려 폐하의 면전에서 두 다리를 뻗고 앉아 대신들의 인사를 받았다고. 정신이 나간 게 아니라면 다른 마음이 있다고밖에 볼 수 없는 짓거리였어."

윤당이 내내 귀를 기울여 듣고 있다 슬며시 입을 열었다.

"연갱요의 안하무인은 저도 익히 봐왔어요. 궁금한 것은 분명히 우리의 숙적인 연갱요가 왜 나하고 열째, 열넷째에게 유리한 발언을 했느냐는 거예요. 또 폐하께서는 연갱요의 비리를 잘 아시면서 그렇듯 높이 예우해 주시는 이유가 도대체 뭘까요?"

윤사가 윤당의 질문이 끝나기 무섭게 냉정하게 대답했다.

"돼지를 잡아먹으려면 살을 찌워야 하지 않겠어? 나는 강희 오십육 년에 연갱요가 나한테 했던 말을 잊을 수가 없어. 그때 뭐라고 한 줄 아는가? '여덟째마마는 우리 주인보다 후덕하고 자상합니다. 저는 주인을 섬기는 정성으로 여덟째마마께 충성하겠습니다'라고 말했지. 물론 말로 한 것은 증거가 없어. 때문에 연갱요는 그런 말을 한 적이 없노라고 발끈할 수도 있겠지. 그러나 열넷째가 대장군왕이었을 때, 그가 섬서성 제독으로 있으면서 두 사람 사이에 오간 서신은 흰 종이에 쓴 검은 글씨 그대로 분명하게 남아 있어. 모든 사실을 뒷받침해 주고 있다고. 이제 폐하는 연갱요의 공훈으로 민심을 안정시키고, 태평세월을 구가하는 용도로 삼겠지. 그러면서 우리 '팔황자당'을 밑동까지 뽑아 내치려 할 거야. 또 셋째 패륵 홍시는 나와 융과다의 세력을 등에 업고 후임 황제 자리를 노릴 거야. 그러면 나는 어떻게 해야 하나? 개구리가 뒤로 주저앉는 것은 멀리뛰기 위함이라고 했어. 일단 한발 물러나 조용히 사태를 관망할 거야. 그러나 천재일우의 호기가 찾아오면 팔기八旗 기주旗主들을 동원해 새로운 국면을 열어볼 거네. 절대 이대로 주저앉지는 않을 거야.”

악륜대는 윤사의 계획이 마음에 드는지 활짝 웃었다.

“여덟째마마께서 흉금을 털어놓고 말씀을 해주시니 정신이 번쩍 드는 것 같습니다. 폐하께서 주먹은 불끈불끈 쥐어도 여덟째마마의 머리털 하나 건드리지 못하는 것을 보면 여덟째마마의 복병伏兵이 두렵기는 한 것 같습니다. 기왕에 연갱요가 딴 생각을 하고 있는 것이 분명하다면 아예 터놓고 우리 쪽으로 끌어들이는 것이 낫지 않겠습니까?”

윤사가 껄껄 웃으면서 즉각 대답했다.

“말이야 쉽지! 연갱요는 개인 재산이 천만 냥에 육박하고 있어. 말대로 일등공작一等公爵에만 봉해지는 날에는 친왕들조차도 눈에 차지 않을 거야. 그런데 무슨 수로 끌어들인다는 말인가? 홍시도 황제의 꿈을 꾸고 있어. 지금은 모르는 척하고 내 할 일이나 하면서 모름지기 준비를 차근차근 해나가는 것이 중요한 시점이야. 지금 연갱요는 지리地利(지리적 이점), 홍시는 천시天時(하늘의 때), 나는 인화人和(사람들 간의 조화)를 얻었다고 할 수 있어. 그러나 일단은 섣불리 나서지 말고 대치하고 있으면서 힘의 균형을 유지해나가도록 해야 해. 그러다 기회를 봐서 무방비 상태에 있는 그 둘을 한 방에 쳐서 뒤집어 엎어버려야지. 그것만이 상책이야. 홍시는 비록 마음 씀씀이가 대단하다고는 하나 융과다를 반밖에 잡지 못했어. 또 연갱요는 야심은 크지만 큰일을 치를 정도의 재력은 부족해. 믿을 만한 재원財源이 없다는 것도 문제라고 할 수 있지. 두고 봐, 연갱요가 이번 기회에 폐하께 손을 내밀어 돈이나 식량을 챙기려 들지 않을는지!"

윤사의 말이 끝나는 순간 자명종 소리가 울리기 시작했다. 모두 열 번이었다. 그러자 윤사가 웃으면서 말했다.

"아홉째를 환영하는 자리를 만든다는 것이 얘기가 엉뚱한 곳으로 빠졌어. 술맛이 다 달아나겠네! 이제 무거운 화제는 피하고 술이나 마음껏 마시자고. 자, 잔을 들게. 우리 폐하의 성…… 성불성선成佛成仙을 위해, 장생불로長生不老를 위해!"

좌중의 네 사람은 의미심장한 미소를 지으면서 술잔을 비웠다. 이어 권커니 잣거니 술잔을 돌렸다. 그날 저녁 염친왕부를 나온 사람은 아무도 없었다.

보친왕 홍력은 연갱요와 함께 북경에 입성하지 않았다. 물론 3000명 병사를 따라 승전보를 울리며 함께 들어가면 체면이 설 일이었으나 홍력은 바로 그것이 너무나 싫었다. 결과적으로 유묵림의 권유도 마다하고 동행하지 않았다. 홍력은 풍대에 도착하자마자 그를 데리고 연갱요의 중군中軍을 떠났다. 그런 다음 가벼운 옷차림을 한 채 말을 타고 대내의 건청궁을 향해 줄달음쳤다. 이어 옹정을 배알하고 보고를 마쳤다.

당연히 그 순간부터 홍력은 더 이상 흠차 신분이 아니라 황자의 신분으로 돌아왔다. 그러나 겉과 속이 다 냉정하다고 정평이 나 있는 옹정이고 보면 아들들 앞에서도 틈을 보일 리가 없었다. 심지어 옹정은 오랜만에 만난 홍력에게 자상하게 웃어 보이거나 살갑게 대해주지도 않았다. 그저 용좌에 앉은 채 홍력의 술직 내용을 귀담아 듣고

난 다음 담담하게 입을 열 뿐이었다.

"보고는 그렇게 간단명료하게 올려야 하는 거지. 아주 좋아. 연갱요보다 앞서 도착해 보고를 올린 것은 참 잘한 거야. 그동안 수고 많았어. 물러가서 푹 쉬도록 해!"

이때 유묵림의 마음은 이미 가흥루에 가 있었다. 때문에 옹정의 입에서 물러가도 좋다는 소리만을 고대하고 있었다. 그는 옹정의 입에서 고대했던 말이 나오자 연신 머리를 조아리면서 감사를 표했다. 그러나 홍력은 그렇지 않았다. 마음속으로 생각하고 있던 말을 조심스럽게 내뱉었다.

"폐하께서는 불철주야 노심초사하시면서도 직접 연갱요를 영접하러 나가시려하옵니다. 그런데 신이 어찌 감히 두 다리 뻗고 편히 쉴 수가 있겠사옵니까? 셋째 형님과 함께 어가를 호위해 환영식이 무사히 끝나는 것을 보고 나서 쉬어도 늦지 않다고 생각하옵니다."

옹정이 홍력의 말을 듣고 나더니 고개를 내저었다.

"그럴 것 없어. 자네 열셋째 숙부十三叔(윤상을 의미함)도 몸이 좋지 않아 짐이 마음대로 하라고 했어. 방금 전해온 소식에 의하면 오 선생이 북경에 도착했다고 해. 자네가 가서 만나보도록 하게."

그러자 홍력이 황급히 대답하면서 여쭈었다.

"아바마마께서는 오 선생을 접견하실 예정이옵니까?"

"자네가 짐을 대신해 접견한다고 생각하게. 할 말이 있으면 자네를 통해서 하고, 자네가 대신 아뢰도록 하게. 필요한 것이 있으면 주저하지 말고 말하라고도 전하고. 오 선생에게 이제 낙향은자가 되고 싶다는 꿈은 접는 것이 좋겠다는 짐의 뜻도 전해. 이 세상에 왕토王土가 아닌 곳이 어디 있겠어!"

옹정이 생각에 잠긴 채 말했다. 그리고는 주사奏事차 들락거리는 예부의 사람들을 의식했는지 더 이상 말을 꺼내지 않았다. 유묵림이 홍력을 따라 건청궁에서 물러나오다 못내 궁금한지 조심스럽게 물었다.

"넷째마마, 방금 폐하께서 말씀하신 오 선생이라는 분이 누군지 가르쳐 주실 수 있겠습니까? 폐하께서조차도 이름 대신 선생이라 부르실 정도면 대단한 사람인가 봅니다. 정말 너무 궁금하네요!"

홍력이 손가락으로 옷깃을 가볍게 퉁기듯 털어내면서 미소를 머금었다.

"어째 좀 조용하다 했더니, 우리 급사중給事中(간관諫官 직책의 벼슬. 대개 '간쟁이'로 통함)께서 또 궁금증이 발작했나보군?"

원래 홍력은 유묵림을 전혀 알지 못했다. 둘은 서부 전선으로 함께 떠나면서 같이 먹고 함께 움직이면서 자연스럽게 마음이 통하게 되었다. 동서고금의 학설을 논하고 시와 도를 입에 올리다 보니 따분하고 적막한 순간들을 잘 흘려보낼 수 있었다. 홍력은 어쩐지 유묵림이 싫지 않았다. 그가 명민하고 박학다식한 데다 익살스럽기까지 했으니 그럴 만도 했다. 나중에는 자신의 '급사중'이라고 농담 삼아 불러주기도 했다. 유묵림 역시 어디에도 구애받지 않는 홍력의 사고방식과 탁 트인 식견을 존경하게 됐다. 심지어 옹정보다 한결 편한 느낌도 받았다. 멋스러운 풍류가 넘치면서도 절제 있어 보이는 유학자 풍의 우아함 역시 퍽 마음에 들었다.

홍력은 북경에 들어와서부터는 유묵림에게 또 다른 매력을 보여줬다. 미로같이 얽히고설킨 정가의 인물 숲에서 홍력은 전혀 헤매지 않고 매끄럽게 자신만의 길을 밝히고 걸어가는 것 같았던 것이다. 유묵림은 오사도의 내력을 물었다가 보기 좋게 면박을 당하자 눈을 가늘게 뜨고 웃으면서 말했다.

"지고무상하신 폐하께서 '선생'이라고 높여 부르시는 사람이 과연 어떤 인물인지 천하의 저 유묵림이 전혀 모르고 있다니, 이 얼마나 유감스러운 일입니까?"

홍력이 그런 유묵림을 지그시 바라보면서 입을 열었다.

"안 가르쳐 줬다가는 혼쭐이 날 것 같군! 폐하께서는 자네도 함께 있는 자리에서 오 선생을 거론했어. 그런 사실로 미뤄보면 자네가 같이 만나보는 것도 괜찮을 것 같군. 이친왕부로 나를 따라 나서게."

사실 유묵림은 가흥루로 가서 소순경을 만나는 일이 개인적으로는 더 시급했다. 그러나 홍력의 명령에 따르는 수밖에 없었다.

두 사람은 한 무리의 태감들을 데리고 나란히 말을 달렸다. 이어 서화문 밖 북가北街에 위치한 이친왕부로 향했다. 왕부 앞은 인적이 드물었다. 평소에 그 어느 곳보다 인파로 넘쳐나던 난면爛面 골목의 괴수사가槐樹斜街와 산섬회관山陝會館과 채운각彩云閣, 녹경당祿慶堂 등 대극장에도 개미새끼 하나 보이지 않았다. 한산한 정도가 아니었다. 그 모습을 본 유묵림이 한숨을 내쉬었다.

"다들 연 대장군을 구경하러 간 모양이네요. 길거리가 텅 비었어요. 아직도 북소리, 징소리가 요란하게 귓전에 맴도는 것 같네요. 마치 파도처럼 밀려오는 사람소리가 들리는 것 같지 않으세요? 세상 사람들이 다 같이 취하고 미쳐 돌아가는 것 같습니다."

"보아하니 세상 사람들이 다 취해도 자네만은 깨어 있는 것 같은데? '공이 있으면 상을 주고, 죄를 지었으면 벌을 준다'는 것은 자고로 만고불변의 진리라고 해야겠지. 일반인들은 책을 읽고 연마를 거쳐 그런 진리를 비롯한 수많은 이치를 깨닫게 되나 폐하께서는 달라. 천부적인 통찰력과 강직함을 타고나신 분이야."

홍력이 말馬의 움직임에 따라 몸을 앞뒤로 흔들거리면서 생각에 잠겼다가 말했다. 유묵림의 말뜻을 알겠다는 듯 머리도 끄덕였다. 하지만 유묵림은 달랐다. 마치 떠도는 구름 같은 홍력의 말에 구체적으로 짚이는 게 없었다. 홍력의 말이 세상 사람들이 미쳐 돌아간다는 자신의 말에 대한 답변인 것 같기도 하고 아닌 것 같기도 했던 것이다. 그가 다시 입을 열려고 했을 때였다. 하인이 갑자기 채찍으로 전방을 가리키면서 아뢰었다.

"넷째마마, 저기가 바로 이친왕부입니다."

이친왕부의 문지기 태감이 홍력이 미처 대답하기도 전에 종종걸음으로 달려왔다. 홍력을 알아봤는지 황급히 머리를 조아린 채 인사를 하면서 반색했다.

"넷째마마 아니시옵니까! 소인 애청안艾淸安이 문안을 올립니다!"

홍력과 유묵림은 갑자기 배꼽을 잡고 말았다. 태감의 허둥대는 모습과 말하는 자세에 더해 애청안이라는 이름까지 듣게 되자 그만 웃음을 참을 수가 없었던 것이다. 유묵림이 계속해서 터져 나오는 웃음을 겨우 참으며 말했다.

"자네, 이름 한번 기가 막히게 지었군. 세상에 문안 올리기 좋아하는 사람도 있는가('애청안艾淸安'은 중국어 발음상 문안 올리기를 좋아한다는 뜻임)?"

애청안이 여전히 웃음을 잃지 않은 채 대답했다.

"소인들은 사람을 만나면 굽실거리고 문안 올리는 멋에 사는 무리들이지 않습니까? 그래서 이름을 아예 애청안이라고 고친 겁니다. 문안을 올리지 않으면 뭘 얻어먹고 살겠습니까?"

애청안은 그렇게 말을 하는 동안에도 어느새 말발굽 아래 땅을 짚고 엎드렸다. 자신의 몸을 딛고 내리라는 뜻이었다.

"열셋째마마께서는 왕부에 계시나?"

얼굴에 아직 웃음기가 남아 있는 홍력이 애청안의 어깨를 딛고 조심스럽게 말에서 내리면서 물었다. 그리고는 30냥짜리 은표 한 장을 꺼내 그에게 건네줬다.

"나는 폐하의 지의를 받고 열셋째 황숙의 병문안을 온 거네."

애청안이 황송하면서 다시 굽실거렸다.

"이걸 어쩌죠? 한발 늦었습니다, 넷째마마! 이친왕마마께서는 아침 일찍 출타하시고 안 계십니다. 어제 남경에서 오 뭐라고 하는 분이 오셨는데, 같이 데리고 구경을 나가셨습니다. 이친왕마마께서는 건강도 여의치 않으신데 방문을 온 사람도 참 염치가 없어 보였습니다. 반은 주인 행세를 하는 것이 참으로 어처구니가 없었습니다. 이친왕마마께서 너그러우시니 그렇지 소인 같았으면 당장 내쫓았을 것입니다!"

홍력이 유묵림을 데리고 안으로 들어가면서 빙긋 웃으면서 도리어 물었다.

"그 분이 누군 줄 알고 내쫓는다는 것인가?"

애청안이 종종걸음으로 앞서 길을 안내하면서 대답했다.

"소인이 뭘 알겠습니까? 그러나 척 보기에는 어느 몰락한 집안의 궁상맞은 선비 같았습니다. 과거에 이친왕마마와 조금 안면이 있던 사이로 굶어죽게 되자 도움을 받으러 온 것이 아닌가 싶었습니다……."

애청안은 홍력과 유묵림은 관심도 없는데 서재에 도착하는 내내 중얼거렸다. 이어 물수건과 얼음을 가져다 놓으면서 덧붙였다.

"소인이 사람을 시켜 이친왕마마를 모셔오도록 하겠습니다. 잠깐만 기다려 주십시오, 넷째마마."

애청안은 곧 물러갔다. 이어 유묵림이 얼음접시를 홍력에게 받쳐 올렸다. 홍력은 고개를 저었다. 그러자 유묵림은 얼음 하나를 집어 자기 입 안에 넣었다. 삽시간에 시원한 느낌이 온몸에 퍼지는 듯 그가 환한 표정으로 입을 열었다.

"저것이 입술이 얄팍해가지고 말은 많으나 시키는 일은 잘할 것 같습니다."

"그야 물론이지. 보정保定 사람이거든! 자손 대대로 궁중에서 대물림되는 직업인데 어련하겠어? '서당 개 삼 년이면 풍월을 읊는다'堂狗三年吠風月는데, 좀 잘하겠나? 이쪽에서는 보정 사람을 알아주지."

홍력이 유묵림의 말에 대답하면서 윤상의 서재를 천천히 둘러봤다. 가장 먼저 유리병에 꽂혀 있는 꿩 꽁지털이 보였다. 다음에는 벽에 걸려 있는 보검과 책장이 눈에 들어왔다. 하지만 그 외에는 별다른 물건이 없었다. 홍력이 가벼운 한숨을 내쉬었다.

"열셋째 황숙은 영웅의 성정을 가지고 있는 것에 비하면 취미가 참 고상한 것 같아. 서부에 있을 때 우연히 이친왕부에 대한 얘기가 나왔지. 그때 연갱요는 요란한 겉모습에 비해 내부는 텅 비어 있다면서 은연중에 열셋째 황숙을 얕잡아 보는 말을 했지. 모르는 소리 말라고 해야겠네. 지금 이 책들이 어디 웬만한 사람이라면 읽을 수나 있겠나 보라고."

유묵림은 홍력의 말에 순간적으로 흠칫 했다. 홍력과 만난 이후 그가 자리에 없는 사람 말을 하는 것은 처음 들었던 것이다. 그러나 곧 자세를 가다듬고 상체를 숙이면서 물었다.

"그 당시 연갱요가 한 말에 대해 넷째마마께서는 어떤 반응을 보이셨는지 궁금합니다."

"왕부에는 나름대로 규제가 있다고 했지. 열셋째 황숙은 친왕인 데다 상서방일까지 겸하기 때문에 셋째 황백과 여덟째 황숙처럼 그렇게 한가하지 못하다고 말했지. 실제로 호부, 병부, 형부 등 어느 곳 하나 열셋째 황숙의 손길이 미치지 않는 곳이 없거든."

홍력이 뒷짐을 진 채 걸어 다니면서 말했다. 이어 바로 말머리를 돌렸다.

"이건 구십주仇十洲가 그린 〈빙창관우도憑窓觀雨圖〉야. 그런데 왜 제발題跋(감상록)이 없지? 참으로 유감스러운 일이군."

유묵림은 홍력이 의문을 갖는 것도 당연하다고 생각한 듯 그림에 시선을 고정시켰다. 이어 한참 생각하더니 씩 하고 웃었다.

"왜 그런지 알 것 같습니다. 아마도 구십주의 작품이 이것뿐이라 사람들이 감히 붓을 대지 못한 것이 아니겠습니까?"

홍력은 어느 곳을 유람하든지 산수초목山水草木 하나하나에 대해 글귀를 남기는 것을 무척이나 즐겼다. 당연히 무심코 내뱉은 유묵림의 말은 홍력의 오기를 건드렸다. 곧 그가 필통에서 붓을 꺼내 먹물을 듬뿍 찍었다. 이어 잠시 생각하더니 풀밭을 스치고 지나가는 뱀의 몸동작을 방불케 하는 운필運筆을 선보이면서 그림의 오른쪽 위 모퉁이에 글귀를 남겼다.

朝雨明窓塵조우명창진
晝雨織絲杼주우직사저
暮雨澆花漏모우요화루

아침 비 내리면 창문 먼지를 씻고,
낮 비 내리면 베틀에서 실을 잣고,
저녁 비 내리면 꽃을 적시네.

홍력은 세 구절을 쓴 다음 잠시 망설였다. 절묘하게 운이 맞아 더 이상 쓰기도, 그렇다고 멈추기도 쉽지 않은 상황이었던 것이다. 그는 잠시 생각을 하다 그림의 왼쪽 아래에 눈길을 던졌다. 전서체로 된

도장 '원명거사'가 뚜렷하게 찍혀 있는 게 눈에 들어왔다. 그림은 아버지인 옹정이 하사한 것이 분명했다. 그로서는 더욱 주저할 수밖에 없었다.

39장
미인박명美人薄命

홍력과 유묵림이 그림을 감상하면서 각자의 자작시까지 읊고 있을 때였다. 밖에서 몇 사람의 웃음소리가 들렸다. 홍력은 바로 고개를 돌렸다. 방포와 문각 스님이 먼저 들어서는 모습이 보였다. 그 뒤로 지팡이를 겨드랑이에 낀 오사도가 따라 들어왔다. 기다리는 윤상의 모습은 보이지 않았다. 홍력이 황급히 붓을 내려놓고 두어 발자국 다가가 멈춰 서서는 읍을 했다.

"큰스님, 방 선생, 오 선생, 다들 오셨군요. 그런데 열셋째 황숙은 안 오셨네요? 오 선생과는 너무 오래만이네요. 몸도 불편하신데 이쪽으로 오셔서 편히 의자에 앉으시죠?"

유묵림은 홍력의 말을 듣고서야 비로소 지팡이를 짚은 볼품없는 장애인이 바로 옹정이 말끝마다 입에 올리던 '오 선생'이라는 사실을 알 수가 있었다. 더불어 전혀 사양하는 기색 없이 떡하니 상석에 자리하는 오사도를 보면서 적이 놀랐다. 곧 그가 두 손을 맞잡아 가슴에 대고 읍을 하면서 말했다.

"문각 대사는 폐하의 불가 체신이죠. 또 방 선생은 선대 황제의 친구인 것으로 압니다. 그런 사실은 저도 익히 알고 있었습니다만 오 선생은 이번에 처음 뵙네요. 외람되지만 함자는 어떻게 쓰시나요. 현재 어느 아문에 계신지요?"

홍력이 유묵림의 질문에 대신 웃으면서 말했다.

"오, 깜빡하고 소개를 하지 않았군. 오 선생은 얼마 전까지 전문경의 막료로 명성을 날리셨지. 여기 이 사람은 유묵림이라고 해요. 올해 탐화探花로 합격한 재주 많은 선비죠. 묵림, 자네의 자字가 '강주'江舟라고 했는가?"

유묵림이 즉각 대답했다.

"원래는 '유강주'라고 불렀습니다. 그러나 누군가 제 이름만 들으면 자꾸 그 떠들썩한 '유배강주'流配江州 사건이 떠오른다고 해서 아예 자를 없애버렸습니다."

오사도가 유묵림의 말을 다 듣더니 무덤덤하게 입을 열었다.

"나는 오사도라고 불러주면 되겠소이다."

서로 수인사가 끝나자 좌중의 사람들은 다시 구십주의 그림과 홍력의 필체를 놓고 한참 이야기꽃을 피웠다. 바로 그때 태감 애청안이 들어와 홍력을 향해 아뢰었다.

"넷째마마, 이친왕마마께서 돌아오셨습니다."

좌중의 사람들은 모두 자리에서 일어섰다. 곧이어 태감에게 한쪽 팔을 맡긴 윤상이 서재로 들어섰다.

"됐네."

윤상은 좌중의 사람들이 예를 갖춰 문안을 올리려고 하자 바로 손사래를 치며 괜찮다는 시늉을 했다. 이어 태감에게 나가라는 지시를 내렸다. 그리고는 홍력을 향해 물었다.

"지의를 받들고 왔나? 그렇다면 어서 선독宣讀을 하도록 하게."

홍력이 황급히 대답했다.

"폐하께서는 저에게 열셋째 황숙과 오 선생을 찾아가보라고 하셨을 뿐 따로 지의를 내리시지는 않으셨습니다. 그만 자리하십시오."

홍력이 말을 마치고는 옹정이 했던 말을 그대로 자세히 들려줬다. 그제야 윤상이 머리를 끄덕여보였다. 이어 깊은 한숨과 함께 허물어지듯 의자에 무너져 내렸다. 다소 창백해 보이는 얼굴에는 피곤이 역력했다. 그가 인삼탕을 한 그릇 마시고 다소 정신을 추슬렀는지 조용히 입을 열었다.

"오 선생, 폐하께서는 더 이상 그대를 접견할 의사가 없으신 것 같아. 무슨 일이 있으면 나를 통해 상주하도록 해. 오 선생도 보다시피 내 건강이 과히 여의치가 않아. 그래서 연회가 끝나고 폐하를 뵈려고 일부러 남았었지. 폐하께서는 앞으로 오 선생의 밀주문은 보친왕이 대신 전하라고 하셨어."

윤상이 말을 마치고는 크게 기침을 두어 번 했다. 이어 다시 입을 열었다.

"필력탑 등을 불러 뭘 좀 상의하느라 늦어졌어. 내일 나는 어가御駕를 따라 풍대를 다녀와야겠어. 큰형님과 둘째 형님도 들여다보고 올 거야. 큰형님은 정신이 나갔는지 밤낮없이 마구 돌아다니고 사람도 못 알아봐. 또 둘째 형님은 나하고 똑같은 병을 앓고 있는 모양이야. 살 수 있는 날이 그리 많이 남지 않은 것 같아. 문각대사, 폐하께서 지의를 내리신 몇 가지가 있지? 그중에서 연갱요 문제를 우선 논의하도록 하자고. 북경에 남겨둘 것인가, 아니면 지방으로 내려 보낼 것인가 하는 문제 말이야. 나는 옆에서 듣고 있겠네. 오늘 따라 말할 기운도 없어. 그런데 이 사람은 누군가? 한림원에서 본 적이 있는 것 같긴 한데 말이야."

윤상의 눈빛이 그제야 유묵림을 향했다. 유묵림은 윤상의 시선이 자신에게 쏠리는 순간 가슴이 뜨끔했다. 결코 범상치만은 않은 자리에 자신이 함께하고 있다는 생각이 번개처럼 뇌리를 친 것이다.

'내가 어쩌다 몽유병 환자처럼 이렇게 위험한 곳으로 들어왔을까?'

그는 속으로 그렇게 생각했으나 대답을 하지 않을 수는 없었다. 바로 그때 옆에 있던 홍력이 대신 입을 열었다.

"조카가 데려온 사람입니다. 열셋째 황숙께서 기억하고 계신 대로입니다. 이 사람은 한림원의 서길사庶吉士로 있는 유묵림입니다. 대단히 명민한 친구입니다. 혹시 연 대장군이 북경에 남지 않고 다른 곳으로 가게 된다면 이 친구를 함께 보낼까 하는 생각을 하고 있습니다. 또 방 선생과 오 선생 두 분께도 한번 선을 보이러 왔습니다."

유묵림은 홍력의 말을 듣고 나자 더더욱 불안해졌다. 깊이를 알 수 없는 심연 속으로 휘말려 들어가는 것 같은 느낌이었다. 급기야 그가 황급히 상체를 숙인 채 입을 열었다.

"저는 보잘 것 없는 일개 선비에 불과합니다. 닭 모가지 비틀 힘도 없는 사람입니다. 저는 연 대장군처럼 칼을 번득여 붉게 물들이는 것은 할 수 없습니다. 그런 가슴 떨리는 장면은 눈뜨고 잘 보지도 못합니다. 그런데 제가 따라가서 뭘 하겠습니까?"

유묵림은 어떻게 해서든 윤상 등의 진의를 알고 싶었다. 마치 돌을 던져 구슬을 얻어내려는 듯(포전인옥抛磚引玉, 《삼십육계》三十六計 중 제17계로, 지극히 유사한 것으로 적을 미혹시킨 다음 공격한다는 것) 진력을 다해 얘기를 했다. 아무려나 그는 말을 마치고 웃으면서 윤상을 쳐다봤다. 드디어 윤상이 머리를 끄덕이면서 말했다.

"홍력, 자네가 눈독을 들인 사람이라면 틀림없을 줄로 믿네. 그러나 연갱요가 어디로 갈지는 아직 미정이야. 이 문제는 그게 정해진 다음에 구체적으로 논의해도 늦지는 않을 것 같네."

"지당하신 말씀입니다, 열셋째 황숙."

홍력이 즉각 대답했다. 이어 부드러운 미소를 지으면서 유묵림을 바라봤다.

"자네는 아까부터 꼭 무슨 급한 일이 있는 사람처럼 안절부절못하더군. 이제 됐네. 어디 고운 색시 하나 봐뒀나 본데 필요할 때 다시 부를 테니 오늘은 그만 가보게."

유묵림은 홍력의 말이 채 끝나기도 전에 이미 반쯤 일어서고 있었다. 이어 엉거주춤한 자세로 말이 끝나기를 기다리는가 싶더니 황급히 홍력과 윤상을 향해 깊숙이 허리를 굽혔다. 유묵림이 인사를 마치기 무섭게 허둥지둥 막 두 번째 문을 나섰을 때였다. 열일곱째 황숙 윤례가 한 무리의 태감들에게 둘러싸인 채 그곳으로 들어오고 있었다. 유묵림은 황급히 한쪽 편으로 물러서서 윤례 일행이 지나가기를 기다렸다. 이어 한줄기 연기처럼 이친왕부를 빠져나와 소순경이 자신을 기다릴 가흥루를 향해 줄달음쳤다.

가흥루에 도착했을 때는 유시酉時가 막 지날 무렵이었다. 어둠의 장막이 순식간에 무겁게 드리우기 시작했다. 유묵림의 가슴은 상봉의 감격과 기쁨, 그리고 잔잔한 슬픔으로 터질 듯 벅차올랐다.

그런데 그는 대문을 밀고 들어서자마자 그 자리에 굳어지고 말았다. 이게 웬일인가? 북경을 떠나 있는 몇 개월 사이에 그곳은 술집이 아닌 희루戱樓(연극만을 공연하는 곳)로 바뀌어 있었던 것이다. 그래서일까, 아래층과 위층에서는 각종 악기소리가 혼란스럽게 엉켜 울려 퍼지고 있었다. 목을 풀기 위해 지르는 별의별 이상한 고함소리로 귀가 따가울 지경이었다. 그는 겨우 정신을 차리고 주변을 둘러봤다. 짙은 화장을 한 여자들이 분주히 왔다 갔다 했으나 아는 사람은 하나도 보이지 않았다.

유묵림이 실망과 좌절감에 머리를 떨어뜨리고 있을 때였다. 전에 소순경의 시중을 들었던 오씨가 연극 소품이 담긴 상자를 사람들과 함께 옮기는 모습이 보였다. 순간 유묵림은 눈빛을 크게 반짝이면서 황급히 그를 불렀다. 이어 믿지 않게 욕설을 퍼부었다.

"어디 가서 나자빠져 있다가 이제 나타난 거야, 이 거북아! 그래, 자네 엄마하고 누이들은 다 어디 갔어?"

"아니, 유 어른!"

오씨가 유묵림을 알아봤는지 반색을 하면서 달려왔다. 이어 한쪽 무릎을 꿇고는 인사를 올렸다.

"흠차 대신께서 북경에는 언제 돌아오셨습니까? 여기는 지난달에 서준 어른께 넘어갔습니다. 바로 서 상국徐相國(서건학을 의미함)의 사설 극단으로 만들었습니다. 가흥루는 이제 더 이상 꾸려갈 수 없게 됐지 않습니까? '천민은 모두 평민이 되게 한다'賤民從良는 폐하의 지의에 따라 순천부에서 이제부터 평민이 되지 않는 사람에 대해서는 세금을 두 배로 걷겠다고 못을 박았으니 그렇게 하지 않을 수 없죠. 여기 누이들의 일부는 집에 갔습니다. 또 일부는 추천을 받아 마나님들의 시중을 드는 하녀로 들어갔습니다. 어쨌든 뿔뿔이 흩어지고 말았습니다. 후유, 세상사라는 것이 다 흩어지고 만나고, 만나고 헤어지는 것 아니겠습니까?"

유묵림이 오씨의 말을 받았다.

"천민이 평민이 되는 것은 좋아. 그러나 술 안 팔고 깨갱거리면서 목청껏 소리나 지른다고 귀족이 되나? 아무튼 나는 그런 것에는 관심이 없으니 소순경이 어디 있는지나 알려줘."

오씨가 웃으며 대답했다.

"귀인貴人은 사소한 일을 잘 잊어버린다고 하더니, 정말 그런 것 같네요. 어른께서 기반가에 살 곳을 마련해주지 않으셨습니까? 엄마하고 그곳으로 옮겨간 지 한참 됐습니다……."

유묵림은 오씨가 주절대는 말을 뒤로 하고 바로 돌아섰다. 그러나 원수는 외나무다리에서 만난다고 했던가. 밖으로 나오자마자 두 명의 가노와 함께 거드름을 피우면서 다가오는 서준과 정면으로 맞닥뜨리고 만 것이다. 편안한 옷차림에 두루마기 자락을 바람에 휘날리던 서준은 유묵림을 한눈에 알아봤다. 그가 두 손을 가슴께에 가져가서 읍을 하고는 말했다.

"정말 오랜만이네요, 유 어른! 가내 두루 평안하시고요? 만 리나 되는 서부 전선에 다녀오느라고 수고가 많았어요."

유묵림은 의외로 깍듯이 예를 갖추는 서준을 보면서 대놓고 무시해서는 안 될 것 같았다. 그리고는 웃음 띤 얼굴로 천천히 대답했다.

"보아하니 좋은 일이 많은 것 같네요? 어디 가는 길인지 여쭤 봐도 되겠습니까? 괜찮다면 나하고 기반가의 소순경한테 가서 한잔 하는 것이 어떻겠습니까?"

"아니, 아니! 나는 그 여자가 할퀼까 겁나서 못 가겠어요. 그 악바리엄마 여편네는 또 어떻고! 염친왕께서 오늘 저녁에 우리 극단을 불러주셔서 가는 길입니다. 새로 편찬한 이 책들도 가져다 드릴 겸 해서 말입니다."

서준이 히히 하고 웃으면서 대답했다. 이어 바로 오씨를 향해 눈을 부라리면서 나무랐다.

"등신 같은 것이 어서 가서 가마를 대기시켜 놓지 않고 뭘 해?"

유묵림은 그제야 서준의 두 가노가 품에 안고 있는 책으로 시선을 옮겼다. 그중 한 권은 《망월루시고》望月樓詩稿라는 시집이었다. 찍어낸 지 얼마 되지 않은 듯 묵향을 물씬 풍기고 있었다. 유묵림이 시집에 눈을 고정시킨 채 말했다.

"연극 구경에 시 낭송이라…… 대단한 풍류파들이네요. 새 책 나온 기념으로 나한테 한 권 선물하면 안 될까요?"

서준이 즉각 함박웃음을 지으면서 말했다.

"유형 같은 인재가 진가를 알아봐 주니 정말 기분이 좋군요. 이 기분대로라면 무엇인들 못 주겠어요. 다섯 권 드리죠. 읽어보고 흉잡을 부분이 있으면 몰래 알려주세요."

유묵림은 그렇게 하겠노라고 머리를 끄덕였다. 이어 서둘러 말에 올라탔다.

"또 봅시다."

서준이 유묵림의 등 뒤에서 빈정대듯 입을 이죽거리면서 말했다. 그리고는 속으로 냉소를 흘렸다.

'자식, 네놈이 아무리 잘난 척을 해봐라. 이미 녹두건綠頭巾(머리에 쓰는 녹색 수건. 바람난 아내를 둔 남편을 빗대는 말)을 뒤집어쓰고 있는 줄도 모르고!'

유묵림이 기반가로 달려갔을 때는 주변이 완전히 어두워진 뒤였다. 어멈은 유묵림을 보더니 먼 길 떠났다가 모처럼만에 돌아온 자기 아들을 반기듯 했다. 완전히 입이 귀에 걸린 듯 다물 줄을 몰랐고, 바람을 일으키면서 분주하게 설쳐대기도 했다. 발뒤꿈치가 땅에 닿지도 않을 정도였다. 얼마 후 그녀가 자신이 마련한 주안상을 소순경의 방에 들여다 놓으면서 말했다.

"지켜보는 내가 입이 바짝바짝 마를 정도였습니다. 순경이가 진짜 눈 빠지게 기다렸다고요. 진작 오실 줄 알았는데, 이제야 나타나시니…… 기다리는 사람은 오죽했겠어요?"

어멈이 유묵림을 향해 주절대다 말고 소순경을 향해 눈짓을 했다. 이어 일부러 큰소리로 말했다.

"보고 싶어 죽을상을 하고 있더니, 얼굴이 왜 그래? 귀인이 드셨으니 이제 쌓였던 고민도 한 방에 날아가게 생겼구먼. 모처럼만에 유어른이 오셨으니 술도 한잔 기울이면서 좋은 밤 보내거라."

어멈은 말을 마치고는 살며시 문을 닫고 나갔다. 순간 유묵림은 자신을 바라보는 소순경의 눈에 눈물이 일렁이는 것을 목격했다. 그가 늦게 온 것을 탓하는 것이 분명했다. 그는 황급히 그녀에게 와락 달려들었다. 이어 그동안의 그리움을 한꺼번에 쏟아내듯 으스러지게 껴안은 다음 자상한 미소를 머금고 말했다.

"깨물어 주고 싶네. 이렇게 뾰로통해 있는 모습도 너무 좋아. 다시는 당신 곁을 떠나지 않을 거야. 앞으로는 하늘 끝 땅 끝 어디를 가도 데리고 갈 테니까 일 때문에 늦게 온 건 한 번만 봐줘, 응?"

"연 대장군이 북경에 들어오는 날 성 밖까지 나가서 기다렸어요. 당신이 같이 들어오는 줄 알았어요……"

소순경은 상처 입은 어린 새처럼 유묵림의 품에 쏘옥 안겨 기댄 채 하소연하듯 말했다. 마치 먼 옛날의 얘기를 꺼내듯 멀고도 희미한 목소리였다.

유묵림은 소순경의 입에서 연갱요에 대한 말이 나오자 순간적으로 조금 전 홍력이 했던 말이 떠올랐다. 자신을 연갱요에게 딸려 보내겠다는 말 속에 내재돼 있는 더 깊은 뜻이 있을 것만 같았다. 그렇다면 그것은 과연 무엇일까? 내가 떠나온 후 이친왕부에서는 또 무슨 얘기가 오갔을까? 생각할수록 종잡을 수가 없고 머릿속이 혼란스러웠다……. 유묵림은 그러나 곧 생각을 멈췄다. 그리고 잠시 동안이라도 다른 생각을 하고 있었다는 사실을 미안해하면서 소순경의 반질반질한 머리카락을 쓸어내렸다. 이어 부드럽게 그녀의 이마에 입맞춤을 했다.

"내 마음 같아서는 당장이라도 달려와 당신을 안고 싶었어. 하지만 나는 새처럼 완벽하게 자유로운 사람이 아니잖아. 특히 군국대사이니 만큼 철저히 명령에 따라 움직일 수밖에. 그렇지 않아?"

유묵림이 신기한 보물이라도 들여다보듯 살포시 고개를 숙이고 있는 소순경을 유심히 바라봤다. 그리고는 그녀의 옷섶을 비집고 손을 들이밀었다. 이어 옥돌을 만지듯 조심스럽게 그녀의 솜털 같은 부드러운 살을 어루만졌다. 발끝부터 머리까지 순식간에 전율이 타고 올라왔다. 곧 뜨거운 두 입술이 포개졌다. 유묵림의 손은 어느새 소순경의 배꼽 아래쪽을 더듬고 있었다.

"오늘은 안 되는데……."

자신의 전부를 내맡긴 것처럼 나긋나긋하던 소순경이 갑자기 유묵림을 밀어냈다. 이어 애써 일어나 머리를 만지고서는 옷섶을 꽁꽁 여몄다. 그리고는 마치 더 이상 범접해서는 안 된다는 것처럼 뚝 떨어져 앉았다. 유묵림은 무슨 영문인지 몰라 얼떨떨해 있을 수밖에 없었다. 그런 유묵림을 바라보는 그녀의 눈빛은 슬프기 한량없었다. 잠시 후 그녀가 차라리 우는 것이 더 나을 것 같은 억지웃음을 지어내면서 말했다.

"오늘 저녁만 봐줘요! 다음에……."

유묵림은 갑작스런 그녀의 태도 변화에 당황하여 말문이 막혔다. 그러나 곧 웃음을 머금은 채 말했다.

"당신 몸이 좋지 않거나 기분이 안 좋다면 나도 참을 수밖에 없지. 그런데 왜 그렇게 화들짝 놀라고 그러는 거야? 생리 때문에 예민해 진 것 같군. 그럼 안고만 있으면 안 될까? 긴긴 밤을 사랑하는 사람 을 앞에 두고 가만히 있기가 너무 아쉬워서 그래."

소순경이 아기처럼 가슴을 파고드는 유묵림을 다시 한 번 더 밀어 냈다. 이어 유묵림의 머리를 받쳐 들고 오래도록 뜯어봤다. 마치 콧수 염 하나, 눈가의 잔주름 하나라도 가슴속에 모두 새겨 넣으려는 듯 유묵림에게서 눈을 뗄 생각을 하지 않았다. 그렇게 얼마나 지났을까, 한데 붙어버린 듯 꽁꽁 닫혀 있던 그녀의 입술이 열렸다.

"당신, 그 험한 서역 길을 다녀오느라 참으로 고생 많았죠? 얼마 전에 가사를 대충 끄적여 놓은 것이 있어요. 곡을 붙여보면 좋을 것 같아요. 한번 들려 드릴까요?"

소순경은 말을 마치자마자 유묵림을 주안상 앞에 눌러 앉혔다. 이 어 살포시 술을 따라주고는 거문고를 퉁기면서 흐느끼는 듯한 목소 리로 노래를 부르기 시작했다.

세월의 손때 묻은 성벽은 여전한데,
복숭아꽃 같은 당신 모습은 왜 안 보이나요?
이내 몸은 파릇한 버드나무 잎이에요.
이제 막 고개 내민 새싹이거늘
어찌 몰아치는 비바람을 이길 수 있으리오!
아파라, 슬퍼라, 괴로워라…….
누각에 잔몽殘夢은 남아 있는데,
무정한 유수流水는 벌써 천진天津의 다리 밑을 흘러가네.
내 영혼의 갈피갈피에 맺혀 있는 이 한을 어이 하리오?

저승에서도 내 너를 물고 놓지 않으리니,

너와 나는 영원한 원수!

유묵림은 처음에는 아무 생각 없이 연거푸 술잔을 비웠다. 그러나 갈수록 이상한 느낌이 드는 듯 가사를 조용히 되씹으면서 가볍게 고개를 갸우뚱했다. 그러자 소순경이 사뿐사뿐 다가와 정감 어린 눈빛으로 유묵림을 바라보고는 술잔을 다시 채워줬다. 이어 자리로 돌아가서는 춤까지 추면서 노래를 불렀다. 그러나 이상하게도 그 몸동작과 손짓들은 어딘지 모골이 송연할 만큼 섬뜩한 느낌으로 다가왔다. 그는 빈속에 술을 연거푸 들이마셔서 취기가 오르는지 진저리치듯 마구 머리를 흔들었다. 이어 몽롱한 눈을 들어 소순경을 바라봤다.

"당신, 어쩌 이상한데? 왜 그래? 무…… 무슨 일 있었어?"

"아니에요."

소순경이 애써 눈물을 삼키고는 유묵림의 품에 안겼다. 이어 다시 철철 넘치도록 술을 한 잔 부어준 다음 흐느끼듯 입을 열었다.

"한 잔만 더 받으세요, 내 신랑 견우!"

"견우라니? 내가 견우牽牛라면 당신은 직녀織女라는 얘기야? 우리 사이에 은하수가 가로막힌 것도 아닌데, 그게 무슨 소리야? 오! 이제 보니 나보고 소처럼 실컷 마시라는 거로군!"

유묵림이 눈을 게슴츠레 뜬 채 말했다. 혀가 갈수록 꼬이더니 아니나 다를까, 그는 곧 그 자리에 폭 고꾸라지고 말았다. 그리고는 곧바로 코를 드르렁드르렁 골기 시작했다.

그제야 소순경의 두 눈에서 굵은 눈물이 봇물 터지듯 쏟아져 내렸다. 그녀는 우선 유묵림의 겉옷을 벗기고 편안하게 뉘였다. 그리고는 베개까지 받쳐줬다. 그녀의 흐느낌은 그 와중에도 끊어질 듯 이어졌다. 그래도 유묵림은 아무것도 모른 채 입을 쩝쩝 다시면서 잠들어 있었다. 그녀는 손가락으로 유묵림의 머리와 얼굴을 쓸어내리면서 오래도록 그에게서 눈길을 돌릴 줄 몰랐다. 그리고는 조용히 중얼거렸다.

"나는 수많은 유혹을 뿌리치면서 내 몸을 순결하게 사수했어. 그러다 당신에게는 아낌없이 다 내줬지. 당신은 세상에서 유일한 남자야. 내 둘도 없는 남자라고."

때는 음력으로 5월이었다. 한여름의 깊은 밤이었다. 바람 한 점 없고 벌레소리, 새소리마저 잠들어버린 고요한 밤이었다. 가끔씩 들려오는 것이라고는 멀리 연못가의 개구리가 트림하는 소리 정도뿐이었다. 그처럼 삼라만상森羅萬象은 죽은 듯한 정적에 푹 잠겨 있었다. 그와중에 교교皎皎한 달이 구름에 가려있다 못내 답답했는지 기어이 머리를 내밀었다. 그러자 어둠에 잠겨 으스스해 보이던 나무와 가옥 위로 은빛가루가 조용히 쏟아져 내렸다. 달빛이 눈처럼 쌓여 환하게 빛나자 고요하게 잠든 세상은 더욱 적막감에 휩싸였다. 왠지 소름끼치는 기분이 들기도 했다. 그래서일까, 눈에 익숙한 석탁石卓이나 어항, 분재와 가산假山의 돌 틈에서 산발을 한 귀신이 튀어나올 것만 같은 으스스한 분위기가 느껴졌다.

얼마나 시간이 흘렀을까, 소순경은 가슴을 지그시 누르는 무겁고 갑갑한 오포午砲 소리를 들었다. 밤의 장막을 깨고 은은하게 전해지는 소리였다. 의자에 앉아 멍하니 생각에 잠겨 있던 소순경은 순간 소스라치듯 놀랐다. 이어 자리에서 일어나 곧 쓰러질 듯 흔들리는 촛불 앞에서 긴 그림자를 끌면서 몽유병 환자처럼 서성거렸다. 그리고는 헛소리하듯 중얼거렸다.

"나는 비록 신분은 천하게 태어났지만 그렇다고 마음까지 천한 것은 아니었어. 일곱 살에 엄마를 잃고 열 살에 아버지를 잃었어⋯⋯. 기생엄마는 그래도 좋은 분이었어. 창기娼妓의 처지를 잘 헤아려줬어. 아마도 나한테서 동병상련의 아픔을 느꼈을 거야. 매춘도 강요하지 않았고⋯⋯. 묵림, 다행이에요. 당신에게 깨끗한 내 몸을 줄 수 있어서! 이제는 천적賤籍에서 풀려나와 재주 많은 당신을 따라 고락을 같이 하려고 했어요. 또 일품부인이 될 꿈을 꾸기도 했죠⋯⋯."

소순경이 비틀거리면서 창가로 다가갔다. 안색이 무서우리만치 하얗게 변해 있었다. 그녀가 다시 중얼거렸다.

"⋯⋯그러나 내 꿈이 너무 컸나요? 그래서 죄를 받은 건가요? 견우가 이제 더럽혀진 직녀를 가지려 할까요?"

그녀는 힘없이 중얼거리다 말고 허탈하게 웃었다. 창백하고 서글퍼 보이는 웃음이었다.

"나, 소순경이 이렇게 삶을 마감하게 되다니. 서준! 내 너를 절대 가만두지 않겠어. 두고 봐라!"

소순경은 곧 쓰러질 듯한 걸음을 천천히 옮기면서 책상 앞으로 다가갔다. 곧 서랍 속에서 작은 약봉지를 꺼냈다. 이어 그것을 술잔에 털어 넣고 흔들었다. 그리고는 세상모르고 곤히 잠들어 있는 유묵림을 깊고 그윽한 눈빛으로 바라봤다. 얼마 후 그녀는 더 이상 이승에 미련이 없다는 듯 목을 젖히고 꿀꺽꿀꺽 약을 탄 술잔을 들이켰다⋯⋯.

소순경은 창자가 뒤틀리는 아픔을 느꼈다. 손가락 하나 까딱할 힘도 없을 정도로 몸이 나른해졌다. 그러나 그녀는 사력을 다해 유묵림에게 다가가 그 옆에 누웠다. 이어 고통으로 일그러진 얼굴에 마지막으로 한 올의 웃음을 끌어 올렸다. 그녀는 그렇게 유묵림의 옆에서 웅크린 채 굳어가면서도 끝까지 신음소리 한마디 내지 않았다.

유묵림은 해가 중천에 떴는데도 일어날 줄을 몰랐다. 그러다 타는 듯한 갈증을 느끼고는 연신 입을 다시면서 물을 달라고 잠꼬대하듯 말했다. 그러나 아무리 불러도 응답이 없었다. 그는 이상한 느낌이 들어 있는 힘껏 벌떡 일어나 앉았다. 순간 머리가 어지러워 잠시 눈을 감고 있다가 주위를 둘러봤다. 얼마 떨어지지 않은 곳에 소순경이 웅크리고 있는 모습이 보였다.

"술도 별로 안 마신 사람이 나보다 더 늦잠을 자는 법이 어디 있는가? 여자가 잠이 그렇게 많아서야 원! 업어 가도 모르겠군."

소순경은 유묵림의 농담에도 아무 대답이 없었다. 순간 유묵림은 불길한 예감이 들었다. 엉금엉금 다가가 소순경을 뒤집었다. 아니나 다를까, 눈을 꼭 감고 장작처럼 굳어진 소순경의 입가에는 한 줄기 피가 흘러내린 채 굳어 있었다.

유묵림은 기절초풍할 듯 놀랐다. 그러나 그 경황없는 와중에도 혹시나 하는 마음에 그녀의 콧구멍에 손을 대 숨을 쉬는지 확인해 보았다. 맥도 짚어봤다. 하지만 눈앞의 모습은 꿈이 아니었다.

"순경아!"

곧 오장육부가 갈기갈기 찢겨나가는 것 같은 유묵림의 고함소리가 터져 나왔다. 실성한 사람이 따로 없었다. 그는 소순경의 차가운 몸을 흔들며 통곡했다.

"순경아, 눈 좀 떠봐! 이게 웬일이야? 너 지금 무슨 멍청한 짓을 한 거야? 제발 부탁이야, 눈 좀 떠봐! 아……, 허허……."

유묵림은 소순경을 부둥켜안은 채 눈물을 비 오듯 흘리면서 그녀의 이름을 애타고 절절하게 부르고 또 불렀다.

"순경아! 네가 어떻게 나를 이런 식으로 버리고 갈 수 있어? 어젯밤, 어쩐지 이상했었어. 무슨 일인지 왜 나에게 말하지 못했니? 나는 너에게 어떤 사람이었니? 아…… 허허……. 아…… 이제 나는 어떻게 하라고……."

그때였다. 기생어멈이 하늘이 박살이 나 우수수 파편이 떨어지는 것 같은 애절한 울음소리에 놀랐는지 문을 확 젖히고 들어섰다. 그리고는 눈앞의 광경에 얼굴빛이 사색이 되더니 몸을 떨었다.

유묵림은 소순경을 들어 침대 위에 조심스럽게 내려놓고는 바로 어멈의 목덜미를 움켜잡았다. 그리고는 무서운 광기를 보이면서 닦달을 했다.

"말해, 더러운 암캐 같으니라고! 말 못하겠어? 누가 순경이를 괴롭혔어? 목을 졸라 죽이기 전에 어서 말해! 아니…… 순천부로 보내 목을 잘라버리겠어! 내가 못할 것 같아? 좋아, 두고 보면 알 것 아니야!"

유묵림이 기생어멈의 목덜미를 움켜잡은 손에 자신도 모르게 힘을 가했다. 그의 얼굴은 더욱 험악하게 일그러져갔다. 핏발이 선 눈에서 금세라도 사람을 삼켜버릴 듯한 흉광이 번쩍였다. 유묵림의 손에 바짝 들려 버둥대던 기생어멈은 이미 반 주검이 되어 있었다. 급기야 그녀가 연신 살려달라고 싹싹 빌면서 말했다.

"유 어른, 제발……. 맹세코 이년은 아닙니다. 아무래도…… 아무래도……."

"어서 말 못해? 어떤 자식이야?"

"서준 어른일지도 모릅니다……."

유묵림이 기생어멈의 말을 듣자마자 그녀를 힘껏 내동댕이쳤다. 그리고는 이를 악물더니 더는 말이 없었다. 그녀의 말을 믿는 듯했다.

'서준은 지금 염친왕부에 있을 거야.'

유묵림은 그런 생각이 들자마자 바로 말을 대기시키라고 연신 고함을 질렀다. 그리고는 밖으로 뛰쳐나와 날렵하게 말에 뛰어오르더니 있는 힘껏 채찍질을 가했다. 깜짝 놀란 말은 숨넘어가는 소리를 지르면서 두 발을 높이 치켜들었다. 이어 무서운 기세로 냅다 달리기 시작했다.

40장
의심 받는 연갱요

　유묵림은 치밀어 오르는 분노를 안고 단숨에 염친왕부로 달려갔다. 왕부의 대문 앞에 다다르자 묘기를 부리듯 말 위에서 뛰어 내렸다. 그의 불끈 쥔 두 주먹은 자기도 모르게 부들부들 떨리고 있었다. 그러나 경계가 삼엄한 왕부의 대문을 마주하게 되자 잠깐 망설였다. 거친 숨결도 조금은 잦아지고 있었다. 서서히 이성이 고개를 들기 시작한 것이다. 무엇보다 아직 이름도 제대로 알려지지 않은 별 볼 일 없는 한림翰林에게 염친왕이 시간을 내줄 것인지 의문이었다. 설사 만나준다 하더라도 문제가 해결될 성질의 것은 아닐 터였다. 실제로 그는 무슨 말을 어디서부터 어떻게 아뢰어야 할지도 제대로 정리하지 못한 흥분 상태에 있었다. 게다가 서준은 윤사의 식객食客, 다시 말해 빈객賓客이었다. 또 한림원에서도 내로라하는 편수編修였다.
　'염친왕의 절대적인 신임을 받고 있는 최측근을 다짜고짜 염친왕부로 뛰어 들어가 목덜미를 잡고 흔든다는 것은 염친왕의 뺨을 때리는 것과 다를 바가 없지 않은가? 염친왕이 수수방관袖手傍觀만 하고 있겠어? 더구나 서준이 지금 이 시간에 여기에 있을지도 장담할 수 없고……'

유묵림이 그런 생각을 하면서 마치 뒤가 마려운 강아지처럼 그 자리에서 뱅뱅 맴돌았다. 그때였다. 대문 안쪽에서 예포소리가 세 번 울리더니 중문中門이 천천히 열리기 시작했다. 이어 한 무리의 태감들이 손뼉을 치면서 걸어 나왔다. 조용히 하고 길을 비키라는 의미인 '숙정회피肅靜回避'도 외쳐댔다. 그 뒤로 노란색 차양을 드리우고 여덟 명이 드는 큰 가마가 모습을 드러냈다. 당연히 그 안에는 윤사가 앉아 있었다. 한 무리의 왕부 시위들과 식객 및 막료들이 뒤따랐으나 서준은 눈에 띄지 않았다. 유묵림은 실망한 채 어깻죽지를 늘어뜨렸다.

바로 그 순간 의문儀門을 통해 부채를 부치면서 팔자걸음으로 걸어 나오는 서준의 모습이 보였다. 순식간에 유묵림의 얼굴이 시뻘겋게 달아올랐다. 온몸의 피가 거꾸로 솟구치는 듯했다. 그가 마음을 단단히 먹고 기둥에 말을 붙들어 맨 다음 서준에게 다가가려고 할 때였다. 마침 유묵림을 발견한 윤사가 수레를 멈추게 하고는 큰소리로 물었다.

"자네는 유묵림이 아닌가?"

"예, 염친왕 전하께 문안을 올립니다."

유묵림이 번쩍 제정신이 든 듯 엉겁결에 말끝을 흘리고는 윤사에게 달려가 무릎을 꿇고 예의를 갖췄다.

"나에게 문안을 올리러 왔구먼! 오늘 이거 체면이 서는데? 연 대장군이 보낸 것인가, 아니면 이친왕이 보내서 왔는가?"

윤사가 이글거리는 눈빛으로 서준을 쏘아보는 유묵림을 보면서 실소하듯 웃었다. 유묵림은 무슨 뜻인지 모를 윤사의 말에 정수리에 냉수를 들이부은 듯 제정신이 들어 공수를 하면서 대답했다.

"신은 보친왕 댁에서 오는 길입니다. 염친왕께 문안도 올릴 겸 서준 형한테 용돈 좀 얻을까 싶어서 왔습니다."

서준은 당연히 유묵림이 소순경으로부터 자초지종을 전해 듣고 자신에게 행패를 부리려고 찾아온 줄 알았다. 어떻게 해서든 핑계를 대고 도망갈 궁리를 하던 중에 돈을 빌리러 왔다는 말에 몰래 안도의 숨을 내쉬면서 씩씩하게 팔을 내저으며 유묵림에게 다가갔다.

"참 딱하다 딱해! 여기까지 찾아와 돈을 빌리려는 것을 보면 무척이나 급한 일이 있는 것 같은데?"

서준이 빈정대는 어조로 유묵림에게 말했다. 곧이어 윤사와 유묵림을 향해 번갈아 입을 열었다.

"여덟째마마께서는 모르시겠습니다만 이 친구가 이래봬도 여자 복이 기가 막힌다는 것 아닙니까? 요즘은 꿀 같은 염복艶福 때문에 세월 가는 줄도 모를 겁니다. 하기야 사내로 태어나 기막힌 미인을 집에 데려다놓고 신나는 달밤을 지내지 못하는 것도 억울할 일이지. 그러다 보니 돈이 필요한 모양인가 보군요. 그거야 내가 흔쾌히 밀어줄 수 있죠. 얼마나 필요해요? 액수만 말하면 나중에 우리 집 하인을 시켜 보내주겠소."

"염친왕께서는 입조入朝하시는 중인가 봅니다. 여기는 말할 자리가 아닌 것 같소이다."

유묵림이 다짜고짜 서준을 한쪽으로 잡아끌었다. 더불어 윤사를 향해 읍을 하면서 양해를 구했다.

"신이 경망스런 행동을 보여 죄송합니다. 서준 형의 시간을 잠시만 빌리도록 하겠습니다."

유묵림이 말을 마치자마자 숨을 몰아쉬면서 입을 움찔움찔했다. 그러더니 갑자기 전혀 무방비상태인 서준의 얼굴을 향해 "퉤!"하고 걸쭉한 가래침을 내뱉었다. 서준은 갑작스런 봉변에 오만상을 찌푸렸다. 그러나 그의 얼굴에는 이미 싯누런 가래침이 얼어붙은 고드름처럼 내걸리고 말았다.

"이런 사람 가죽을 뒤집어 쓴 짐승 같으니라고! 가래침을 뱉을 곳이 없어서 여기까지 찾아왔다! 알겠냐?"

유묵림이 한 걸음 물러서면서 징그럽게 내뱉었다. 막 가마를 들고 일어서려던 가마꾼들이 갑작스런 상황에 깜짝 놀랐는지 순간 휘청거렸다. 결국 다시 윤사를 땅에 내려놓고 말았다. 윤사는 그때까지 미소를 잃지 않고 있었으나 바로 얼굴을 바꿨다. 차가운 바람이 얼굴을 휘감고 있었다. 이어 홱 고개를 돌려 고함을 질렀다.

"유묵림, 누구 면전이라고 감히 이런 무례를 범하는 거야?"

서준은 자신이 유묵림의 가래침을 뒤집어 쓴 이유를 너무나 잘 알고 있었다. 때문에 악을 쓰면서 대적하거나 유묵림을 크게 자극하지 않았다. 오히려 이참에 자신의 '도량'을 과시해 염친왕에게 점수를 따야 한다는 생각부터 했다. 그는 곧 애써 표정관리를 하면서 의연한 척 뺨을 쓱 문지르고는 태연하게 입을 열었다.

"여덟째마마, 이자는 둘째가라면 서러워 할 미친개로 정평이 나 있습니다. 되다만 인간에게 화내실 것 없습니다."

"너야말로 미친개다 이 새끼야! 속은 구더기가 득실거리면서 겉만 번드르르 하면 다야? 너는 명문세가라는 가지 끝에 대롱대롱 매달려 있으나 네 아비 서건학을 비롯한 너희 가족은 명실상부한 '미친개 가족'이야. 네가 하고 다닌 짓거리를 과연 모른다는 말이야?"

유묵림이 악에 받쳤는지 길길이 날뛰었다. 서준은 끝까지 의연함을 유지하려고 했으나 자신의 아버지까지 욕하는 데야 방법이 없었다. 더구나 신사적으로 대할 인품을 갖춘 인물도 아니었다. 급기야 그가 두 눈에 이리의 그것 같은 불을 내뿜으면서 고함을 질렀다.

"하룻강아지 범 무서운 줄 몰라도 유분수지! 너, 우리 가문이 어떤 가문인지 알기나 하고 더러운 주둥아리를 놀리는 거야? 우리 아버지 발가락에 낀 때도 네 낯짝보다는 깨끗하다. 무슨 영화를 누리겠다고 개구멍에서 기어 나온 거야? 여덟째마마, 보시다시피 이자는 오늘 저를 모독했습니다. 유묵림, 너! 말해봐, 당장! 무엇 때문에 나를 모욕했어?"

"그건 너 자신이 더 잘 알 거야!"

"나는 몰라!"

"너는 알아!"

"나는 모른다니까!"

윤사는 사실 유묵림과 서준이 소순경을 놓고 싸우고 있다는 것쯤은 이미 알고 있었다. 그러나 큰 구경거리가 났다면서 여기저기에서 사람들이 팔짱을 끼고 몰려들자 더 이상 보고만 있지 못하고 가마에서 내려 버럭 고함을 질렀다.

"아무리 체통머리 없이 굴어도 유분수지, 자네들 지금 뭐 하는 짓이야? 유묵림, 나는 자네가 왜 이러는지 모르겠어. 그러나 어쨌든 서준은 내가 왕부로 불러들인 사람이야. 그런데 내 앞에서 감히 왕부로 초대받아 온 손님한테 침을 뱉어? 설마 내가 누군지 모르는 건 아니겠지? 오늘 자네가 범한 그 무례함만으로도 나는 자네를 용서할 수 없네!"

"마음대로 하시죠! 저도 더 이상 살고 싶지 않습니다. 대왕께서는 천자검에 왕명기패까지 없는 것이 없지 않습니까? 저의 파리 목숨 해

치우는 거야 식은 죽 먹기 아니겠습니까?"

유묵림이 무모할 정도로 배짱을 부리고 나섰다. 모든 것을 각오한 듯했다. 윤사는 그런 유묵림의 말에 흠칫 놀라는 표정을 짓더니 곧 차갑게 내뱉었다.

"나는 줄곧 관대함과 인후仁厚함으로 아랫사람을 대해 왔어. 그런데 감히 나에게 이런 불경을 저질러? 나는 잘해줘봤자 은혜도 모르는 몰염치한 인간이 있다는 것도 오늘 처음 알았어! 죽을죄까지 지은 것은 아니나 살아있다는 것이 원망스러울 정도로 괴롭혀 줄 테니 기다리라고. 여봐라!"

"예!"

"이자는 술에 만취해 왕부를 찾아와 소동을 부렸어. 서재 앞으로 끌고 가서 햇볕을 쬐게 해. 땀을 쫙 빼게 하라고. 우선 술이 좀 깨게 말이야. 어떻게 처리할지는 내가 폐하께 주명奏明한 뒤에 이부에서 소식이 있을 거야."

윤사의 목소리는 단호했다.

"예, 알겠습니다!"

그의 말이 떨어지자마자 염친왕부의 몇몇 병사들이 굶주린 이리떼처럼 유묵림에게 달려들었다. 그리고는 안간힘을 써서 물리치려는 그의 팔을 잡아끌었다. 곧 하늘이 찢기고 땅이 갈라지는 듯한 유묵림의 고함소리가 울려 퍼졌다.

"아무리 자기편이라고 해도 이렇게 편파적으로 두둔하시면 안 됩니다, 여덟째마마! 제가 목숨보다 사랑하는 소순경이 저자식 때문에 죽었습니다. 서준, 이 자식아! 네 손과 몸에는 온통 억울하게 죽은 원혼들의 피가 묻어 있어! 자기 스승까지 극약을 먹여 죽이더니, 이제는 순경이마저 독극물을 먹여 비명에 가게 했어. 용기가 있으면 네 뒤를 돌아 봐! 두 원혼이 너를 가만두지 않을 거다……."

좌중의 사람들은 유묵림의 악에 받친 처절한 외침에 저마다 소름 끼치는 표정을 지었다. 그의 서슬이 얼마나 시퍼랬는지 서준은 이미 반쯤 죽은 사람 같았다. 마치 얼음구멍에 빠졌다 건져 올린 사람처럼 덜덜 떨었다. 곧 그가 잔뜩 겁을 집어먹은 눈빛으로 슬며시 뒤를 돌아봤다. 윤사가 그 모습을 보고는 조소를 흘리면서 가마꾼들에게 명령을 내렸다.

"얼른 서둘러! 폐하께서 풍대 대영의 열병식에 가시기 위해 기다리고 계실 거야. 저런 미친 것들 때문에 시간을 빼앗기다니, 황당하기 이를 데 없구먼!"

윤사는 자신의 왕부 문 앞에서 시간을 허비하는 바람에 약속보다 거의 반시간이나 늦어서야 조정에 당도할 수 있었다. 서화문에 도착해 막 패찰을 건네려 할 때였다. 태감 고무용이 안에서 헐레벌떡 뛰어나오는 모습이 보였다. 그는 문안을 올리는 것도 잊은 채 발을 동동 굴렀다.

"마 중당, 장 중당께서는 벌써 오셨습니다. 모두들 태화문에서 여덟째마마만을 기다리고 있습니다. 동화문으로 들어오실 줄 알고 장오가가 사람을 그쪽으로 보내놓았습니다. 결국에는 이쪽으로 들어오셨네요."

윤사가 고무용을 따라 들어가면서 말했다.

"폐하께서 어제 서화문에서 패찰을 건네라고 명하셨어. 그런데 내가 어찌 감히 동화문으로 들어올 수 있겠나? 어쩌다 조금 늦을 수도 있는 거지, 그렇다고 뒤 마려운 강아지처럼 그러고 있어? 폐하께서는 건청궁에 계실 거야. 연 대장군은 도착했어?"

고무용이 즉각 대답했다.

"연 대장군께서도 벌써 도착하셨습니다. 지금 융과다 중당과 함께 건청궁에서 폐하를 모시고 말씀을 나누는 중이십니다. 열셋째마마께서는 어젯밤 피를 토하셔서 폐하께서 태의太醫를 보내신 것으로 알고 있습니다. 지금은 태의가 보내오는 소식을 듣고 움직이겠다고 하시면서 기다리고 계십니다. 아니면 진작 열병식 현장으로 출발하셨을 겁니다."

윤사는 곧 태화문에 도착했다. 그러자 진작부터 와서 기다리고 있던 장정옥과 마제가 그제야 안도의 숨을 내쉬었다. 마제가 먼저 입을 열었다.

"드디어 도착하셨네요! 사람을 왕부로 보냈더랬습니다. 떠나셨다고는 하더군요. 동화문쪽에서는 아직 모습이 안 보이신다고 해서 내내 초조하게 기다리던 중입니다. 폐하께서 부르시면 어떻게 하나 하고 말입니다."

장정옥은 처음에는 아무 말도 하지 않고 그저 안내하듯 손만 내밀었다. 이어 허리를 굽히면서 입을 열었다.

"먼저 행차하시죠. 저희들이 뒤따라가겠습니다."

윤사와 장정옥, 마제 등은 태화문으로 들어가서는 삼대전을 거치지 않고 바로 좌익문左翼門을 통해 전정箭亭, 숭루崇樓, 경운문景運門을 거쳐 천가天街를 지났다. 이어 건청문에서 패찰을 건넸다. 세 사람이 잠깐 기다리고 있자 바로 "들라!"는 지의가 전달됐다. 곧 그들의 눈앞에 어의御醫 유유탁劉柳鐸이 자리하고 있는 모습이 보였다. 옹정에게 윤상의 병세와 관련한 보고를 하는 모양인 듯했다. 또 그 옆으로는 융과다가 시립하고 있었다. 연갱요는 자리에 앉아 있었다. 옹정이 대례를 면제해주는 시늉을 해보이면서 유유탁에게 말했다.

"자네가 맥상脈象에 대해 자세히 말해도 짐은 잘 모르니 세세하게 보고할 필요까진 없네. 대체 이친왕이 앓고 있는 병이 어떤 병인지만 말해주게. 또 생명에 지장이 있는지 없는지만 얘기하게."

"아뢰옵니다, 폐하! 이친왕께서는 결핵을 앓고 계시옵니다. 성명하신 폐하께서도 잘 아실 줄로 아옵니다. 이 병은 과로해서는 절대 아니 되옵니다. 이번에 병이 심해진 것도 노심勞心이 지나치셔서 그렇사옵니다. 그런데 몸조리가 제대로 따라주지 못했사옵니다. 천만 다행인 것은 열셋째마마께서 평소에 건강이 좋으셨다는 사실이옵니다. 때문에 조용히 몸조리만 제대로 하신다면 천수를 누릴 수도 있겠사옵니다. 지금 당장 소인이 단언할 수 있는 것은 최소한 향후 삼 년에서 오 년 동안은 생명의 위협은 없을 것이라는 사실이옵니다. 염려스러운 것은 이친왕께서 의정醫正의 당부를 무시하시고 정무에만 매달리시는 것이옵니다. 계속 그렇게 하면 소인으로서도 달리 방법이 없사옵니다."

유유탁이 주저 없이 아뢰었다. 이어 연신 머리를 조아렸다. 옹정이 시선을 멀리 둔 채 한숨을 내쉬었다.

"짐이 여러 차례 특지를 내렸지. 절대 무리하지 말라고 말이네. 그런데 짐의 명령이라면 다 듣는 사람이 유독 이것만은 따라주지 않았어. 급기야 저렇게 각혈까지 하는 심각한 상태가 되지 않았나! 이제부터는 짐이 열셋째를 자네한테 맡길 테니 의식주행衣食住行 일체를 정성껏 보살펴 드리도록 하게. 설사 짐이 지의를 내려 불러들이더라도 자네가 봤을 때 상태가 여의치 않아 보이면 직접 짐에게 아뢰도록 하게. 무슨 말인지 알겠나?"

유유탁이 즉각 대답했다.

"소인은 폐하의 지의를 받들어 지금껏 이밀친왕理密親王(윤잉)의 건강을 보살펴 왔사옵니다. 이제 소인이 열셋째마마를 시중들게 되면 이밀친왕은 누가 보살펴 드리옵니까? 또 장황자 마마는⋯⋯?"

옹정이 유유탁의 말에 잠시 생각에 잠겼다. 이어 결심을 한 듯 입을 열었다.

"이밀친왕한테는 자네가 믿을 만한 다른 태의를 보내도록 하게. 장황자는 정신질환자니까 달리 손 쓸 방법이 없지 않겠나. 저렇게 살다가 가는 수밖에는 없지. 자네가 봐서 병이 심하게 도질 때마다 태의를 들여보내도록 하게."

윤사는 옹정의 말을 듣는 순간 가슴이 섬뜩해졌다. 한 아버지에게서 나온 친형제를 대하는 옹정의 태도가 판이하게 다르다는 생각에 자신도 모르게 긴장한 것이다. 장정옥도 그런 생각이 드는지 조심스럽게 입을 열었다.

"폐하! 장황자, 둘째 황자 마마도 그러하옵니다만 준화에서 수릉守陵하고 계시는 열넷째마마께서도 요즘 들어 건강이 여의치가 않다고하옵니다. 내무부를 관장하고 있는 신이 세 분 마마의 건강을 챙겨드리고 싶사옵니다. 그러나 열셋째마마에 한해서는 유유탁이 전문적으로 시중을 드는 것이 어떨까 하옵니다."

"그것도 괜찮은 것 같네. 자네는 재상이니 모든 일을 관장해 차질없이 처리할 책임이 있지 않은가. 시간 다 됐네. 연 대장군, 이제 슬슬자네 군중으로 구경이나 가지."

옹정이 회중시계를 꺼내서 보더니 일어섰다. 그러자 조용히 앉은 채좌중의 대화를 들으면서 생각에 잠겨 있던 연갱요가 황급히 일어나허리를 숙이면서 대답했다.

"예, 폐하! 신이 폐하를 선도先導하도록 하겠사옵니다!"

그러자 옹정이 미소를 지으면서 연갱요의 어깨를 두드려줬다.

"아니, 자네는 짐과 한 수레에 타고 가자고. 거절하지는 말게. 왕이 앞서가면 나라가 흥하나 부하가 앞서가면 나라가 망한다고 했네. 그래 짐이 제齊나라의 위왕威王보다 못하다는 말인가? 짐은 자네가 짐의 못난 아들들보다 낫다고 생각하네. 군신, 부자 사이에 뭐 그렇게 서먹서먹하게 형식에 구애받을 것이 있나? 부자父子가 같은 수레를 타고 움직이는 것도 즐거운 일이지 않은가!"

옹정이 말을 마치고는 껄껄 너털웃음을 지었다. 그리고는 연갱요의 손을 잡고 함께 궁을 나서 36명이 드는 가마에 올랐다. 윤사는 그 모습을 보면서 옹정이 지고무상한 제왕의 신분을 스스로 낮춰가면서까지 연갱요를 자신의 사람으로 붙잡아 놓으려 한다는 생각을 하지 않을 수 없었다. 동시에 속으로 냉소를 흘렸다. 융과다를 비롯한 마제, 장정옥 역시 윤사와 크게 다르지 않았다. 그 모습이 썩 좋아 보이지 않는다는 생각을 하고 있었다. 하지만 감히 어쩔 수가 없었다. 그저 각자의 말을 타고 가마를 따라 움직여야 했다.

가는 날이 장날이라고, 이날 북경은 찌는 듯한 더위에 몸살을 앓고 있었다. 구름 한 점 없는 맑게 갠 하늘에서는 불가마 같은 태양이 지칠 줄 모르고 열기를 토해내고 있었다. 또 아침에 황토 위에 물을 흠뻑 뿌려두었던 역도驛道는 이미 바싹 말라서 갈라져 있었다. 그래서인지 말발굽이 닿는 곳마다 먼지가 수증기처럼 올라와 앞이 보이지 않을 지경이었다. 옹정은 더위를 한번 먹은 적이 있다 보니 더위를 가장 무서워했다. 그래서 미리 가마 안에 얼음 대야를 몇 개씩이나 비치해 두었다. 그럼에도 그는 끊임없이 땀을 훔쳤다. 연갱요 역시 땀범벅이 되어 있었다. 그러나 그는 조각상처럼 꼼짝 않고 앉은 채 점점 가까워오는 풍대 대영 쪽만을 뚫어지게 바라보고 있었다.

어가가 풍대에 도착했을 때는 오시午時가 한참 지난 시각이었다. 연갱요의 3000명 철기병들은 어가를 맞을 준비를 다 마치고 대기하고 있었다. 그들은 모두 연갱요가 엄선한 곰 같은 체격의 용감무쌍한 용사들로, 위엄이 넘치는 자세로 석고상처럼 꼼짝도 하지 않았다. 또한 넓디넓은 공터의 사방에는 95개의 용기龍旗 외에도 여러 가지 색상의 깃발이 내걸려 있었다. 패도를 차고 장검에 손을 얹은 병사들은 연갱요의 지시대로 세 대열로 나뉘어 정렬해 있었다. 옹정과 연갱요가 탄 수레가 도착함과 동시에 홍기紅旗를 든 입구의 군관이 깃발을 흔들었다. 그러자 아홉 개의 문에 설치돼 있던 일명 '무적대장군'이라는 홍의대포가 일제히 기염을 토해내면서 아홉 발을 발사했다. 순간 지진이라도 일어날 것처럼 대지가 뒤흔들렸다. 장정옥과 마제 등 문신文臣들은 서산 주둔군과 풍대 대영의 열병식에 참가한 적은 있었으나 이처럼 삼엄하고 무거운 군위軍威가 한 몸에 느껴지는 열병식은 처음이었기에 저마다 경건한 자세로 주의를 집중했다. 예포의 메아리가 점점 수그러들 때였다. 시위 목향아가 팔을 힘차게 저으면서 씩씩하게 걸어 나오더니 가마 앞으로 다가와서는 한 손을 펴서 가슴에 대는 군례를 올리고는 크게 외쳤다.

"폐하의 열병을 받을 준비가 완료됐사옵니다!"

옹정이 연갱요를 향해 지시했다.

"명령을 내리게."

곧 귀청을 째는 듯한 연갱요의 고함소리가 울려 퍼졌다.

"열병 시작!"

옆에 앉아 있던 옹정은 저도 모르게 움찔했으나 이내 위엄을 되찾고 자세를 고쳐 앉았다.

"예!"

목향아가 한쪽 무릎을 꿇은 채 옹정을 향해 군례를 올리고 난 다음 획 돌아섰다. 그리고는 두 주먹을 불끈 쥐고 열병식이 행해질 곳으로 달려갔다. 이어 대장군 깃발 밑에서 큰소리로 외쳤다.

"대장군의 군령이시다. 이제부터 폐하의 검열이 시작되겠다!"

"황제 폐하 만세, 만세, 만만세!"

3000명의 병사들의 함성이 떠나갈 듯 대지를 뒤흔들었다. 세 부분으로 나뉜 군사들은 각각 머리에 공작 화령을 달고 노란 마고자를 입은 세 명의 시위들을 따라 가로로, 세로로 움직였다. 또 때로는 일자형一字形으로 연신 대오를 바꿔가면서 누런 먼지 속에서 칼刀과 검劍의 광채를 선보였다. 군사들의 위세는 그야말로 살기등등하다는 표현이 적당했다. 물론 그 와중에 간혹 더위를 이기지 못하고 쓰러지는 병사들이 없는 것은 아니었다. 또 밖으로 들려나가 치료를 받는 병사들도 있었다. 그럼에도 침 한 대 맞고 겨우 정신을 차린 그들은 태의의 권유도 물리치고 다시 대오로 돌아가려고 필사적인 몸부림을 쳤다.

옹정과 상서방의 대신들은 그 모습을 통해 말로만 듣던 연갱요의 위세를 실감할 수가 있었다. 윤사 역시 놀라지 않을 수 없었다. 연갱요가 사람을 개미잡듯 한다는 말은 익히 들어왔으나 병사들을 그렇게 단련시켜 놓은 모습이 평소 자신에게 보여주던 부드럽고 친근한 인상과는 너무나도 거리가 멀었기 때문이다. 아무려나 그로서는 이번 열병식을 통해 새삼 연갱요의 힘과 수완을 실감하였다.

윤사가 그런 생각에 잠겨있을 때였다. 목향아가 빨강과 검정 두 색깔의 깃발을 교차해 흔들었다. 그러자 질서정연하던 진영이 갑자기 대혼란에 빠진 것처럼 어지러워졌다. 살기등등한 병사들이 누런 흙먼지 속에 파묻힌 채 맞붙어 돌아가면서 대접전을 방불케 할 정도의 전투 시범을 보이기 시작한 것이다. 옹정의 시선이 대뜸 연갱요에게 향했다. 그는 내내 열병장에 시선을 둔 채 고개도 돌리지 않다가 옹정의 시선을 의식한 듯 입을 열었다.

"폐하, 지금 보시는 것은 진영을 변형하는 과정이옵니다. 신이 무후팔진도武侯八陣圖에서 영감을 얻어 연구해낸 것이옵니다. 만에 하나 우리 군이 적들에 의해 포위당하고 진영조차 흐트러지는 위험에 처한다면 저런 식으로 결집해 대적하는 것이 바람직할 것 같았사옵니다."

연갱요가 그렇게 말하는 사이 마구 헝클어져 있던 대오는 어느새 둥그런 원을 그리고 있었다. 중간의 군사들은 태극 쌍어雙魚 모양으로 빙빙 돌며 제자리를 찾아가고, 또 그들을 둘러싸고 있는 사방의 군사들은 활시위를 팽팽하게 당긴 채 호위를 하고 있었다. 그 사이 양쪽 태극 어안魚眼을 핵심으로 하는 두 개의 대오가 형성됐다. 이어 밖에서 호위하고 있던 병사들까지 합치자 3000의 병사들은 어느새 하나의 큰 대오로 변했다. 대오는 놀랍게도 '만수무강'萬壽無疆 네 글자를 만들어내고 있었다. 그것을 본 사람들의 눈은 순간 휘둥그레졌다.

"멋지군! 이제 내려가지. 필력탑의 군중에 가서 유격 이상의 군관들을 접견해야겠네."

옹정이 희색이 만면한 얼굴을 한 채 힘 있게 머리를 끄덕였다. 그리고는 미소를 지으면서 일어섰다.

"예, 폐하!"

연갱요가 대답하고는 먼저 가마에서 내려섰다. 그리고는 돌아서서 옹정을 부축해 내렸다. 이후 연갱요는 앞서 걷는 옹정에 조금 뒤떨어진 채 수행을 했다. 그 뒤를 윤사, 융과다, 장정옥, 마제 등의 대신들이 따랐다. 곧이어 '만수무강' 네 글자의 중간부분에 만들어진 통로를 통과했다. 그때 연갱요가 손짓을 보냈다. 그러자 군사들이 일제히 무릎을 꿇었다. 소매를 휘젓는 소리가 마치 깊은 산 속에서 산새들이

떼 지어 날아오르는 소리처럼 들려왔다.

그러나 현실은 서늘한 숲속이 아닌 찜통 같은 더위에 밀집해 있는 병사들로 인해 숨이 턱턱 막히는 상황이었다. 얼음 대야가 찬 기운을 내뿜어 그나마 견딜 만했던 가마에서 내려오자 옹정은 도무지 더위를 이기기 힘들었다. 그의 온몸은 어느새 땀에 흥건히 젖기 시작했다. 그럼에도 옹정은 위엄 있게 천천히 발걸음을 떼어놓으면서 계속 앞으로 걸어갔다.

얼마 후 옹정은 중군 대청大廳의 그늘진 처마 밑에 섰다. 그나마 그곳은 조금 서늘했다. 옹정은 필력탑과 장오가, 장우 세 사람이 대청 입구를 지키고 서 있는 모습을 보고는 안으로 들어가려다 말고 다시 나와 미소를 지었다. 이어 손을 흔들어 보이면서 말했다.

"여러분들은 짐의 보배이자 이 나라의 간성들이 되기에 손색이 없네. 참으로 수고가 많네!"

"만세, 만만세!"

또다시 떠나갈 듯한 함성이 진동했다. 옹정은 그 소리를 뒤로 하고 안으로 들어가 자리를 잡았다. 그제야 사람들도 따라 들어갔다. 연갱요 역시 이번 열병식의 지휘를 맡은 목향아에게 몇 마디 당부하고는 성큼 안으로 들어섰다. 이어 옹정의 옆자리가 비어 있는 것을 보고는 옹정을 향해 허리를 굽히면서 아뢰었다.

"유격 이상의 군관들을 전부 군중으로 불렀사옵니다."

옹정이 머리를 끄덕였다. 다음 순간 연갱요는 마치 자신의 자리가 틀림없다고 확신하는 듯 곧바로 옹정의 옆자리로 가서 앉았다. 마제가 그 모습을 보고는 엉덩이를 들썩이면서 한마디 하려고 했다. 연갱요의 오만불손함과 무례를 도저히 더는 두고 보지 못하겠다고 생각한 모양이었다. 그러나 옆에 있던 장정옥이 황급히 발끝으로 치며 제지하자 주위를 슬그머니 둘러보고는 고개를 숙였다. 그는 어쩔 수 없어 입을 다물기는 했지만 굴뚝같이 치밀어 오르는 화를 참느라 안간힘을 쓰는 듯 얼굴이 시뻘겋게 달아올랐다. 좌중의 다른 사람들 역시 연갱요의 그런 안하무인의 행동을 지켜보면서 저마다 나름대로의 생각에 잠겨 있는 듯했다. 그때 10명의 시위와 20여 명의 참장, 부장, 유격들이 요도腰刀와 패검佩劍이 부딪치는 쇳소리를 쩔렁쩔렁 내면서 들어왔다. 이어 옹정을 향해 삼궤구고의 대례를 올렸다.

그들은 살인적인 더위가 기승을 부리는 날씨에 하나같이 쇠가죽 갑옷을 입고 있으면서도 차림새가 하나도 흐트러지지 않았다. 옹정이 땀을 비 오듯 흘리는 그들을 향해 말했다.

"올해는 더위가 일찍 시작한 것 같군. 벌써 삼복처럼 더위가 기승을 부리니 말이네. 이 날씨에 정말 고생하네. 그 무거운 갑옷이라도 벗도록 하게."

"성은이 망극하옵니다!"

군관들이 일제히 대답했다. 그러나 어느 누구도 갑옷을 벗지 않았다.

"갑옷을 벗으라고 했네. 필력탑, 얼음 남은 것 있나? 있으면 가져다 이들에게 상으로 내리게."

필력탑이 황급히 대답하고는 얼음을 가지러 갔다. 그러나 거듭된 옹정의 명령에도 불구하고 군관들은 갑옷을 벗으려 하지 않았다. 그저 한결같이 연갱요만을 뚫어지게 쳐다볼 뿐이었다. 옹정이 다시 한번 갑옷을 벗으라고 지시를 내렸다. 그제야 연갱요가 입을 열었다.

"폐하의 지의가 계시니 갑옷을 벗어도 괜찮아."

군관들은 연갱요의 말이 떨어지기 무섭게 "예!" 하는 우렁찬 대답과 함께 양 옆으로 물러나 날렵한 동작으로 순식간에 갑옷을 벗었다. 이어 얇은 복복僕服(편한 근무복을 일컬음) 차림으로 제자리로 돌아왔다. 순간 옹정의 눈에 섬뜩한 빛이 스쳤다. 그러나 그는 내색하지 않고 미소를 머금은 채 말했다.

"우리는 최대한 간편하게 입고도 더워서 숨도 못 쉴 지경이네. 그런데 갑옷까지 입고 있으면서 얼마나 힘들었겠는가?"

연갱요의 부하들은 하나같이 밖에서 군대를 지휘하는 군관들이었다. 때문에 옹정의 얼굴을 보는 것은 이번이 처음이었다. 하지만 그에 대한 소문은 많이 들었기에 냉엄하고 각박하기 이를 데 없는 성격이라고 알고 있었다. 그러나 옹정이 소문과는 달리 농담도 곧잘 할 뿐만 아니라 부드럽고 자상한 면모를 보이자 하나같이 천위天威가 지척에 있다는 두려움도 잠시 잊은 채 편안한 표정으로 웃음을 지었다. 그때 옹정이 고개를 돌려 필력탑을 향해 물었다.

"오늘 구경 잘 했네. 자네의 병사들은 연 대장군의 병사들에 비하면 어떤가?"

필력탑은 솔직히 연갱요의 능력에 대해 인정하고 싶지 않았다. 그러나 '성의'聖意가 분명한 만큼 비위는 맞춰줘야 했다.

"소인은 오늘 그야말로 많은 것을 보고 느꼈사옵니다. 군사를 이끄는 것에 관한 한 연 대장군의 실력은 실로 대단하옵니다. 신은 연 대장군을 따라가려면 아직 멀었다고 생각되옵니다. 신은 조상의 음덕 덕분에 열여섯 살 때부터 선조를 따라 서정 길에 올랐으면서도 이런 열병 장면은 처음이옵니다. 앞으로 겸허한 마음으로 많이 배우도록 하겠사옵니다."

"짐은 오늘 기분이 날아갈 것 같네."

옹정은 감개무량한 표정이었다. 이어 연갱요에 대한 칭찬을 다시 늘어놓았다.

"연갱요는 짐이 황자 시절 옹화궁에 있을 때부터 키워온 문하야. 짐과는 남도 아닌 친인척 사이이기도 하지. 짐은 연갱요가 역사에 남을 큰 승전을 이끌어냈을 뿐만 아니라 이처럼 용맹하고 자질이 뛰어난 병사들을 키워냈다는 사실이 정말 자랑스러워. 짐이 연갱요를 대청大淸의 은인으로 받드는 것은 지나친 것이 아니야. 우선 이 친구는 일편단심으로 짐을 위해 충성을 다했어. 또 성조聖祖께서 말년에 미완으로 남긴 과제를 한 번에 해결해줬어. 한마디로 하늘에 계신 성조를 위로해드리고 그 뜻을 이어받은 짐의 마음도 홀가분하게 해줬어. 조상들이 남긴 유훈遺訓에 따르면 이성異姓은 왕으로 봉할 수 없어. 그런 조항이 분명히 명시돼 있기 때문에 짐은 유감스럽게도 연갱요를 일등공작으로 봉할 수밖에 없어. 그러나 연갱요를 향한 짐의 마음은 정말 각별해. 형제나 부자지간과도 같아. 그러나 세상에 독불장군은 없지. 연갱요 혼자만의 힘으로는 대승을 이끌어낼 수 없었을 거야. 그 대승은 천하의 신민臣民들이 한마음이 되어 힘을 모아 밀어주고 받들어준 결과야. 또 이 자리에 함께 한 여러 장령들의 목숨을 내건 용맹함이 빛을 본 위대한 산물이라고 해야 해. 여러분들의 공훈은 해와 달과 함께 영원히 꺼지지 않고 빛날 거야!"

그렇게 말한 옹정은 장정옥에게 눈길을 돌렸다.

"장정옥!"

"예, 폐하!"

장정옥이 대답하자 옹정이 다시 느릿느릿 입을 열었다.

"오늘 열병식에 참가한 군관들과 병사들은 모두 한 등급씩 직급을 올려주도록 하게. 그리고 연갱요가 특별히 승진을 추천한 몇몇 장군들에 대해서는 이부의 고공사考功司에 기록하고 그대로 처리해주도록 하게."

"예, 폐하!"

"지의를 전하게. 내고內庫에서 삼만 냥을 풀어 오늘 이 자리에 있는 모든 병사들에게 상을 내리도록 해! 또 유묵림에게 서정대장군의 군 공덕패軍功德牌에 들어갈 글귀를 쓰라고 하게. 서녕에 비석을 세울 때 영원히 그 정신을 기릴 수 있도록 새겨 넣게 말이야."

"예, 폐하!"

윤사는 옹정의 말을 듣자 가슴이 뜨끔해졌다. 유묵림이 아직 자신의 서재 앞 땡볕에 무릎을 꿇고 있을 가능성이 높았던 것이다.

'아이고, 이걸 어쩌나?'

윤사가 그렇게 생각을 더듬고 있을 때였다. 장정옥이 옹정에게 여쭈었다.

"폐하, 그러면 서녕에 비석을 세우는 일은 누구에게 맡기실 생각이옵니까? 누구를 파견하실 예정이시옵니까?"

"유묵림을 보내지. 흠차 신분을 줘서 대장군의 참의參議 역할을 하게 하면 되지 않겠는가?"

옹정이 찻물로 입술을 적시면서 당연하다는 듯 대답했다. 확실히 유묵림에 대한 옹정의 기대는 대단히 높았다. 윤사는 순간 자신이 유묵림에게 벌을 준 일이 탄로 날 것이 분명하다고 생각했다. 결국 용기를 내서 사실을 털어놓기로 결심하고 빙 둘러서 말을 꺼냈다.

"유묵림이 머리가 잘 돌아가는 것은 사실이옵니다. 그러나 행실이 상당히 좋지 않다는 나쁜 소문도 돌고 있사옵니다."

윤사는 유묵림에 대한 험담을 마치자마자 바로 조금 전 염친왕부 앞에서 있었던 일의 자초지종을 들려줬다. 그러나 자신이 유묵림에게 땡볕에 무릎 꿇게 하는 벌을 줬다는 말은 하지 않았다.

"……그래서 신이 이번 기회에 그 친구의 악습을 고쳐보려는 좋은 뜻에서 서재에서 대기하라는 벌을 줬사옵니다. 신이 돌아갈 때까지 기다리라고 말이옵니다. 창기 출신의 천민 여자 하나 때문에 감히 신의 면전에서 신의 문하인 관리를 모욕한다는 것이 어디 있을 법한 일이옵니까? 자질이 부족하고 근본이 안 돼 있는 사람에게 연 대장군의 공덕패를 맡긴다는 것은 좀 어울리지 않는 것 같사옵니다.”

옹정의 안색은 윤사의 말이 채 끝나기도 전부터 딱딱하게 굳어갔다. 사실 그의 과거사를 감안하면 그럴 만도 했다. 그는 즉위 초에 천민을 해방시킨다는 조서를 발표한 바 있었다. 장정옥과 마제는 옹정이 시급한 현안도 아닌 것을 그렇게 서둘러 추진한 이유를 몰랐다. 그러나 좌중의 사람들 중 연갱요만은 이유를 어느 정도 알고 있었다. 옹정이 젊은 날 안휘성을 순시하던 중 물에 빠진 자신의 생명을 구해준 낙호樂戶의 여자와 사랑에 빠졌던 가슴 절절한 과거가 있다는 사실을 이위에게 들어서 대충 알고 있었던 것이다. 그러나 아무것도 모르는 윤사로서는 ‘천민’이라는 말을 대수롭지 않게 내뱉음으로써 자신이 옹정의 약점을 건드렸다는 사실을 알 턱이 없었다.

옹정은 내심 심기가 대단히 불편했으나 순간적으로 표정을 감추고 비명에 죽어간 소록小祿과 놀라울 정도로 닮았던 교인제를 떠올렸다.

‘열넷째를 따라 준화로 갔겠지? 잘 살고 있는지 궁금하군.’

옹정은 그렇게 교인제를 떠올렸다가 바로 떨쳐버리고는 얼굴에 냉소를 흘렸다. 이어 윤사의 말이 끝나기를 기다렸다가 입을 열었다.

“사내로 태어나 풍류죄 한 번쯤 범하는 것이 뭐 그리 큰 죄가 되겠나? 짐은 오히려 사람냄새가 나는 유묵림의 솔직함이 거짓으로 치장한 위선자들인 도학파들보다는 낫다고 보네! 소순경 사건에 대해서는 유묵림에게서 들어 짐도 어느 정도 알고 있네. 그리고 자기는 얼마나 고상하기에 다들 천민, 천민 하는 거야? 그러는 서준의 할머니는 천민 아니었는가? 그리고 또⋯⋯."

옹정이 잠시 말을 흐리고는 윤사를 힐끗 쳐다봤다. 이어 말머리를 돌렸다.

"됐네! 그 일은 더 이상 논하지 말지."

윤사는 옹정이 말끝을 흐린 "그리고 또⋯⋯"라는 말 뒤에 무슨 말이 뒤따라올지 알고도 남았다. 자신의 생모인 양귀인良貴人 위衛씨 역시 원래는 신자고辛者庫의 완의노浣衣奴(빨래를 담당하는 궁녀) 출신이라는 사실을 말하려고 했던 것이다. 윤사는 옹정으로 하여금 자신의 생모 출신을 거론하게 만든 장본인이 다름 아닌 자신이었다는 데 생각이 미치자 울화가 치밀어 연신 거친 숨을 토해냈다. 그러나 성질을 낼 수는 없는 일이었다. 그저 몰래 옹정을 매섭게 노려보고는 억지로 숨을 죽였다. 그때 연갱요가 입을 열었다.

"유묵림은 다방면으로 재주가 넘치는 사람이옵니다. 그 점은 신이 군중에 있으면서 충분히 느꼈사옵니다. 신도 마침 그 사람 같은 문장의 달인을 필요로 하고 있었사옵니다. 그가 와 준다면 신이 주장을 올릴 때 골머리를 앓지 않아도 될 것 같사옵니다."

옹정은 연갱요의 말이 끝나기 무섭게 바로 태감 고무용을 향해 명령했다.

"여덟째마마의 서재로 가서 유묵림에게 시의를 전하도록 하게. 신시申時 이후에 양심전으로 패찰을 건네고 뵙기를 청하라고 말이네."

뒤이어 연갱요가 입을 열었다.

"폐하! 열병식도 마쳤으니 이제 신은 더 이상 북경에 머무를 이유가 없을 것 같사옵니다. 그러니 신이 언제쯤 북경을 떠나는 것이 좋을지 지의를 내려주시옵소서. 이 많은 인마人馬가 한꺼번에 움직이기보다는 숙박과 군량미, 건초를 책임진 병사들부터 먼저 출발시키는 것이 어떨까 하옵니다."

"자네들은 이제 그만 물러가게!"

옹정이 수십여 명에 이르는 주변의 군관들에게 지시했다. 그들이 몰려 있어 더욱더 공기가 탁하고 답답한 것이 불편한 모양이었다. 곧 이어 그가 천천히 일어나 부채를 부치면서 말을 이었다.

"우선 내일은 황후와 연귀비年貴妃(연갱요의 여동생)를 찾아보게. 이어 황도길일皇道吉日(민간신앙에서 꼽는 좋은 날)인 모레쯤 환송연을 하면 되겠네. 장정옥과 방포가 짐을 대신해 환송연을 열어줄 거야. 자네가 얘기했던 군비와 군량미와 관련한 일은 짐이 이미 호부에 지시해 놓은 상태이니 차질 없이 추진할 거네. 돌아가서 초심을 잃지 말고 본연의 임무에 최선을 다하도록 하게. 악종기가 올린 밀주문에 의하면 자네 부하들과 그의 사천四川병사들은 사소한 일로 자주 마찰을 빚는 것 같아. 그러지 말고 잘 지내도록 하게. 자네와 악종기는 모두 짐의 두 날개와 같은 신하들이야. 그런 만큼 진심으로 단결하는 모습을 보여줬으면 하네. 두 사람이 합심하면 밑에서도 당연히 마찰이 적어지지 않겠나?"

연갱요가 옹정의 말에 묘한 느낌을 받은 듯 흠칫하면서 물었다.

"신의 삼천 병사들은 이번에 신과 동행하지 않는다는 말씀이옵니까?"

옹정이 기다렸다는 듯 대답했다.

"먼저 보냈던 열 명의 시위들은 북경에 남겨뒀다가 필요한 곳으로 배치할 거야. 또 삼천 병사들이 여전히 자네의 병사들인 것만은 변함이 없어. 그러나 오늘 보니 정말 탐이 나는군. 얼마동안 북경에 남겨두고 싶어. 전투 경험이 전혀 없는 경기 지역의 병영으로 순회시키면서 시범을 보이게 할 생각이야. 그런 다음에 서녕으로 보내주면 되지 않겠어? 그러면 자네도 이번에 편히 갈 수 있고 여러 가지로 득이 되지 않을까?"

순간 연갱요의 미간이 아주 미세하게 떨렸다. 10명의 시위들은 원래부터 옹정이 파견한 사람들이었다. 때문에 북경에 붙잡아둔다고 해도 아쉬울 것은 없었다. 그러나 이번에 데려온 3000의 병사들은 달랐다. 그야말로 심혈을 기울여 키워온 정예부대였다. 한마디로 그들은 전쟁터에 나가면 일당백이요, 언제라도 목숨을 내놓을 각오가 되어 있을 뿐만 아니라 무예 실력으로도 필적할 병사들이 없는 병력이었다. 또 그가 돈으로 배를 불려놓은 탓에 웬만한 유혹에는 넘어가지도 않을 충성파들이기도 했다. 어디 그뿐인가. 그의 명령 한마디면 물불을 가리지 않을 수도 있었다. 조금 더 심하게 말하면 수족 같은 존재라고 해도 좋았다. 하지만 만에 하나 옹정의 마음이 돌변해 그들을 전부 북경에 가둬버리는 날에는 자신이 수년 동안 쏟아 부은 정성은 물거품이 될 수밖에 없었다. 그러나 그들을 이용해 다른 병사들의 사기를 북돋우고 시범을 보여주자는 옹정의 말에는 전혀 문제가 없었다. 또 서녕의 전투는 이미 끝난 것이 아닌가. 연갱요로서는 옹정의 뜻을 거역할 명분이 전혀 없었다. 그가 한참 고민하더니 천천히 의견을 말했다.

"신이 모처럼 폐하의 말씀에 토를 달아보려 하옵니다. 병사들은 신이 데리고 있기는 하옵니다. 그러나 폐하와 조정이 먹여 살려주셨사옵니다. 신 역시도 폐하의 문하이옵니다. 그러니 폐하께서 원하시는 대로 하시면 될 일이옵니다. 굳이 신의 의견을 물어 오실 필요도 없사옵니다. 폐하께서 그러시면 신은 대단히 부담스럽사옵니다. 신은 어디까지나 폐하께서 주무르시는 대로 모양이 빚어지는 찰흙 같은 존재이옵니다. 그리고 악종기와 신은 오랫동안 교분을 맺어온 돈독한 사이옵니다. 아랫것들이 철없이 굴어 그런 불미스런 일이 있었던 것 같사오나 폐하께서는 우려하시지 않으셔도 될 듯하옵니다. 반드시 일심일덕一心一德으로 공생공사共生共死할 것이옵니다. 만에 하나라도 한 식구끼리 주먹을 휘두르고 싸우면 어떻게 되겠사옵니까? 조정의 체면에도 큰 손상을 입힐 뿐만 아니라 폐하의 기대에도 어긋날 것이 아니옵니까?"

"아무튼 짐은 돌아가서 악종기에게 지의를 내릴 거야. 부하들을 잘 단속하라고 말이야. 그래야만 자네가 돌아갔을 때 만에 하나 생길지 모르는 사고를 미연에 방지할 것 같네."

옹정이 자리에서 일어나면서 말했다. 그리고는 횡하니 밖으로 나가버렸다. 연갱요와 필력탑, 장우 등은 즉각 대영 입구까지 뒤따라 나갔다. 이어 무릎을 꿇은 채 옹정의 가마가 멀어질 때까지 깊숙이 머리를 숙였다.

41장
서부로 떠나는 유묵림

 상서방 대신들이 옹정을 따라 서화문 입구에 도착했을 때는 하루 종일 기염을 토하던 태양도 서서히 기울기 시작할 무렵이었다. 서쪽 하늘은 이미 석양에 물들어 신비로운 선홍빛을 뿜내고 있었다. 장정옥은 새벽녘에 우유 한 잔만 마시고 등청을 했었다. 옹정이 두 번씩이나 음식을 내렸음에도 그때마다 사람들이 찾아오는 바람에 하루 종일 요기를 전혀 하지 못했다. 당연히 뱃가죽이 등에 달라붙은 것 같았다. 그는 도대체 왜 이렇게 배가 고픈가 싶어 슬며시 시계를 꺼내 보았다. 벌써 술시戌時가 가까워오고 있었다.

 얼마 후 옹정이 가마에서 내렸다. 장정옥은 그제야 마음이 놓였는지 갑자기 참을 수 없는 허기가 밀려왔다. 눈앞에 먹을 것이 둥둥 떠다닐 정도였다. 그가 그렇게 무엇을 먹을까 하는 생각만 머릿속에 가득 차 있을 때 옹정이 그를 손짓으로 불렀다.

"형신, 자네들은 뭘 하나? 이리 오지 않고. 아직 접견할 사람이 남아 있다고. 깜빡했는가?"

장정옥은 그제야 뭔가 생각이 난 것 같았다. 자신의 실수를 덮어 감추려는 듯 웃으면서 입을 열었다.

"신이 어찌 감히 공무公務를 잊을 수가 있겠사옵니까! 폐하께서 하루 종일 사람들을 접견하시느라 피곤하실 것 같아 잠깐 쉬어가는 줄 알고 그랬사옵니다."

"밥도 배불리 먹었어. 풍대에 잠깐 다녀온 것 뿐 아닌가. 거기 가서도 반나절 동안 앉아만 있다 왔는데, 피곤할 것이 뭐 있겠나?"

옹정이 편안한 웃음을 지어보였다. 그때 뒤따라오던 융과다가 뒤로 물러서며 자기는 빠지려고 하는 눈치를 보였다. 그러나 그를 그냥 보낼 옹정이 아니었다.

"외삼촌께서도 같이 들어오지."

"예, 폐하!"

융과다가 마지못해 상체를 굽실거리면서 대답했다. 이어 옹정을 따라 들어갔다.

유묵림은 네 사람이 산책하듯 천천히 양심전으로 들어갔을 때 이미 수화문 밖에 엎드려 대령하고 있었다. 하지만 고개를 떨어뜨리고 있는 탓에 표정을 살피기는 어려웠다. 그 옆에는 양명시와 손가감도 같이 무릎을 꿇고 있었다. 한 명은 술직차 북경으로 왔고, 다른 한 명은 지방 순시를 마치고 돌아오는 길이었다.

"일어나 기다리도록 하게."

옹정이 짤막한 한마디를 남기고는 대원大院으로 들어갔다. 백발이 성성한 태감 형년이 황급히 마중을 나오더니 옆자리에 물러선 채 아뢰었다.

"이불李紱이 방금 패찰을 건네 왔사옵니다. 첨사부詹事府의 사이직史胎直도 뵙기를 청했사옵니다. 둘 다 지의를 받은 몸이 아니기 때문에 소인이 천가天街에서 기다리도록 했사옵니다. 벌써 두 시간이 다 되어 가는데 폐하께서 접견을 거부하시오면 어서 가서 물러가라고 해야겠사옵니다. 궁문이 닫히면 특지가 없는 한 밖으로 나갈 수가 없사옵니다."

"음! 음!"

옹정이 짤막하게 건성으로 대답했다. 그러나 '사이직'이라는 이름을 되뇌는 순간 뭔가 떠올랐는지 걸음을 멈추었다

"사이직이라면 연갱요와 같은 해에 진사에 급제한 친구 아닌가. 들어오라고 하게. 이불은 갔다가 내일 다시 뵙기를 청하라 하고. 방 선생은 들어왔나?"

그때 융과다는 옹정의 말은 귀에도 들어오지 않았다. 그저 옹정이 자신을 함께 부른 이유를 점치느라고 바빴다. 확실히 지은 죄가 있어 당당하지 못한 사람은 달랐다. 그러나 그가 궁등 밑에서 힐끗 훔쳐본 옹정은 얼굴에 전혀 표정이 드러나지 않았다. 연신 꼬르륵거리는 배를 달래면서 속으로 울상을 짓고 있던 장정옥은 그런 융과다의 표정을 살필 여유가 없었다.

"신, 대령했사옵니다!"

방포가 붉은 돌계단 밑에 서 있다가 옹정의 말을 듣고는 황급히 한 발 앞으로 나서면서 아뢰었다. 무릎을 꿇는 대신 길게 읍한 채였다. 천자의 면전일지라도 무릎을 꿇을 필요가 없다는 옹정의 거듭되는 지의에 따라 무릎을 꿇는 대신 길게 읍을 한 것이었다. 그러나 그것이 오히려 더욱 어색했다. 그가 그 어색함을 얼른 감추려는 듯 웃는 얼굴로 아뢰었다.

"신은 열셋째마마를 뵙고 돌아온 지 한 시간쯤 되옵니다."

"그래, 잘했군."

옹정이 담담하게 말하면서 궁전 안으로 성큼 들어섰다. 이어 동난각의 커다란 온돌마루에 좌정했다. 그리고는 줄줄이 따라 들어오는 신하들을 바라보면서 미소를 머금은 채 말했다.

"다들 예의는 그만 차리고 자리하게. 이 더위에 목들이 마르겠지? 차를 가지고 오너라!"

옹정의 말이 끝나자마자 태감이 사이직을 데리고 들어섰다. 옹정이 웃으면서 말했다.

"사 첨사詹事, 자네 오늘 운 좋게 무릎에 힘 덜 빼게 생겼어. 짐은 원래 양명시를 먼저 접견하기로 했었는데, 자네가 그들을 제치고 먼저 들어온 거야. 첨사부는 한가한 아문으로 알고 있는데, 다 저녁에 무슨 일로 이리 급히 뵙기를 청했는가?"

사이직은 키가 크고 장작처럼 마른 사람이었다. 두상이 유난히 긴 데다 목도 가늘고 길어 마치 허리가 잘록한 박과 같았다. 게다가 말할 때마다 주먹만 한 목젖이 오르내렸다. 그렇게 우스꽝스러운 외모에 비해 표정은 항상 근엄하기 이를 데 없었다. 땅에 엎드려 옹정의 말을 다 듣고 난 사이직이 무겁게 머리를 조아리고는 고개를 들고 입을 열었다.

"아뢰옵니다, 폐하! 외람되오나 조정에는 '한가한 아문'이 따로 없는 줄로 알고 있사옵니다. 일을 하고자 찾아다니는 사람에게는 항상 일이 따라오게 마련이옵니다. 또 일을 피해 다니는 사람은 얼마든지 한가해질 수 있사옵니다."

사이직의 말에 옹정이 빙그레 웃었다.

"대단히 정확한 말이네. 그렇다면 자네는 무슨 급한 일이라도 있는 것인가?"

다시 사이직이 머리 조아리는 소리가 쿵쿵 울려 퍼졌다.

"올봄 사월 초부터 지금까지 직예와 산동에는 비 한 방울 내리지 않는 극심한 가뭄이 이어지고 있사옵니다. 폐하께서는 이들 성省에 대해 어떤 조치를 취하려는 생각을 가지고 계시옵니까?"

"그 일로 이렇게 정신없이 달려왔나? 짐이 왜 나 몰라라 했겠나? 사월 중에 호부에서 이미 잡곡 삼백만 석을 풀었네. 산동, 직예 일대의 이재민들은 먹고 사는 데 문제가 없을 뿐 아니라 종자와 사료도 동시에 해결된 줄로 아는데?"

옹정이 다소 화가 난 듯하더니 곧 웃음을 띠며 말했다. 그러나 그대로 물러갈 줄 알았던 사이직은 옹정의 말이 떨어지기 무섭게 다시 입을 열었다.

"재해 지역을 두루 살피시어 성은을 베풀어주신 사실은 온 천하가 알고 있사옵니다. 성주聖主의 인자함과 후덕하심은 일월日月과 더불어 길이 빛날 것이옵니다. 그 옛날 우리 대청의 명신이었던 우성룡이 《역경》易經의 이치에 빗대 했던 말이 떠오르옵니다. 그분은 북경에 오랫동안 비가 내리지 않고 무서운 가뭄이 지속되는 것은 조정에 간신奸臣이 있기 때문이라고 했사옵니다. 소인배가 있는 곳에는 기름기가 고이지 않는다고도 했사옵니다. 아무리 자연재해라고 하오나 인간의 힘으로 충분히 막을 수 있다는 뜻이 아니겠사옵니까?"

사이직의 목소리는 울림이 컸다. 마치 줄 끊어진 구슬이 쟁반 위에 떨어지는 것 같은 소리가 양심전 허공에 조용히 퍼져나갔다. 좌중의 몇몇 대신들의 얼굴은 갑자기 하얗게 질렸다. 좀처럼 가라앉을 줄 모르는 허기 때문에 눈앞이 가물거리던 장정옥 역시 배고픔을 깡그리 잊어버리고 말았다.

그들은 마치 땅을 뚫고 솟아오른 손오공을 바라보듯 놀랍고 경이로운 시선으로 사이직을 바라보았다. 또 이 괴짜가 지목하는 '간신'이 도대체 누구를 이르는 것인지 맞춰보느라 머릿속이 분주했다. 정체를 알 수 없는 불안함이 엄습해 왔다.

"천도天道는 아득해 성인도 알기 어렵다고 했네."

옹정 역시 사이직의 거침없고 느닷없는 말에 깜짝 놀랐는지 손을 흠칫 떨었다. 그 바람에 손에 들고 있던 우유가 쏟아지기까지 했다. 그러나 옹정은 곧 진정을 하고는 냉소를 머금은 채 우유잔을 내려다보면서 말했다.

"자네, 짐을 찾아와 주정을 부리는 건가? 여기 사람들이 다 모여 있어. 심증이 가는 사람이 있으면 한 명만 짚어보게. 장정옥? 마제? 아니면 융과다?"

"간신은 바로 연갱요이옵니다!"

사이직의 한마디는 그야말로 청천벽력과도 같았다. 궁전 안팎의 대신과 시위, 태감들 모두는 그 자리에 그만 목석처럼 굳어버리고 말았다. 일부는 앉은 채로 다른 일부는 선 채로. 궁전은 삽시간에 피폐한 절간처럼 적막감에 사로잡혔다. 그러나 그 와중에도 적이 안도감을 감추지 못하는 사람도 없지는 않았다. 바로 내내 좌불안석하던 융과다였다. 그는 화제의 중심이 자기와는 완전히 동떨어지게 되자 갑자기 늘어난 고무줄처럼 눈에 힘이 풀렸다. 남몰래 안도의 한숨도 쉬었다.

옹정이 날카로운 눈으로 좌중을 쓸어보더니 갑자기 껄껄 웃었다. 그리고는 물었다.

"연아무개를 탄핵하는 건 자네 마음이야. 그러나 연갱요는 이제 막 불세지공不世之功을 이룩한 청렴하고 강직한 대장군이야. 조야가 다 칭송하는 영웅이지! 설령 짐이 자네 손을 들어준다고 치자고. 무슨 이렇다 할 죄명이 있어야 할 것이 아닌가? 연갱요를 잡아들이는 것은 조서詔書 한 장이면 충분해. 하지만 짐은 '황당무계'한 군주라는 악명을 벗어버릴 수가 없을 거야. 자네는 짐을 그렇게 하도록 만들어 후세에까지 욕을 보이려는 것은 아니겠지?"

옹정의 어조는 마치 맹물처럼 무미건조했다. 그러나 옹정과 더불어 살아온 세월이 20년도 넘는 장정옥은 너무나도 잘 알고 있었다. 말하는 어투가 무덤덤하고 평화로워 보일수록 옹정이 속으로는 칼을 갈고 있다는 사실을 말이다.

장정옥은 사이직의 신변이 은근히 걱정되기 시작했다. 불안하게 미간을 좁히면서 사태를 완화시킬 수 있는 방법을 고민해 보았다. 함께 묘안을 마련할 수 있을지 모른다는 생각으로 방포에게 은근히 시선을 보냈다. 하지만 방포는 새카맣고 반들반들한 작은 눈을 부산스레 깜빡이면서 태연스럽게 앉아 있을 뿐이었다. 물론 뭔가를 진지하게 생각하고 있는 것만은 분명한 것 같았다.

"아뢰옵니다, 폐하! 자고로 간웅奸雄들 중에서 먼저 공로를 인정받지 못한 사람이 누가 있었사옵니까? 조조가 만약 장각張角의 난을 평정해 제후들을 쓸어버리지 않았다면 한漢나라의 재상이 될 수 있었겠사옵니까? 연갱요가 서녕대첩을 이끌어낼 수 있었던 것은 다른 이유 때문이 아니옵니다. 폐하의 영명하신 지도와 천하의 재력을 긁어모아 뒤를 받쳐준 결과입니다. 폐하와 천하의 신민들, 그리고 서부 병사들의 합작품이라고밖에 볼 수 없사옵니다. 그럼에도 연아무개는 악종기가 공로를 나눠가지려 들 것이 지레 두려워 사천성四川省의 군사들을 청해성靑海省으로 들어오지 못하게 막았사옵니다. 그럼으로써 원흉인 나포장단증을 놓쳤사옵니다. 그것은 연아무개가 현명하고 능력 있는 사람을 질투하는 소인배라는 사실을 단적으로 입증하옵니다. 한때 조정을 떠들썩하게 만들었던 악명 높은 낙민은 연갱요가 추천한 사람이옵니다. 결과적으로 그는 성省 전체의 아래, 위는 말할 것도 없고 조정까지 기만했사옵니다. 그런데도 낙민 사건에 대해 지금까지 일언반구도 사죄의 뜻을 내비치지 않고 있사옵니다. 조정에서는 강희 연간부터 국채 환수 운동을 줄기차게 펴 왔사옵니다. 아직까지 호광, 사천, 양광, 복건 등의 번고藩庫는 텅 비어 있는 실정이옵니다. 폐하! 실제로 조사해보시옵소서. 그 지역의 빚진 관리들 중 십중팔구는 아마도 연갱요와 친분이 두터운 옛 부하들과 친신親信들일 것이옵니다. 만에 하나 신이 거짓을 말했다면 폐하께서 이놈의 머리를 치시옵소서. 일벌백계의 전형으로도 삼아주시옵소서. 기왕 들어주시는 김에 신에게 조금만 더 시간을 주시옵소서. 연갱요가 관리를 선발하면 그것은 곧 '연선'年選이 되옵니다. 또 연갱요가 밥을 먹으면 그것을 '진선'進膳이라고 하옵니다. 연갱요의 가노들은 또 어떻사옵니까? 고향에 돌아가면 그곳 지부 이하의 관리들은 무릎을 꿇어 예를 갖춰야 한다고 하옵니다. 연갱요의 일 년치 녹봉은 겨우 백팔십 냥에 불과하옵니다. 그러나 그의 사재私財는 천만 냥이 넘는다고 하옵니다. 그런 돈이 도대체 어디에서 나왔겠사옵니까? 삼천 군사를 이끌고 귀경한 이번에도 거치는 곳마다 민정民政에 간여했다고 하옵니다. 게다가 백성들의 재물도 약탈했다고 하옵니다. 공공연히 뇌물을 받아 챙긴 것은 더 말할 필요가 없사옵니다. 심지어 의장 행렬은 왕의 의장 행렬을 능가했다고 하옵니다. 그는 더 나아가 천자를 배알하는 자리에서 다리를 뻗고 앉기도 했사옵니다. 왕공들을 만나도 예를 갖추지 않는 불경을 저지르기도 했고요. 조조가 환생한들 이보다 더 발호를 하겠사옵니까?"

사이직은 옹정의 서슬에 전혀 주눅이 들지 않았다. 두려운 기색조차 없이 침착하게 입을 열어 연갱요의 죄상을 조목조목 나열했다. 마치 달달 외워둔 것 같았다. 날카로운 비수가 따로 없었다. 정리를 하면 바로 한 편의 〈토연갱요격문〉討年羹堯檄文이 될 수 있을 듯했다. 좌중의 사람들은 저마다 손에 땀을 쥐었다. 사이직은 거기서 멈추지 않고 계속해서 연갱요를 성토했다.

"……폐하께서는 옹친왕부에서 은인자중하시던 시절에 '이치吏治는 한 편의 진솔한 문장과 같다'라고 하셨사옵니다. 등극하신 이후로도 누누이 엄지嚴旨를 내리시어 환부를 도려내고 이치를 쇄신하는 것이 가장 시급하고도 중요한 일이라고 강조해 오셨사옵니다. 그에 비춰 보면 연갱요를 주살하지 않고서는 이치의 쇄신이 결단코 이뤄질 수가 없사옵니다! 큰 간신은 오히려 충성스러워 보이옵니다. 또 큰 사기꾼은 정직해 보인다고까지 했사옵니다. 폐하께서는 부디 월운月暈을 살피시고 풍우風雨를 미리 감지하시옵소서. 황제의 권위를 떨쳐 연아무개를 처단하시는 것은 바로 만백성의 행운입니다. 종묘사직의 복이라고도 하겠사옵니다. 그러면 하늘도 감동해 반드시 상서로운 비를 내려줘서 신주神州의 땅을 적셔줄 것이옵니다."

옹정은 사이직의 말이 길어지자 차츰 집중하며 한마디라도 빠뜨릴 세라 귀 기울여 들었다. 마음속이 크게 흔들리는 것처럼 보였다. 사실 연갱요를 가장 먼저 탄핵한 것은 사이직이 아니었다. 범시첩이 훨씬 앞서 탄핵한 바 있었다. 그러나 범시첩은 '무릎을 맞대고 밀주'한 데 반해 사이직은 대전 바닥에서 중신들이 지켜보는 가운데 공공연히 기염을 토하고 나섰다. 옹정은 당연히 방포와 오사도와 함께 연갱요의 탄핵안에 대해 논의한 바 있었다. 하지만 결국 아직은 시기상조라는 데 의견일치를 봤다.

'아직은 연갱요를 건드릴 때가 아니야. 그 생각은 지금도 변함이 없어. 그러나 물불을 가리지 않고 덤비는 저 친구를 어떻게 처리해야 하나?'

옹정은 눈을 내리깐 채 부지런히 생각을 이어갔다. 곧 뭔가를 결심한 듯 이를 악물었다. 그리고는 갑자기 실성한 사람처럼 크게 소리를 내질렀다. .

"이런 광망狂妄한 자 같으니라고!"

옹정은 말을 내뱉자마자 바로 힘껏 탁자도 내리쳤다. 순간 탁자 위에서 찻잔을 비롯해 뚜껑, 주전자와 벼루 등이 바르르 떨면서 높이 치솟았다가 바닥으로 떨어져 내렸다.

옹정은 극도로 모순된 속마음을 깊숙이 감춘 채 초조하게 궁전을 거닐었다. 그리고는 마침내 생각을 정리한 듯 사이직에게 다가가 물었다.

"자네, 아직 할 말이 남았나?"

"신은 달리 더 드릴 말씀이 없사옵니다."

"자네는 봉룡逢龍(하夏나라 때의 충신)과 비간比干(상商나라 때의 충신)이 되고 싶나 보군?"

"감히 그런 생각은 품을 수가 없사옵니다. 봉룡과 비간은 만고의 충신들의 본보기이옵니다."

"자네도 그 반열에 들 수 있게 짐이 도와주지."

옹정이 단호하게 말했다. 그러나 그의 가슴속은 말과는 달리 사이직에 대한 연민과 동정이 샘솟음치고 있었다. 그 감정은 마치 파도처럼 세차게 그의 가슴을 때렸다. 그는 엄습해 오는 비릿한 내음을 애써 잠재우고는 침을 꿀꺽 삼키고 힘겹게 말했다.

"오늘 저녁 집에 돌아가 식구들에게 이별을 고하도록 하게. 내일 지의가 내려질 테니."

"예……."

사이직은 대답을 하고는 곧 쓰러질 것처럼 위태롭게 멀어져갔다. 옹정은 길고 마른 그의 뒷모습이 어둠 속으로 사라질 때까지 바라보고 있다가 이를 악물었다. 애써 눈물을 참는 듯했다. 그는 부지런히 눈을 깜빡이면서 뒤돌아 서 있더니 한참 후에야 무겁고 거친 한숨을 토해냈다.

"양명시와 손가감, 유묵림에게 물러갔다가 내일 다시 패찰을 건네라고 하게. 아니, 유묵림은 남으라고 하게. 우리 이제 융과다에 대해 논의하도록 하지."

마제와 장정옥이 옹정의 갑작스런 말에 놀란 시선을 교환하고는 융과다를 바라보았다.

융과다 역시 방심하고 있다가 얼마나 놀랐는지 화들짝하고 몸을 떨었다. 벌집을 쑤셔놓은 듯 머릿속이 웽웽거리며 울렸다. 요행히 자신의 이름이 거론되지 않고 한 고비 한 고비 넘어가고 있어 혹시나 하는 마음으로 살짝 안도하고 있던 터라 놀란 마음은 더욱 컸다. 심장이 밖으로 튀어나오는 것 같았다. 그는 하얗게 질린 얼굴로 다리의 힘줄이 잘려버린 듯 맥없이 털썩 무릎을 꿇었다. 그리고는 떨리는 목소리로 말했다.

"신……, 성훈을 경청해 받들겠사옵니다."

"일어나서 자리하게."

옹정이 음울한 웃음을 흘렸다. 이어 천천히 말을 이었다.

"짐은 자네를 어떻게 손봐야겠다는 생각은 없네. 그러나 짐이 북경으로 돌아오는 사이 창춘원에서 도대체 무슨 일이 있었는지는 알아야겠네."

융과다는 옹정의 말에 잠깐 흠칫했다. 올 것이 왔다는 생각이 들었다. 결코 피해갈 수 없는 순간이었다. 방법이 없었다. 사실대로 아뢰는 수밖에 없었다. 그는 황급히 그날 있었던 일의 자초지종을 털어놓고 변명처럼 몇 마디를 덧붙였다.

"선제께서 여섯 차례 남순을 하시고 돌아오실 때도 구문제독아문에서는 궁전을 대거 청소했사옵니다. 또 북경의 치안을 더욱 강화하고는 했사옵니다. 그것이 몸에 배어 신은 이번에도 당연히 그렇게 해야 한다고 생각했사옵니다. 버릇이 되어 시키지도 않은 일을 했던 것이옵니다."

융과다는 말을 마치자마자 마제를 힐끗 훔쳐봤다.

"마제를 쳐다보지 말게. 마제는 어느 누구의 흉도 보지 않았네. 북경은 황제의 거처야. 나라의 근본이 집결된 중요한 땅이지. 그러니 짐이라고 해서 어찌 방심할 수 있겠나? 자네가 경계를 강화한 사실에 대한 책임을 추궁하는 것이 아니지 않은가! 짐에게 몇 통의 밀주문이 있어. 자네가 정말 궁금하다면 보여줄 수도 있네. 보고 싶나?"

옹정이 차갑게 말했다. 그러자 융과다가 황급히 마른 웃음을 지은 채 불안한 마음을 다잡았다.

"신이 어찌 감히 밀주문을 기웃거리겠사옵니까? 사실 신의 속내는 폐하께서 가장 잘 알고 계시옵니다. 신에게는 폐하밖에 없사옵니다. 폐하를 떠나서는 몸뚱이 하나 누일 곳도 없사옵니다. 그런데 신이 어찌 감히 엉뚱한 마음을 품을 수가 있겠사옵니까?"

융과다의 변명이 끝나기 무섭게 마제가 갑자기 끼어들더니 그의 말을 받아쳤다.

"누구도 그대에게 엉뚱한 마음을 품었다고 말한 사람은 없소. 나는 스물다섯 살에 순천부 부윤을 지낸 이래로 사십 년 동안 경관으로 있었소. 선제께서 남순을 마치고 귀경하셨을 때 마지막 네 번은 내가 직접 어가를 맞는 자리에 있었소. 잘난 척을 하려는 것이 절대 아니오. 그래서 누구보다도 분명히 알고 있소. 보군통령아문에서 제멋대로 나와 궁중을 들쑤시면서 청소를 한 적은 결단코 한 번도 없었소. 북경의 근교에 주둔하고 있는 병력만 십만 명이 넘는데, 만약 전부 이번처럼 따로 논다면 어떻게 되겠소? 폐하도 계시지 않을 때 무슨 사고라도 나게 되면 그 엄청난 후과를 누가 책임질 수 있다는 말이오? 내가 나중에야 들은 얘기인데, 지난번 태후마마께서 돌아가셨을 때도 비슷한 일이 있었다고 하오. 누군가가 봉천으로 급신急信을 보내 팔기 기주, 왕공들을 북경으로 오라고 했다는 거요. 만약 그대처럼 제멋대로 했다가 만에 하나 예측불허의 일이 터진다면 어떻게 하겠소? 그대가 막을 수 있겠소, 내가 막을 수 있겠소?"

마제의 얼굴이 차츰 일그러지는 것을 지켜보다 말고 방포가 웃으면서 말했다.

"마 중당, 성질 내지 말고 우리 찬찬히 얘기를 나눠 보세. 융과다 중당은 전위 유조를 발표한 탁고중신이오. 다른 마음을 품고 있었다면 손쓰기가 얼마나 좋았겠소? 그런데 그처럼 기가 막힌 천재일우의 좋은 기회를 버리고 천하가 제 궤도에 진입해 태평한 이 시점에 달걀로 바위를 내리치는 우매한 행동을 감행할 이유가 어디 있겠소? 그러나 백번 양보하더라도 융과다 중당의 이번 처사는 확실히 잘못된 것이었소. 성조께서 귀경하실 때는 미리 정확한 귀경 날짜가 잡혀 있었소. 먼저 조서가 내려진 상태에서 궁전을 청소했던 것이오. 그것도 순천부와 북경의 각 주둔군 군영軍營의 책임자들이 함께 움직였소. 북경의 무비武備를 총괄하는 사람은 이친왕이오. 내가 이친왕을 모시고 청범사에 있지 않았소? 사고 발생 전날 그대가 열셋째마마께 문안을 올리러 왔었잖소! 그때 내게 한 마디라도 언질을 줬더라면 이런 일은 발생하지 않았을 것 아니오? 병상에 누워 계시던 열셋째마마는 직접 움직일 수 없었겠지만 말이오."

방포의 말은 다소 어눌했다. 그러나 따지는 내용은 매섭기 이를 데 없었다. 붉으락푸르락하는 마제와는 달리 얼굴빛 하나 변하지 않고 조용히 칼날을 들이대고 있었다. 어떻게 보면 마제보다도 더 대적하기 힘든 상대라고 할 수 있었다. 융과다는 속으로 '빌어 처먹을 영감탱이'라면서 이를 갈았다.

"그런 것을 보면 나도 갈 때가 다 됐나 보오. 청범사를 찾았을 때는 안타까운 마음 외에는 다른 생각을 할 수가 없었소. 이친왕께서 이제 막 사십 세를 넘긴 나이에 죽을병에 걸렸으니 말이오. 그리고 이친왕께서는 궁을 청소하는 일 같은 것은 그다지 중요하게 생각하지 않았던 것 같소."

"외삼촌! 마제가 과민 반응을 보이기는 했으나 그대가 잘못 처신한 것은 사실이야. 아직도 뭘 잘못했는지 모르겠는가?"

옹정이 얼굴에 미소를 머금은 채 물었다. 융과다는 황급히 허리를 굽실거렸다.

"신이 처신을 잘못해서 물의를 빚었사오니 폐하의 처벌을 달게 받겠사옵니다."

옹정이 다시 말을 받았다.

"처신이 바르지 못했던 것은 확실해. 그러나 짐은 무심코 저지른 잘못이라고 믿고 싶어. 만약 나쁜 마음을 품고 그런 일을 저질렀더라면 오늘 같은 자리에서 이렇게 당당하게 나오지 못하겠지? 짐도 애초에 그대와 이런 자리를 가지지 않았을 테고 말이야. 그러나 그 어떤 이유가 됐든 죄는 정당화될 수 없어. 법에 따라 자그마한 처벌이 있을 거야."

옹정의 말에 방포와 장정옥, 마제 등이 황급히 자리에서 일어섰다. 융과다가 무릎을 꿇은 채 머리를 조아렸다.

"처벌을 달게 받겠사옵니다, 폐하."

"이번 착오는 자네가 나이가 들고 기력이 예전 같지가 않아서 빚어진 것이야. 그래서 짐도 대단히 안 됐다고 생각하네. 무심코 저지른 실수인 만큼 중벌은 내리지 않겠네. 그러나 자네가 겸직을 너무 많이 하고 있는 것이 문제가 되는 것 같으니 상서방대신과 영시위내대신, 이 두 가지 직함만 남겨두게. 나머지에서는 손을 떼는 게 어떻겠나?"

옹정의 표정은 다소 처연해 보였다. 탁고대신을 내치는 것이 고통스러운 모양이었다. 아마 그 때문에 보군통령아문의 책임자 자리에 대해서 직접 언급하지 않은 듯했다. 그러나 융과다는 옹정이 진짜 잘라버리고자 하는 가지는 보군통령아문의 책임자 자리라는 사실을 너무나 잘 알고 있었다. 융과다로서는 황급히 머리를 조아릴 수밖에 없었다.

"신은 폐하의 높고 깊은 성은을 넘치도록 받고 살면서도 기대에 크게 부응하지 못했사옵니다. 뿐만 아니라 용서받지 못할 실수도 저질렀사옵니다. 신의 여건으로 볼 때 상서방 대신 자리를 포함해 전부 내놓고 물러나는 것이 바람직할 것 같사옵니다. 간절하게 바라옵건대, 폐하께서는 이 못난 사람의 간청을 받아들여주시옵소서. 그리고 공무에 태만하고 소홀한 전형으로 삼아 아직도 정신 못 차린 신하들을 일깨우는 회초리로 삼으셨으면 하옵니다."

"자네를 처벌하는 짐의 마음은 충분히 괴로워. 더 이상은 안 되겠어. 방금 얘기했던 대로 오늘 저녁 돌아가 사표를 작성해 내도록 하게. 상서방 대신 자리는 절대 내놓을 수 없다는 것을 명심하고! 그만 물러가게."

옹정이 한숨을 내쉬면서 말했다. 융과다는 실로 형언하기 어려운 갖가지 감정을 느끼면서 다시 경황없이 머리를 조아렸다. 그러나 자신이 도대체 무슨 말을 하고 있는지도 모르는 것 같았다. 옹정이 그런 그를 부드럽게 위로했다.

"자네의 기분은 짐이 헤아리고도 남네. 형식상 이렇게 처리할 수밖에 없는 짐의 마음도 헤아려 줬으면 하네. 자네는 앞사람이 끼얹은 모래에 눈을 맞은 경우라고 할 수 있으니 다른 걱정은 말게. 자네가 짐에게 충성하는 한 짐은 절대 나 몰라라 하지 않을 거니까."

옹정이 말을 마치고는 바로 융과다를 부축했다. 이어 궁전 밖까지 바래다주는 예우를 보여줬다. 융과다는 곧 태감들의 안내를 받으면서 멀어져갔다.

한참 후 옹정이 궁전으로 돌아와 웃으면서 말했다.

"유묵림을 불러 말 좀 들어보려고 했는데, 난데없이 사이직이 뛰쳐나와 가지고 말이야! 구문제독아문의 자리가 비었어. 후임으로 누구를 앉히면 좋을지 논의해 보게."

마제가 뭔가 잠시 생각하더니 가장 먼저 입을 열었다.

"군무를 아는 사람이라야 될 것 같사옵니다. 연갱요의 군중으로 가서 그쪽의 군무를 참관하고 돌아온 열 명의 시위들 중에서는 목향아가 단연 특출해 보였사옵니다. 그 사람이 어떻겠사옵니까?"

옹정은 입술만 움직일 뿐 가타부타 말이 없었다. 그리고는 바로 밖을 향해 외쳤다.

"유묵림을 들라 하라! 목향아는 연갱요 군중에 가 있었다고는 하나 총칼 들고 실전에 나가본 적이 한 번도 없네. 겉멋만 들어 있어. 실력은 들여다보나 마나야. 열병식에서 '태극도' 진영을 선보였다고는 하는데, 짐은 총칼이 난무하는 전쟁터에서 그린 것은 소용없다고 보네. 애당초 믿지도 않네! 그들 열 명에 대해서는 짐이 불러서 얘기를 나눠보고 각자 적절한 곳으로 보낼 거야. 그러나 목향아는 아닌 것 같네."

마제가 다시 말을 이었다.

"그렇다면 필력탑을 고려해 보실 수도 있지 않겠사옵니까? 그는 노장으로서 성조를 따라 서정 길에 올랐던 경험도 있사옵니다."

이번에는 방포가 나섰다.

"풍대 대영도 그 사람이 없으면 아니 되옵니다. 장우를 비롯해 여럿이 있다고는 하나 풍대 대영은 아직 필력탑을 필요로 합니다. 그 사람이 없으면 정말 곤란합니다."

"음."

옹정이 짤막하게 대답했다. 이어 장정옥을 향해 물었다.

"형신, 자네는 왜 말이 없나?"

장정옥은 연이은 사건에 무척 놀란 듯했다. 허기도 까맣게 잊을 정도였다. 그는 곧 정신을 차리고 고개를 숙이며 옹정의 질문에 대답을 했다.

"신의 어리석은 생각으로는 도리침이 적임자일 것 같사옵니다. 점간처粘竿處는 원래 황궁 내 시위들의 내정內廷아문이었사옵니다. 도리침은 몇 차례의 임무를 충실히 완수하고 돌아왔사옵니다. 지금의 정세로 미뤄 볼 때 신은 점간처를 없애는 것이 좋다고 생각하옵니다. 그다음 보군통령아문과 내아문內衙門을 합쳐 도리침을 통령 자리에 앉히는 것이 어떨까 싶사옵니다. 소신은 그것이 최선의 결정이라고 생각하옵니다. 솔직히 내아문에서 병사들을 키우는 것은 후유증을 남기기 쉽사옵니다. 오래 전부터 진언을 올리려던 참이었는데, 이번 기회에 말씀 올리게 돼 정말 후련하옵니다."

옹정이 빙긋 웃어보였다.

"점간처를 없애자는 발상은 참으로 바람직한 것 같네. 밖에서는 이미 점간처를 명나라 때의 특무기관인 동창東廠과 비슷한 사설 호위기관인 줄 알고 있는 것 같더군. 그러면서 뒤에서 수군거리고 있는 실정이지. 그리고 도리침이 데리고 있는 시위들은 사람을 너무 많이 죽였어. 법사아문의 허락을 받지 않고 죽이거나 연행한 관리들이 수두룩해. 그래놓고는 그 사람들의 이름과 죄명을 대라고 하면 또 말하지도 못해! 그 때문에 몸에 밴 피비린내가 아무리 씻어도 가시지 않는다고 하던데? 아무튼 짐의 위상을 망가뜨리는 소문일수록 날개가 돋친 듯 더 빨리 퍼지는 것 같아! 이참에 아예 온갖 괴소문의 온상인 점간처를 없애버려 엉뚱한 꿍꿍이속이 있는 자들의 입을 봉해버리는 게 좋겠네."

옹정이 말을 마치고는 장정옥에게 다가갔다. 그리고는 장정옥의 얼굴을 유심히 들여다보면서 말했다.

"자네, 안색이 너무 안 좋아 보이는군. 어디 불편하기라도 한 건가?"

장정옥이 애써 웃으면서 대답했다.

"그런 것은 아니옵니다. 신은 다른 생각이 있어 마음이 무겁사옵니다. 사이직이 상주했던 내용이 흘려 넘길 사소한 일은 아닌 것 같사옵니다. 첨사부는 원래 동궁東宮을 전문적으로 돌보는 아문이었사옵니다. 그러나 태자가 없는 동궁은 거의 할 일이 없다고 할 수 있사옵니다. 남부러울 것 없이 배가 부를 뿐만 아니라 이제는 한가하기까지 한 아문에서 도대체 무엇이 아쉬워 성총을 한 몸에 받는 연갱요에게 시비를 걸고 달려들겠사옵니까? 그 사람이 입에 올렸던 말이 전부 허튼소리라고만은 할 수 없사옵니다. 처벌을 내리더라도 죽을죄까지는 아닌 것 같사옵니다. 설사 폐하께서 그 친구를 달리 처벌하지 않으신다고 해도 신은 폐하의 입장을 충분히 이해할 수 있사옵니다. 한창 물이 올라 있는 연 대장군을 그런 식으로 맹공격한다는 것이 무엇을 뜻하는지 사이직은 전혀 생각하지 않은 것 같사옵니다."

"인정만을 따지자면 충분히 용서할 수 있지. 그러나 이치는 냉정할 수밖에 없어. 그자를 죽이지 않으면 연갱요에게 할 말이 없지 않은가!"

옹정이 장정옥의 말에 공감하는 듯 괴로운 표정으로 말했다. 옆에서 듣고 있던 방포 역시 괴롭기는 마찬가지였다. 그가 한참을 생각하더니 입을 열었다.

"신에게 한 가지 방법이 있사옵니다. 하늘이 알아서 결정하게 하는 것이 어떨까 하옵니다."

"무슨 뜻인가?"

옹정이 다그치듯 물었다. 그러자 방포가 까만 콩 같은 눈을 반짝이면서 드물게 장난기 어린 웃음을 지은 채 아뢰었다.

"사이직은 비가 내리지 않는 것은 연갱요의 탓이라고 했사옵니다. 반드시 그를 죽여 없애야 하늘의 비를 볼 수 있다고 했사옵니다. 그렇다면 그는 비를 빌기 위해 왔다고 할 수 있사옵니다. 그러니 그에게 내일 오문 밖에서 무릎 꿇고 비가 내리기를 빌도록 하면 됩니다. 만약 하늘에서 비가 내리면 그가 말한 간신은 연갱요가 아니게 됩니다. 또 반대로 비가 내리지 않아도 연갱요와는 무관합니다. 연갱요 때문에 비가 오지 않는 것은 아니니까요. 그런 식으로 연갱요의 체면을 살려줄 수밖에 없사옵니다. 언제든지 이 일은 반드시 연갱요의 귀에 들어갈 것이옵니다. 때문에 그렇게라도 해야 하옵니다."

"그러면 사이직은? 비가 내리지 않으면 사이직을 죽여? 살려줘?"

옹정이 방포의 말뜻을 알아차리지 못했는지 어정쩡한 표정으로 물었다. 방포가 웃으면서 대답했다.

"신은 내일 기필코 하늘이 비를 내려줄 것이라고 판단하고 있사옵니다. 그러나 만에 하나 비가 내리지 않는다면 군주의 면전에서 광언狂言을 일삼은 죄를 묻지 않을 수 없사옵니다. '광언'이 어떤 죄에 해당하는지는 모르겠사오나 형부에 넘겨 법에 따라 처리하면 되겠사옵니다."

옹정은 방포의 말을 듣고 난 다음 궁전 입구로 걸어갔다. 이어 하늘을 유심히 쳐다봤다. 구름 한 점 없이 맑고 푸른 하늘에 별들이 총총했다. 옹정은 비가 내릴 가능성이 거의 없다고 생각하고는 한숨을 내쉬었다.

"그렇게 하는 수밖에는 없겠네."

장정옥은 방포의 말이 세 살배기 아이들의 장난처럼 느껴졌다. 그예 한마디를 하고 말았다.

"방 대인, 그 말은 글공부한 사람의 입에서 나온 말 같지가 않소. 꼭 강호를 떠도는 술사術士들의……."

그러나 장정옥은 말을 하다 말고 갑자기 눈을 스르르 감더니 저절로 무너져 내리면서 기절하고 말았다. 순간 장내의 사람들은 기절초풍할 듯 놀랐다.

"어서 태의를 불러!"

옹정이 경황없이 한발 뒤로 물러나면서 고함을 질렀다. 방포와 마제도 벌떡 일어섰다. 그때 지의를 받고 들어와 궁전 입구에서 무릎을 꿇고 대기한 지 한참이나 된 유묵림이 엉금엉금 기어 다가오더니 아뢰었다.

"신이 의도醫道에 조금은 식견이 있사오니 한번 봐드리겠사옵니다."

유묵림은 황급히 장정옥의 눈꺼풀을 치켜 올렸다. 이어 맥을 짚고는 한참 동안 눈을 지그시 감았다. 초조해진 옹정이 다그치듯 물었다.

"도대체 무엇 때문에 이런 것인가? 괜찮겠나?"

"정녕 믿어지지가 않사옵니다. 이럴 수가!"

유묵림이 머리를 내저으며 혼잣말처럼 중얼거렸다.

"도대체 무슨 병인데 그러는가?"

"장상은 아무런 병도 없사옵니다. 신이 보기에는……, 허기가 지나쳤던 것 같사옵니다."

옹정이 유묵림의 황당한 말에 미간을 찌푸린 채 바로 언짢은 표정을 지었다.

"무슨 허튼소리를 하는가? 짐이 오늘 두 번씩이나 어선御膳을 내렸었는데!"

그러자 태감 고무용이 끼어들어 아뢰었다.

"그럴 수도 있사옵니다. 찾아오는 사람이 하도 많다 보니 장 대인은 폐하께서 내리신 선膳에 거의 손을 대지 못했사옵니다. 하루 종일 아무것도 못 드셨을 것이옵니다."

좌중의 사람들이 한마디씩 주고받고 있을 때였다. 장정옥이 다시 멀쩡하게 깨어났다. 그리고는 아직 놀란 표정이 얼굴에 남아 있는 옹정을 보면서 난감한 표정을 지었다.

"부족한 신이 잠시 머리가 어지러운 바람에 못난 모습을 보였사옵니다. 폐하를 놀라게 해드리다니 황송하기 이를 데 없사옵니다. 저희 장씨 집안은 선대 시절부터 성조의 조훈을 받들어 검소하게 생활하고 적게 먹는 것을 습관으로 삼고 있사옵니다. 그것으로 건강도 지켜왔사옵니다. 그런데 재상이 배가 고파 쓰러지다니, 이런 가문의 창피가 어디 있겠사옵니까!"

두 명의 태감이 부축하자 바로 일어선 장정옥이 창백한 얼굴에 웃음을 지어보이면서 아뢰었다. 옹정은 분위기를 바꿔보려는 장정옥의 농담 섞인 말에도 걱정스러운 표정을 풀지 않았다. 한참 후에야 겨우 정신을 차린 옹정은 황급히 음식을 가져올 것을 지시했다. 그러자 방포가 아뢰었다.

"고기나 생선 등 기름기 있는 어선은 형신이 아직 소화해내지 못할지도 모르옵니다."

유묵림 역시 자신의 처지를 잊은 채 거들었다.

"어선은 아니 되옵니다. 사탕을 많이 넣은 우유 한 잔을 부드러운 떡 종류와 함께 먹는 것이 위에도 부담 없고 좋을 듯하옵니다."

태감 고무용은 유묵림의 말이 끝났는데도 어떻게 해야 할지를 모르고 멍하니 서 있었다. 그러자 옹정이 버럭 고함을 질렀다.

"어서 가서 챙겨오지 않고 뭘 하는가!"

장정옥은 우유 한 사발을 단숨에 비웠다. 이어 떡 한 접시도 게 눈 감추듯 해치웠다. 그제야 천천히 안색이 돌아온 그가 이마의 땀을 닦으면서 웃는 얼굴로 말했다.

"폐하 앞에서 이렇듯 망신을 당해보기는 처음이옵니다. 이제 괜찮사오니 다시 일을 의논하셔도 되겠사옵니다."

옹정은 장정옥과는 생각이 다른 듯했다. 시간도 늦었을 뿐만 아니라 장정옥의 기력이 염려스러운 모양이었다. 옹정이 내일 다시 만나 의논하는 것이 좋겠다고 하자 장정옥이 다시 조심스럽게 미소를 지으면서 아뢰었다.

"오늘 저녁에 양명시와 손가감도 접견하기로 했던 것을 미루지 않으셨사옵니까? 전부 내일로 미루시면 내일은 더 힘들어지지 않겠사옵니까? 폐하께서 신들에게 당부하셨듯 오늘 일은 오늘로 끝내는 것이 좋을 듯하옵니다."

옹정은 장정옥의 말을 순순히 들었다. 좌중의 모든 사람들에게 인삼탕을 가져다주라는 지시를 내리고는 마른기침을 하면서 유묵림에게 물었다.

"유묵림, 자네가 왜 불려왔는지 알고 있나?"

좌중의 사람들은 유묵림이 옹정의 질문에 분명히 잘 모른다고 대답할 것이라고 생각하고 있었다. 그러나 그들의 예상과는 달리 유묵림은 머리를 조아린 채 똑똑한 목소리로 아뢰었다.

"신은 폐하께서 왜 부르셨는지 잘 알고 있사옵니다. 신은 오늘 염친왕부를 찾아가 서준에게 침을 뱉었사옵니다. 그로 인해 여덟째마마를 노엽게 해드렸사옵니다. 폐하께서는 염친왕에게서 그 사실을 전해들으시고 신에게 죄를 물으시려는 것이옵니다. 신은 작심을 하고 서준을 찾아간 만큼 폐하께서 어떤 벌을 주시더라도 달게 받겠사옵니다."

유묵림은 자신 있게 말했으나 말투는 어눌했다. 좌중의 사람들은 그만 자신들도 모르게 웃음을 터트렸다. 옹정 역시 입가에 웃음을 흘렸다.

"자네는 머리가 너무 좋은 것이 오히려 탈인 것 같네! 완전히 틀렸어. 서준은 방탕하고 근본이 못돼먹은 작자야. 여덟째를 등에 업고 하늘 높은 줄 모르는 인물이지. 그런데 거침없고 자유로운 문인인 자네 역시 모르기는 하나 짐의 성총을 믿은 구석이 없지는 않은 것 같네. 짐이 공정하게 판결하자면 자네들은 둘 다 억울할 것도 없어. 염친왕이 짐을 대신해 자네를 훈계했다고 하니 짐은 따로 처벌을 내리지는 않겠네."

유묵림이 전혀 예상 밖인 옹정의 말에 즉각 머리를 조아렸다.

"성은이 망극하옵니다. 신이 방탕할 정도로 자유분방하기는 하옵니다. 그러나 여덟째마마 앞에서 서준에게 침을 뱉은 것 외에는 달리 그분에게 무례를 범한 일은 없사옵니다. 그럼에도 여덟째마마께서는 잘잘못을 가리기에 앞서 무조건 서준을 감싸고돌면서 신을 벌주셨사옵니다. 신은 진짜 이대로는 서준을 도저히 용서할 수가 없사옵니다."

"그래도 일단은 참아야 하네. 소순경 문제와 관련해서는 짐도 생각이 있네. 짐은 여자 하나 때문에 그렇듯 못나게 구는 자네를 이해할 수 없네. 사내대장부가 여자 때문에 울고 웃다니, 그 얼마나 미련한 졸장부 같은 짓인가? 책을 몇 수레씩이나 읽었다는 사람이 어째 그런가? 열셋째가 장례식 비용은 마련해줄 것이니 잘 위로해서 보내게."

옹정이 나지막이 설득하듯 말했다. 자고로 남을 설득하기는 쉬워도 자기 마음을 달래기는 어렵다고 했다. 옹정도 그랬다. 유묵림의 잘못을 꼭 집어 지적하면서도 자신 역시 소록과 꼭 빼닮은 윤제의 시녀 교인제에 대한 연민의 마음을 어찌 할 수가 없었던 것이다. 옹정은 걷잡을 수 없이 상심의 늪에 빨려들 것이 두려워 황급히 마음을 다 잡았다. 곧 다시 유묵림에게 덧붙였다.

"자네의 사생활을 들춰내서 훈계나 하려고 부른 것은 아니야. 자네를 외관外官으로 내보낼까 해서 불렀네. 어떻게 생각하나?"

유묵림이 의외라는 듯 잠깐 생각하더니 고개를 숙이며 대답했다.

"저는 목숨을 걸고 이 나라를 지킬 각오가 되어 있는 폐하의 영원한 신하이옵니다. 북경에 있으나 밖에 나가거나 폐하를 향한 신의 충성에는 변함이 없을 것이옵니다. 다만 폐하께서 '어떻게 생각하나?'라고 물어 오셨으니 한 말씀 올리고자 하옵니다. 대개 한림원에서 나간 한림들은 학정學政이 되어 문생을 들이고 경력을 쌓사옵니다. 어

디를 가나 자기를 알아보는 사람이 많기를 바랍니다. 신 역시 예외
는 아니었사옵니다. 그러나 폐하께서 쓰신 《붕당론》을 읽어보고 생각
이 확 바뀌었사옵니다. 완전히 눈과 마음이 활짝 열리는 느낌을 받
았사옵니다. 폐하께서는 신에게 적당한 규모의 군郡 하나를 믿고 맡
겨 주시옵소서. 그러면 신은 반드시 삼 년 내에 소치小治, 오 년 내에
대치大治를 이룩할 것을 약속드리옵니다. 신은 폐하의 충실한 목동牧
童이 되겠사옵니다!"

옹정이 오랫동안 정좌해서 다리가 저린지 바닥으로 내려와 거닐었
다. 이어 뒷짐을 지고 왔다 갔다 하다 갑자기 피식 웃었다.

"물론 좋은 생각이네. 그러나 자네에게 군 한 개만 맡긴다는 것은
어쩐지 아깝다는 생각이 들어. 큰 인재를 작게 쓰는 격이라고나 할
까? 짐은 자네에게 마음껏 날개를 펼 수 있을 만큼 큰 무대를 마련
해줄까 하네. 참의參議 자격을 줄 테니 서녕으로 가서 참의도대道臺로
있게! 어떤가?

"……"

"응?"

"신은 폐하의 명령을 거역할 수 없사오나 거짓을 말하고 싶지는 않
사옵니다. 솔직히 신은 가고 싶지 않사옵니다."

"왜?"

유묵림이 연신 머리를 조아리면서 아뢰었다.

"신은 엄하고 무서운 연 대장군 밑에서 일할 자신이 없사옵니다."

순간 방포와 마제, 장정옥 세 사람의 시선이 허공에서 부딪쳤다. 이
어 장정옥이 두 손을 무릎에 얹은 채 상체를 앞으로 가까이 숙이면
서 말했다.

"폐하께서는 그대에게 연갱요를 보좌하라고 하시는 것이 아니네.

그대의 일은 서녕의 참의도대로 있으면서 연갱요와 악종기 두 부대의 군량미를 책임지고 조달하는 거야. 또 서녕에 있는 각 주둔군 사이의 분쟁을 해결해주는 중재 역할도 해야겠지. 누구의 제재를 받거나 하는 것은 절대 아니야. 그대에게는 상서방에 직접 글을 올릴 수 있는 권한도 주어진다고."

"아니! 직접 짐에게 직보를 하게."

옹정이 손을 흔들어 보였다. 형년이 곧바로 노란 함을 받쳐 들고 다가왔다. 그 위에는 두 개의 열쇠가 가지런히 놓여 있었다. 옹정은 그중 하나를 고무용에게 건네주면서 말했다.

"잘 건사하게."

형년이 하나 남은 열쇠와 함께 노란 함을 유묵림에게 두 손으로 받쳐 건네줬다. 유묵림은 조심스럽게 받았다. 꽤나 묵직했다. 또 네 모퉁이에는 도금한 동판이 씌워져 있었다. 열쇠 구멍은 개의 이빨 모양으로 교차되어 있었다. 특수제작한 자물통이 틀림없었다. 유묵림은 순간 그것이 바로 말로만 들었을 뿐 지금껏 한 번도 본 적 없는 밀주함密奏函이라는 것을 알았다.

그는 못내 호기심을 이기지 못하고 노란 함을 들여다보았다. 그때 옹정이 미소를 지으면서 말했다.

"성조의 발명품이네. 자고로 전례가 없었지. 어떤 사람들은 짐의 이목耳目이 영통靈通해 쉽사리 누군가의 속임수에 넘어가지 않는다고 해. 그것이 점간처의 간첩들을 사방에 풀어놓았기 때문이라고도 하고. 하지만 그건 말도 안 되는 소리야! 짐은 바로 이 노란 함을 통해 정보를 주고받고 진실을 알게 됐어. 총독, 순무에서부터 주현州縣의 미관말직에 이르기까지 많은 관리들이 짐과 이렇게 연락을 하고 있어. 이 함 안에서는 마치 가족끼리 속마음을 터놓듯 진정을 토로하게 돼 있다네. 이 안에서는 진실하기만 하다면 아무리 잘못을 하더라도 모두 짐의 용서를 받게 돼 있지. 또 짐은 언제 어디서나 이 안에 들어있는 상주문을 반드시 직접 읽어보고 주비를 달아 보내고는 한다네. 자네 역시 혼자서 해결하기 어려운 일에 봉착했으나 밖으로 알리고 싶지 않을 때면 주저하지 말고 이 함을 통해 짐에게 상주하도록 하게. 그렇지 않고 장정옥에게 보낸다면 얘기는 달라져. 바로 공무로 변해 공적인 법이나 제도에 따라 처리가 되네. 이걸 제대로 알고 사용하도록 하게.”

유묵림이 놀라서 뭐라 대답을 하지 못하자 마제가 웃으면서 설명을 더했다.

“거의 매일이다시피 폐하를 배알하는 우리도 이런 함을 하나씩 가지고 있다네. 이는 특별한 은혜야. 어서 망극한 성은에 감사를 표하지 않고 뭘 하는가?”

“그렇지. 이건 특별한 거지. 유감스러운 것은 이런 특혜를 받은 모든 이들이 다 이를 대수롭게 여기는 것만은 아니라는 것이네. 어떤 이들은 자랑삼아 밀주함을 열어 남에게 보여주기도 해. 그렇게 으스대다가 큰코다치는 경우도 있어. 또 어떤 이들은 짐의 주비를 발설하는 경우도 있다네. 짐은 이런 두 부류의 사람들에 대해서만큼은 결코 용서하지 않아. 그리고 또 다른 부류의 사람들도 있었어. 예를 들면 목향아 같은 사람이지. 보내온 밀주문마다 연갱요에 대한 지나친 미화와 아부로 도배를 하더라고. 정말 구역질이 날 지경이었어. 방금 마제가 구문제독 재목으로 그자를 거론했지. 참으로 어리석은 짓이야!”

옹정이 먼 곳에 시선을 두면서 말했다. 순간 마제의 얼굴이 귀밑까지 시뻘겋게 달아올랐다. 결국 그가 황급히 일어서면서 아뢰었다.

“신이 망언을 하였사옵니다!”

"잘 몰랐던 거겠지. 말하다 보니 얼떨결에 딸려 나온 얘기이기는 하나 아무튼 밀주문에는 짐이 관심을 가질 만한 내용만 담기를 바라네. 총독, 장군에서부터 일반 서민에 이르기까지 모든 사람들을 대상으로 해야 해. 또 큼직큼직한 일에서부터 술집에서 일어나는 사소한 우스개 등도 보내게. 민심을 반영한다거나 조정의 정무와 관련된 일이라면 주저하지 말고 상주하도록 하고. 마치 부자간에 편지 왕래를 하는 것처럼 재고 견주는 것 없이 솔직담백하게 상주해야 하네. 어느 곳에 흉년이 들었다거나 날씨가 계속 흐리다거나 하는 얘기도 좋아. 또 홍수가 났거나 가뭄이 드는 등의 자잘한 일상도 헛되이 넘기는 일이 없도록 하게."

옹정이 손을 흔들면서 마제에게 앉으라는 시늉을 했다. 말을 마친 그는 날씨에 관한 말을 하다 갑자기 사이직을 떠올린 모양이었다. 그가 잠시 고개를 떨어뜨린 채 멍하니 발끝만 내려다보다 한참 후 다시 입을 열었다.

"오늘은 여러분들도 피곤할 거야. 짐도 머리가 맑지는 않네. 유묵림은 내일 장정옥을 만난 다음 연갱요한테 가 있도록 하게. 명심하게, 매사에 연갱요의 의사를 존중하는 태도를 보이라고. 또한 아무리 사소한 일이라도 밀주를 보내야 한다는 것을 잊지 말게!"

유묵림의 마음은 말로 설명하기 어려울 만큼 복잡하기 이를 데 없었다. 우선 소순경을 잃은 슬픔이 여전히 뇌리에서 떠나지 않았다. 또 윤사에게 된통 당한 것에 대한 분노와 느닷없이 관리로서 고공비행을 하게 된 기쁨이 뒤섞여 머리가 복잡했다. 앞으로 연갱요 같은 사람과 호흡을 맞춰야 한다는 것에 대한 걱정도 무시할 수 없었다. 그가 머리를 조아린 채 결코 기쁘지만은 않은 어조로 대답했다.

"성훈을 높이 받들 것을 맹세하옵니다!"

"날도 저물었는데, 그만 물러가도록 하게."

이날 저녁 옹정은 양심전에서 쉬기로 했다. 그러나 비빈들은 부르지 않았다. 다소 우울한 마음에 일찍 쉬고 싶었다. 그러나 아무리 시간이 흘러도 그는 좀체 잠을 이루지 못했다. 나중에는 이리저리 뒤척이다가 중간에 몇 번씩이나 밖에 나갔다 들어오기도 했다. 그러나 하늘은 옹정의 번뇌를 전혀 모르는지 맑기만 했다.

42장
황궁에 내리는 비

유묵림은 장정옥의 건강이 좋지 않다는 것을 알았기에 이튿날 오전 진시辰時 무렵 가마를 타고 장정옥의 집으로 향했다. 가마 밖에서 지나가는 사람들이 떠드는 목소리가 들려왔다. 하나같이 사이직이 연갱요를 탄핵한 이야기를 하고 있었다. 어떤 사람은 "사 대인이 벌써 오문午門에 끌려갔어. 오시午時 삼각三刻에 오문문참午門問斬(오문에서 목을 치는 형벌)을 한다고 하더군!" 하고 떠들었다. 또 어떤 사람은 "연 대장군이 직접 망나니가 돼서 목을 친다고 하던데?" 하고 근거 없는 말을 떠벌렸다. 유묵림은 비등하는 소문에 그저 실소를 터트릴 수밖에 없었다. '오문문참'은 청나라에 들어와서는 폐지한 지 오래된 처형방식이었기 때문이다. 물론 딱 한 번의 예외는 있었다. 때는 오삼계吳三桂가 삼번三藩의 난亂을 주도하고 있을 시기였다. 당시 강희는 오봉루五鳳樓에서 열병식을 갖고 오문 앞에서 오삼계의 큰아들인 오응웅吳應熊의 목을 친 바 있었다. 그들 세력들을 절대로 용인하지 않겠다는 결연한 의지를 보였던 것으로, 그것이 처음이자 마지막이었다.

'사이직이 아무리 바른 소리를 한마디 했기로서니 그렇게 되겠는가? 오응웅의 뒤를 따르게 하다니, 절대 그렇게 될 리 없어.'

유묵림은 사이직이 절대 그렇게 비참하게 죽게 될 것이라고 생각하고 싶지 않았다. 그가 그런 생각에 잠겨 있는 동안 가마는 어느덧 땅에 내려앉았다. 그는 숨을 길게 몰아쉬면서 몸을 숙여 가마 밖으로 나왔다. 이어 문지기에게 명함을 건넸다.

"사경에 일어나셔서 오경에 조정에 나가시는 것은 장상께서 몇 십 년 동안 지켜온 불변의 규칙입니다. 대인께서 방문하시면 상서방으로 모시라는 당부가 계셨습니다."

유묵림은 문지기의 말을 듣는 순간 자신도 모르게 조정을 위해 애쓰는 장정옥에 대한 존경심이 물안개처럼 가득 피어올랐다. 헛걸음을 했다는 아쉬움은 전혀 없었다. 옹정이 그에게 남다른 애착을 보이는 것은 너무나 당연했다. 그는 오랫동안 재상으로 있었음에도 여전히 흐트러지지 않는 자세를 견지하는 장정옥에게 높은 점수를 매기면서 서둘러 가마를 타고 서화문으로 향했다. 그리고 일부러 오문을 거쳐 돌아가기로 했다. 소문대로 사이직이 오문에 무릎을 꿇고 있는지가 궁금했던 것이다. 그는 평소에 사이직과는 크게 교류한 사이는 아니었다. 그저 가벼운 인사 정도만 나누던 사이였다. 하지만 그래도 한 번은 찾아주는 것이 예의일 터였다.

유묵림은 곧 오문에 도착했다. 그러다 '문관은 가마에서 내리고, 무관은 말에서 내리라'文官下轎 武官下馬는 비석이 있는 곳에서 잠시 머뭇거렸다. '곧 연갱요의 밑으로 들어가는 마당에 사이직을 보러 오는 것이 금기를 범하는 것은 아닐까?' 하는 생각이 살짝 들었던 것이다.

그러나 그는 그런 생각을 멀리 떼어놓기라도 하듯 서둘러 앞으로 나아갔다. 과연 소문대로 저 멀리에서 사이직이 정자까지 뜯긴 채 꼿꼿하게 시위방 앞에 무릎을 꿇고 있는 모습이 보였다.

때는 비 한 방울 내리지 않고 살인적인 가뭄이 이어지고 있는 음력 5월 중순이었다. 오문 밖의 넓은 공터에서는 벌써부터 지열이 뜨거운 김처럼 스멀스멀 기어 올라가고 있었다. 태양도 점점 높이 올라가며 구름 한 점 없는 하늘이 무서워할 정도로 슬슬 그 무서운 기염을 토해내고 있었다. 땅바닥은 후끈후끈 달아오른 솥뚜껑 같았다. 유묵림은 사이직을 다시 한 번 바라봤다. 사이직은 무표정한 얼굴을 번쩍 처든 채 하늘을 뚫어지게 바라보고 있었다. 그 모습에 유묵림은 마음이 아팠다. 그때 형년이 몇몇 태감들을 거느리고 성큼성큼 사이직에게 다가가더니 입을 열었다.

"지의가 계신다!"

"신 사이직, 지의를 받들겠사옵니다."

"폐하께서 물으신다. 자네가 이번에 연갱요를 무차별 공격한 것은 밀모密謀 세력들과 공모하고 한 짓이 아닌가?"

형년이 지극히 메마른 목소리로 말했다.

"맹세코 그런 것은 아니옵니다."

"그렇다면 어찌 해서 손가감도 자네하고 입을 맞춘 듯 똑같이 상주를 하는가? 또 왜 목숨을 걸고 자네를 지키려 드는 건가?"

사이직이 순간 크게 의외라는 반응을 보이면서 고개를 갸웃거렸다.

"손가감은 어제 북경으로 들어왔사옵니다. 또 신은 어제 저녁에 폐하를 배알했사옵니다. 그가 북경에 도착한 후에 신은 그와 만난 적도 없사옵니다. 평소에도 거의 왕래가 없었사옵니다. 뿐만 아니라 정견政見도 대부분 일치하지 않사옵니다. 그래서 그와는 항상 거리감을 뒤 왔사옵니다. 그런 그가 신을 위해 변호하려고 했다니, 신은 그 의도를 알 수가 없사옵니다. 솔직히 관심조차 없사옵니다."

형년은 지의를 전달하라는 명령만 받았을 뿐 답변하거나 반박할 권한은 없었다. 때문에 그저 머리를 끄덕이기만 했다.

"폐하께서는 또 '짐은 그대를 대단히 측은하게 생각한다'라고 하시면서 연 대장군에게 사죄만 하면 그것으로 용서를 받을 수 있다고 하셨다."

사이직이 즉각 손가락으로 하늘을 가리키면서 대답했다.

"연갱요의 작당은 하늘의 분노와 사람들의 원망을 불러일으키기에 충분하옵니다. 신이 만약 그자에게 잘못했노라고 빈다면 그것은 바로 불의와 타협하는 것이옵니다. 폐하에 대한 굴욕이기도 하옵니다. 그런데 폐하께서 어찌 신을 용서하시겠사옵니까? 연갱요의 목을 치는 날에 하늘에서는 바로 비를 내릴 것이옵니다!"

사이직은 끝까지 자신의 주장을 굽히지 않았다. 그런 그의 모습에 주변의 시위들은 적이 놀라는 눈치를 보였다. 유묵림 역시 그의 태도에 가슴이 철렁 내려앉았다. 형년이 다시 말을 이었다.

"폐하께서는 또 다음과 같이 말씀하셨다. 그대는 연갱요와 같은 해의 진사가 아닌가. 또 연갱요의 추천을 받아 동궁東宮에서 세마洗馬(말을 씻긴다는 뜻이나 황태자의 시중을 든다는 의미로 해석할 수 있음)를 하게 된 것이 아닌가. 그런데 자네는 연갱요의 공이 너무 높아지면 짐까지 위협할 것으로 생각했어. 결국은 틀림없이 짐의 손에 의해 토사구팽兎死狗烹의 말로를 맞이하게 될 것이라는 결론을 내렸겠지. 당연히 퇴로를 마련해야겠다는 생각도 하지 않을 수 없었겠고. 그렇지 않은가?"

형년은 대내에서 경력이 가장 오랜 태감이었고, 따라서 온갖 경험을 했다. 실제로 그는 명신名臣 곽수郭琇가 강희를 비판할 때도 현장에 있었다. 또 요제우姚帝虞, 당재성唐賣成 등이 북궐北闕에서 글을 올려서 남산南山을 질타하던 모습도 잊지 않고 있었다. 그러나 그때는 관대하고 인후하기로 유명한 강희 시절이었다. 옹정은 강희와는 판이하게 다른 군주였다. 형년은 그렇게 생각하고 있었다. 옹정은 사이직의 쓴 소리를 받아들일 여유가 없다는 것이 그의 판단이었다. 그는 자신도 모르게 사이직을 안쓰럽게 생각하면서 은근히 손에 땀을 쥐었다. 유묵림이라고 별다를 까닭이 없었다. 뼈를 발라내고 살을 도려내는 것 같은 옹정의 말을 전해들으면서 그 말을 할 때의 옹정의 표정을 상상만 해도 몸서리가 쳐졌다. 그러나 사이직의 태도는 여전히 강경했다.

"신은 연갱요가 신을 추천했다는 사실은 전혀 몰랐사옵니다. 지금 들으니 창피하기 그지없사옵니다. 연갱요가 왜 신을 추천했는지 그 속셈은 모르겠사옵니다. 하지만 신을 써주신 분은 폐하이시옵니다. 신은 폐하께서 직접 시비취사是非取捨를 결정하시기에 앞서 다른 사람의 말만 들으시고 신에게 죄를 물으시는 것은 부당하다고 생각하옵니다."

말을 마친 사이직은 자신이 생각해도 말이 너무 지나쳤다고 판단한 듯 연신 머리를 조아렸다. 형년이 그러자 땀을 훔치면서 말했다.

"폐하께서 그대가 죄를 인정하지 않을 때는 이렇게 전하라고 하셨어. 그대야말로 소인배라고 말이지. 이 독기 어린 땡볕이나 쐬고 있어야겠군. 그러다 더위를 먹어 죽게 된다면 그 순간 하늘에서 비를 내릴 것이네!"

형년이 지의를 다 전달하고는 횡하니 돌아서서 가려고 했다. 그때 갑자기 사이직이 필사적으로 그의 옷자락을 잡아당기면서 고함을 질렀다.

"이 빌어먹을 고자놈아! 가서 폐하께 아뢰어라. 나는 절대 소인배가 아니라고 말이야!"

사이직은 옹정의 말에 깊은 상처를 받았다. 하얗게 질린 얼굴에는 최후를 각오하는 비장함도 감돌았다. 눈에는 눈물마저 서려 있었다. 형년이 그 모습을 보고는 약 올리듯 웃으면서 말했다.

"나는 지의를 전달하라는 명만 받았을 뿐이오. 다른 것은 나하고 상관없는 일이오. 물론 나는 사 대인의 대쪽 같은 모습과 기개에는 탄복해마지 않소."

형년은 말을 마치자마자 바로 대내를 향해 발걸음을 옮겼다. 유묵림은 그제야 자신이 장정옥과 연갱요를 차례로 만나봐야 한다는 생각이 번쩍 들었다. 더 이상 여기에서 시간을 지체할 수 없다고 판단했는지 황급히 형년의 뒤를 따라 좌액문을 통해 대내로 들어갔다. 곧이어 형년은 양심전으로 보고를 올리러 갔다. 유묵림은 곧장 상서방으로 향했다. 장정옥은 양명시를 접견하고 있었다. 또 이불은 한쪽에서 부채를 부치고 앉아 차례를 기다리고 있었다. 장정옥이 유묵림이 들어서는 것을 보고는 머리를 끄덕이면서 말했다.

"자네를 먼저 보려고 했었는데, 많이 늦었군그래. 기왕 늦었으니 양명시 이 친구의 얘기를 다 들어보고 나서 자네를 연 대장군한테 데려다 주지. 계속해 보게."

"운귀雲貴(운남성과 귀주성) 지역은 묘족苗族과 요족猺族이 잡거雜居하는 곳입니다. 내지內地에 비교할 바가 못 됩니다."

양명시가 빙차氷茶로 목을 축이면서 침착하게 입을 열었다. 이어 자세한 설명을 덧붙이기 시작했다.

"내지는 관부官府의 명령이면 다 통합니다. 하지만 그쪽에서는 토사土司(중국 서부 및 서남부의 여러 성省에 두었던 일종의 지방관)의 지시

외에는 먹혀들지 않습니다. 채정 장군은 현재 더 이상 민정에 간여하지 않고 있습니다. 대신 제가 선왕先王의 유정遺政을 받들어 유화와 강압 병용 정책을 펴고 있습니다. 그 덕에 겨우 말썽은 잠재워 놓고 있습니다. 지금 폐하께서는 개토귀류改土歸流(정식으로 정부 조직을 설치해 토사 정치를 대체하는 것)를 선언하셨습니다. 그런데 그게 솔직히 어렵습니다. 거의 불가능할 정도입니다. 제가 그 뜻을 받들기 싫어서가 아닙니다. 몇몇 지역에서 시행을 해봤으나 묘족과 요족들의 기가 너무 세서 말이죠. 저마다 토채土寨를 쌓고 깊은 산 속으로 숨어드니 어떻게 일일이 찾아내 조정의 말을 들으라고 설득을 하겠습니까? 심지어 어떤 곳은 지세가 험준해 수레는커녕 말도 올라가지 못할 정도로 접근하기가 힘듭니다. 그들은 또 외부와 오랜 세월 차단돼 있다 보니 대단히 야만적이고 공격적입니다. 게다가 서로 언어가 달라 말이 통하지 않으니 설득을 할 수도 없습니다. 결론적으로 그들은 조상대대로 내려온 토사 정책을 하루아침에 철폐한다고 하니까 조정을 원망하는 것 같습니다. 나름대로 불안해하는 것 같기도 합니다. 이 때문에 지금 어떤 현縣의 경우에는 있으나 마나 하던 현령마저 없습니다. 아마 도망을 간 지 오래 되지 않았나 싶습니다. 이 같은 경우에는 현 아문 역시 피폐해져서 쓸 수가 없습니다. 그곳에 지방 정부를 설치하려면 관리들을 파견해야 하는데, 그 지역 특유의 장기瘴氣(축축하고 젖은 땅에서 나오는 독기)와 독무毒霧로 인해 열에 아홉은 불귀의 객이 되고 맙니다. 그러니 그런 곳에 갈 바에야 차라리 관리 노릇을 그만두는 것이 낫다고 생각할 수밖에 없습니다. 위에서 말씀 드린 여러 가지 어려움을 조정에서 헤아려 주시기 바랍니다. 제 생각에는 당분간 현상을 유지하는 것이 낫지 않을까 싶습니다."

장정옥이 양명시가 말하는 동안 내내 미간을 좁히고 있다가 입을 열었다.

"토사의 특권을 박탈하는 시책에 대해서는 백성들이 쌍수를 들어 환영해야 할 것이 아닌가. 정부에서 가혹한 기부금과 각종 잡세도 받지 않을 테니 말이네. 폐하께서는 백성들을 아끼고 사랑하는 마음에서 개토귀류를 촉구하는 것일 뿐 다른 뜻은 없네!"

양명시가 다시 말했다.

"제 말뜻은 시행에 어려움을 겪는다는 것이지 결코 정책 자체가 잘못됐다는 것은 아닙니다. 운귀 지역은 중원에 차와 소금을 제공하는 역할을 하고 있습니다. 그러나 자고로 척박하고 식량이 부족하기로는 이보다 더한 곳도 없을 것입니다. 대부분 아직 원시적인 화전火田 경작에 매달리고 있습니다. 때문에 제가 그곳에 부임해 제일 먼저 착수한 일이 바로 그들에게 농사짓는 방법을 가르친 것입니다. '의식이 족해야 영욕을 안다'衣食足知榮辱는 《삼자경》三字經의 서두를 비롯한 글도 가르쳤습니다. 앞으로는 그것을 시작으로 농업을 더욱 장려하고 인재양성에 힘을 쏟겠습니다. 다시 말하면 공자와 맹자 같은 성인을 존숭하는 분위기를 이끌어낸 후에 천천히 지방 정부를 설치해야 하지 않겠나 싶습니다. 물이 들고 나면 자연히 골이 파이듯 말입니다. 억지로 음식을 먹이면 오히려 역효과를 불러일으키게 될 것입니다."

장정옥은 양명시의 말에 울적한 반응을 보였다. 옹정이 개토귀류 정책의 실시를 서두를 때 그도 찬성을 했기 때문이다. 그러나 양명시의 말도 틀린 것은 아니었다. 정책의 실시를 잠시 유보하고 밑바닥을 다지는 것도 좋은 방책이라고 생각했다. 장정옥이 한참 생각에 잠겨 있더니 입을 열었다.

"소에게 억지로 머리를 눌러 물 먹이려 한 격이로군. 폐하께서는 건실하게 잘 크라고 보약을 먹이려 해도 철없는 소가 말을 들어주지 않

으니 걱정이군! 이위가 강남에서 시행하는 화모귀공 정책에도 그대
는 공감하지 않는다면서?"

양명시가 즉각 대답했다.

"저는 이위와 교분이 두터운 사람입니다. 그러나 이번 결정은 지방
재정을 충족시키려는 폐하의 생각에만 너무 치우친 것이 아닌가 싶
습니다. 다소 성급했다고 할 수 있습니다. 그래서 제가 일부러 길을
돌아 강남에 들러 이위를 만나고 오는 길입니다. 결론적으로 당분간
의견일치를 보기는 어려울 것 같습니다. 물론 화모귀공의 취지는 좋
습니다. 그러나 궁극적으로는 청백리들의 삶만 고단해지게 만듭니다.
솔직히 탐관오리들이야 어떻게 해서든 돈을 세탁할 명분을 만들지
못하겠습니까? 지금의 이치吏治가 대체 어디까지 와 있는지는 장상께
서 저보다 더 잘 아실 줄로 믿습니다. 작년 가을 제가 운남성 지부
대리인 장성문臧成文을 탄핵하지 않았습니까? 그런데 그자의 정자를
떼어버리자마자 그곳 백성들이 들고 일어났습니다. 나중에는 이른바
만민산萬民傘을 보내오면서까지 어이없는 구명운동을 벌였습니다. 아
마도 기억을 하실 겁니다. 백성들은 그자가 자신들을 빨아먹는 흡혈
귀가 돼 출처가 불분명한 검은 돈을 만 냥씩이나 가지고 있다는 사
실이 드러났는데도 왜 그렇게 기를 쓰고 변호하려고 했을까요? 그런
의혹을 떨쳐버릴 수가 없어서 제가 몰래 현지에 가서 조사를 해봤습
니다. 그랬더니 백성들이 하나같이 하는 말이 있더군요. 매년 연례행
사처럼 내는 기부금은 다 바쳤다고요. 그런데 만약 그 사람을 쫓아
내 버리면 이미 납부한 돈은 환불받을 수도 없다는 거예요. 또, 다른
지부가 내려오면 기부금을 새로 내야 한다는 겁니다. 때문에 '구관
이 명관'이라는 생각에서 그랬다는 겁니다. 백성들은 관리들을 승냥
이에 비유했습니다. 겨우 하나를 배불리 먹여 보냈는데, 또 다른 굶

주린 승냥이가 처들어오면 어떻게 하느냐는 겁니다. 저는 홧김에 왕명기패를 요청해 장성문의 목을 쳐버렸습니다. 바로 후임자를 향한 경종이었죠! 이위의 방법은 너무나도 결정적인 약점이 있습니다. 만약 전국적으로 널리 퍼지는 날에는 백성들 피를 빠는 데 이골이 난 탐관오리들은 또 다른 새로운 방법을 물색할 것이고 수탈은 계속될 것입니다. 심지어 그 새로운 방법은 지금보다 백성들을 더 힘들게 할 수도 있을 것입니다. '위에서 정책을 하달하면 밑에서는 대책을 세운다'上有政策 下有對策는 말이 있지 않습니까? 결국 이래저래 괴로운 건 백성들뿐입니다."

　장정옥은 할 말을 잃었다. 양명시의 말은 반박할 여지가 없을 만큼 논리정연했다. 그러나 옹정의 이론을 정면으로 돌파할 용기가 나지 않는 것도 사실이었다. 옹정과 몇 차례에 걸쳐 무릎을 맞대고 독대를 해온 그로서는 천하의 일은 변법變法으로 밀고 나갈 수밖에 없다는 옹정의 말이 곧 진리였던 것이다. 실제로 화모귀공, 개토귀류, 탄정입무, 관신일체납량官紳一體納糧(관리와 토호들도 전원 세금을 내는 제도)과 주전법 등이 야심차게 추진돼 가는 새로운 정책으로서 이제 막 몇몇 옹정의 측근들을 통해 지방에서 시행되기 시작한 것이었다. 그 정책들을 만에 하나 이렇다 할 명분도 없이 중도하차시키게 되면 황제의 체면이 깎일 수도 있었다.

　'우선 옹정호의 선장인 폐하의 치적에 대한 반감半減 효과를 불러일으키지 말라는 법이 없어. 또 윤사 일당이 흔들리는 민심을 악용하여 반란의 명분으로 이용할 수 있지. 심지어 윤사가 팔기병의 철모자왕들을 동원해 폐하를 폐위시키려 들지 않을 거라고 장담하기 어려워. 만약 그런 최악의 경우가 닥쳐온다면 명색이 재상인 나는 과연 어떻게 대처해야 할 것인가? 이거 정말 복잡해지는군. 양명시와 이불 모두 폐하께서 직접 선발해 키워온 측근 아닌가. 그런데도 깊이 들여다보면 폐하의 정책에 찬성표를 던지는 사람이 거의 없어. 정말 개탄스럽군……'

장정옥은 그런 생각이 들자 양명시의 의견을 다시 묻지 않을 수 없었다.

"그렇다면 자네 생각은 어떤가?"

양명시가 미처 대답하기도 전이었다. 불쑥 손가감이 들어섰다. 양명시가 즉각 반가워하며 물었다.

"이보게, 친구. 벌써 다녀왔어? 폐하께서도 나름대로 어려운 사정이 많으실 테니 우리라도 힘과 용기를 드려야 해. 너무 따지려 들지 말자고. 알았지?"

손가감이 기다렸다는 듯 대답했다.

"나는 사이직을 위해 변호를 했을 뿐이야. 폐하를 상대로 따지고 든 것은 하나도 없지. 폐하께서는 어제 저녁 잠을 설치셔서 그런지 대단히 신경이 예민해 보였어. 내가 상주하는 동안에도 부산하게 방 안을 거니시더니 궁전 밖으로 나가셔서 한참 산책하시다가 들어오시고는 했어. 뭔가 마음을 다잡지 못하시는 것 같았어. 그리고는 내가 상주하기를 마치자 폐하께서는 나에게 자네 양명시와 장 중당의 처벌에 따르라고 지시하셨어."

손가감이 말을 마치자마자 바로 상체를 깊숙하게 숙였다. 장정옥이 순간 한숨을 내쉬었다.

"자네는 똑똑한 바보야! 폐하께서 자네를 처벌하지 않으셨는데, 내가 무슨 명목으로 자네를 처벌하겠나? 언관言官이 좋다는 것이 뭔가. 자네는 어사이니 상주하기가 나보다 더 편할 것이네."

장정옥이 말을 마치고는 좌중의 사람들을 둘러봤다. 그리고는 다시 말을 이었다.

"난 여러분들에게 한마디만 하고 싶소. 옹정개원쇄신정치^{雍正改元刷}新政治! 폐하께서 '연호를 바꾸고 정치를 쇄신하겠다!'고 하신 이 구호는 폐하께서 천하의 대세를 미리 파악해 결단을 내리신 방략^{方略}이오. 그 사실을 명심해 줬으면 하오. 우리 신하들은 이 방략 안에서만 움직일 뿐 절대 밖으로 뛰쳐나가서는 안 되겠소. 또 국운이 성세일로를 달릴 때 이치를 속전속결로 정돈해야 하오. 그렇지 않으면 재앙이 닥쳤을 때는 후회해도 소용없을 거요. 내가 보기에 폐하의 정견은 대단히 미래지향적이오. 다만 현재 시점에서 발목 잡는 요소들이 너무 많아서 힘이 드는 거요."

양명시가 장정옥의 말에 즉각 자신의 생각을 피력하기 시작했다.

"성조^{聖祖}(강희)의 시책에도 잘못은 거의 없었습니다. 단지 성조 말년에 법이 느슨하고 물렁해진 것이 문제였습니다. 당시 탐관오리들의 탐욕이 갈수록 기승을 부렸습니다. 그러나 제때에 제대로 억제하지 못한 것이 병폐가 됐습니다. 그래서 오늘날까지 고생을 하고 있는 것 같습니다. 방금 장 중당께서 질문하셨던 물음에 대한 답변을 하겠습니다. 탐관오리들을 붙잡아 친소^{親疎}와 무관하게, 귀천^{貴賤}에 관계없이 죄를 묻고 천하에 경종을 울려야 합니다. 그것만이 탐관오리들의 탐욕을 잠재우는 유일한 방법인 것 같습니다. 선제께서는 친히 '성훈 삼십육조'^{聖訓三十六條}를 내리신 바 있습니다. 이어 각 지역의 학궁^{學宮}에 조정의 훈시를 제대로 학습하고 전달해 충과 효를 겸비한 청렴한 관리들을 키워내라고 지시하셨습니다. 때문에 지금은 선제의 뜻을 받들어 천천히 이를 시행해 나가는 것이 좋습니다. 그게 한술에 배 부르려고 하는 오늘날의 '변법'보다는 훨씬 낫지 않겠습니까?"

장정옥이 양명시의 당돌한 말에 화들짝 놀랐다.

"'변법'이라는 말은 내가 했지 폐하께서는 그런 말씀을 하신 적이 없네."

양명시 역시 고개를 번쩍 쳐들었다.

"사실 저도 변법이라는 말이 딱 맞는다고 생각합니다. 그러나 뭐라고 명명하는 것이 뭐가 그리 중요하겠습니까? 송나라의 신종神宗은 일대의 영주英主였습니다. 또 왕안석王安石은 영재英才였습니다. 그 둘의 변법은 어떤 변화를 불러 왔습니까? 반란 세력을 숙청했죠!"

이불은 원래 장정옥의 문생이었다. 그 때문에 있는 듯 없는 듯 한쪽에 자리한 채 감히 끼어들 엄두를 못 내고 있었다. 그러나 더 이상은 침묵할 수 없다는 듯 상체를 숙인 채 예를 표하면서 말했다.

"양형,《여씨춘추》呂氏春秋의〈찰금〉察今편을 살펴보면 첫마디가 이러하네. '주군께서는 왜 선왕의 법을 따르지 않았을까요? 그것이 좋지 않아서가 아닙니다. 후세 사람들이 그것에서 취할 바가 없기 때문이었습니다!'라는 말이지. 지금의 정세는 강희 황제 때와는 전혀 다르네. 케케묵은 발상으로 현실을 부둥켜안고 있다 보면 새로운 정치라는 것은 있을 수가 없어. 하지만 스승님도 너무 성급하신 것 같습니다. 탄정입무도 좋고 화모귀공도 좋습니다. 그러나 자칫 잘못 하면 한꺼번에 백성과 관리들의 원성을 사는 수가 있습니다. 그렇지 않아도 조정에서는 여러 가지 의견이 엇갈리는 마당입니다. 아차! 하다가는 난국을 초래하기 쉽습니다. 만약 전문경처럼 거의 전 성省의 아문 주관主官들을 쫓아내 버린다고 한다면 삼두육비三頭六臂(머리가 세 개에 팔이 여섯 개인 힘 센 남자)의 능력이 있다 해도 무슨 수로 그 많은 일을 다 해낼 수 있겠습니까?"

이불의 말이 끝나자마자 갑자기 무거운 우렛소리가 길게 여운을 남기고 지나갔다. 순간 상서방 천장이 오슬오슬 떨었다. 좌중의 사람들은 자신들도 모르게 흠칫했다. 그 사이에 저만치 스쳐갔던 우레가 또다시 돌아와 한바탕 허세를 부리고 도망갔다. 그러나 소리는 그다지 크지 않았다. 하늘도 지친 모양이었다.

"비가 오려나 봐!"

장정옥이 갑자기 흥분을 하더니 벌떡 일어나 출입구 쪽으로 달려갔다. 이어 천천히 바깥을 내다봤다. 그러나 태양은 여전히 찬란해서 눈이 부실 지경이었다.

장정옥은 서쪽 방향으로 앉은 상서방에서 동쪽으로 나있는 입구로 나갔다. 이어 손으로 햇빛을 가리고 서쪽을 유심히 바라봤다. 화선지에 먹물 번지듯 먹장구름이 밀려오고 있었다. 느릿느릿 하기는 하나 서쪽으로 기울어가고 있는 태양을 덮으려는 찰나였다. 드디어 마른번개가 하늘에 나뭇가지 모양을 그리면서 내리꽂혔다. 우렛소리가 멀리서 북소리처럼 들려왔다. 좌중의 사람들이 잠시 기다리며 서 있자 저 멀리 숲속에서 나뭇가지 흔들리는 소리가 파도소리처럼 들려왔다. 습기를 머금은 찬바람이 먼지를 휘감은 채 겹겹의 장애물을 넘어 궁원으로 돌진해오고 있었다.

장정옥은 찜통 같은 열기를 식혀주는 서늘한 느낌에 눈을 스르르 감은 채 먼지바람에 온몸을 맡겼다. 그리고는 중얼거렸다.

"아무튼 방포는 대단한 인물이야. 비가 올 거라더니 정말이네!"

장정옥의 말이 끝나기 무섭게 돌산이 무너져 내리고 하늘이 쪼개지는 듯한 커다란 우렛소리가 다시 울려 퍼졌다. 그 바람에 궁궐의 대지는 발밑까지 뒤흔들리는 듯했다. 이윽고 동전 크기만 한 빗방울이 후둑후둑 소리를 내면서 떨어지기 시작했다. 이어 바람에 흔들려 물결치는 소나무소리 같은 빗소리가 서쪽에서부터 가까이 다가왔다. 자금성의 우뚝 솟은 용루봉각龍樓鳳閣들은 삽시간에 마렴麻簾(삼베로

짠 발)같은 비의 장막 속에 잠기고 말았다. 원래 씻은 듯 말끔하게 개어있던 동쪽 하늘 역시 어느새 파죽지세로 달려오는 검은 구름에 점령당하고 말았다. 사람을 으스스하게 만드는 우렛소리도 연달아 터졌다. 어둠 속에 잠겼던 정원은 잠시 하얗게 빛이 나는 듯했으나 바깥은 마치 늦가을의 황혼녘이 따로 없었다.

장정옥은 잠시 넋 나간 사람처럼 서서 비를 쫄딱 맞고 있었다. 물속에 빠졌다 나온 사람처럼 온몸에서 물이 줄줄 흘러 내렸으나 눈을 감은 채 고개를 들어 하늘을 향했다. 빗방울이 코에 떨어져 산산이 조각나서 흩어졌다. 그는 마치 하늘이 내린 감로수를 마시는 것 같은 기분에 도취된 듯했다. 입으로는 연신 뭔가를 중얼거리면서 간구하는 것 같았다.

이불이 그 모습을 묵묵히 지켜보다 안 되겠다는 듯 황급히 뛰어나와 만류했다.

"스승님의 마음을 하늘에서도 읽으시고 머리를 끄덕이셨습니다. 빗속에 너무 오래 서 계시면 큰일 납니다. 어서 들어가시죠. 아직 논의할 일이 많습니다."

드디어 장정옥이 깊은 한숨을 토해내고는 이불의 부축을 받으면서 상서방으로 들어갔다. 이어 옷을 갈아입으면서 말했다.

"이 비는 수많은 사람을 살려주는 비야. 폐하의 홍복이네! 나는 즉각 폐하를 배알해야겠어. 자네들은 내가 돌아올 때까지 여기서 나를 기다리게……."

장정옥은 말을 마치고는 바로 우비를 챙겨 입었다. 그리고는 밖으로 뛰쳐나갔다. 이어 손짓으로 관리 한 명을 불러 명령했다.

"즉각 호부로 가서 상서 이하의 관리들은 전부 나가서 양고糧庫를 점검하라고 하게. 또 병부에서는 무기고를 점검하고 비 새는 곳이 있으면 즉각 손보라고 하게. 쌀 한 톨, 병기 하나라도 손상이 가는 날에는 용서 받지 못할 것이라고 하게. 그리고 사람을 순천부로 보내 영정하의 제방이 견고한지 점검한 다음 북경 백성들의 초가집들도 살피게. 어디 내려앉은 곳은 없나 잘 살피라고 하게. 사람이 다치지 않는 것을 최우선으로 하라고 전하라고!"

장정옥은 숨 가쁘게 지시를 마치고는 바로 월화문을 나섰다. 이어 양심전으로 줄달음쳤다.

그 시간 옹정은 양심전 입구에 멍하니 서 있었다. 몸에는 가벼운 짙은 갈색 두루마기에 검은 홑옷 하나만 껴입고 있을 뿐이었다. 또 머리에는 관모도 쓰지 않고 있었다. 천성적으로 찬 기운을 좋아하고 더위를 싫어하는 사람다운 차림이었다. 처마 밑으로 날려 들어온 빗물에 신발이 젖고 있었으나 꼼짝도 하지 않았다. 그저 비를 퍼붓느라 여념이 없는 하늘만을 뚫어지게 쳐다보고 있었다. 옹정의 등 뒤에 서 있는 방포 역시 수염을 매만지면서 생각에 잠겨 있었다. 그러다 장정옥이 헐레벌떡 달려와 빗속에 모습을 드러내자 천천히 입을 열었다.

"형신이 왔사옵니다, 폐하."

"오? 오."

옹정이 머리를 끄덕여 보이고는 몸을 돌렸다. 이어 궁전 안으로 발을 들여놓았다. 그리고는 태감에게 명령을 내려 궁전 입구에 방석을 가져다 놓도록 했다. 곧 그가 그곳에 앉은 채 말했다.

"격식은 필요 없네, 형신. 그래 사람들은 만나봤는가?"

"아직 얘기가 끝나지는 않았사옵니다! 하늘에서 이렇게 좋은 비가 내리니 폐하의 기분도 좋을 것 같습니다. 이참에 사이직을 대신해 사죄를 올릴까 해서 왔사옵니다."

장정옥은 옹정이 예를 차릴 필요가 없다고 했으나 한쪽 무릎을 꿇었다가 이어 바로 몸을 일으켰다. 옹정이 흠칫 놀라며 입을 열었다.

"사이직은 죄가 있는 사람이야. 그는 연갱요가 간신이기 때문에 그를 죽이지 않는 한 하늘에서 비를 주지 않을 것이라는 망언을 했네. 보다시피 연갱요가 멀쩡히 살아있음에도 비가 내리고 있지 않은가. 그는 망언의 죄를 지었네. 죄지은 자를 쉽게 풀어줘 공신의 마음을 다치게 할 수는 없네."

장정옥은 자신이 달려와 사이직을 대신해 사죄를 하면 옹정이 못 이기는 척 사이직을 풀어줄 것으로 생각했다. 하지만 예상치 못한 옹정의 말에 놀란 나머지 어떻게 응답을 해야 할지 몰라 망설였다. 동시에 방포를 힐끗 쳐다보면서 잠시 망설였다. 그가 한참 후에야 입을 열었다.

"성명하시옵니다, 폐하. 하오나 폐하, 천도天道가 무상無常해서 사이직이 판단에 착오를 빚은 것은 사실이오나 황제의 측근 중에 소인배가 있다는 말은 사실일지도 모르옵니다. 오늘 갑작스럽게 내린 이 비를 오문의 땡볕에서 무릎을 꿇어 있는 사이직을 안쓰럽게 여긴 하늘의 뜻으로 받아들일 수는 없겠사옵니까?"

그때 방포가 가볍게 미소를 지으면서 나섰다.

"이것 보시오, 형신! 자네가 아뢰지 않아도 폐하께서는 당연히 다 알고 계시오. 그러나 다른 사람의 생각도 해줘야 하지 않겠소? 이번에 사이직이 연갱요를 탄핵하고 손가감이 발 벗고 사이직을 변호하려 들었소. 그것을 모르는 사람은 없소. 나는 폐하께 이번 비를 '첨사우'詹事雨라 명명할 수 있겠노라고 말씀 올렸소. 그러나 지금 조정의 정세로 비춰볼 때 이 비는 사이직 한 사람의 목숨을 구해주는 데 불과할 뿐이오. 다른 것은 아직 이렇다 저렇다 말할 단계가 못 되는 것 같소. 조금 더 지켜보시오, 뭘 그리 서두르시오? 이 비가 당장 그치지는 않을 테지?"

방포의 말은 뜻이 모호했으나 장정옥은 그 말을 들으면서 뭔가를 알 수 있을 것 같았다. 드러내 놓고 말하지는 않았으나 옹정의 마음속에 근심이 더 깊어졌다는 사실을 말이다. 그는 더 이상 가슴속의 말을 하지 못했다. 그래서였을까, 군신 세 사람은 잠시 아무 말 없이 양동이로 퍼붓는 것 같은 빗줄기에만 시선을 두고 있을 수밖에 없었다.

"정옥, 양명시 등은 뭐라고 하던가?"

옹정이 눈빛을 반짝이면서 침묵을 깨트렸다. 장정옥이 황급히 아뢰었다.

"이불은 신의 문생이어서 그런지 말을 아끼는 것 같았사옵니다. 그러나 양명시의 뜻에 공감하는 것 같았사옵니다. 다들 조정에서 뭔가를 이루려는 마음이 너무 성급하다는 생각을 하고 있사옵니다. 좀 더 밑바닥 분위기를 다져야하지 않나 하고 느끼는 것 같았사옵니다."

장정옥은 양명시가 했던 말을 그대로 전달했다. 옹정은 귀를 기울여 열심히 들었으나 별다른 말은 하지 않았다. 그저 장정옥의 말이 끝나기를 기다렸다가 자리에서 일어나 몇 발자국 걸었을 뿐이었다. 이어 고개를 돌려 방포를 향해 말했다.

"방 선생, 채정이 올려온 밀주문에 의하면 양명시에 대한 평가가 대단히 좋아. 민심이 원하는 바를 미리미리 파악해 처리한다고 하더군. 이불에 대해서도 짐은 잘 알고 있지. 자기 물건이 아닌 것에 대해서는 절대 손을 내밀지 않는 친구이지. 그리고 손가감도 충직한 사람이고. 그런데 이들 중에서도 짐의 정령政令에 찬성하는 이는 하나도 없는 것 같군! 실로 개탄스러운 일이 아닐 수 없네. 사람을 제대로 알기가 어렵다고는 하나 사람들에게 이해받기란 더 어려운 것이네. 그 사람들은 늘 짐과 성조를 떼어놓고 옹정 초기와 강희 초기를 비교하려고 들어. 어떻게 하면 짐의 마음을 제대로 읽을 수 있도록 할 수 있겠는가?"

옹정은 자신의 생각을 너무 강조하다 다소 흥분한 듯했다. 두 눈썹이 미간 쪽으로 엉켜 붙었다. 마치 흐릿한 우무雨霧를 꿰뚫을 듯 눈에 힘을 실어 창밖을 바라보기도 했다. 무거운 침묵이 흘렀다. 옹정은 한참 후에야 체념한 듯 깊은 한숨을 내쉬었다. 장정옥과 방포는 그런 옹정의 의중을 누구보다 잘 알고 있었다. 하지만 달리 위안의 말을 건넬 수가 없었다. 둘은 누구보다 현재의 상황을 잘 알고 있었기 때문이다.

사실 옹정은 강희로부터 폐단으로 얼룩진 조정을 그대로 물려받았다고 할 수 있었다. 결국 이치의 정돈과 정치 쇄신이라는 두 가지 무거운 과제를 완수해야 하는 임무를 떠맡게 되었다. 그래서 세상이 존재하는 한 결코 없어지지 않는다는 탐관오리들을 뿌리 뽑기 위해 나섰다. 하지만 동시에 그들 탐관오리들을 통해 자신의 새로운 정책을 펴 나가야 했다. 그런 모순된 일이 과연 이루어질 것인지 그를 지켜보는 재상들의 고뇌 역시 옹정 못지않게 깊었다.

양심전은 다시 깊은 적막감에 사로잡혔다. 강과 바다를 뒤집어 엎어버릴 것 같은 빗소리와 우렛소리만 줄기차게 귓전을 때리고 있었다. 그처럼 양심전 전체가 시름에 잠겨 있을 때였다. 갑자기 거대한 얼음층이 쫙 갈라지는 듯한 파열음과 함께 궁전을 무너뜨릴 것만 같은 우렛소리가 들려왔다. 그와 동시에 낮게 드리운 먹장구름 사이로 화구火球 하나가 내리꽂히고 있었다. 어디로 떨어졌는지 그 충격에 대지는 다시 한 번 경기를 일으켰다. 사람들이 대경실색하며 말문이 막힌 그 순간 멀리서 한바탕 고함소리가 들려왔다. 이어 마치 물병아리

같은 모습을 한 태감 한 명이 헐레벌떡 달려 들어왔다. 그리고는 사색이 된 채 궁전 입구에 무릎을 꿇더니 입술을 덜덜 떨면서 말했다.

"폐, 폐, 폐…… 폐하! 우레…… 우레가……."

"이게 무슨 꼴이야, 지금! 하늘이 무너지기라도 한 것인가?"

옹정이 여전히 놀란 기색이 가시지 않은 얼굴로 버럭 화를 냈다.

"태화전이…… 벼락을 맞았사옵니다. 지붕이 부서져 빗물이 새어 들어오고 있사옵니다!"

순간 장정옥과 방포가 기절초풍할 듯 놀라면서 벌떡 일어섰다. 이어 어느새 양심전을 뛰쳐나간 옹정의 뒤를 허겁지겁 쫓아갔다. 화광火光은 보이지 않았다. 그저 무겁고 어두운 구름이 숨 막히게 낮게 내려와 있을 뿐이었다. 곧 저 멀리서 사람들의 아우성 소리가 들려왔다. 동시에 태감 고무용이 온몸이 흠뻑 젖은 채 달려와 아뢰었다.

"다행히 불이 크게 번지기 전에 빗물에 꺼졌사옵니다. 안심하시옵소서, 폐하……."

"오문으로 가서 사이직에게 전하도록 하라. 북경에 오랫동안 비가 오지 않고 극심한 가뭄이 든 것은 짐의 부덕과 무관하지 않다. 만약 천재지변이 들이닥친다고 해도 짐이 그 죄를 모두 떠안을 것이다. 그럼에도 사이직은 함부로 천변天變을 들먹이면서 충직한 공신에게 엉뚱한 죄를 덮어씌우려고 못된 마음을 먹었다. 때문에 엄벌에 처해 마땅하다. 하지만 악의가 없었던 점을 감안해 파면 처분만 내린다. 이일은 영원히 다시 거론하지 않을 것이고 부의部議에 넘기지도 않겠다. 가서 그대로 전하라!"

고무용에게 지의를 전달하는 옹정의 목소리가 빗속에서 유난히 또렷하고 무게 있게 울려 퍼졌다. 사이직의 목숨을 구해주기 위해 달려왔던 장정옥은 옹정의 말에 비로소 안도의 한숨을 내쉬었다. 그러나 옹정이 자신에 대한 비난도 했기 때문에 달리 뭐라고 할 말을 찾지 못했다. 그가 잠시 침묵을 하더니 조심스럽게 입을 열었다.

"하오나 폐하, 폐하께서는 스스로를 지나치게 자책하시는 것 같사옵니다. 가뭄이 들었다고는 하나 재앙까지는 아니지 않사옵니까. 그 책임을 반드시 추궁해야 한다면 음양陰陽을 조율하고 조야朝野를 조화롭게 해야 하는 의무가 있는 재상인 신에게 해야 하옵니다. 소신이 모든 책임을 떠안는 것이 마땅할 것이옵니다."

옹정이 장정옥의 말에 천천히 몸을 돌렸다.

"자네 마음은 구태여 말을 하지 않아도 짐이 다 알고 있네. 상서방에서 사람들이 기다리고 있다고 하지 않았나? 자네는 어서 가보게."

장정옥이 황급히 대답하고는 물러가려고 했다. 옹정이 순간 뭔가를 잊은 듯 그를 다시 불러 세웠다.

"양명시와 이불은 하나같이 바른 사람들이야. 정견이 다르더라도 생각을 마음껏 털어놓을 수 있도록 하게. 자네는 짐의 대변인인 만큼 주장을 명백히 해서 의견조율을 시도해. 그러나 그들과의 대화에서는 짐과의 일심일덕一心一德을 권유하고 강조하는 것에 초점을 맞추도록 하게. 짐은 인자한 군주이지 결코 폭군은 아니네. 그런 사실은 세월이 흐르면 저절로 느끼게 될 것이라고 말해주게. 그들의 주장이 다소 자기중심적일지라도 자기 관할 구역의 이치를 쇄신할 수 있는 여지가 있으면 인정해주도록 하게. 다만 사이직은 닮지 말라고 못을 박아두게. 사이직은 너무 철이 없어!"

옹정은 말을 마치고 장정옥이 양심전에서 물러나는 모습을 물끄러미 바라봤다. 그의 얼굴은 무척이나 지쳐보였다. 옹정은 곧이어 다소 무거운 걸음으로 동난각에 돌아와 앉았다. 동시에 유리창 밖의 빗줄기를 멍하니 바라봤다. 방포가 따라 들어와 줄곧 옹정을 지켜보고 있다 한참 후에야 입을 열었다.

"비가 제대로 내리옵니다."

옹정이 머리를 끄덕였다.

"짐은 오늘 연갱요한테 크게 실망했네! 사실 짐은 속으로 이 정도면 연갱요가 사이직을 위해 적극적으로 변호하고 나서줄 줄 알았네. 혹시 하늘에게 자신의 뜻을 대변하라고 그러는 것인가?"

옹정의 눈빛이 순간적으로 반짝하다 다시 암담해졌다. 그때 방포가 북쪽 벽에 걸려 있는 서화를 가리키면서 아뢰었다.

"폐하, 저기를 보시옵소서. '계급용인'戒急用忍이라는 글 말이옵니다. 선제께오서 폐하께 내리신 글이옵니다. 신이 보기에 저 네 글자가 폐하께 평생 힘이 돼 드릴 것 같사옵니다."

옹정이 방포의 말에 서화와 그를 번갈아 바라봤다. 그러나 그는 아무 말도 하지 않았다. 방포가 덧붙였다.

"이위를 비롯해 전문경, 이불, 양명시 등은 각자 자기 고집대로 밀고 나가는 사람들이옵니다. 당장은 그들을 지켜보는 것 외에는 달리 방법이 없을 것 같사옵니다. 여덟째마마와 연갱요 두 바위가 길을 막고 있는 한 폐하께서는 성급하게 일을 추진하려는 마음은 접어두시옵소서. 이럴 때일수록 여유를 갖는 것이 좋을 듯하옵니다. 바위를 하나씩 제거할 때까지 참고 견디는 미덕이 절실할 때이옵니다."

'계급용인'네 글자를 바라보는 옹정의 시선에 노여움이 차올랐다. 그는 한참 후에야 입을 열었다.

"짐은 형제간의 불협화음을 어떻게든 바로잡아 보려고 애써 왔네. 그러나 이제 보니 모든 것은 짐의 짝사랑이었어. 실로 유감스러운 일이 아닐 수 없네. 짐이 즉위하고 나서 여덟째의 측근들을 얼마나 많이 등용해줬나? 형제간의 알력을 메워보려고 노력하는 모습이 그처

럼 역력했음에도 여덟째는 아직도 짐의 뒤통수만 노리고 있어. 융과
다도 그에게 기우는 것 같고. 여태 짐이 말로만 경고하고 호된 맛을
보여주지 않아서 그런 것 같아. 제까짓 것들이 감히 짐을 '외강중건'
外强中乾(겉으로는 강해 보이나 속은 비어 있다는 의미)의 숙맥으로 봐? 연
갱요를 떠나보내면 짐은 당장 윤사를 상서방에서 쫓아낼 것이네. 누
가 감히 입이나 뻥긋 하나 보겠어."

"연갱요가 바로 그런 사람이옵니다."

방포가 기다렸다는 듯 콧수염을 치켜 올리며 냉정하게 말했다. 빗
소리, 우렛소리를 뚫고 또렷하게 울려 퍼진 방포의 그 한마디에 소름
이 끼칠 정도로 한기가 돌았다. 옹정은 자신도 모르게 흠칫 몸을 떨
었다. 안색은 창백하게 질렸다. 무거운 침묵이 얼마나 오랫동안 흘렀
을까, 옹정이 드디어 입을 열었다.

"설마 그럴 리가 있겠는가? 연갱요는 짐이 옹친왕 시절부터 데리고
있어서 잘 알지. 겸손해 보이는 겉모습에 비해 오만방자하기는 해. 또
안하무인인 점도 약점이기는 하지. 그러나 역모를 생각할 정도로 배
짱 있는 위인은 못 되네. 이번에 북경에 돌아와서도 얼마나 은총을
받았는데……."

방포가 옹정의 말에 씩 웃으면서 의견을 말했다.

"신이 직언을 올리는 것을 용서해주시옵소서. 폐하께오서는 그야
말로 연갱요의 겉모습만 봤을 뿐이옵니다. 신이 쭉 지켜본 바로는 연
갱요의 성격은 '호의'狐疑(여우의 의심) 두 글자로 표현할 수 있사옵니
다. 호리狐狸(여우)라는 놈은 원래 얼음 위를 걸을 때도 두어 발자국
떼고는 동정을 살피옵니다. 또 두어 발자국 옮겨놓고는 혹시 얼음이
깨지지는 않나 다시 귀를 기울이옵니다. 조심성이 지나칠 정도이옵
니다. 그러다가 더 이상 얼음이 깨지지 않을 것이라는 확신이 들면,

그때부터는 멈추지 않고 언덕을 향해 줄달음치옵니다. 연갱요도 그럴 것이옵니다!"

옹정의 얼굴은 갈수록 백지장처럼 변해가고 있었다. 그는 강희가 두 번째로 태자를 폐위시켰을 당시를 떠올리고 있었다. 그때 연갱요는 북경으로 돌아와 황태자 자리를 탈환하기 위해 물밑 경쟁을 벌이던 황자들의 움직임을 면밀히 주시했다. 그리고는 윤사에게 기우는 모습을 보였다. 그러다 오사도의 예리한 시선을 비켜가지 못하고 "불장난을 해서는 안 된다"는 경고를 받기도 했다. 그제야 비로소 그는 공공연하게 주군에게 창끝을 겨누려던 생각을 접었다. 옹정은 그때 그 시절을 떠올리면서 자신도 모르게 머리를 끄덕였다.

"그대의 추측이 사실로 밝혀진다면 하늘이 그자를 어떻게 요리할지 모르겠군! 그러나 그자가 아무리 고수일지라도 짐을 대적하기가 그렇게 쉬울까? 그자가 눈엣가시처럼 미워하는 악종기가 바로 청해성에 있지 않은가. 악종기가 과연 그가 원하는 대로 움직여줄까? 또 군량미는 어쩌고? 군비는 또 무슨 수로 충당하고? 게다가 천하가 태평한데 병력을 움직이려고 해도 명분이 있어야 할 것이 아닌가?"

"연갱요가 진정으로 실수한 것은 바로 악종기와 공로를 다퉜다는 사실이옵니다. 그자는 절대 그러지 말았어야 했사옵니다. 둘은 원래 막역한 친구 사이였는데, 지금 둘 사이에 금이 간 것은 연갱요 탓이옵니다. 그가 스스로 한계를 드러낸 것이옵니다."

방포는 마치 뭔가 결심하기라도 한 듯 눈에서 예리한 빛을 뿜어냈다. 이어 다시 열변을 토했다.

"폐하께서 여덟째마마를 손보시는 날에는 연갱요도 출사의 명분을 얻게 될 것이옵니다. 지금 여덟째마마의 문생들은 지방에서 막강한 직책을 가진 채 권한을 행사하고 있사옵니다. 폐하께서 이치 쇄신의 신호탄으로 그들 세력을 먼저 건드려 놓으셨사옵니다. 그리니 그것들이 속으로 이를 갈지 않겠사옵니까? 연갱요 그 여우는 일단 얼음 강을 건너는데 성공하기만 하면 군량미와 군비는 문제될 것이 없사옵니다. 신이 거듭 말씀 올리옵니다만 연갱요의 진정한 골칫거리는 악종기 외에는 없사옵니다! 연갱요, 융과다, 여덟째마마 세 사람은 저마다 딴 주머니를 차고 있사옵니다. 융과다가 이번에 감히 창춘원을 들이치지 못한 것은 결코 마제를 두려워해서가 아니옵니다. 필력탑을 의식한 것은 더더욱 아니옵니다. 사실 그들은 모두 연갱요의 움직임을 주시하고 있었사옵니다! 물론 폐하의 위엄과 열셋째마마의 힘을 두려워해 감히 범접 못했다고도 할 수 있사옵니다. 하지만 역시 가장 부담스러웠던 것은 연갱요이옵니다. 그들은 무엇보다 그의 행보와 관련한 정보를 파악하지 못했사옵니다. 때문에 북경에 들어온 연갱요가 어느 쪽으로 기울지 감을 잡지 못했사옵니다. 폐하! 지금은 이토록 많은 성호사서城狐社鼠(황제 주위의 간신)들이 조정 내외에 떡하니 자리하고 있는 실정이옵니다. 폐하의 신변 안전도 방심해서 안되는 때이옵니다. 그런데 어찌 탄정입무나 관신일체납량 등의 제도를 밀고 나갈 수가 있겠사옵니까?"

방포의 말이 끝나기 무섭게 불이 번쩍하듯 번개가 궁전 안팎을 눈부시게 비추고 지나갔다. 그 뒤를 이어 장작을 패는 듯한 파열음이 긴긴 꼬리를 질질 끌면서 멀어져가고 있었다.

"방 선생이 짐을 위해 신경 많이 써줘야겠어. 이친왕과 같이 있도록 하게. 같이 있으면서 수시로 지도편달을 부탁하네. 서부에서 보내오는 밀주문은 그대가 먼저 읽어보도록 해. 아무리 늦은 시간이라도 필요하면 수시로 짐에게 접견을 청할 수 있네."

옹정이 한 글자 한 글자에 힘을 실어 말했다. 속마음이 분노로 가득한 것이 분명했다. 그러나 방포는 옹정의 표정을 읽을 수는 없었다. 그는 어두운 난각에서 창문 쪽으로 등을 돌리고 있었다.

그날 그 비는 밤새도록 지치지도 않고 퍼부었다. 그러다 동녘 하늘이 어스름해서야 가늘어지기 시작했다. 이튿날 아침에는 뽀얀 물안개가 밤새도록 비의 채찍에 시달린 북경을 어루만지듯 감싸 안았다.

43장
묵은 감정을 푸는 전문경과 오사도

그 비는 예고 없이 왔다 소리 없이 사라졌다. 이튿날 아침은 구름이 걷히고 비가 멎는 정도에서 그치지 않고 곧장 쨍쨍한 하늘이 눈부시게 열렸다. 비를 핑계로 북경에서 며칠 더 머무르려고 생각했던 연갱요는 떠날 채비를 서두르는 수밖에 없었다. 옹정은 연갱요를 접견하고는 양심전에서 어선御膳을 내렸다. 음식을 앞에 둔 두 군신은 담소를 나누며 분위기가 화기애애했다. 옹정은 여느 때와 마찬가지로 변함없는 친절을 베풀었다. 그러나 달리 중요한 말은 없었다. 그저 했던 말을 반복해 거듭 당부만 할 뿐이었다.

"……뭐니 뭐니 해도 건강이 가장 중요해. 그런 만큼 부디 쉬엄쉬엄 일하게. 성은에 보답한다고 죽을 둥 살 둥 일만 하지 말라는 거지. 몸도 챙기라는 말일세. 짐은 이미 지의를 내려서 악종기의 부대는 사천성으로 물러나 주둔하고 있으라고 했네. 자네는 자네 군사만 잘 다스

리면 돼. 괜히 찾아가 긁어 부스럼을 만드는 일은 없었으면 하네. 군
량미와 군비는 유묵림이 각 성의 협조를 받아 조달할 거야. 그러나
총체적인 지휘는 자네가 하도록 하게. 자네 여동생은 이미 귀비貴妃로
봉해졌어. 자네 아버지와 형도 짐이 알아서 잘 챙길 테니 걱정하지
말게. 이제 청해青海와 서장西藏이 안정된 국면으로 접어들었으니 나
중에 여유가 생기면 짐은 또 자네의 힘을 빌려주겠네. 책망 아랍포탄
의 반군을 섬멸해야 하거든. 그때 다시 한 번 영웅의 기개를 떨쳐 짐
의 체면을 온 누리에 빛내주기를 바라네. 짐이 명주明主가 되도록 자
네의 그 현신양장賢臣良將으로서의 진가를 유감없이 발휘해 줘. 그렇
다면 짐이 자네만을 위한 능연각凌煙閣을 만들어주는 것도 그다지 어
렵지는 않을 것이네."

옹정이 말을 마치고는 자상하게 술을 따라주면서 권했다. 연갱요
는 당초 사이직을 어떻게 처리할 것인지를 물어보려고 했다. 그러나
꿀같이 달콤한 옹정의 말에 둥실둥실 떠다니느라 그만 할 말을 잃고
말았다. 옹정의 말에 무작정 예, 예! 하고 대답만 하고 있었다. 사시巳
時가 되자 예부에서 들어와 아뢰었다.

"백관들이 오문 밖에서 대기하고 있습니다. 작별인사를 받으셔야
겠습니다, 연 대장군."

"폐하의 성유聖諭는 신이 가슴속 깊이 아로새겼사옵니다. 신은 분골
쇄신하여 폐하를 위해 진력을 다하겠사옵니다. 망극하신 성은에 보
답할 것을 맹세하옵니다."

연갱요가 일어나 옹정을 향해 절을 했다. 옹정 역시 자리에서 일어
서서는 궁전을 두리번거렸다. 뭔가 하사할 만한 물건이 없는지 살펴
보는 것 같았다. 그러나 마땅히 이거다 싶은 물건은 보이지 않았다.
옹정이 잠시 뭔가를 생각하더니 벽에 걸려 있던 금띠를 두르고 보

석을 박은 여의如意를 내렸다. 이어 감개가 부량한 표정으로 말했다.

"자네 마음은 짐이 다 알고 있으니 더 이상 말이 필요 없네. 이번에 나가면 또다시 고생이 극심할 거야. 짐이 무슨 선물이라도 줘야 자네에 대한 짐의 마음을 표할 수 있을 것 같아. 그런데 뭘 줘야 할지 잘 모르겠네. 이걸 가져가게. 밥 먹을 때나 병사들 훈련시킬 때도 이걸 보고 짐과 조정을 생각하게. 행군할 때는 몸에 지니고 다니면서 짐이 항상 자네 곁에 있다는 사실을 잊지 말게⋯⋯."

옹정의 눈언저리가 붉어졌다. 그러는가 싶더니 어느새 눈물도 찔끔 나왔다. 연갱요 역시 자신을 향한 옹정의 마음 씀씀이에 크게 감명을 받은 듯 우렁찬 대답과 함께 길게 무릎을 꿇었다. 머리도 깊이 조아렸다. 이어 울먹이면서 말했다.

"부디 옥체를 보존하시옵소서, 폐하. 신, 다녀오겠사옵니다!"

옹정이 두 손으로 연갱요를 일으켜 세우며 웃음을 지었다.

"생이별을 하는 것도 아닌데, 이렇게 상심에 젖을 것까지는 없지 않겠나? 짐도 갈수록 왜 이렇게 감정을 주체하지 못하는지 모르겠네. 짐이 오문까지 바래다 줄 테니 같이 나가지."

두 사람은 그렇게 해서 어깨를 나란히 한 채 양심전 수화문을 나섰다. 그러나 가마는 타지 않고 산책하듯 걸었다. 곧 둘은 삼대전을 돌아 우익문에서 대내로 들어갔다. 이어 태화문을 통해 금수교를 건너 곧바로 오문으로 향했다. 오문 밖에서는 깃발이 펄럭이면서 하늘을 빼곡하게 덮고 있었다. 옹정이 곳곳에 시립해 있는 갑옷 입은 병사들의 모습을 바라보면서 잠시 발걸음을 멈췄다. 그리고는 눈을 가늘게 좁힌 채 생각에 잠겼다. 곧 그가 손짓을 하여 장오가 등 시위들에게 자리를 피하도록 명령을 내렸다. 연갱요는 옹정이 자신에게 뭔가 할 말이 남아 있다는 것을 눈치 채고 황급히 몸을 숙이면서 여쭈었다.

"폐하, 하실 말씀이 게시옵니까?"

"그러네. 짐은 쭉 망설여 왔어. 말할 시기를 두고 말이야."

옹정이 탄식을 했다. 연갱요가 의혹에 찬 시선으로 옹정을 바라봤다.

"폐하의 성명하신 지의를 받들겠사옵니다!"

옹정이 연갱요의 말에 잠시 생각하더니 말했다.

"짐은 아무래도 윤당을 다시 자네의 군중으로 보내야겠네."

연갱요가 옹정의 말을 듣고 나더니 헛웃음을 지었다.

"아홉째마마야 북경에 남아 있든 군중으로 따라가든 별 다를 바가 있겠사옵니까? 풍랑을 일으키기에는 너무 작은 존재이옵니다! 또신이 보기에 아홉째마마는 현실에 만족하고 안주하는 편인 것 같았사옵니다."

"짐은 자네가 그렇게 생각하는 것이 가장 두렵네. 짐이라고 형제간에 화목한 것이 싫어서 이러겠나? 나무는 조용히 있고 싶지만 바람이 쉼 없이 불어 닥치는 데야 어쩔 수가 있겠나! 이런 말은 이목이 복잡한 궁전에서 하는 것이 아니지. 두어 마디로 알아듣게끔 말할 수도 없고. 헤어지는 마당에 짐이 한 가지만 물어보겠어. 만에 하나 여덟째가 조정을 배신한다면 자네는 어떻게 할 것인가?"

옹정이 어금니를 깨물면서 냉소를 흘렸다. 연갱요는 화들짝 놀라면서도 바로 대답하는 것을 잊지 않았다.

"절대 그런 일은 있을 수가 없사옵니다! 만약 정말 그런 일이 발생한다면 신은 십만 정예병을 데리고 북경을 덮쳐 폐하를 호위할 것이옵니다."

옹정이 머리를 끄덕였다.

"자네가 말했듯 제발 그런 불상사가 없기를 바랄 뿐이네. 그러나 저들은 그 옛날 황태자가 되기 위해 유난히 열을 올렸던 사람들이야. 저들이 뭣 때문에 그렇게 안달을 했겠는가? 여덟째, 아홉째, 열째, 열넷째……, 저들은 도저히 어쩔 수 없는 소인배들이야. 절대로 저들이 진심으로 회개하고 뉘우치기를 바라지 말게. 짐이 저들을 여기저기 분산시켜놓은 것은 다 이유가 있네. 머리 맞대고 모반이나 획책하고 다닐 것을 미연에 방지하기 위해서네! 자네는 밖에서 맡은 바 직분에 충실해 일을 잘 하게. 그러면 짐의 용좌는 갈수록 든든해질 거야. 또 짐의 이 강산은 더더욱 무쇠팔뚝을 자랑할 것이네. 그렇지 않을 경우에는 무슨 일이 발생할지 몰라. 어느 누구도 예측을 할 수가 없지. 짐이 사이직을 엄벌에 처하지 않은 것도 바로 그 때문이네. 사이직이 '황제의 측근 중에 간신이 있다'라고 한 말은 절대로 군주를 기만하려고 그런 것이 아니네!"

옹정의 말에 연갱요의 얼굴이 갑자기 새빨갛게 달아올랐다. 그러나 그는 애써 침착한 표정을 지으면서 크게 한 발을 떼어 앞으로 나섰다. 이어 목소리를 낮춰 흥분에 떨리는 목소리로 청했다.

"지의를 내려주시옵소서, 폐하! 한 시간도 안 되어 신이 '여덟째당'을 갈아 엎어버리도록 하겠사옵니다!"

옹정이 연갱요의 말을 듣자마자 바로 피식 웃음을 터트렸다.

"연갱요, 자네는 정치를 몰라. 그래서 하는 소리네. 자네가 북경에 없을지라도 짐이 마음먹고 저것들을 갈아버리려면 간단해. 조서 한 장이면 끝나. 그러나 잊지 말게, 저들이 저렇게 못나게 굴어도 어쩔 수 없는 짐의 혈육이라는 사실을 말이야! 짐이 자기 형제도 제대로 교화시키지 못하면 어떻게 온 천하의 백성들을 감화시킬 수 있겠나? 물론 저것들도 지금 상태로는 감히 경거망동할 수가 없어. 아마 짐이 정국을 말아먹기만을 두 손 모아 빌고 있겠지. 그때 가면 큰 힘 들이지 않고도 팔기 기주들을 동원할 수 있거든. 그리고는 조상의 성법威法대로 짐을 폐위시킬 수 있을 거야. 하지만 짐이 불철주야 정무에 힘써 이 강산에 물 한 방울 새지 않는 철통장벽을 두르게 된다면 얘기는 달라지겠지. 저들은 제풀에 꺾여 시들해질 거야. 또 엉뚱한 욕망만 거둬들인다면 짐의 훌륭한 아우들로 남을 수도 있어!"

옹정은 시종일관 진지했다. 게다가 신하 앞인데도 정중한 태도를 보였다. 연갱요는 그런 옹정의 태도에 정신을 차리지 못했다. 온몸의 피가 뜨겁게 끓어오르다가 순식간에 차가운 얼음처럼 꽁꽁 얼어버린 것처럼 으스스해졌다. 윤사 일당을 당장이라도 처치해 버릴 것처럼 나오다가 갑자기 '혈육'의 정을 내세우는 옹정의 면모를 보면서 도무지 그의 속마음을 알 수가 없었던 것이다. 그러나 그는 그것들을 더 이상 곰곰이 생각해볼 겨를이 없었다. 그저 옹정이 자신을 측근으로 생각하지 않는다면 그런 말도 절대로 입 밖에 내지 않을 거라고 확신했다. 그래서 자신 있게 대답했다.

"신이 밖에서 병사들을 거느리고 있는 한은 소인배들이 감히 설치지 못할 것이옵니다. 하오나 폐하께서 형제간의 정분을 강조하시니 신은 감히 뭐라 드릴 말씀이 없사옵니다. 부디 옥체를 보존하시옵고 신변을 보중保重해 주시옵소서. 신의 힘이 필요하시오면 팔백리 긴급 서찰을 띄워 불러주시옵소서. 사흘 안에 달려오겠사옵니다."

옹정이 연갱요의 말에 활짝 웃었다.

"말만 들어도 든든하네. 그렇게까지 위태로운 일이야 있을 수가 없겠네만 자네도 최악의 경우를 항상 염두에 두고 있으라고. 짐이 그래서 미리 일러두는 바이네. 북경에는 큰일이 일어날 수가 없지. 그 옛날에 여덟째와 열넷째가 안팎으로 호응하면서 그 비슷한 냄새를 풍겼어도 짐은 두려워하지 않았어! 자, 짐이 바래다 줄 테니 떠나지. 여기는 오래 서서 말할 수 있는 곳이 아니네."

옹정이 천천히 발걸음을 옮겼다. 연갱요가 얼굴 가득 숙연한 표정을 한 채 그 뒤를 따랐다. 곧 어가도 움직이기 시작했다. 그러자 오봉루 밑에 있던 포수가 대포 심지에 불을 붙였다. 얼마 후 무거운 대포 소리가 세 번 울렸다. 이어 창음각 공봉들이 치는 북소리가 울려 퍼졌다. 고무용 등 수십 명의 태감들은 노란 우산과 깃털로 만든 부채를 든 채 황제와 대장군을 호위하면서 오문의 정문을 나섰다.

오사도는 연갱요가 북경에 도착한 지 정확하게 5일째 되는 날 개봉으로 향했다. 그 사이 '절름발이 막료' 오사도의 내력을 조금 더 자세히 알게 된 전문경은 예를 갖춰 그를 깍듯하게 모셨다. 매일 아문에 자리를 지키고 앉아 있는지 물어보지도 않았을 뿐만 아니라 북경에서 돌아온 날 아침에는 사람을 시켜 50냥짜리 대주족문臺州足紋(족문足紋은 은으로 주조한 화폐)을 갖다 바치기도 했다. 그건 아무리 까칠한 성격의 전문경이라도 어쩔 수 없었다. 오사도는 그런 전문경의 속마음을 알기나 하는지 아문에 얼굴을 비추는 날이 거의 없었다. 대신 성 곳곳의 명승고적을 돌아다니는 데만 엄청나게 많은 시간을 투자했다. 오늘은 상국사相國寺로 가서 향을 사르고, 내일은 용정龍庭을 둘러보고, 또 그 다음 날은 반양호潘楊湖에 배를 띄우는 식이었다. 심지어 아스라이 높은 철탑鐵塔에 올라 황하를 굽어보면서 시를 읊거나 가야금을 연주하기도 했다. 시간이 가면 갈수록 자유로운 철새 같은 모습을 보였다. 오봉각을 비롯한 전문경의 세 막료는 그런 오사도에게 이를 갈았다. 나중에는 여러 차례 전문경의 의중을 떠봤다. 하지만 그때마다 전문경은 '장화 신고 다리 긁는 격'隔靴搔癢으로 어영부영 대답하기 일쑤였다.

"어쩌겠나! 장애인이 된 것만 해도 억울할 텐데 우리 멀쩡한 사람들이 양보하고 살아야지. 자네들이 버는 돈도 적은 것은 아니잖아? 이 일은 돈 액수만 가지고 따지고 들 일이 아니라네."

전문경은 이제는 부담 없이 하대를 하게 된 막료들에게 어처구니없는 소리만 했다. 속이 후련한 대답을 듣지 못한 그들로서는 화가 날 수밖에 없었다. 결국 아무도 아문에 나오지 않게 됐다.

전문경은 하남성으로 부임해올 때만 해도 꿈에 부풀었다. 이치를 정돈해 새로운 면모를 보여주리라는 나름대로의 야심이 있었고, 그래서 팔을 걷어붙이고 일에도 착수했다. 그러나 현실은 그의 생각과는 많이 달랐다. 명색이 순무로서 수중에 막강한 권력을 가지고 입에 천헌天憲을 물고 있었으나 사사건건 제동이 걸렸다. 조류씨 사건 같은 경우가 대표적이었다. 그는 우선 사건에 연루된 얼사아문의 관리 스물 몇 명을 붙잡았다. 이어 호기항과 차명 두 대원大員은 '비구니들과 간통해 관전官錢을 팔아먹고 관사官司에 뇌물을 준' 혐의로 탄핵했다. 당사자인 중과 비구니들로부터 일체의 자백을 받아내기도 했다. 하지만 이부에서는 "호기항과 차명이 부정부패와 불법을 저지른 사실에 대한 실질적인 증거가 부족하다"라는 부문部文을 내렸다. 또 형부에서는 "승려들과 백성들의 일방적인 말은 경악을 불러일으키기에 충분하다. 일부러 자백을 강요하여 대신들을 혼란에 빠뜨리게 해서 진실을 덮어 감추려는 의도가 엿보인다. 그런 만큼 재수사가 불가피하다"라는 판단을 내렸다. 전문경은 위에서 내려 보낸 부문을 보자 울화통이 터지지 않을 수 없었다. 울고 싶어도 눈물이 나지 않을 정도였다.

그는 원래 호기항과 차명에게 모든 업무를 중단하고 탄핵 결과를 기다리라는 명령을 내렸다. 위에서 당연히 그들을 파면한다는 부문이 내려올 줄 알고 있었던 것이다. 때문에 그는 부문이 내려오는 대로 승려와 비구니들을 대질 신문시켜 사건을 깔끔하게 매듭지으려고 했다.

'이제 호기항과 차명이 보란 듯이 배를 내밀고 다닐 것 아닌가. 그러면 문제의 중과 비구니들에 대해서는 또 어떻게 판결할 것인가? 아무리 주변을 둘러봐도 사람이 없네. 오사도 그 사람은 도통 일에는 관심이 없는 것 같아. 코빼기도 안 비치는 군. 오봉각을 비롯한 세 막료들은 심통이 나서 수수방관하고 있고……'

전문경은 생각을 하면 할수록 자신이 철저하게 고립무원의 상태에 빠진 것 같았다. 순간 그는 비로소 손바닥도 부딪쳐야 소리가 난다는 진리를 비로소 깨달았다.

전문경은 공문결재처에서 밤새도록 고민하면서 밤을 하얗게 지새웠다. 시간은 어느덧 순무아문의 집사들이 속속 등청하기 시작하는 묘시卯時가 되었다. 그제야 그는 괴로움을 감춘 채 부하 축희귀에게 포정사아문과 안찰사아문으로 가서 호기항과 차명을 불러오라는 명령을 내렸다.

축희귀가 대답과 함께 밖으로 나가려 할 때였다. 문지기가 관리 한 명을 데리고 들어섰다. 키가 크고 깡마른 사내였다. 까무잡잡한 얼굴에는 광대뼈가 툭 튀어 나와 있었고 눈은 작은 편이었다. 머리에는 푸른 보석 정자가 드리워져 있었다. 3품의 대원이라는 사실을 한눈에 알아볼 수 있게 해주는 모습이었다. 전문경은 상대를 보자 놀란 나머지 자리에서 벌떡 일어섰다. 그는 다름 아닌 호광 포정사로 있는 고기탁이었던 것이다. 이 사람이 도대체 무슨 일로, 언제 개봉에 온 것일까?

"왜 사람을 보고 그렇게 놀라오? 공자께서도 '친구가 멀리서 찾아오니 좋지 아니한가!'有朋自遠方來 不亦樂乎라고 하지 않았소? 어느 해인가 그대가 열셋째마마와 함께 호부에서 일하면서 국채 환수 촉구차 사천으로 내려왔을 때 만났잖소? 이제 봉강대리가 되니 눈이 높아져 나 같은 사람은 알아보지도 못하는 거요?"

고기탁이 소탈한 웃음을 지은 채 읍을 했다. 전문경 역시 인사를 했다.

"무슨 그런 말을 다 하고 그러오? 내가 기탁 형을 왜 못 알아보겠소? 너무 갑작스럽게 들이닥치니 놀랐을 뿐이지. 자네들은 왜 미리 아뢰지 않았는가? 오냐오냐 했더니 갈수록 엉망이군!"

전문경이 고기탁과 인사를 나눈 다음 바로 고개를 돌려 부하들을 나무랐다. 그러자 고기탁이 웃으면서 말했다.

"이 사람들보고 뭐라고 하지 마오. 아뢰겠다는 것을 내가 말렸소. 나는 중문을 열어 예포를 울리고 하는 것에 아직 익숙하지가 않소. 우리 사이에 꼭 그런 형식에 구애될 것도 없고 해서 말이오."

얼마 후 몇 마디 인사말이 더 오고 갔다. 그러나 친구를 만난 기쁨도 잠시였다. 전문경은 또다시 울적한 기분에 사로잡히고 말았다. 그가 무릎에 손을 올려놓은 채 긴 한숨을 토해냈다.

"초산樵山(고기탁의 호) 형, 폐하의 부름을 받고 북경에 들어가는 것 아니오?"

고기탁이 전문경의 말에 편안하게 기지개를 켜고는 찻잔을 집어 들었다. 그러면서 입을 열었다.

"그렇소. 이위 대인이 있는 쪽을 거쳐서 오는 길이오. 폐하께서 그대들을 먼저 만나보라고 명령을 내리셔서 말이오."

고기탁의 말이 끝나자 전문경이 황급히 자리에서 일어나 깊숙하게 허리를 굽혔다. 이어 절을 했다.

"이 못난 사람을 먼저 찾아주다니, 실로 황송해서 몸 둘 바를 모르겠소."

전문경이 고기탁에게 대한 인사를 마치고는 다시 아역인 이굉승을 불러 명령을 내렸다.

"가서 주방에 말해 주안상을 마련하도록 하게!"

이굉승이 물러가자 고기탁이 부채를 부치면서 말을 꺼냈다.

"사실은……, 폐하께서는 준화에 능陵을 만드시려는 모양이오. 흠천 감欽天監에서 한 곳을 물색해 놓았다고 해서 작년에 내가 가봤소. 그 당시 내가 살펴보니 지맥地脈이 끊겨 있었소. 또 겉보기에는 괜찮아도 밑에는 토기土氣가 너무 얇았소. 그래서 그대로 말씀을 드렸더니 별로 믿지 않는 눈치였소. 그러다 올 봄에 그곳을 파 보니 아니나 다를까, 칠 척 밑으로는 전부 모래였다는 거였소. 물이 마구 솟아오르더라는 거요. 이번에도 오 선생의 추천을 받고 준화로 폐하의 능 자리를 봐 드리러 가는 거요. 내 듣자 하니 오사도 선생은 하남성으로 돌아왔다고 하던데, 얼굴을 보여주지 않을 거요? 한번 보고 싶은데!"

전문경이 고기탁의 말에 씁쓸한 웃음을 흘렸다. 그리고는 한숨을 내쉬었다.

"당최 집에 붙어 있어야 말이지. 초산 형, 아무래도 내가 그릇이 너무 작은 것 같소. 오 선생 같은 거물을 키우기에는 역부족이오. 게다가 감히 내 마음대로 사람을 바꿀 수도 없소. 명색이 순무라고는 하나 꼴이 우스울 때가 한두 번이 아니라오!"

고기탁이 전문경의 생각을 알겠다는 듯 씩 웃어보였다.

"그대의 고충은 나도 아오. 그래서 폐하께서 나에게 그대를 찾아보라고 하셨을 거요. 내가 올린 밀주문에 그대를 찾아보라는 주비를 내려주셨소. 그대가 올렸던 상주문도 함께 보내주셨고."

전문경이 갑자기 눈을 크게 뜨면서 의혹에 찬 시선으로 고기탁을 바라봤다. 고기탁이 곁눈질을 잠깐 하는 듯하더니 계속 말을 이었다.

"그래도 이위는 그대보다는 처지가 좀 나은 것 같았소. 국채를 환수하면서 자기 부하들을 꽤나 챙겼나 보더라고. 악이태는 얼마 전에 거의 피골이 상접해 강소성을 떠났소. 그런데 아무리 눈에 쌍심지를 켜도 그 큰 성에서 국채가 남아 있는 주현州縣을 하나도 찾아내지 못했다는 거요. 사실 악이태가 오기 전에 이위는 이미 폐하께 밀주문을 올렸소. 그리고는 강남의 국채 환수 실태를 솔직하게 상주한 모양이오. 먼저 자신이 설 자리를 공고히 해놓은 다음에야 화모귀공을 비롯한 시책을 펴 나갔던 거요. 그런데 그대는 하룻강아지 범 무서운 줄 모르고 부임하자마자 하남성의 관가를 들쑤셔 놓았소. 자신의 퇴로는 전혀 안중에도 없이 말이오. 그러니 닭이 지붕 위로 날아오르고, 개가 담을 넘는 진풍경이 벌어지지 않겠소? 그러나 폐하께서는 그대의 그런 마구잡이식 추진력과 주변의 원망을 두려워하지 않는 성품을 높이 사시는 것 같았소. 그래서 그대가 어떤 어려움에 봉착해 있는지를 알아보라고 하시면서 나를 보내신 거요."

순간 전문경의 눈빛이 반짝였다. 오랜 만에 기분 좋은 소리를 들었다는 표정이었다. 그가 다그치듯 물었다.

"방금 했던 말은 폐하의 말씀이오, 아니면 초산 형의 추측이오?"

고기탁이 정색을 했다.

"폐하께서도 한때는 외로운 신하였소. 대신들과 잘 어울리지 않던 외로운 시절이 있었소. 여덟째마마와 비교도 안 될 만큼 인망人望도 처졌었지. 문경, 내가 어찌 감히 폐하의 말씀을 날조할 수 있겠소? 그 말씀 그대로 옮겨도 괜찮다는 폐하의 윤허가 계시지 않았기 때문에 나는 그저 이 정도밖에 말할 수 없을 뿐이오."

전문경은 더 이상 캐물을 수 없다는 사실을 깨달았다. 하지만 고기탁의 말을 통해 커다란 마음의 위로는 얻었디. 갑자기 훈훈한 기운이 마음속의 살얼음을 사르르 녹이고 따뜻한 감동이 밀려들었다. 그가 눈물이 그렁그렁한 채 고개를 숙이고 있는가 싶더니 중얼거리듯 말했다.

"폐하께서 이 전문경의 마음을 이해해 주시니 나는 이제 힘들어 죽어도 여한이 없소. 곰곰이 생각해보니 폐하께서도 난감하실 것 같소. 그러나 내가 이해할 수 없는 것은 한두 가지가 아니오. 차명은 여덟째 마마를 등에 업고 있으니 손보기가 쉽지 않다고 할 수 있소. 그러나 연갱요 대장군은 또 왜 그러는 거요. 도대체 무엇 때문에 호기항을 그렇게 감싸고 드는지 모르겠소. 호기항 그 자식, 내 손에 들어오기만 해봐. 그 죄명이 낙민 뺨치게 많다는 사실을 온 천하에 공표해버릴 테니까! 솔직히 둘은 나한테는 천적이오. 한 명은 전량錢糧과 관리들의 인사를 담당하고 있소. 또 한 명은 법사法司인 얼사아문을 관장하고 있소. 때문에 그 둘을 꺾어놓지 못하면 내가 하남성에서 도대체 뭘 할 수가 있겠소? 명색이 순무일 뿐이지 이건 완전히 빛 좋은 개살구 아니오? 설상가상으로 오사도라는 어르신은 자리나 꿰차고 앉아 일은 뒷전이오. 그저 돈밖에 모르오. 정말 이러지도 저러지도 못하고 완전히 골칫덩어리요! 그 양반은 아문의 다른 막료들보다 턱없이 많은 돈을 받고 있으면서도 하는 일은 없소. 막료들이 눈꼴이 시어 일을 못하겠다면서 저마다 입이 한 자나 나와 있소. 만약 그 양반이 내가 스스로 불러들인 사람이었다면 진작 짐 싸들고 나가라고 내쫓았을 거요! 내 입맛에 맞지 않으니, 그래야 하지 않겠소?"

"중승 대인, 과연 그런 날이 온다면 나는 지금까지 이곳에서 받았던 돈을 한 푼도 빠짐없이 다 내놓고 갈 겁니다!"

전문경과 고기탁은 갑작스런 목소리에 깜짝 놀랐다. 오사도가 어느새 자신들의 등 뒤에 와 있었던 것이다. 전문경이 마치 불에라도 덴 듯 흠칫 놀라면서 고개를 돌렸다. 과연 지팡이에 몸을 실은 오사도가 문 옆에 서 있었다. 순간 전문경의 얼굴은 귀밑까지 붉어졌다. 심한 낭패감에 사로잡힌 듯 잠시 할 말도 잃었다. 난감하기는 고기탁도 마찬가지였다. 그러나 평소 눈치 빠르고 약삭빠른 것으로 유명한 사람답게 황급히 다가가서는 오사도를 부축해 자리에 앉혔다.

"호랑이도 제 말하면 나타난다더니, 오 선생 귀가 몹시도 가려웠나 봅니다! 마침 전 중승이 오 선생 흉을 질펀하게 보려던 참이었어요. 만약 조금 더 있다 오셨다면 나까지 합세해 신나게 입방아를 찧었을 텐데, 그때 으흠! 하면서 나타나시지 그랬어요? 나는 이위한테서 오는 길이에요. 이위가 오 선생 안부를 물었죠. 취아 부인께서는 오 선생의 두 부인과 사이좋게 지내고 있으니 다른 걱정은 마시라고 신신당부하더군요. 전 중승도 워낙 힘이 들어 저한테 하소연 하느라 불평불만을 좀 토해낸 것뿐이니 기분 나쁘게 생각하실 건 없어요. 세상천지에 그 많은 사람을 만나고 다녀도 진정한 지기가 몇이나 되겠습니까?"

"나도 내 진심에서 우러나온 말을 했을 뿐입니다. 돈만 챙기고 하는 일은 없으니, 내가 봤을 때도 분명 훌륭한 막료라고 할 수는 없는 사람입니다."

오사도가 전혀 화가 난 기색 없이 진지하게 말했다. 그러나 눈빛은 우울해 보였다. 그가 지팡이 소리를 내면서 몇 발자국 떼어놓은 다음 천천히 말을 이었다.

"고 대인, 그대는 알고 있는지 모르나 나는 지금의 폐하와는 친구 사이나 다름없어요. 십 몇 년 동안 옹친왕부에서 아침저녁으로 함께 정무를 논해왔어요. 폐하께서 등극하셨을 때 나에게 상서방에 들어

오라는 명을 내리셨죠. 초산, 그대는 이위가 현령으로 있을 때 막료로 일한 그 사람의 친구 아닌가요? 그러니 내 말의 진실 여부는 증명해 줄 수 있지 않겠습니까?"

전문경은 이위가 오사도를 '오 선생님'이라 부르며 워낙 감싸고돌기에 오사도에게 뭔가 든든한 배경이 있다는 생각은 하고 있었다. 그러나 옹정과 그토록 친할 줄은 꿈에도 몰랐다. 그는 오사도의 고백에 그만 사색이 되고 말았다. 그제야 그는 언젠가 옹정이 황하를 시찰하러 왔다가 "오 선생의 안부를 묻는다"고 했던 말의 깊은 속뜻을 알 것 같았다. 아무려나 고기탁은 오사도의 말이 끝나기 무섭게 자리에서 일어났다. 그리고는 그를 향해 허리를 깊숙이 숙였다. 동시에 아직도 경악에서 헤어나지 못한 듯 멍한 표정으로 있는 전문경에게 말했다.

"오 선생 말씀은 구구절절이 모두 사실이오. 폐하께서는 옹친왕 시절에 스승에 대한 예의로 오 선생을 깍듯이 모셨소. 이위 역시 오 선생을 만나면 길게 엎드려 절을 할 정도라오. 폐하의 성총을 한 몸에 받는 보친왕 홍력마마께서도 오 선생을 '세백'世伯(아버지와 같은 항렬)이라 부른다오……."

오사도가 고기탁의 말에 황송한 듯 황급히 손사래를 쳤다. 이어 즉각 그의 말을 자르면서 담담하게 입을 열었다.

"내가 폐하로부터 스승의 예우를 받은 것은 아닙니다. 내가 어찌 감히 제왕의 스승이라고 할 수 있겠습니까? 전 대인께서 나를 너무 싫어해서 어쩔 수 없이 그런 말을 내비치게 됐으나 정작 하고 나니 내 자신이 참으로 가볍게 여겨집니다. '원래 대은大隱(큰 은자)은 조정朝廷, 중은中隱(중간 수준의 은자)은 시정市井, 소은小隱(수준 낮은 은자)은 초야草野에 숨는다'는 말이 있습니다. 당시 북경을 떠나올 때 폐하께서는 '그대가 대은을 피해 가나 짐은 결코 소은도 허락하지 않을 것이네'라고 말씀하셨던 기억이 나는군요. 결과적으로 나는 대은도 소은 도 아닌 중은의 땅으로 이곳을 선택하게 됐습니다. 그러고 보면 사 실 전 대인께서는 폐하를 대신해 나를 거둬주는 것이라고 할 수 있 지요. 이제 무슨 말인지 알겠습니까? 결국 나는 전문경 대인한테 '은 거'해 있는 사람이에요. 어찌 다른 막료들처럼 명名과 이利를 쫓아다 닐 수가 있겠습니까?"

오사도가 다시 눈길을 천장에 박았다. 그리고는 감개가 무량한 듯 느릿느릿 말을 이었다.

"사실 모든 일은 적당히 한다는 것이 가장 어려운 법입니다. 공자 말씀에 '중용은 미덕'이라는 말이 있어요. 전 대인! 내가 자나 깨나 고향 생각에 얼마나 가슴이 절절한지 압니까? 고향 무석無錫의 산, 물, 매화꽃, 눈밭……. 나는 잊을 수가 없어요. 그러나 나는 내 몸을 마음대로 할 수 없어요. 대인 역시 자신의 마음대로 할 수 없는 처 지가 아니오?"

오사도는 말을 하면서 점점 상심에 젖어가는 것 같았다. 그예 눈 가가 촉촉해지고 말았다. 그러더니 어느덧 두 줄기의 눈물이 주르륵 흘렀다.

"오 선생님, 몰라서 잘못을 저지른 자는 죄를 묻지 않는다고 했습 니다. 저의 무례를 한 번만 용서해주십시오. 폐하께서 국사國士로 대 접해 주시는 분을 제가 천덕꾸러기 '막료' 취급을 해왔으니 정말 황 송해서 드릴 말씀이 없습니다. 그러나 저의 어려운 처지도 보셔서 아 실 거예요. 맹세코 오 선생님에게 모욕을 주려고 그랬던 것은 아니 었습니다."

전문경이 오사도의 진정 어린 고백에 적이 감동을 받았는지 진지 하게 말했다. 어투도 사뭇 공손했다. 그는 고개를 푹 떨어뜨리면서 손

으로 듬성듬성한 머리카락을 움켜쥐고는 서서히 쓸어내렸다. 그리고
는 깊고 깊은 한숨을 토해냈다. 바로 그때 축희귀가 들어섰다. 순간
전문경이 표정을 바꾸면서 다그쳐 물었다.

"그래, 호기항과 차명은 만나봤어?"

축희귀는 대답을 하기에 앞서 우선 세 사람을 향해 예를 표했다.
그리고는 아뢰었다.

"두 분 대인께서는 아문에 계시지 않았습니다. 연 대장군께서 우
리 하남성 경내의 정주鄭州를 경유한다는 소식을 듣고는 어제 문안을
올리러 떠났다고 합니다."

전문경이 축희귀의 말에 깜짝 놀라는 표정을 지었다. 연갱요가 정
주를 지나간다는 사실을 몰라서가 아니었다. 그에 대해서는 열흘 전
이미 예부에서 내려 보낸 공문을 보고 알고 있던 터였다. 또 그 공
문에서 이르기를, 연갱요가 경유하는 각 성의 관리들에게 공작公爵에
걸맞은 예우를 갖춰 환영과 환송을 하라고 했다는 사실 역시 알고
있었다. 전문경은 공문을 받은 다음 그 사실을 바로 정주의 지부에
게 알렸다. 더불어 자신은 건강상의 이유 때문에 참석할 수 없다는
사실도 통보했다. 워낙에 연갱요와의 사이가 껄끄러웠을 뿐만 아니
라 이래저래 심사가 불편했던 것이다. 호기항과 차명을 부르려고 한
것도 다름 아닌 연갱요의 환영 행사와 관련이 있었다. 자기 대신 두
사람을 연갱요에게 보내 문안을 올리게 하려 했던 것이다. 그런데 둘
은 자신에게는 간다 온다 말도 없이 연갱요에게 가버리고 말았다. 전
문경의 심기가 편할 리가 없었다. 그러나 그는 화를 꾹 누르고 자조
적으로 내뱉었다.

"알아서들 척척 해주니 잘 됐네, 뭐! 원래 하남성이라는 곳은 다들
제멋대로이고, 제 잘난 멋에 사는 동네이니까. 우리끼리 거나하게 한

잔 마시자고요! 나는 연 대장군에게 일부러 미운 털 박힐 필요도 없지만 그 사람을 주인처럼 모시고 싶은 생각은 더욱 없어요!"

전문경이 말을 마치고는 마른 웃음을 토해냈다. 그것은 다름 아닌 오사도라는 든든한 배경을 밀어내지 못해 안달을 했던 자신의 어리석음에 대한 순간적인 자책의 웃음이었다. 사실 그는 고기탁의 말을 듣기 전까지만 해도 오사도에 대한 감정이 좋지 못했다. 하지만 이제는 완전히 달라졌다. 오사도의 도움을 받을 수 있는 일이 한두 가지가 아니겠다는 생각도 들었다. 그는 조금 전까지의 불쾌한 기분이 말끔히 사라져버렸다. 곧 얼굴에 홍조까지 띠우면서 흥분한 어조로 연신 주안상을 재촉했다. 이어 고기탁과 오사도를 안으로 안내했다.

"초산 형, 이쪽으로 오시오! 온 김에 며칠 더 머무르면서 내가 조류씨 사건을 깨끗이 파헤치는 걸 보고 가시오. 풍수지리에 능하시고 하니까 우리 아문이 제대로 들어 앉아 있는가도 봐주고. 아무튼 이곳으로 부임해오고 나서 나는 하루도 마음 편한 날이 없었소. 도대체 우리 아문이 어느 조상의 터전을 범했는지 좀 봐주시오. 오 선생님도 어서 오십시오! 지금까지 건방지게 굴었던 점을 진심으로 사죄하는 뜻에서 술 한 잔 따라 올리겠습니다. 워낙 아량이 넓으신 분이니 저의 지난 과오는 술 한 잔에 꿀꺽 넘겨버리실 수 있을 줄 믿습니다!"

"전 대인의 마음은 충분히 알 것 같습니다. 그러나 사죄라는 말은 하지 말아요. 나는 워낙 주량이 약해 술을 잘 마시지 못합니다. 전 대인의 술은 마신 걸로 하겠습니다. 또 오봉각 등이 곧 올 것 아닙니까? 그 사람들과 얼굴 마주 하고 싶은 마음은 없습니다. 여기는 고 대인이 술동무로 괜찮을 것 같으니 나는 서재로 들어가야겠습니다."

오사도가 말을 마치자마자 바로 지팡이를 짚고 일어섰다. 그러자 전문경이 갑자기 그의 앞을 막고 나섰다.

"그러면 오봉각 등을 부르지 않으면 될 것 아닙니까! 우리 셋이서 한잔 하고 싶어 그러는데, 그렇게 하시죠. 고 대인의 풍수론도 들어가면서 말이에요. 꽤 재미있지 않겠습니까?"

그새 고기탁도 오사도에게 바짝 다가갔다. 전문경을 거들려고 하는 눈치인 듯했다. 급기야 지팡이를 빼앗으면서 익살스런 웃음을 얼굴에 흘린 채 말했다.

"사천성 성도成都에서 오 선생을 처음 만났을 그 당시만 해도 이위는 얼간이 현령이었습니다. 저는 엉터리 막료였고요. 그런데 오 선생의 부탁을 받고 북경으로 서신을 전하러 가던 때가 생각이 나는군요. 그때 이위의 천리마를 타고 닷새 동안에 삼천리를 달렸죠, 아마! 다른 것은 몰라도 그 옛날의 홍안사자鴻雁使者(편지를 전달하는 사람)가 오랜만에 만나 술 한 잔 따르겠다는데, 마다하시면 안 되죠. 다른 사람은 하나도 부르지 말고 우리끼리 흉금을 터놓고……, 어떻습니까? 북경에 가면 폐하와 이친왕께서 오 선생의 근황을 물어 오실 텐데 할 말이 궁하면 큰일 아니에요?"

두 사람은 협공을 해서야 겨우 오사도를 설득할 수 있었다. 오사도는 어쩔 수 없다는 듯 자리에 털썩 주저앉았다.

호기항과 차명은 전문경을 쏙 빼놓은 채 연갱요를 만나기 위해 정주로 황급히 달려갔다. 둘은 가는 길 내내 이를 박박 갈면서 연갱요 앞에서 전문경을 단단히 성토할 작정을 했다. 또 그의 칼을 빌려 정말 너무나도 재수 없는 순무를 엉덩이 걷어차 쫓아내리라 단단히 결심도 했다. 그러나 정주에 도착한 그들은 곧 크게 실망하고 말았다. 연갱요의 명성에 걸맞게 아부를 하러 온 내로라하는 인간들이 얼마나 많은지, 도무지 연갱요를 독대할 수 있는 시간이 나지 않는 것이었다.

현장의 분위기는 정말 너무 황당했다. 본성本省의 순무 전문경은 오지도 않았는데 부근의 섬서성, 산서성, 산동성, 안휘성의 순무들은 모두 한 자리에 모여 있었던 것이다. 심지어 감숙성 순무는 두 아들까지 보내 연갱요를 맞이하게 하는 눈물겨운 정성을 보였다. 그 멀고도 험난한 길을 마다하지 않고 아들을 보냈으니 말이다. 그런 자리였으니 당사자인 하남성 순무 전문경의 부재는 더욱 눈에 띌 수밖에 없었다.

호기항과 차명은 그럼에도 어떻게든 자신들의 생각을 털어놓을 기회를 노렸다. 하지만 역시 기회를 찾는다는 것은 쉽지 않았다. 연갱요의 옆에는 그림자처럼 따라 다니는 유묵림이 있었던 탓이다. 두 사람은 전문경을 박살내려던 계획을 포기하지 않으면 안 됐다.

그러던 연갱요가 정주를 떠나는 날인 음력 6월 2일, 뜻밖에도 중군 교위 한 명이 호기항과 차명 두 사람을 찾아왔다. 그리고는 연갱요의 명함을 건네면서 연 대장군이 보고 싶어 한다는 말을 전했다. 명함은 대나무로 정교하게 깎아 만든 듯 기왓장보다 곱절은 더 길어 보였다. 게다가 반들반들하게 다듬어져 있었다. 때문에 자칫 손에서 놓칠 것만 같았다. 명함에는 다음과 같이 적혀 있었다.

일등공작一等公爵봉조奉詔서정西征무원대장군撫遠大將軍돈수배頓首拜

명함은 묵직한 것이 족히 한 근은 될 듯했다. 몇 번을 사용했는지는 모르나 상대에게 부담을 느끼게 하기에 부족함이 없는 그런 명함이었다.

"대장군께 아뢰시오. 명함은 감히 받을 수 없다고 말이오. 그러나 옷을 갈아입고 즉시 배알하러 가도록 하겠소."

차명이 황급히 얼굴에 웃음을 띠운 채 명함을 교위에게 돌려주면서 말했다. 이어 100냥짜리 은표를 그에게 쥐어줬다.

"얼마 안 되지만 심심할 때 술 한잔 하라고 드리는 것이니 부디 받아 뒀으면 하오."

군교는 이게 웬 횡재냐는 듯 냉큼 돈을 받았다. 군교가 떠나가자마자 호기항과 차명은 부랴부랴 관복으로 갈아입었다. 동시에 수본手本(신분증)을 챙겨들고 가마에 앉아 성황묘에 있는 연갱요의 행원으로 향했다. 저 멀리 보이는 널찍한 성황묘 입구에는 관교官轎를 비롯해 양교亮轎, 타교馱轎 등 가마들이 즐비하게 늘어서 있었다. 길이가 거의 반 리(200미터)는 되는 듯했다. 그래서일까, 연갱요와의 접견을 기다리는 관리들과 수행원들은 성황묘 밖의 버드나무 가로수 밑에 모여 앉은 채 수박을 쪼개 먹거나 부채를 부치면서 얘기꽃을 피우고 있었다. 자신들의 차례를 기다리고 있는 것이 분명했다.

순간 호기항과 차명은 서로를 마주보면서 어깨를 축 늘어뜨렸다. '이렇게 많은 사람들이 먼저 줄을 서고 있는데 언제 차례가 올 것인가?' 하는 표정이었다. 둘이서 어디 비집고 들어앉을 자리조차 없어 낙담한 채 두리번거리고 있을 때였다. 조금 전 둘을 방문했던 군교가 저 멀리서 손짓을 하면서 불렀다.

"두 분 대인, 연 대장군께서 부르시네요."

순간 먼저 온 사람들이 술렁대면서 부러움과 의혹에 찬 시선을 던졌다. 호기항과 차명은 다시 어깨에 잔뜩 힘을 준 채 거들먹거리면서 안으로 들어갔다.

연갱요는 서쪽 배전配殿 앞의 처마 밑에서 문안을 올리기 위해 수본을 건네는 두 사람을 일으켜 세웠다. 이어 희색이 만면한 얼굴로 말했다.

"언제 한번 자네들을 만나보려고 했었네. 호기항 자네, 나한테 이렇게까지 서먹서먹하게 나올 것이 뭐 있나! 그렇지 않아도 어째 이곳 주인이 보이지 않아서 궁금해 했었는데, 정주 지부가 그러더라고. 전 중승이 몸이 좋지 않아 못 나왔다고 말이야. 우리 둘은 참 인연도 기막히게 안 닿는 것 같아. 내가 북경에 들어가면 그 사람은 '바빠서' 못 오고 내가 찾아오면 또 '아파서' 꼼짝 못하고 있으니 말이야. 자, 어서 안으로 들어가지!"

연갱요의 말 속에는 서슬 푸른 비수가 번뜩였다. 그러나 말투는 대단히 편안해 보였다. 날씨가 더운 탓인지 그는 자줏빛 얇은 두루마기만 입고 있었다. 또 허리에는 검은 띠를 질끈 동여매고 있었다. 특이하게도 흰 머리채는 정수리에 얹혀 있었다. 그가 곧 그 머리를 뒤로 살짝 넘기는 척하면서 둘을 안으로 안내했다.

차명은 호기항과는 달리 연갱요와 서먹서먹한 사이였던 탓에 조심스럽게 두 사람의 뒤를 따랐다. 방 안의 길고 큰 책상 옆에는 이미 늙고 젊은 두 관리가 들어와 앉아 있었다. 한 명은 60세 정도 돼 보이는 백발이 성성한 노인, 다른 한 명은 서른 살도 될까 말까 해 보이는 젊은이였다. 둘 중 창문 쪽에서 책 한 권을 무릎에 올려놓고 앉아 있는 젊은이는 무척이나 점잖고 세련돼 보였다. 호기항이 노인을 알아봤는지 얼른 다가가더니 문안을 올렸다.

"오랜만입니다, 상촨 군문! 대장군께서 개선해 북경에 들어오셨을 때 목을 빼들고 찾아 봤었습니다. 반드시 동행하셨을 줄 알았죠. 그런데 끝까지 모습을 보이지 않으시더니 이렇게 나타나시는군요. 이럴 줄 알았더라면 상 군문 드리려고 준비해 뒀던 산삼 두 근도 챙겨 오는 건데……."

연갱요는 차명이 한쪽에 물러선 채 어리둥절해 있는 모습을 보고는 말했다.

"내가 잠깐 소개하지. 이 어른은 상성정秦成鼎이라고 해. 우리 중군의 참좌參佐로 있지. 개인적으로는 내 소싯적에 같은 젖을 빨고 자란 사이라네. 여기 이 점잖게 생긴 친구는 알 만한 사람은 다 알지. 이번에 새로 서정군西征軍의 양도糧道 겸 참의대도로 부임해온 유묵림이야. 황제께서 즉위하셔서 처음 치른 은과시험에서 탐화로 합격했지. 그리고 이쪽은 하남성 포정사로 있는 호기항이야. 상성정, 자네 기억나지? 내가 과거 보러 간다고 떠났다가 호가만胡家灣에서 병들어 누워있을 때 의학에 일가견이 있던 어떤 호씨 성을 가진 어르신이 나를 구해줬잖아. 바로 그 아드님이야! 그리고 이 친구는 차명이야. 하남성의 번대藩臺로 있지. 왕홍서가 아끼는 뛰어난 문생이기도 하고."

좌중의 네 사람은 소개를 받자 서로 인사를 나누었다. 그러나 유묵림은 속으로 기분이 언짢았다. 차명이 왕홍서의 문생이라면 '여덟째 당'이 틀림없다는 생각이 들었던 것이다. 하지만 그는 모르는 척 잠자코 있다가 곧 공수를 했다.

"두 분 대인께서는 모두 굉장한 선배님이시네요. 이렇게 뵙게 돼서 영광입니다!"

그러자 차명이 황송하다는 듯 미소를 지었다.

"선배는 무슨, 이제는 다 이빨 빠진 그릇 신세인 걸요!"

차명이 말을 마치고는 유묵림이 책상 위에 올려놓은 책을 힐끗 곁눈질로 쳐다봤다. 이어 입을 열었다.

"서준의 시집을 읽고 계시는 것을 보니 역시 우아한 멋이 있는 사람은 다르네요. 서 대인의 시는 독보적인 취향을 보인다고 볼 수 있어요. 인기도 있죠. 나도 한 권 소장하고 있는데, 주인을 잘못 만나 아직까지 먼지를 뒤집어 쓴 채 있어요."

유묵림이 차명의 말을 받았다.

"좋은 시들인 것만은 틀림없어요. 시는 지조를 말하고, 노래는 말을 전한다고 했던가요. 그래서 우리 할아버지 세대에는 《우산시화》愚山詩話, 《어양시화》漁洋詩話 등과 같은 유명한 시집이 탄생하지 않았습니까! 얼마 뒤에는 소생도 《묵림시담》黙林詩談이라는 것을 써낼지 누가 압니까? 그걸 위해 열심히 공부하고 있는 중이기도 합니다."

원래 지식인들 사이에서는 세 마디만 나누어도 전공을 알 수 있다고 했다. 유묵림과 차명이 그랬다. 문학에 대한 말이 나오자 서로 약속이나 한 듯 시간 가는 줄 모르고 열변을 토했다. 그때 연갱요가 시원한 수박을 사람들에게 나눠주면서 끼어들었다.

"우산愚山 선생께서는 어양시漁洋詩를 손가락으로 톡 퉁기기만 하면 나타나는 선인仙人의 오채五彩 누각樓閣 같다고 하셨지. 시를 만드는 것은 마치 집을 짓는 것과 같아 기와를 비롯해 벽돌, 목재, 돌 모든 것이 다 준비돼야만 붓을 들 수가 있다고도 하셨어. 나도 한 번 우연히 우산 선생을 뵐 기회가 있었어. 그러나 그때는 너무 어렸을 때였지. 그 말의 뜻을 구체적으로 여쭤볼 생각조차 하지 않았던 것 같아."

연갱요의 말을 유묵림이 담담한 어투로 받았다.

"그것은 아마 선종禪宗의 돈오점오頓悟漸悟(순간적으로 깨우치는 것과 점차적으로 깨우치는 것)하고 의미가 비슷하지 않을까요?"

연갱요가 미소를 머금고 머리를 끄덕였다. 이어 호기항을 향해 고개를 돌렸다.

"자네 집안 얘기 좀 들어보자고. 내가 들으니 하남성의 삼사三司(순무, 얼사, 번사를 의미. 즉 순무, 안찰사, 포정사를 뜻함)아문이 삐걱댄다는 것 같던데, 도대체 어떻게 된 일인가? 물론 그것은 내가 간섭할 일이 아닐 수도 있어. 그러나 폐하께서 누누이 주변의 동향을 살피라는 지시를 하셔서 말이야. 앞으로 주비가 내려오면 마땅히 여쭐 말이 없어서도 곤란할 것 같아서 그래. 자네들끼리 얘기를 한번 나눠보게. 나는 들은 대로만 주장을 올리면 되니까."

호기항과 차명은 연갱요의 말에 마치 보물이라도 발견한 것처럼 눈에서 빛이 났다. 자신들이 연갱요를 찾아온 목적을 달성하게 됐다는 판단이 서는 모양이었다. 실제로 둘의 목적도 연갱요의 힘을 빌려 전문경의 기를 꺾어놓거나 옹정에게 밀주를 올려 머리 위를 무겁게 누르고 있는 바위를 부숴버리는 것이었다. 그러나 호기항은 아직은 유묵림의 존재가 부담스러웠다. 입을 실룩거리면서 차명을 바라본 것도 그 때문이었다. 그러나, 차명이 누구던가! 강희 42년에 진사에 합격한 이후 관가에서 수십 년 동안 부침을 거듭해오며 이리저리 빠져나가는 것에 관한 한 미꾸라지를 능가한다는 평을 듣는 사람이 아닌가. 그는 의자에 앉은 채 한 발 물러서는 자세를 취했다. 이어 웃는 얼굴로 입을 열었다.

"안찰사인 자네가 먼저 말해보게. 빠뜨린 것이 있으면 내가 보충할 테니."

호기항은 그제야 용기를 내서 전문경이 부임한 이후부터 어떻게 독단적으로 전횡을 일삼았는지에 대해 토로했다. 또 동료들을 속이고 멸시한 일, 은근히 관리들의 목을 졸라 황하 치수 공사의 경비를 충당하도록 한 사실, 조류씨의 사건을 처리합네 하면서 숱한 관리들을 억울하게 연루시킨 것들도 입에 올렸다. 한마디로 평소에 자기 눈 밖에 나 있던 얼사와 번사를 일부러 곤경에 빠뜨리게 했다는 등 끝없이 수다를 떨었다. 나중에는 입가에 허연 거품까지 물고 사방으로 침까지 튕겼다.

"우리 하남성에서 전문경의 잣대로 재단하면 장구 빼고 쓸 만한 관리는 하나도 없습니다. 장구가 어떤 인물인지 아십니까? 산동성에서 악명 높은 건달 자식이었습니다. 오죽하면 '장 고쟁이'라는 별명까지 붙었겠습니까? 그 자식은 원래 남의 등만 처먹고 돌아다니다 운 좋게 장황자마마를 만나 신세를 고친 자식이에요. 그러다 장황자마마가 실각하자 의리라고는 눈곱만큼도 없는 자식이 기다렸다는 듯 염친왕에게 찰싹 붙어 돌아다니지 않았겠어요? 그러더니 이제는 여덟째마마라는 사다리도 위태로워 보이니까 장 중당의 문생이자 열셋째마마와 가까운 전문경에게 추파를 던지는 것이 아니겠습니까? 하기야 그런 쓰레기 같은 물건을 전문경 같은 사람이나 거둬들이지 누가 한 눈으로라도 쳐다보겠습니까? 황하 치수 경비가 부족해 전문경이 관리들도 의연금을 내라는 제안을 했을 때였습니다. 그 자식은 그 건의를 가장 먼저 받아들여 은 수십만 냥을 선뜻 내놓았습니다. 그러고 보면 둘이 죽이 맞아 돌아갈 수밖에 없어요. 아무튼 장구가 내놓은 돈도 당당하게 출처를 밝힐 수 있는 깨끗한 돈은 아닐 거예요. 저한테 근거도 있습니다. 그렇지 않아도 걱정스러운지 전문경이 장부를 내놓으라고 윽박지르더군요. 그래서 제가 때가 되면 내놓지 말라고 해도 내놓겠다고 했습니다."

호기항이 갈수록 흥분이 되는 듯 목에 핏대를 세우고 얼굴이 벌겋게 붉어졌다.

"전문경은 막료들도 하나둘씩 떠나버리자 이제는 완전히 독불장군이 되고 말았습니다. 막료들이 몰래 나를 찾아와 말하더군요. 자신들의 주인이 미쳐버렸다고요. 차명, 내 말에 손톱만큼이라도 거짓이나 과장된 것이 있는가?"

"나는 호 대인께서 방금 얘기한 사실과 관련한 일들을 직접 두 눈으로 봤거나 전해들었습니다."

차명은 역시 영리했다. 차후에 자신에게 돌아올 책임을 우려해 확실한 증거가 있는 부분만 인정하고 나머지는 듣기는 했다는 식으로 빠져나갈 구멍을 만들어놓은 것이다. 그러나 좌중에서 그의 그런 얄팍한 꾀를 간파한 사람은 아무도 없었다. 곧이어 그가 정색을 하면서 덧붙였다.

"제가 걱정스러운 것은 스무 명도 넘는 얼사아문의 관리들이 아직 순무아문에 갇혀 있다는 사실입니다. 얼사아문에서는 조류씨의 아들이 실종됐다기에 관리들을 파견해 진상조사를 하려고 했습니다. 그런데 전문경은 그 관리들을 전부 붙잡아 들였습니다. 그게 말이나 됩니까? 그래 놓고는 방귀 뀐 놈이 성을 낸다고, 이유 없이 호 대인과 내 직무를 박탈하겠다고 하니 나 원 참, 어이가 없어서!"

차명은 말을 마친 다음 몸을 뒤로 젖히고는 의자 등받이에 기댄 채 더 이상 입을 열지 않았다. 그러자 유묵림이 고개를 갸웃거렸다.

"나는 전문경에 대해서는 잘 모릅니다. 그러나 모든 것이 사실이라면 놀라운 일이 아닐 수 없습니다. 비록 정식으로 관가에 들어온 관리는 아니라고 해도 먹물깨나 먹은 사람이 어떻게 그렇게 경거망동할 수가 있다는 말입니까? 도대체 그 사람은 뭘 믿고 그런 행동을 서슴지 않는 거죠?"

"전문경은 충분히 그러고도 남을 인물이에요! 자루를 벌려 놓았으니 돈을 가져다 넣으라는 뜻이겠지. 그도 아니라면 전 성의 관리들을 하나같이 괴롭힐 이유가 어디 있겠어요? 돈독이 올라도 한참 오른 거요!"

차명이 입술에 힘을 주어가면서 말했다. 그때 호기항이 차갑게 한마디를 더 내던졌다.

"내가 보기에는 돈독이 아니라 '관독'官毒이 오른 것 같아."

호기항의 말에 좌중의 사람들이 와! 하고 크게 웃음을 터트렸다. 내내 숙연하게 듣고만 있던 상성정 역시 소리 없이 웃고 말았다. 연갱요는 호기항 등의 말에 귀를 기울이고 있었다. 문제는 그들의 말과 그가 사전에 전해들은 정보가 많이 다르다는 사실이었다. 그럴 수밖에 없었다. 북경에 있을 때 옹정이 전문경을 치하하는 말을 자주 들었으니까. 또 이친왕을 통해 오사도가 전문경의 막료로 있다는 사실역시 모르지 않았다. 한마디로 그로서는 전문경의 영향력을 고려하지 않을 수 없었던 것이다. 급기야 그는 호기항과 차명이 아무리 분통을 터트린다고 해도 공공연하게 전문경과 얼굴을 붉힐 필요는 없다는 쪽으로 판단을 내렸다. 그리고는 사람들을 따라 웃다 말고 자리에서 일어나서는 생각을 정리하려는 듯 천천히 거닐었다. 이어 느릿느릿 입을 열었다.

"때려죽일 놈이라고 욕해도 좋고 다 좋아. 그러나 누구나 장단점은 있는 법이지. 방금 그대들이 주먹을 휘둘렀던 부분이 그 사람의 단점이라면 매사에 진실로 승부를 거는 모습은 대단히 소중한 장점이라고 할 수 있겠어. 방금 두 사람이 말한 내용을 자세히 듣고 보니 그 사람도 나쁜 마음을 품은 누군가에게 놀아난 것 같아. 이번에 내가 호기항을 다른 곳으로 보내 주십사 하는 뜻을 상주했더니 폐하께서 흔쾌히 받아주셨어. 이부에서 비선을 통해 전해들은 바에 의하면 차대인도 이제 곧 하남성을 떠나게 될 것이라고 하더군. 어차피 전 중승과 껄끄럽게 지낼 바에는 떠나는 것도 좋겠어. 그러니 굳이 전문경을 때려눕히려 할 필요는 없네. 솔직히 때려눕힐 수도 없어. 아무튼 그대들의 뜻은 내가 폐하께 상주할 것이니 성명하신 폐하께서 결재를 내리실 때까지 지켜보자고, 알겠는가?"

호기항은 연갱요의 말이 떨어지기 무섭게 황송해 어쩔 줄 몰라 했다.

"대장군의 깊고 크신 은혜에 어떻게 감사의 말씀을 올려야 할지 모르겠습니다. 솔직히 저는 하남성에서는 하루도 더 살고 싶지 않습니다. 일각이 삼추 같습니다. 외람됩니다만 우리는 이제 어디로 가게 됩니까?"

"차 대인은 호광湖廣으로 수평 이동하지 않을까 싶어. 또 그대는 이변이 없으면 사천 순무로 가게 될 것이네. 아직 확정된 것은 아니니 폐하의 지의를 기다려 봐야 할 거야."

차명은 사실 호기항과 평소에 의견 충돌이 잦았다. 둘은 그리 가까운 사이라고 할 수 없었다. 그저 전문경에게 공동 대처하는 일에 있어서만은 동지라고 할 수 있었고 같이 붙어 다닌 것도 그 때문이었다. 당연히 연갱요가 입에 올린 인사에 불만이 많을 수밖에 없었다. 속이 대단히 씁쓸하고 언짢았다. 하기야 호기항은 '천부지국'天府之國(하늘이 내린 땅으로 물산이 풍부하다는 의미)이라 불리는 사천성의 순무로 거명되는 데 반해 자신은 올라가지도 못하고 내려가지도 않은 채 그대로 짐 싸들고 호북성으로 쫓겨 가게 됐으니 그럴 만도 했다. 그러나 그는 애써 그런 감정을 내색하지 않은 채 의자에서 몸을 약간 떼면서 냉정하게 말했다.

"모든 것이 대장군께서 잘 봐주신 덕분입니다! 하남성을 떠나는 것은 꿈에서도 그리던 일입니다. 다만 완석頑石(자연석을 의미함)은 갈라지는 한이 있어도 구겨질 수는 없지 않습니까? 나는 굴욕을 참고 견디는 성격은 못 됩니다. 그 당시 조류씨를 붙잡아 오라는 명령을 얼사아문에 내린 사람은 호기항 대인입니다. 그로 인해 얼사아문의 관리들이 스무 명이나 잡혀 가는 초유의 사태가 발생했습니다. 이 일에서 나는 손을 떼고 싶습니다. 대장군님과 호 대인 두 분께서 알아서 처리하셨으면 합니다."

차명의 말은 다소 느닷없이 튀어나왔다. 연갱요는 차명이 그런 말을 하리라고는 전혀 짐작하지 못한 듯 흠칫 놀랐다. 잠시 어리둥절해 하던 그가 말했다.

"그거야 당연하지! 내가 당장 전문경에게 사람들을 풀어주라고 할 거야!"

연갱요는 말을 마치자마자 바로 종이를 펴놓고 붓을 휘날렸다. 그는 숨 돌릴 새도 없이 몇 줄 적은 종이를 상성정에게 넘겨주면서 인감을 찍으라고 지시했다.

유묵림도 웃으면서 다가와 연갱요가 뭐라고 적었는지 읽어보았다. 별로 길지 않은 내용이 적혀 있었다.

대장군 연갱요가 하남 순무 전문경에게 보내는 자문咨文: 조류씨 사건으로 인해 얼사아문의 관리들을 대거 연행하였다는 말을 들었소. 그대의 무모한 행동에 심히 놀랐소이다. 즉각 관리들을 석방시키기를 바라마지 않소. 법에 따라 처리하는 것만이 현명한 처사요. 명령에 따라주기를 바라오!

"대장군께선 명필이시네요! 그러나 군령으로 민정에 간섭하는 것은 적절하지 못한 것 같은데요?"

유묵림이 야릇한 표정으로 웃으면서 말했다.

"상관없어. 나는 무려 열한 개 성의 군정을 통괄하는 대장군이야. 하남성 순무는 군무軍務까지 겸하고 있으니 따지고 보면 내 휘하에 있는 거나 마찬가지야. 상성정, 인감을 찍어 호기항에게 들려 보내도록 하게."

연갱요가 만만치 않은 자세를 보이는 유묵림을 은근히 째려보면서 목소리를 내리 깔았다. 그리고는 한참 후 다시 한 번 유묵림을 매섭게 쏠어보았다. 표정이 마치 '내가 콩을 팥이라고 우겨도 너는 따르는 수밖에 없어. 네가 감히 나를 어떻게 하겠어?'라고 말하는 듯했다.

유묵림은 연갱요의 눈빛에 전혀 개의치 않는 표정을 한 채 부채를 부쳤다. 연갱요는 그런 유묵림을 다시 한 번 힐끗 쳐다보면서 순간적으로 옹정이 신신당부했던 말을 떠올렸다.

"군무에만 전력하고 다른 일에는 간섭하지 않는 것이 좋겠네."

옹정은 분명 그렇게 말했었다. 연갱요는 그제야 그 말 속에 들어있는 깊은 뜻을 헤아릴 수 있을 것 같았다. 동시에 마음속에 섬뜩한 불안이 스쳐지나갔다.

44장

일도양단의 형벌

연갱요의 친필 수유手諭를 받아 챙긴 호기항과 차명은 그야말로 의기양양했다. 깊게 상의할 필요도 없이 당장에 전문경을 찾아가기로 결정했다. 그들의 생각이 크게 이상할 것은 없었다.

'연갱요는 발 한번 구르면 열한 개 성이 뒤흔들릴 정도의 위력을 과시하는 사람이야. 중천에 뜬 태양과도 같아. 전문경이 아니라 북경의 웬만한 왕공이나 귀족들도 감히 그의 앞에서는 허리를 곧게 펴고 앉을 수가 없어.'

호기항과 차명은 그렇게 생각하고는 연갱요의 수유를 받은 전문경이 얼사아문의 관리들을 석방시킬 수밖에 없을 거라는 판단을 내렸다. 동시에 조류씨 사건은 다시 미궁 속으로 빠질 것이라고 생각했다. 물론 아무리 찔러봐도 빈 틈을 보여주지 않는 막무가내 전문경을 한 방에 쓰러뜨릴 수는 없는 일이었다. 그러나 얼사아문의 관리들만 풀려나면 하남성에서 전문경의 입지는 더욱 좁아질 수밖에 없을 터였다.

두 사람은 홍분에 겨워 정주 성황묘를 나섰다. 이어 수레도 마다한 채 밤을 새워 말을 달려 개봉으로 돌아갔다. 얼마나 정신없이 달렸는지 계명성啓明星이 떠오를 무렵이 되자 이미 상국사 서쪽에 위치한 포정사아문에 도착할 수 있었다.

호기항은 얼사아문으로 들어가지 않은 채 차명의 번대아문으로 갔다. 둘이 같이 전문경을 만나 연갱요의 수유를 제시한 다음 관리들을 석방시킬 것을 요구하기로 한 것이다. 그러나 엉덩이를 붙이고 의자가 따뜻해지기도 전에 뭔가 사달이 벌어지는 듯했다. 차명의 아문에서 전량을 전담하고 있는 막료 만조명萬祖銘이 뛰어 들어오며 인사하는 것도 잊은 채 발을 동동 구르는 것이 아닌가!

"차 대인, 조금만 일찍 오시지 그랬어요. 한발 늦었어요!"

차명이 따뜻한 물에 발을 담그고 눈을 지그시 감은 채 발을 비비고 있다가 눈을 번쩍 떴다. 그리고는 옆자리에 앉은 호기항을 쳐다보고는 만조명에게 물었다.

"한발 늦었다니? 무슨 큰일이라도 있었나? 발정한 고양이 상을 해가지고!"

오만상을 잔뜩 찌푸린 만조명이 호기항의 옆자리에 털썩 주저앉으면서 말했다.

"조류씨 사건이 벌써 결정났다고 합니다. 어제 요첩 등이 와서 그러더군요. 전 중승이 오늘 왕명기패를 청해 호로사의 중들과 백의암 비구니들에 대한 판결을 진행해 한꺼번에 처형할 거라고 했어요. 대책 마련이 시급했었죠. 그런데 공교롭게도 두 분 대인께서 안 계시니 저희 몇몇 막료들은 발만 구를 뿐 마땅히 대책도 안 떠오르고……

이제 이 지경까지 왔으니 도무지 방법이 없어요. 이 일을 어떻게 하면 좋아요?"

차명이 잠시 생각을 하더니 피식 웃었다.

"사람 일이라는 것은 갈 데까지 가봐야 알지! 가서 막료들을 다 불러오게. 조금 있다 같이 순무아문을 방문하도록 하겠네."

만조명이 이상하게 더욱 초조한 기색을 보였다. 이어 불안한 어조로 말했다.

"그 사람들이 여기 올 수 있다면 제가 왜 이렇게 안절부절못하겠어요? 전 중승한테 다 잡혀가고 없어요!"

"뭐야? 전아무개가 감히 번사아문의 막료들을 붙잡아 갔다고? 무슨 일로!"

호기항이 펄쩍 뛰었다. 만조명이 머리를 가로저으면서 대답했다.

"상세한 내막은 저도 잘 모르겠어요. 차 대인께서 정주로 떠나시기 전에 은 몇 만 냥을 조류씨에게 먹여서라도 고소를 철회하도록 하라고 하셨잖아요. 그런데 그게 조류씨에게 먹혀들지 않았는지, 아니면 간수를 매수하지 못해서인지 아무튼 전혀 감감 무소식이었어요. 그래서 막료들을 보냈더니 보내는 족족 꿩 구워 먹은 사람들이 되고 말았어요. 결국에는 그렇게 한 사람씩 붙잡혔던 거예요. 조류씨 그년이 수작을 부린 것이 틀림없어요!"

만조명이 울분을 삭이지 못한 듯 연신 가슴을 쥐어뜯었다. 그리고는 발을 굴러댔다. 호기항이 순간 힐난을 퍼부었다.

"자네들이 그러고도 소흥紹興에서 배출된 막료들이라고 할 수 있는가? 《대청률》大清律도 제대로 모르면서! 우리 얼사아문에는 내로라하는 형법 담당 막료들이 있어. 그런데 진작 찾아가 자문을 구하지 않고 뭘 했다는 말인가! 이런 사건은 오입질하다 들통이 나 고소당한 것과 거리가 멀어. 또 도둑질하다 목덜미를 잡힌 것도 아니야. 합의를 봐서 해결될 일이 아니지. 인명이 달려 있는 문제인데 조류씨가 고소를 철회한다고 전문경이 손을 털고 나앉을 사람 같아? 천만에!"

차명이 그 사이 진정을 취한 듯 발을 닦고 신발을 신으면서 껄껄 웃었다. 이어 말했다.

"흥분하지 말게. 결과는 아직 며느리도 모르는 일이니까. 순무아문 측은 어떤 상황에 있는지 모르겠군. 일단 전문경을 만나보고 나서 대안을 고민해 보도록 하지."

호기항과 차명 두 사람이 순무아문으로 달려갔을 때는 날이 어스름히 밝아올 무렵이었다. 아문으로 들어가는 길목에는 몇 발자국마다 초소들이 촘촘히 들어서 있었다. 모두 개봉부의 마가화馬家化가 배치해 놓은 경비 병력들이었다. 심지어 인적이 드문 큰길에도 총칼로 무장한 병사들이 흐트러짐 없이 진영을 이루고 있었다. 척 봐도 분위기가 대단히 삼엄하게 느껴졌다.

넓은 아문 조벽照壁 앞도 크게 다르지 않았다. 수십 명의 군관들이 의문儀門 옆에 늘어서 서 있었다. 그러나 자세히 보니 그들은 권위가 느껴지는 외관과는 달리 어쩐지 불안해보였다. 그들은 귀엣말로 뭔가를 주고받고 있다가 두 사람이 탄 관교가 도착하자 재빨리 양 옆으로 쫙 갈라지면서 비켜섰다.

곧 차명이 가마에서 내려서서 주위를 두리번거리면서 살폈다. 이어 마가화를 발견하고는 손짓을 해서 불렀다.

"전 중승은 안에 있나?"

"예, 번대 대인, 방금 뵀습니다. 오늘 중승께서는 대대적인 홍차紅差(사형수에 대한 형을 집행하는 것)가 있을 예정이라고 하셨습니다. 범인들은 벌써 압송한 상태입니다."

"알았네. 중승은 지금 어디 있는가?"

"공문결재처에서 다섯 막료 분들과 얘기 중이십니다."

"음."

차명은 짤막하게 대답하고는 뜻을 알 수 없는 웃음을 지어보였다. 이어 공터에 높다랗게 쌓아올린 노적가리 같은 장작더미를 가리키면서 물었다.

"저것들은 어디에 쓰려고 저렇게 많이 쌓아 놨지?"

마가화가 대답했다.

"저도 잘 모르겠습니다. 어젯밤에 중승께서 지시하셨습니다."

차명은 더 이상 묻지 않고 의문 옆에 몰려 있는 관리들에게 눈길을 보냈다. 모두들 하남성의 7품 이상의 관리들이었다.

"들어가지."

차명이 호기항을 향해 말했다. 두 사람은 곧 옷매무새를 단정히 하고 아문으로 들어가 곧바로 공문결재처로 향했다. 과연 멀리서 전문경의 목소리가 들려왔다.

"하남성은 강남과 사정이 다른 만큼 똑같은 방법을 쓸 수 없소. 이위는 창녀들에게서 기름을 짜낼 수 있다고 하나 우리가 여기에 춘향루春香樓 같은 술집을 하나 열었다고 생각해보오. 며칠이나 가겠소? 여섯 개 왕조의 수도에 있는 유서 깊은 진회루秦淮樓 뒤꿈치나 따라가겠어? 어이구! 차 대인, 호 대인, 어쩐 일이오?"

호기항과 차명이 허리를 조금 숙이고 공문결재처로 들어서자 전문경은 말을 하다 말고 둘을 깍듯하게 맞이했다. 관모에 산호 정자를 드리우고 아홉 마리 맹수 무늬가 그려진 관포에 금계 보복을 깔끔하게 꺼입은 그는 책상 앞에 떡하니 앉아 있었다. 오봉각, 필진원, 장운

정, 요첩 네 명의 막료들은 호기항과 차명이 나타나자 황급히 일어나 예를 표했다. 그러나 유독 오사도만은 병풍 앞에 홀로 앉아 부채를 폈다 닫았다 하면서 생각에 잠겨 있었다.

"마침 잘 왔소. 조류씨 사건은 엿새 전에 안건이 처리됐소. 내가 처리 결과를 직접 상서방에 보고 올렸소. 또 그제 폐하의 육백리 긴급 정유廷諭도 도착했소. 여기 있소. 두 분도 봐두오."

전문경이 호기항과 차명에게 손짓으로 자리를 안내하고는 다시 제자리에 앉았다. 이어 노란 비단으로 겉표지를 씌운 문서를 건네줬다. 그러자 차명이 엉덩이를 들었다 놓으면서 말했다.

"중승 대인께서 수년 동안 질질 끌어온 사건을 우레 같은 위엄과 바람 같은 속도로 처리하셨다니 실로 존경스럽소!"

차명은 말을 마치고 전문경이 상서방에 올린 상주문 원문을 먼저 읽어봤다. 다행히도 번사와 얼사에 관한 언급은 전혀 없었다. 차명이 적이 안도하면서 옹정의 주비에 눈길을 돌렸다. 그러나 그의 눈길이 아래로 내려갈수록 낯빛은 창백해져갔다. 나중에는 두 손을 바르르 떨기까지 했다. 고개를 뻣뻣하게 든 채 차명 가까이에서 주비를 들여다보던 호기항 역시 깜짝 놀라고 말았다. 심상치 않은 내용이 적혀 있었던 것이다.

상주한 내용에 너무나도 기가 막혔네. 태평성대의 훤한 대낮에 이런 일이 발생하다니! 짐은 문득 그 옛날 성조께서 남순 중에 가짜 주삼태자의 소굴인 비로묘毗廬廟 근처까지 가셨던 상황을 떠올리지 않을 수 없네. 모골이 송연해지는 것도 어쩔 수 없어. 이 따위 도적 같은 승려와 음탕한 비구니들은 반드시 빠른 시일 내에 엄벌에 처해 민심을 다독여야 하네. 순무는 이 일을 처리함에 있어서 기존 법률에 얽매일 필요가 없네. 이런 거대한 죄악이 저질러질 때까지 그곳 얼사아문은 도대체 무엇을 하고 있었다는 말인가? 호기항은 분명히 상주하라! 조류씨가 고소장을 내고 아문을 쫓아다닌 세월이 장장 3년이 아닌가. 그런데도 그곳 관리들은 그 사실을 몰랐다는 말인가? 그럴 리가 있겠나? 전문경은 짐의 성유를 받들어 하남성 전체 관리들의 직급을 두 등급씩 강등시키고 전원의 녹봉을 반 년 동안 지불 정지하도록 하라. 이상!

주사朱砂의 필체는 마치 광풍이 휩쓸고 지나간 풀숲을 연상케 만들 정도였다. 옹정이 대로한 상태에서 단숨에 써내려갔다는 사실을 능히 짐작할 수 있었다.

당연히 불명예스럽게 거명을 당한 호기항은 낯빛이 창백하게 질리기 시작했다. 두 손으로 주비를 받들어 전문경에게 넘겨주는 그의 목소리는 덜덜 떨렸다.

"내가 지은 죄는 흔쾌히 인정하오. 다만 개중에는 말 못할 사연도 많다는 점을 헤아려 폐하께 주장을 올릴 기회를 주었으면 하오."

차명은 전문경이 옹정을 동원해 그토록 막강한 위력을 과시할 줄은 꿈에도 생각하지 못했다. 잠시 어찌할 바를 몰라 했다. 그러나 그는 곧 이 자리에서 기선을 제압당하면 전문경이 한술 더 떠 내친김에 무슨 일을 저지를지 알 수 없다는 쪽으로 생각을 정리했다. 이내 마음을 다잡은 다음 천천히 입을 열었다.

"우리 번사아문은 이 사건에 개입하지 않았소. 그러나 전임, 현직 개봉부 부윤 모두 나의 위임을 받은 사람인만큼 이 사건에 대해서는 나도 들은 바가 있소. 다만 흔히 있는 살인사건인 줄 알고 얼사아문에서 어련히 알아서 잘 처리할까 생각했소. 크게 관심을 보이지 않았을 뿐이오. 그런데 사건이 이처럼 복잡하고 죄질이 무거울 줄은 진짜 몰랐소. 폐하께서 하남성 관리들의 죄를 물어오셨으니 나 역시 책임에서 완전히 자유로울 수는 없을 것이라고 생각하오. 다만……."

차명이 눈꺼풀을 힘껏 치켜 올려 전문경을 힐끗 쳐다봤다. 더불어 씁쓸한 웃음을 지은 채 덧붙였다.

"워낙 오래 끌어온 사건이라 뿌리를 캐기 시작하면 어디까지 뻗어 있을지 모를 일이오. 연루되는 관리들도 적지 않을 거요. 이 경우 묵은 쌀과 썩은 깨가 뒤섞이듯 하남성의 관가는 엄청난 파란을 겪을 것이 분명하오. 이번에 연 대장군께서도 이 사건에 깊은 관심을 보였소. 이 사건이 몰고 올 파장을 우려하시기도 했소. 연 대장군께서는 문제의 절과 암자의 관계자들을 철저히 문책하고 장본인들의 죄를 묻는 선에서 일을 매듭짓는 것이 좋겠다고 하셨소. 이와 관련해 특별히 친필 수유를 우리 인편에 보내셨소."

차명이 말을 마치자마자 연갱요의 수유를 두 손으로 전문경에게 건넸다. 전문경은 휙 쓸어내리듯 단숨에 수유를 읽었다. 그리고는 대수롭지 않은 표정으로 오봉각 등 막료들에게 던지듯 넘겨줬다. 이어 차를 한 모금 마시면서 목을 축였다.

"연 대장군은 열한 개 성의 군정을 통괄할 권한은 있소. 그러나 사법과 민정까지 간섭해도 괜찮다는 지의는 없었소. 일선에서 직접 두 발로 뛰어다니면서 사건의 진상을 규명해 낸 사람은 바로 나요. 여기까지 온 마당에 나는 천리天理와 왕법王法에 따라 처리할 수밖에 없소. 얼사아문의 스물세 명 아역들은 내가 조류씨의 고소장을 수리하자마자 그날 밤으로 그녀를 납치해 가려고 했소. 그 속셈이 대단히 궁금하지 않을 수 없소. 호기항 대인, 그대가 마침 자리에 있으니 묻고 싶소. 혹시 조류씨를 붙잡아 오라는 명령은 그대가 내린 것 아니오?"

호기항은 전문경의 힐책에 놀란 나머지 몸을 움찔했다. 전문경에게 사건을 알아서 처리하도록 전권을 부여한 옹정의 조치에 이미 겁을 잔뜩 집어먹고 있었으니 그럴 만도 했다. 더구나 그는 자칫 변명을 잘 못해 이미 체포된 아역들과 말이 맞지 않을 경우 자신도 꼼짝 없이 궁지에 몰릴 수 있다는 판단을 이미 내리고 있었다. 그가 잠시 고민을 하더니 웃음을 지으면서 말했다.

"범인을 연행하는 것은 순포청巡捕廳의 일이오. 하루에도 열 몇 건씩 되는 그런 자질구레한 일까지 내가 어찌 일일이 챙길 수 있겠소?"

"알겠소."

전문경이 짤막하게 말했다. 그리고는 미리 준비했다는 듯 장황하게 덧붙였다.

"오늘 판결을 앞두고 나도 두 사람에게 내 의중을 솔직히 말할까 하오. 우선 나는 조정의 특간特簡(특별히 선택됨)을 받은 봉강대리로 막중한 성은을 한 몸에 안고 사는 사람이라는 사실을 밝히겠소. 항상 그 은혜를 조금이나마 갚으려고 노력하고 있는 바이오. 때문에 이 사건이 어느 누구와 연루되든 나는 절대 인정에 휘둘리지 않고 원리원칙에 따라 처리할 거요. 또 나는 이미 얼사아문의 스물세 명 아역들의 자백을 받아놓은 상태요. 순포청의 허락도 없이 마음대로 사람을 붙잡아 들인 다음 사건을 자기들한테 유리한 쪽으로 처리하려고 했던 것이 백일하에 드러났소. 그런고로 나는 이자들을 절대 관대하게 처리할 수가 없소. 나는 오로지 조정에만 결백하고 조정에만 충성하면 된다고 생각하는 사람이니까! 한 달 동안 우리 순무아문은 황하 치수 사업과 이 사건에만 매달려 왔소. 모든 아역들은 또 밤낮 없이 시궁창보다도 더러운 이 중과 비구니 무리들을 심문했소. 그러고 나니 며칠 동안 구역질이 나서 밥을 먹을 수가 없었소. 이것들이 관리 및 그 가족들과 뒤엉켜 벌인 음란한 내막을 공개하면 그야말로 인간

말세라는 말이 저절로 나올 거요……."

전문경이 갑자기 말끝을 흐리면서 차명을 힐끗 쳐다봤다. 이어 긴긴 탄식을 토해냈다.

차명은 전문경의 말에 힘이 쭉 빠지는 기분을 느꼈다. 더 이상 콩을 팥이라 우길 여력도 남아 있지 않은 듯했다. 사실 온 천하를 경악하게 만든 이번 사건에 차명 본인은 별로 꼬투리 잡힐 일이 없었다. 그럼에도 그가 사건을 죽어라 덮어 감추려 했던 것은 몇 명 고관들 부인들이 백의암 비구니들과 죽고 못 살 정도로 붙어 다닌 사실과 무관하지 않았다. 만에 하나 그중 하나라도 중들과 그렇고 그런 사이라는 사실이 밝혀지는 날에는 몇 십 년 동안 도학파의 대가로 자처해 온 자신의 체면이 여지없이 박살나지 말라는 법이 없었던 것이다. 그런데 이제 전문경의 입에서 '관리들 및 그 가족'이라는 말까지 나왔으니 그렇지 않아도 두려움에 떨었던 차명은 온몸 가득 식은땀을 쏟으면서 더욱 좌불안석하지 않을 수 없었다.

"집안 흉은 담을 넘어가지 않게 하는 것이 좋다는 옛말이 있듯 나하고 우리 몇몇 막료들은 재삼 고민 끝에 동료 여러분들의 체면을 고려해 주기로 했소."

전문경은 차명이 아무 말도 못하고 있자 다시 입을 열었다. 이어 사뭇 진지한 어조로 설명을 덧붙였다.

"그 일환으로 이번 사건의 막판 처결 자리에 두 분을 비롯한 여러 관리들을 부르지 않기로 결정을 내렸소. 그러니 너무 서운하게 생각할 것은 없겠소. 그 밖에도 나는 평소에 그들 음탕한 승려 및 비구니들과 왕래가 잦았던 관리들과 토호 및 그 가족들의 기록을 전부 없애버리도록 지시했소. 이 사실은 공개적으로 밝힐 것은 못 되니 두 사람이 알아서 각 아문을 돌아다니면서 전하도록 하오. 이번 일로 꿈

자리가 사납던 관리들은 더 이상 고민하지 말고 맡은 바 일에나 전력하라고 하오."

전문경은 마치 차명의 속내라도 읽은 듯 시원스럽게 후속조치를 입에 올렸다. 차명은 그의 말에 너무나도 무거웠던 등짐을 내려놓은 것 같은 홀가분함을 느끼지 않을 수 없었다. 기분이 날아갈 듯했다. 그러나 호기항은 마음이 다른 곳에 가 있었다. 그예 엉뚱한 말을 하고야 말았다.

"은혜를 베푸시는 김에 얼사아문의 아역들도 석방시키는 것이 좋겠소. 그건 석방을 지시한 연 대장군의 체통이 걸린 문제이기도 하고."

전문경은 입가를 치켜 올리면서 차가운 미소를 지었다. 그러나 그뿐이었다. 이어 천천히 자리에서 일어나더니 오사도를 향해 약간 머리를 끄덕여 보이고는 오봉각 등 막료들에게 말했다.

"승당升堂(일을 보러 간다는 의미. 곧 판결을 통해 처형을 하겠다는 뜻)할 때가 된 것 같네."

전문경의 말이 끝나자 사람들이 저마다 자리에서 일어났다. 요첩이 한발 앞서 밖으로 나가면서 이문二門에 있는 아역들을 향해 큰소리로 외쳤다.

"포를 울려라! 전 중승께서 승당하신다!"

호기항은 전문경 일행이 자리를 뜨기 무섭게 차명을 독기 어린 눈빛으로 노려봤다. 그가 미꾸라지처럼 자기만 쏙 빠져나갔다고 생각하는 모양이었다. 하지만 배신감은 배신감이고 그로서도 다른 방법은 없었다. 그저 전문경을 따라 나서야 했다.

차명이 그런 호기항의 생각을 읽었는지 몰래 그의 옷자락을 당기면서 목소리를 낮춰 말했다.

"저 자식이 저울추를 쳐 먹었는지 꿈쩍도 안 하는 것을 보게. 여기서 고집을 부려봤자 득이 될 것이 뭐가 있겠어? 어떤 식으로 판결이 나고 집행이 되나 지켜보고 나서 정 인정사정없이 나오면 그때 가서 수를 생각해보자고. 자네 전錢 막료에게 저자의 네 막료들을 물고 넘어지라고 하면 되지 않겠어!"

"알았어. 장구라는 자도 있고 써먹을 패가 아주 없는 것은 아니군!"

호기항의 눈에 귀신불 같은 섬뜩한 빛이 서렸다. 독하게 마음을 먹은 것이 분명했다.

"중승 대인께서 승당하신다!"

고함소리와 함께 대포소리가 쿵! 쿵! 쿵! 세 번 울렸다. 그 소리에 평소에는 머리통만한 자물쇠가 내걸려 있던 순무아문의 정당正堂 문이 서서히 열렸다.

곧 삼반육방三班六房의 집사 및 아역들이 의복을 단정히 한 채 정당 뒤편에 집결해 있는 모습이 보였다. 그들은 서기관들을 대동한 전문경이 차명과 호기항을 데리고 나타나자 "우……!" 하는 나지막한 함성과 함께 순서대로 기러기 대열을 이룬 채 정당을 나섰다. 이어 바로 다시 자신들의 위치를 찾아 자리했다.

곧 전문경도 정당을 나섰다. 동시에 귀청을 찢는 듯한 당고堂鼓 소리가 세 번 울려 퍼졌다. 전문경은 곧 '명경고현'明鏡高懸(판결을 공정하게 한다는 뜻)이라고 적힌 편액 밑의 정중앙에 앉았다. 양 옆에는 차명과 호기항이 자리를 잡았다. 장내는 삽시간에 물이라도 뿌린 듯 조용해졌다. 간혹 옷섶 스치는 소리만 들릴 뿐이었다.

드디어 3년여를 질질 끌면서 사건의 주변부나 뱅뱅 돌던 엄청난 살인사건에 대한 판결의 막이 올랐다. 한 절과 암자의 모든 승려와 비구니들이 연루돼 있는 이 사건에서 쥐도 새도 모르게 죽어간 사람들은 모두 20여 명 안팎이었다. 한꺼번에 아홉 명의 목숨을 앗아간 과거 광동성 사건보다도 더 큰 사건이라고 할 수 있었다. 나라 안팎이 발칵 뒤집히고도 남을 일이었다. 당연히 개봉의 백성들은 모두 판결을 보기 위해 하던 일을 제쳐놓고 꾸역꾸역 모여들었다. 그들은 또 과연 수많은 목숨을 앗아간 장본인들이 어떤 종말을 고할 것인가를 놓고 설왕설래하기도 했다. 3년 동안 끌어왔던 사건이 결판이 나는 순간이니 그럴 만도 했다.

때는 음력 6월 6일이었다. 초복 날씨라 이글거리는 불덩어리를 마주하고 앉은 것 같은 더위가 기승을 부렸다. 그럼에도 수천 명도 넘는 구경꾼들이 조벽 밖에서 목을 길게 뺴든 채 이제나 저제나 하면서 대당大堂 안을 들여다보고 있었다. 급기야 개봉부의 아역들이 출동해 그들이 더 이상 가까이 다가오지 못하도록 경계에 나서야 할 정도였다.

특히 마가화는 범인들을 호송하랴, 질서를 유지하랴…… 완전히 땀범벅이 돼 있었다. 그는 그러나 당고소리가 들려오자 자신의 부하들에게 엄하게 지시를 내리는 것은 잊지 않았다.

"잘 지키라고! 여기 이 선을 넘어서는 자는 채찍으로 때려도 괜찮아!"

마가화는 말을 마치고는 바로 대당으로 들어가 전문경을 향해 정참례庭參禮(노천에서 상사에게 올리는 극진한 예의)를 올렸다.

"밖에 구경꾼들이 너무 많이 몰려왔습니다. 질서를 유지하기가 여간 힘이 드는 것이 아닙니다. 벌써 더위를 먹어 쓰러진 사람도 있습니다. 저는 여기에서 중승 대인을 시중 들 여유가 없을 것 같습니다."

"알았네. 더운데 수고가 많네."

전문경이 미소를 지으면서 격려했다. 그러다 갑자기 낯빛이 돌변하더니 힘껏 목탁을 내리치면서 고함을 내질렀다.

"범인을 끌어내라!"

"예!"

미리 대기 중이던 아역들이 우렁차게 대답했다. 이어 달려가더니 족쇄를 찬 7명의 중과 23명의 비구니들을 앞세우고 들어왔다. 그들은 약속이나 한 듯 저마다 심하게 절룩거렸다. 아마도 지독한 고문을 당한 듯했다. 옷차림도 남루하기 이를 데 없었다. 채찍에 맞아 살점이 떨어져 나간 것 같은 군데군데의 상처가 아직 아물지 않은 듯 피가 줄줄 흘렀다. 게다가 한 뼘씩이나 자라난 머리는 비죽비죽한 것이 마치 고슴도치의 그것 같았다. 몸에서 나는 악취도 코를 찔렀다. 그들은 저마다 핏기라고는 없이 초라한 얼굴을 한 채 땅에 허물어지듯 엎드려 있었다. 죽은 듯 고개도 숙이고 있었다.

차명은 그들을 일별했다. 과연 눈에 익은 얼굴들이 있었다. 이름은 알 수 없으나 평소 법사法事를 해줍네 하면서 자신의 집을 자주 들락거리던 사람들이었다. 그는 문득 안 됐다는 마음이 들었으나 내색할 수는 없는 일이었다.

그때 전문경이 명령을 내렸다.

"요첩, 이자들의 범행을 낱낱이 고하도록 하게!"

"예."

요첩이 대답과 함께 자리에서 일어났다. 동시에 책상 위에서 묵직한 서류뭉치를 집어 들었다. 이어 한 장씩 넘기면서 큰소리로 읽어 내려가기 시작했다. 30명 흉악범들의 외모의 특징과 고향 등의 소개에서부터 구체적인 죄명에 이르기까지 순무아문의 거듭된 조사를 거쳐 빈틈없이 기록된 내용들이었다. 전문경이 직접 정리해서인지 단호하고 지엄한 분위기가 물씬 풍겼다.

그러나 그 글을 읽는 요첩은 평소 맺고 끊음이 분명하고 깔끔하던 모습과 영 딴판이었다. 정신이 흐릿한지 경황도 없어 보였고, 말을 더 듬었다. 심지어 몇 번씩이나 틀리게 읽기까지 하며 한 시간이 족히 걸려서야 겨우 다 읽을 수 있었다.

호기항은 행여나 연행된 얼사아문의 아역들에 대한 얘기가 있을까 하고 정신을 바짝 차리고 귀를 기울였다. 다행히 그에 관한 언급은 전혀 없었다. 그는 적이 놀라면서 전문경을 바라봤다. 그의 눈에 비친 전문경은 평소와 전혀 다를 바 없었다. 그는 곧 소름 끼치는 웃음을 머금은 채 심문을 하기 시작했다.

"이봐 각공覺空, 너는 주범이야. 백의암 비구니들을 부추긴 것도 너고, 살인음모를 꾸민 자도 너야. 그리고 정자靜慈, 너도 말해봐. 내가 너무 무자비한 판결을 내리는 것은 아니겠지?"

각공이라 불리는 중은 두 손이 뒤로 묶여 있었다. 그는 애써 몸을 움찔거리면서 한발 앞으로 나서려 했다. 아직 마흔도 안 되어 보이는 외모에 이목구비가 수려한 사내였다. 수염이 꺼칠해 보이고 행색이 초라했을 뿐 험상궂은 인상은 아니었다. 사람들이 흔히 상상할 수 있는 끔찍한 살인행각을 벌인 흉악범의 인상과는 거리가 멀어 보였다. 그가 무릎걸음으로 앞으로 나섰다.

"중승 대인, 우리를 극형에 처하시려는 것은 수긍합니다. 그러나 정자를 비롯한 비구니들은 직접 살인에 참여하지 않았습니다. 그 점을 참작해서 판결해 주셨으면 합니다."

전문경이 음산한 미소를 지으면서 각공의 말을 들었다. 이어 비구니 정자에게 물었다.

"너는? 마지막으로 변호하고 싶은 말이 없어?"

정자는 놀라울 정도로 초연해 보이는 각공과는 달라도 너무 달랐다. 온몸을 사시나무처럼 떨면서 달팽이처럼 몸을 움츠렸다. 그리고는 잔뜩 겁에 질린 두 눈을 희번덕거리면서 사정했다.

"제발 빨리 죽여주세요, 제발요."

"나는 살려줘서 죗값을 갚게 하고 싶은데? 불가에서는 육도六道의 윤회는 반드시 인과응보에 따른다고 했어. 선악에 대한 보응은 시간 문제일 따름이라고! 내세에서라도 언젠가는 과보를 받게 되어 있어. 살인을 저지른 행위 자체는 용서할 수 있을지 몰라. 그러나 정리情理로 볼 때는 도저히 용납될 수 없어. 진리가 그렇거늘 수많은 원혼을 만들어놓고 빨리 죽여 달라고? 편히 가고 싶다 이거지?"

전문경이 소름 끼치는 웃음을 지은 채 내뱉었다. 그리고는 탁! 하고 책상을 힘껏 내리쳤다. 사람들은 흠칫 놀라며 다들 낯빛이 하얗게 질렸다. 곧이어 고함소리가 다시 대당을 뒤흔들었다.

"각공과 정자, 이 둘을 한데 묶어 장작더미 위에 내던져라. 내가 친히 불을 지펴 서쪽나라로 보낼 것이다! 나머지 음탕한 중놈들과 비구니들은 일률적으로 효수형에 처한다!"

《대청률》에 따르면 가장 무거운 형벌은 능지처참陵遲處斬이었다. 그 다음이 차례로 요참腰斬(허리를 베는 형벌), 참립결斬立決(판결 후 빠르게 참하는 형벌), 교립결絞立決(판결 후 빠르게 목을 졸라 죽이는 형벌) 등의 순이었다. 그러나 전문경은 그 모든 처형 방법을 제쳐두고 사람을 산 채로 불에 태워 죽이는 비형非刑을 택했다. 사람들은 저마다 숨을 길게 들이마시면서 눈이 휘둥그레졌다.

차명은 그제야 공터에 쌓아놓은 장작더미의 사용처를 알게 됐다. 그의 등골에는 자신도 모르는 사이에 식은땀이 흘러내렸다. 호기항 역시 거의 제정신이 아닌 것 같았다. 전문경이 대경실색한 사람들을 둘러보더니 버럭 호통을 쳤다.

"다들 멍청히 서서 뭣들 하는 거야, 빨리 움직이지 않고!"

"예!"

"잠깐만!"

갑자기 각공이 달려드는 아역들을 손으로 막으면서 요첩을 향해 고함을 질렀다.

"요첩 대인, 그리고 오 대인, 장 대인! '남아일언중천금'男兒一言重千金이라고 했거늘 왜 약속을 지키지 않는 거요? 어떻게든 집행유예를 이끌어내고 감형까지 시켜줄 거라고 하지 않았소? 그렇게 호언장담 하지 않았소?"

각공의 말은 고요한 호수에 천만 근도 넘는 바위를 풍덩 떨어뜨린 것과 같은 파장을 몰고 왔다. 순식간에 장내는 걷잡을 수 없이 술렁 대기 시작했다. 전문경 역시 적이 놀라는 눈치였다. 그들 사이에 뭔 가 검은 거래가 있었다는 분명한 증거가 튀어나왔으니 그럴 수밖에 없었다.

그는 곧 고개를 돌려 자신의 막료들을 집어삼킬 듯 매섭게 노려봤 다. 놀랍게도 필진원만이 그나마 의연해 보였을 뿐, 나머지 셋은 잔뜩 기가 질려 엉거주춤한 채 고개를 떨어뜨리고 있었다.

얼마 후 백랍처럼 하얗게 질린 얼굴을 한 오봉각이 덜덜 떨면서 손 수건을 꺼냈다. 이어 안경을 벗어 닦으면서 중얼거리듯 말했다.

"인간 말종 같으니라고! 생사람을 잡아도 유분수지……."

오봉각은 어떻게든 침착하기 위해 노력했다. 그러나 잘 안 되었다. 급기야 너무나도 힘을 줘 닦은 탓에 안경알이 뚝하고 반쪽으로 갈라 지고 말았다. 전문경이 그 낭패스런 얼굴을 지켜보더니 약 올리듯 헤 헤 웃으면서 말했다.

"이것 봐! 그것도 안경이라고 쓰고 다니는가? 안경이 너무 부실하군!"

"오, 그러게……, 아니……."

오봉각이 다급했는지 두서없이 더듬거렸다. 그리고는 각공을 향해 다시 한 번 욕설을 퍼부었다.

"미친놈의 새끼! 뒈지는 마당에도 한 입 물어뜯지 못해서 지랄이군. 밟아 죽일 놈……."

호기항은 전혀 예상 못한 광경을 보고는 조금 전부터 언제 기가 죽어 있었는가 싶게 속으로 쾌재를 불렀다. 느닷없이 죄수에게 발뒤꿈치를 물린 전문경을 훔쳐보면서 꿀물이라도 타 마신 듯 감미로운 느낌이었다. 곧이어 의자 등받이에 벌렁 기대면서 한마디 내뱉었다.

"중승 대인, 보아 하니 사안에 변동이 생긴 것 같소. 법 규정에 따라 일단 판결을 유보하고 재수사를 해야 마땅할 것 같소. 이참에 우리 얼사아문의 아역들도 죄를 지었으면 적당한 죗값을 치르고 풀려나게 말이오."

전문경은 호기항의 말에는 전혀 아랑곳하지 않았다. 대신 굶주린 승냥이 같은 눈으로 요첩을 노려봤다. 곧 호통조의 힐난이 터져 나왔다.

"마음이 바르지 못한 자는 눈이 흐리멍덩하다고 했어. 요첩, 평소에 내가 자네들을 조금이라도 서운하게 대해준 적 있었나? 이 일에 얼마나 개입했는지 자백하지 그래!"

각공의 폭로로 인해 극도의 불안 속에서 헤매던 요첩은 찬물을 끼얹는 듯 섬뜩한 전문경의 말에 비로소 제정신이 든 듯했다. 목소리를 가다듬고는 입을 열었다.

"저자의 말은 죽음을 앞둔 자들이 최후의 발악을 하느라 아무나 물고 늘어지는 행태에 불과합니다. 저는 하늘에 맹세코 저자들의 검은 돈을 한 푼도 받은 적이 없습니다. 저뿐만 아니라 우리 아문의 다른 막료들 역시 깨끗하다는 사실을 제가 보장할 수 있습니다."

요첩이 당당하게 나오자 그제야 오봉각과 장운정도 용기를 낸 듯 이구동성으로 수뢰 혐의를 강력하게 부인했다.

전문경은 막료들의 행실이 석연치 않다는 사실을 모르지 않았다. 그러나 뜻하지 않게 뒤바뀔지 모르는 상황 때문에 곤욕을 치르는 것도 원치 않았다. 때문에 요첩의 말에 바로 고개를 끄덕이고 자리에 돌아가 앉으면서 권위 넘치는 얼굴로 각공을 향해 말했다.

"너희들의 죄행과 이 사람들의 잘못은 동일시 할 수 없어. 적어도 이 사람들은 살인은 저지르지 않았어. 더러운 돈에 현혹됐는지는 모르겠으나 아무튼 각자 지고 갈 짐은 따로 있어. 자신들의 몫도 엄연히 달라. 너희들의 인과응보에 대해서는 하늘이 알아서 벌을 줄 거라고 내가 처음부터 얘기했지? 이제 누구를 더 물고 늘어지더라도 너희들이 상황을 반전시킬 수 있는 가능성은 전혀 없어. 꿈 깨라고!"

전문경이 말을 마치고는 바로 천장이 무너져 내릴 것 같은 고함을 질렀다.

"꽁꽁 묶어 끌어내!"

전문경의 말이 떨어지기 무섭게 아역들이 30명의 죄수들에게 달려들었다. 그리고는 순식간에 대당 밖으로 끌어냈다. 곧이어 공문결재처의 관리들이 죄수들의 이름과 죄명이 적힌 망명패亡名牌를 한아름 안고 나타났다. 전문경이 입가에 음산한 미소를 띠운 채 붓을 들어 주사朱砂를 듬뿍 묻혔다. 그리고는 망명패마다 시뻘건 가위표를 죽죽 긋고는 한쪽으로 내던졌다. 채 마르지 않은 주사는 마치 붉은 선지 같았다. 보는 이들의 가슴을 섬뜩하게 만들 정도였다.

"꽉 막혔던 뒤가 술술 풀리는 쾌감이 이렇겠지?"

전문경이 아역들이 망명패를 죄수들의 등 뒤에 꽂고 있는 동안 홀가분한 표정을 지으면서 말했다. 이어 자리에서 일어나더니 덧붙였다.

"그동안 저런 쓰레기들이 악취를 풍긴 탓에 우리 개봉이 기를 못 폈던 것 같아. 이런 악기惡氣를 날려 보내고 나면 앞으로 만사가 대길할 거야. 폐하께서도 흡족해 하실 것이고. 어디 그뿐인가. 백성들도 환호작약하겠지. 서천에 계신 부처께서도 불문佛門의 패륜아들을 제거했다고 좋아하실 것이 분명해. 당연히 내가 죽더라도 승천할 수 있도록 허락해주실 거야! 차 대인, 호 대인! 구경꾼들도 많이 모였으니 우리 바람도 쐴 겸 같이 가서 형刑을 감독이나 하지 않겠소?"

호기항과 차명은 코 꿰인 망아지처럼 순순히 따라나서는 수밖에 없었다. 아문 밖은 아니나 다를까, 인산인해를 이루고 있었다. 형의 집행을 기다리다 못해 더위를 먹고 쓰러져 들것에 실려 나가는 사람이 있는가 하면, 좋은 자리를 찾아 눈요기를 하려는 사람들로 아수라장이었다.

곧 60여 명의 망나니들이 망명패를 꽂은 죄수들의 등을 거칠게 떠밀며 나왔다. 그러자 사람들은 모이를 찾아 몰려드는 병아리처럼 우르르 밀어닥쳤다. 마가화는 머리채를 목에 칭칭 감은 채 비지땀을 줄줄 흘리면서 경계선 안으로 막무가내로 몰려드는 그들을 향해 채찍을 마구 휘둘렀다. 전문경이 고개를 돌려 차명을 바라본 다음 웃으면서 말했다.

"오늘이 공교롭게도 돼지가 목욕한다는 욕저절浴猪節이더군. 날짜를 잘못 잡은 것 같소. 내가 그만 깜빡했소."

전문경이 말을 마치고는 순무아문 깃발이 내걸린 깃대 밑으로 걸어갔다. 동시에 위엄 있는 목소리로 명령했다.

"각공과 정자를 이쪽으로 끌고 오너라!"

"예!"

"나머지 죄수들은 사형을 집행할 수 있도록 철제 난간 앞에 가둬두고!"

"예!"

전문경은 눈에 힘을 주고 천천히 좌중을 둘러봤다. 좌중의 사람들은 숨을 죽인 채 그의 입이 떨어지기를 기다렸다. 이 무서운 순무가 공개처형을 앞두고 분명히 일장 연설을 늘어놓을 것이라고 생각한 듯했다. 그러나 곧 입을 연 전문경의 '연설'은 짤막하기 이를 데 없었다.

"형을 집행하라!"

전문경의 명령이 떨어지기 무섭게 바위가 쪼개지고 하늘이 무너져 내릴 것 같은 요란한 대포소리가 다시 쿵! 쿵! 쿵! 하고 세 번 울렸다. 곧이어 검은 옷에 붉은 허리띠를 질끈 동여 맨 20여 명의 망나니들이 작두칼을 치켜들었다. 그리고는 대단히 숙련되고 날렵한 동작으로 눈 깜짝할 사이에 장작 패듯 죄수들의 머리를 내리쳤다. 순간 28개의 인두人頭가 여기저기에서 나뒹굴었다. 동시에 마치 물총에서 물이 뿜어져 나오듯 붉은 선지피가 사방으로 흩어졌다. 돌사자가 서 있던 아문 입구는 굵은 핏줄기가 튀어 온통 피범벅이 되었다. 핏물은 삼복의 맹렬한 햇빛 아래 더욱 붉게 흘러내리며 보는 이들을 오싹하게 만들었다.

중과 비구니들의 목은 불과 몇 분 전까지만 해도 그들의 몸을 무겁게 짓누르고 있었으나 그야말로 눈 깜짝할 사이에 날아가 버리고 말았다. 호기항은 얼사아문에 있으면서 그런 장면은 익숙해질 만큼 많이 봐왔다. 그러나 한꺼번에 그렇게 많은 사람의 목이 날아가는 장면을 목도한 것은 처음이었다. 그는 그렇게 끔찍한 사형을 집행하고도 대수롭지 않은 표정을 짓고 있는 전문경을 힐끗 곁눈질하면서 연신 숨을 들이마실 수밖에 없었다.

"이제 이 한 쌍의 음탕한 남녀를 장작더미에 끌어 올려라! 내가 직접 불을 지펴 극락세계로 보내줄 것이니!"

전문경이 각공과 정자를 가리키면서 지시했다. 두 사람은 그런 전문경의 위세에 질린 듯 마치 장대비를 맞은 진흙인형처럼 와르르 무너져 내렸다. 속으로는 이미 죽어버린 듯 꼼짝도 못했다. 아역들 역시 여태까지 그런 일은 한 번도 해보지 못했기에 한참 동안 진땀을 빼고서야 겨우 둘을 장작더미 위로 끌어올릴 수 있었다. 전문경이 눈동자가 풀려 병든 수탉처럼 비실대는 호기항과 차명을 뒤돌아보고는 웃으면서 말했다.

"갑자기 전에 읽었던 시 한 구절이 생각나오. '선비가 입만 살아 나불거린다고 비웃지 마라. 피비린내를 풍기려고 하면 당해낼 사람이 없거늘!'이라는 구절 말이오. 연 대장군은 변방의 안정을 위해 한꺼번에 십만 명을 처단했소. 그런데 한 개 성省의 부모관父母官이라는 소명을 받은 나 전문경이 짐승 같은 놈들 몇몇도 처치하지 못한다면 어디 연 대장군 앞에서 고개나 들 수 있겠소?"

그는 말을 마치자마자 횃불을 받아들고 소매를 홱 걷어 올리더니 거침없이 장작더미로 다가갔다.

구경꾼들은 개미떼처럼 몰려와 있었다. 수만 명은 족히 될 것 같았다. 나무 위에 올라가 내려다보는 사람이 있는가 하면 남의 집 지붕 위까지 기어 올라간 사람들도 있었으니 구경하는 방법도 가지가지라고 할 수 있었다. 그러나 대부분의 사람들은 잔뜩 숨을 죽인 채 저마다 모골이 송연한 표정으로 긴장한 채 현장을 지켜보고 있었다.

간혹 무서워서 우는 아이들의 울음소리가 들려왔다. 장작더미 위에서는 각공과 정자가 완전히 혼수상태에 빠져 쓰러져 있었다. 전문경은 횃불을 치켜들고는 그 둘을 손가락으로 가리키면서 설법을 하듯 조용히 중얼거렸다.

"죄 많은 인생 종지부 찍는 두 사람의 서행길, 현세에 지은 죄는 이로써 갚았네. 혹 내세에 또 죄를 짓거든 이 문경은 만나지 않도록 조심하게. 죄가 깊은 사악한 몸이기는 하나 이렇게 불태우면 깨끗해질 것이네. 부디 잘 가시게."

전문경은 말을 마치기 무섭게 장작더미를 향해 횃불을 내던졌다. 기름을 얼마나 뿌려놨는지 바싹 마른 장작은 삽시간에 시뻘건 불기둥을 만들어냈다. 주위는 작열하는 태양 아래 장작 타는 소리만 숨막히게 들릴 뿐 조용했다. 각공과 정자는 불길이 몸을 할퀴기 시작하자 그제야 목숨이 붙어 있음을 증명해 보이기라도 하듯 격렬하게 몸을 뒤틀었다. 그러나 성난 화마火魔는 탐욕스런 혀를 날름대면서 두 사람을 순식간에 삼켜버렸다. 사람들의 눈에는 거대한 불기둥만 보일 뿐이었다.

전문경은 장작이 다 타고 나지막한 숯더미로 변해 내려앉을 때까지 현장을 지켰다. 그가 아문으로 돌아온 것은 연기마저 완전히 끊어지고 구경꾼들이 하나둘씩 자리를 뜰 때였다. 관리들은 악랄한 일면을 유감없이 과시한 신임 순무가 모습을 드러내자 일제히 무릎을 꿇었다. 전문경이 미소를 지으면서 말했다.

"다들 일어나시오! 아직 일이 끝난 게 아니오!"

전문경은 자신의 공좌公座로 돌아와 앉자마자 호기항과 차명을 불러 자리에 앉게 했다. 그리고는 먼저 호기항에게 물었다.

"호 대인, 내게 잡혀 있는 얼사아문의 아역들은 어떻게 처리하는 것이 좋겠소?"

"중승께서 결정하는 대로 따르겠소. 사건이 우리 아문에까지 연루된 이상 나는 이 사건에 관여하지 않는 것이 원칙일 것 같소."

호기항이 상체를 공손히 숙인 채 말했다. 기가 많이 죽은 모습이었다. 그러나 차명은 전문경이 이제 곧 조야朝野의 도마 위에 오를 것이라는 판단을 했는지 차갑게 말했다. 그는 오히려 전문경이 일을 더 크게 벌이기를 내심 바랐다.

"잊지 마오, 호 대인. 이번 사건에는 순무아문의 막료들도 개입돼 있소. 그대 말대로라면 중승 대인도 이 사건에 관여하지 말아야 마땅하겠군요?"

전문경은 차명의 말을 듣고는 문득 뭔가 떠오른 모양이었다. 그가 한쪽에 물러나 앉아 있는 막료 필진원을 향해 물었다.

"필 대인, 보아하니 그대는 더러운 흙 속에서 나왔어도 깨끗함을 잃지 않는 연꽃 같네그려. 내 말이 맞는가?"

필진원이 쓸쓸한 웃음을 지어보인 채 대답했다.

"솔직히 저도 연꽃의 깨끗함에는 비교조차 할 수 없는 부족한 사람입니다. 세상에는 털어서 먼지 안 나는 사람이 없다고 하지 않습니까. 다만 우리 가문에는 대대로 내려오는 철칙이 있을 뿐입니다."

"오, 그게 뭐지?"

"역모 사건과 인명 살상 사건, 혈육간에 싸우는 사건 등 최소한 이 세 가지 사건을 처리할 때는 검은 돈을 챙기지 않는다는 겁니다. 이 세 가지 사건에서 돈을 챙겼다가는 들통 나기가 쉽습니다. 뿐만 아니라 상대방에게 불구대천의 원수라는 저주를 두고두고 받을 수 있습니다. 자손들에게까지 그 화가 미칠 가능성도 높습니다. 그래서 절대로 돈을 챙기지 않습니다. 명나라 홍무제洪武帝 때부터 지금까지 거의 삼백 년 동안 우리 필씨 가문에서는 수많은 막료들을 배출했습니다. 그러나 누구 하나 검은 돈을 챙긴 일로 도마 위에 오른 적이 없었습니다. 저 역시 이번 사건에서 시종일관 태연할 수 있었던 것은 마음속에 한 점의 부끄러움도 없기 때문이었습니다."

전문경은 필진원의 말이 전혀 거짓이 없는 사실임을 알 수 있었다. 아무리 배짱이 두둑한 사람일지라도 양심이 있는 한 그처럼 당당해질 수가 없기 때문이었다. 그는 적이 감동을 받았다.

"나부터라도 털면 분명히 먼지는 날 거야. 좋아, 얼사아문의 아역들에게는 달리 죄를 묻지 않겠어. 다만 큰 교훈으로 삼았으면 해. 필 대인, 내 그대를 크게 쓰고 싶어. 연 삼천 냥까지 녹봉을 올려줄 테니 우리 하남성을 한번 멋지게 바꿔보도록 해. 단 하나 부탁하고 싶은 것이 있어. 나에게는 다른 누구와도 비할 수 없이 큰 은인이 한 사람 있어. 바로 오 선생이지. 그러니 절대 오 선생과는 녹봉이든 일이든 비교하지 말았으면 해. 나는 돈에도 벼슬에도 욕심이 없는 사람이야. 그저 청렴한 관리, 칭송받는 관리로 후세에 길이 남고 싶을 뿐이지. 이런 나를 묵묵히 밀어줄 자신이 있으면 우리는 끝까지 가는 거야. 그렇지 않으면 일찌감치 다른 주인을 찾아 떠나도 좋아."

그렇게 조용히 말하고 난 전문경이 다시 갑자기 언성을 높였다. 목소리에는 잔뜩 위엄이 묻어났다.

"이번 사건에서 얼사아문의 아역들은 권력을 남용했다. 사사롭게 그 저의가 의심스러운 행동을 보였다. 우리 순무아문의 오봉각, 장운정, 요첩 역시 혼란을 틈 타 어부지리를 챙기려는 몰지각한 행실을 보였다. 이는 자명한 사실이다. 실로 가증스럽기 그지없다. 여봐라!"

"예!"

"저들 막료들과 얼사아문의 아역들을 방금 공개 처형이 있었던 철제 난간 앞으로 끌고 가라. 그리고 족쇄를 채운 채 사흘 동안 무릎 꿇고 있게 하라. 그런 다음 오봉각 등 막료들의 장물을 토해내게 한 다음 원적原籍으로 추방하라!"

"예!"

순무아문의 아역들이 대답과 함께 분주하게 움직였다. 호기항과 차명은 그냥 있기도 민망해 뭔가를 물으려 했다. 그러나 전문경은 손사래를 치면서 찻잔을 집어 들었다. 피곤하니 그만 물러가라는 뜻이었다. 두 사람은 할 말이 남아 있었으나 자리를 뜰 수밖에 없었다.

45장

간신 제거 특명

장정옥이 전문경으로부터 조류씨 사건에 대한 최종 판결 결과를 전달받았을 때는 음력 6월 하순이었다. 그는 이에 앞서 호기항과 차명이 자신들의 불찰을 인정하면서 죄를 물어달라고 청원하는 상주문을 받았다. 거기에는 전문경의 전횡과 발호, 그리고 안하무인의 태도를 탄핵하는 내용도 담겨 있었다. 둘은 그 상주문에서 전문경이 비적의 잔인함을 능가하는 인간이라고 헐뜯었다.

또 하남성의 관리들은 전 중승이 관신일체납량 제도를 시행하려 한다는 말에 자다가도 벌떡벌떡 일어난다고 주장했다. 그뿐만이 아니었다. 둘은 일부 사람들은 전 중승의 '전'田자만 들어도 도리질을 칠 정도로 싫어한다고 허풍을 친 것도 모자라 땅을 가진 지주들이 장원莊園을 팔아버리고 장사에 투신한다고도 덧붙였다. 다시 말해 당장 내년의 식량 공급이 문제라고 고자질을 하는 것이었다. 그럼에도 장정옥은 둘의 상주문을 옹정에게 올려 보내지 않았다. 그렇게 결정한 데에는 다 이유가 있었다. 자신을 험담하는 상주문에 대한 전문경의 해명을 듣고 싶었기 때문이다.

그러나 전문경이 올린 상주문에는 조류씨 사건에 대한 전말만 잔뜩 적혀 있을 뿐이었다. 자신이 비형非刑으로 죄수들을 처형한 것에 대해서는 "이와 같이 섬뜩하게 하지 않으면 간인奸人들의 퇴폐적인 풍조를 막을 길이 없습니다. 또 이처럼 간담을 서늘하게 하지 않으면 겁을 모르고 설쳐대는 악당들의 기를 꺾어버릴 수 없습니다. 결과적으로 백성들을 자식처럼 아끼라는 폐하의 뜻에 부응할 수 없습니다"라면서 나름의 이유를 달았다. 하지만 장정옥이 궁금해하는 관신일체 납량 제도 등의 시행과 조류씨 사건 처리 결과에 대한 관가의 반응에 대해서는 일언반구도 언급하지 않았다.

장정옥은 전문경이 자신의 문하인만큼 말 한 마디에도 상당히 조심스러운 입장이었다. 결국 곰곰이 생각한 끝에 세 사람의 상주문 원본과 자신이 정리하고 의견을 첨부한 요약본을 함께 챙겨들고 옹정을 배알해야겠다는 결론을 내렸다. 이어 바로 양심전으로 향했다. 하루에도 몇 번씩이나 양심전을 들어가고 나오는 만큼 따로 뵙기를 요청하지 않고 수화문으로 곧장 들어갔다. 장오가가 붉은 돌계단에서 당직을 서고 있었다.

"폐하께서는 아직 주장奏章을 읽어 보고 계신가? 아침 수라상은 올렸고?"

"중당 대인! 방금 방 선생께서 오셔서 열셋째마마의 건강이 많이 호전됐다고 전하셨습니다. 폐하께서는 지금 대단히 흡족해하고 계십니다. 지금은 아침 수라상을 물리시고 방 선생과 함께 봉천에서 온 도리침 대인과 대화를 나누고 계십니다."

장오가 웃음 띤 얼굴로 대답했다. 장정옥은 그의 말을 듣고는 도리침이 옹정의 부름을 받고 종실宗室의 내무內務를 해결하기 위해 봉천에서 북경으로 왔다는 사실을 알 수 있었다. 그렇다면 그는 반드시 열일곱째 황자 윤례와 열넷째 황자 윤제를 만나봤을 것이다. 장정옥은 순간 황제와 그 형제들 간의 뻔한 암투에 끼어들어서는 안 되겠다는 판단을 내렸다. 굳이 지금 들어가지 않겠다는 생각으로 조용히 말했다.

"나는 급한 일이 아니야. 조금 있다 폐하께서 혼자 계실 때 자네가 태감을 상서방으로 보내 나를 불러주게."

그러나 공교롭게도 옹정은 동난각에서 장정옥의 말을 듣고는 창문 너머로 그를 불렀다.

"장오가, 형신이 왔나? 들어오도록 하게."

장정옥은 할 수 없이 동난각으로 들어갔다. 옹정은 난각의 온돌에 좌정한 채 평상시와 다름없이 간편한 복장을 하고 있었다. 이발한 지 얼마 되지 않은 듯 밀어버린 앞머리가 푸르스름하게 반질거렸다. 또 생사生絲 영관纓冠이 달린 관모는 책상 위에 똑바로 놓여 있었다. 그 옆에서는 방포가 늙은 쥐의 수염을 방불케 하는 콧수염을 들썩이면서 꽃무늬 방석에 비스듬히 앉아 있었다. 문제의 도리침은 손을 앞으로 모아 쥔 채 남쪽에 시립하고 있었다.

장정옥은 대례를 올리면서 슬쩍 곁눈질을 했다. 그러자 난각 밖에 무릎을 꿇고 있는 5품 관리 한 명이 눈에 들어왔다. 그리 낯선 얼굴은 아니나 금방 이름이 떠오르지 않는 인물이었다. 장정옥이 곧 조심스레 아뢰었다.

"열셋째마마께서 쾌차하시어 폐하께서 기분이 좋으시다고 하니 신도 덩달아 날아갈 것 같사옵니다."

"모처럼 기분이 좋아지려고 하기는 했지. 그런데 이런 작자가 나타나서는 짐을 불쾌하게 만들고 있다네."

옹정이 퉁명스럽게 말했다. 이어 예의 5품 관리를 향해 무표정한 얼굴을 한 채 다시 입을 열었다.

"바로 이 사람이지. 짐이 기분 좋아 보이는 틈을 타 뵙기를 청해 자기 모친에게 정표旌表(미덕을 칭송하고 세상에 알림)를 내려주십사 하고 생떼를 쓰고 있지 않는가. 그러나 짐이 어찌 국가의 예전禮典을 가지고 마음 내키는 대로 선심을 쓸 수가 있겠나? 그 당시 자네를 대만臺灣 지부로 위촉하면서 짐이 뭐라고 했던가? 자네가 대만의 식량을 자급자족시키는 데 성공하면 짐이 자네 모친에게 더욱 큰 은혜를 베풀어 상을 내릴 것이라고 약조했지 않았던가? 그런데 자네는 짐과의 약속을 다 지켰다고 생각하나?"

장정옥은 옹정의 말을 듣고서야 비로소 눈앞의 그 5품 관리가 바로 며칠 전 술직차 북경에 들어온 대만 지부 황립본이라는 것을 알 수 있었다. 옹정의 말에 황립본이 연신 머리를 조아렸다.

"신은 결코 억지를 쓰며 상을 하사받으려 하는 것은 아니옵니다. 대만에서는 올해 복건성 번고로부터 쌀을 한 톨도 지원받지 않았사옵니다. 믿어지지 않으시오면……."

"혼자만 똑똑한 척하고 있군."

옹정이 단호하게 황립본의 말허리를 중간에서 잘라버렸다. 이어 그를 질책했다.

"지금 우리 조정은 해금海禁(해상 교역 금지)정책을 실시하고 있어. 그런데 자네는 감히 대륙의 약재를 가지고 홍모국紅毛國(네덜란드)과 몰래 해상 교역을 해왔네. 그 교역을 통해 돈을 벌어 복건성 장주漳州 지역에서 쌀을 구입해 들였어. 물론 그로 인해 별다른 부작용이 생긴 것은 아니야. 그래서 짐은 자네의 죄를 묻지 않았네. 대만의 살림도 그만하면 괜찮게 한 것 같고. 하지만 자네가 짐이 실정을 모른다고 생각하고 그런 식으로 위선적인 효를 표방해 명예를 낚으려고 하는 것은 곤란해. 자네가 그런 마음가짐으로 주군을 대한다면 언젠가는 그 머리도 보존하기 힘들 것이네. 자칫하면 자네가 그렇게도 효도하려는 노모에게 누가 될지도 모르는 일이고!"

"정말 지당하신 말씀이옵니다."

"물러가게. 가서 짐의 말을 곰곰이 되새겨 보도록 하게."

옹정의 싸늘한 일갈에는 위엄이 서려 있었다. 그러나 옹정은 정작 황립본이 물러가려 하자 다시 불러 세웠다. 이어 한결 부드러워진 목소리로 덧붙였다.

"농업 중시 정책과 상업 중시 정책은 완전히 달라. 군자와 소인의 분야만큼 말이야. 돌아가서 반드시 농민들을 격려해 황무지를 많이 개척하도록 하게. 자네가 그래도 청렴한 편인 데다 올해 대만의 세수가 확실히 증가한 점을 감안해 짐은 복건성 순무의 요청을 들어주기로 했네. 자네의 직급을 두 등급 올려 주십사 하는 요청을 말이야. 짐은 잘잘못을 엄격히 가려내 그에 상응한 대접을 해준다는 것을 잊지 말게. 그만 물러가게."

황립본이 드디어 물러갔다. 장정옥은 그제야 황급히 하남성의 삼사三司에서 제각기 올려 보낸 주장과 요약본을 두 손으로 받들어 올렸다.

"전문경의 상주문을 기다리느라 며칠 늦었사옵니다. 폐하의 어람을 청하옵니다. 조류씨 사건을 매듭짓기 전에 한 말씀 올리겠사옵니다. 호기항을 사천성 순무, 차명을 호광 포정사로 발령하기로 하셨사온데, 이부에 표를 내리라고 해야 할는지 모르겠사옵니다."

옹정이 장정옥의 말에는 대꾸도 하지 않은 채 주장을 번갈아가면서 훑어봤다. 이어 고개도 들지 않고 도리침에게 물었다.

"도리침, 자네 올해 서른 살 넘었는가?"

"예, 폐하! 신은 올해 나이 서른 하고도 둘이옵니다."

"정실부인을 들였는가?"

"들였었사옵니다만 작년에 열병을 앓아 세상을 하직했사옵니다."

"음."

옹정이 주장을 내려놓으면서 방포를 바라봤다. 이어 다시 도리침에게 고개를 돌린 채 입을 열었다.

"짐이 자네한테 중매를 하려고 하네. 이 일은 짐이 오랫동안 가슴 속에 품고 유심히 살펴왔어. 아무래도 내가 소개하려는 여식의 배필로는 자네가 적임자인 것 같아. 짐이 방 선생에게 자네 둘의 사주팔자를 보라고 했지. 그랬더니 아주 찰떡궁합이라고 하더군. 어떤가, 새장가 들어볼 생각이 없나?"

도리침이 옹정의 말에 황급히 무릎을 꿇은 채 머리를 조아렸다.

"폐하께서 내리시는 것이라면 그 무엇인들 마다하겠사옵니까? 하오나 세상을 떠난 여편네의 시골 尸骨이 아직 흙이 되기도 전에 다른 여인을 만난다는 것은 솔직히 마음에 썩 내키지는 않사옵니다. 폐하께서 중매를 하고자 하시는 여인은 어떤 댁의 귀한 따님이시온지요?"

"짐은 바로 자네의 그런 따뜻한 마음을 높이 사는 바이네. 망자를 향한 자네의 마음 씀씀이가 그러하니 누구를 맡기든 든든하지 않겠나!"

옹정이 기분 좋은 표정을 한 채 웃었다. 이어 다시 천천히 말을 이었다.

"자네가 아무 생각 없이 흔쾌히 응했더라면 짐은 마음을 바꿨을

지도 모르네. 짐이 작년에 궁녀를 선발하려다 그만둔 사실을 들어서 알고 있나? 그 당시 어떤 여식이 짐의 마음을 움직였었지. 그 여식에게 짐은 천년가약을 맺게 해주겠노라고 장담했었지. 그런데 막상 외모도 출중하고 글에도 능한 무장武將을 물색하는 것이 그리 쉬운 일이 아니더군. 여럿을 물망에 올려놓고 요모조모 따져도 봤지. 그 결과 자네만 한 적임자가 없다는 결론이 나왔어. 그 여식도 출신이 다소 빈한한 것만 빼면 외모나 학식 모두 썩 괜찮은 아이야. 그래서 짐은 그 여식이 출신의 한계를 벗어나도록 도와주기로 했네. 종인부에 명령을 내려 짐의 의녀義女로 삼아 여섯째 공주로 부르기로 했어. 어떤가? 이만하면 괜찮은 신부 아닌가?"

장정옥은 그제야 작년에 선발돼 온 궁녀들 중 지의에 항거해 간쟁諫諍을 올렸던 복아광의 딸이라는 여자 아이를 떠올렸다. 그 당시 옹정이 결혼을 시켜줄 테니 기대해도 좋다는 식으로 말했던 기억도 났다. 그러나 그때는 농담이라고만 생각했다. 그런데 옹정은 그 바쁜 와중에도 그런 자질구레한 일을 여전히 가슴 속에 품고 있었다. 장정옥은 적이 놀라는 표정을 한 채 말했다.

"폐하께서 언급하시지 않으셨으면 신은 그 일을 이미 까마득히 잊었을 것이옵니다. 워낙 사소한 일이라 기록에도 남기지 않았사옵니다. 그런데 폐하께서 아직 그 일을 염두에 두고 계셨다니, 실로 감복해마지 않사옵니다. 복아광의 여식이 여섯째 공주 행렬에 들었으니 도리침은 부마駙馬로서 당연히 일등시위로 진급시켜야 마땅하옵니다."

"그 일은 성덕聖德에 관련된 일이야. 아무리 사소하다고 해도 그렇지, 예부의 문서에 기록으로조차 남아 있지 않을 수 있다는 말인가? 그건 예부의 실직失職이네."

그러자 방포가 한마디 거들고 나섰다.

"조정의 과실에 관한 사안일지라도 대청의 후세들에게 좋은 교훈을 남겨주기 위해서는 마땅히 기록을 남겨야 하옵니다."

옹정이 방포의 말에 웃음을 지으며 동의했다.

"그렇지! 맞는 말이야. 도리침, 자네는 그만 물러가도록 하게. 여섯째 공주는 지금쯤 종수궁에서 황후의 덕담을 듣고 있을 것이네. 자네는 오후에 황후를 배알해 문안을 올리게. 황후가 무슨 의지懿旨를 내리면 그대로 따르면 되겠네."

"예, 폐하!"

도리침이 물러가기를 기다린 옹정이 이번에는 장정옥에게 말했다.

"자, 이제 자네 얘기를 들어봐야지. 요즘 하남성에서 올라온 밀주문을 읽어보면 골치가 아파. 어찌 해서 그곳에는 좋은 사람은 하나도 없는가? 온통 매도당해 마땅한 사람들만 모여 있는 것 같아. 그렇지 않은가? 서로 못 잡아먹어 야단이니 말이야. 누군가는 분명히 짐을 기만하고 있는 것이 분명해. 그러나 하도 설왕설래가 난무해 짐도 갈피를 잡을 수 없네. 형신, 자네들은 원망을 들을 각오를 하고 진실만을 토로하기로 짐하고 약속을 하지 않았나. 말해보게. 자네 말을 들어보면 짐도 나름대로 판단이 설 테니까."

장정옥은 당초 자신의 문생인 전문경이 관련돼 있는 문제인 만큼 되도록 개입하지 않고 옹정의 지의대로만 움직이려고 결심을 한 바 있었다. 그러나 옹정이 그처럼 직설적으로 물어오자 생각을 바꿀 수밖에 없었다. 그가 잠시 망설이더니 드디어 용기를 내서 입을 열었다.

"신도 폐하와 마찬가지로 현지에서 직접 보고 들은 것은 하나도 없사옵니다. 하오나 신의 문생인 마가화가 얼마 전에 보내온 서신을 보면 어느 정도 분위기 파악은 할 수 있습니다. 하남성 관가에서 공공연히 나돌고 있는 우스갯소리를 적어 보냈으니까요. 대단히 저속해 폐하께 말씀 올리기가 망설여지오나 폐하께서 웃으시는 모습을 보는 것으로 신은 만족하겠사옵니다. 속어 내용은 이러하옵니다. '한 수레를 끄는 세 말(순무, 번사, 얼사를 의미)은 제각각 튀고, 삼사三司의 세 나팔수는 서로 제가 잘 났노라고 으스대면서 따로 노는구나. 전田, 차車, 호奚 세 명의 다리에서 내뿜는 오줌 줄기는 굵기가 저마다 다르네.' 비록 저속하기는 하옵니다만 하남성의 실정을 반영하지 않았나 싶사옵니다……."

옹정과 방포는 장정옥이 말을 끝내기도 전에 뭐라 표현하기 쉽지 않은 표정을 지은 채 번갈아보면서 웃었다. 몇몇 태감들 역시 입을 움켜쥐고 구석자리에서 키득거렸다. 옹정이 그 모습을 보고는 바로 웃음을 거두고 눈을 부릅뜬 채 고함을 질렀다.

"대신이 주사奏事하는 자리에서 체통머리 없이 뭣들 하는 거야? 어서 썩 물러가지 못할까?"

"신이 보기에 전문경은 일심으로 조정을 위해 전력을 다하고 있는 것 같사옵니다."

장정옥이 깊은 생각에 잠긴 듯 미간을 좁히면서 조심스럽게 아뢰었다. 이어 설명을 덧붙였다.

"다만 매사에 임함에 있어 폐하께 보은을 하려는 생각과 공명심이 앞서는 것 같사옵니다. 그러다 보니 지나치게 성급하게 일을 매듭지으려 했나 보옵니다. 그래서 잔혹하다는 악명도 뒤집어쓰게 된 것 같사옵니다. 그러나 그는 하루라도 빨리 하남성을 집집마다 대문을 열어놓고 잘 수 있는 곳으로 만들려고 한 것이 분명하옵니다. 길에서 다른 사람이 잃어버린 물건을 봐도 줍지 않는 그런 이상적인 곳으로 만들려고 한 것이겠죠. 아마 그래서 조류씨 사건을 판결하면서 죄인들에게 잔인한 참형을 내린 것 같사옵니다. 마가화의 말에 따르면 이번에 비형에 처해진 비구, 비구니는 당연한 죗값을 치른 것이라고 하옵니다. 다만 죄의 경중에 무관하게 모조리 목을 쳐버린 것은 다소 지나치지 않았나 여겨지기도 하옵니다."

장정옥이 말을 마치고 옹정을 바라봤다. 그러자 옆에 있던 방포가 먼저 입을 열었다.

"마가화의 말을 들어보면 죄인들 중에는 억울하게 죽은 이도 있다는 것인데, 마가화가 그 사실을 어찌 아는 것이오? 또 과연 그게 사실이라면 억울한 죽음을 당한 사람은 몇 명이나 되는 것이오?"

장정옥이 즉각 대답했다.

"백의암은 앞뜰, 뒤뜰로 나뉘어져 있다 하옵니다. 이중 앞뜰에서 수행을 하는 비구니들이 간혹 음란한 경우가 있다고 하옵니다. 그러나 살인사건에는 직접 개입하지 않았다고 하옵니다. 특히 그중 셋은 석녀石女라서, 굳이 죄를 말하면 '알면서 눈 감아준 죄'에 불과하옵니다. 그 경우 곤장 스무 대만 맞으면 충분하옵니다. 굳이 목을 칠 필요는 없었사옵니다. 이런 사실로 미루어 볼 때 전문경이 이번 사건을 처리하는 데 있어 다소 무모했던 것도 사실인 것 같사옵니다. 아마도 하루빨리 치적을 세워 폐하께 보은하고픈 마음이 앞서지 않았나 싶사옵니다. 그러나 순무로서의 위엄은 세웠을지 몰라도 인망이 두텁지 못했을 것이옵니다. 게다가 든든한 배경을 등에 업은 실력자들인 호기항과 차명이 사사건건 발목을 잡고 늘어지니 어떻게 당해낼 수 있었겠사옵니까? 독불장군이 아닌 바에야 말이옵니다. 호기항이 상주문에 장구가 부정부패를 저지르고 횡령을 했다는 증명서를 붙여 보낸 것도 전문경을 괴롭히려는 뜻이 아닌가 싶사옵니다. 신은 이 일에 대해 거듭 고민해 봤사옵니다. 전문경을 어전으로 불러 죄를 묻는다고 해도 사건의 전말을 제대로 밝혀낼 수 없지 않을까 싶사옵니다. 죽은 자는 말이 없으니 말이옵니다. 또 속 시원하게 밝힌다고 해도 조정에 별로 득이 될 것은 없을 것 같사옵니다. 아무래도 폐하께서 먼저 지의를 내리셨듯 호기항과 차명 두 사람을 하남성에서 떼어내는 것이 상책일 듯하옵니다. 다른 곳으로 보내는 것이 좋겠사옵니다."

옹정은 장정옥의 말을 귀 기울여 들으면서 형형한 눈빛을 창 밖에 둔 채 깊은 사색에 잠겼다. 그러다 한참 후 비로소 고개를 돌려 방포를 향해 물었다.

"방 선생, 그대 생각은 어떠한가?"

방포도 궁전 밖을 바라보고 있었다. 언제 먹장구름이 몰려오기 시작했는지 창밖의 반쪽 하늘은 벌써 시퍼렇게 부어 있었다. 붉은 궁벽 위의 가느다란 풀이 바쁘게 흔들렸다. 입추가 아직 지나지 않았으나 북쪽에서 불어오는 바람은 더 이상 한여름의 숨 막히는 열기를 품고 있지는 않은 듯했다. 방포가 옹정의 질문에 한참 생각하는 것 같더니 바로 입을 열었다.

"차명은 염친왕의 사람이옵니다. 호기항은 연갱요의 문하이옵고요. 반면 전문경은 조정의 일꾼이옵니다. 하남성이라는 호수가 거울처럼 훤히 들여다보이옵니다. 오사도가 지난번 북경에 왔을 때 소신과 밤을 새워가면서 긴 얘기를 주고받은 적이 있사옵니다. 그때 많은 것을 느끼고 얻었사옵니다. 무좀 같은 질환은 우려할 바가 아니나 마음속 깊은 병은 절대 남겨 둬서는 아니 되옵니다……."

장정옥은 방포의 말뜻을 조용히 음미해 보았다. 그렇다면 과연 무좀 같은 존재는 누구인가? 마음속 깊은 병은 또 누구를 뜻하는 것일까? 궁금하지 않을 수 없었다. 하지만 그는 재상이었다. 방포처럼 자유롭게 옹정과 흉금을 다 터놓고 대화를 할 수 없는 입장에 있었다. 재상인 그의 입장에서는 무엇보다 공명정대하게 조정의 국면을 바로잡고 황제로 하여금 법리로 천하를 다스리도록 보좌하는 것이 최우선의 임무였다. 그러나 그는 방포의 말뜻에서 윤사와 연갱요가 황제의 금기를 범하는 정도가 이미 위험 수위를 넘어서고 있다는 사실을 느낄 수 있었다. 더불어 그런 흐름에 맞춰 '음양을 조율'할 수밖에 없다는 생각도 했다. 그가 곧 아뢰었다.

"신의 어리석은 생각으로는 차명을 호광 포정사로 발령을 내는 것은 그런대로 괜찮은 것 같사옵니다. 그러나 호기항을 갑자기 목마를 태우는 식으로 사천 순무 자리에 앉히는 것은 아무래도 적당하지 않사옵니다. 양명시의 운남 포정사 자리가 비어 있으니 호기항을 그쪽으로 보내는 것이 더 낫지 않을까 싶사옵니다. 그리고 사천 순무는 잠시 사천 포정사가 대리하도록 하는 것이 어떨까 하옵니다."

"그렇게 하지. 그러나 사천 순무는 악종기가 겸하도록 하는 것이 좋겠네. 호기항은 이부로 가서 인수인계를 마치고 운남성으로 가게 하게. 형신, 자네는 전문경에 대한 포상 지의를 작성하도록 하게. 여태 잘해왔고 짐은 대단히 만족한다고 쓰게. 지금껏 해왔던 것처럼 과감히 밀고 나가라는 뜻도 전하게. 또 이 두 마디를 강조하게. 음, '수년 동안 풀지 못했던 거대한 사건을 속 시원히 풀었다. 하남성 하늘에 지지리도 무겁게 드리워 있던 먹장구름을 걷어내 이치 쇄신을 갈구하는 백성들의 한을 풀어줬다'고 말이네. 또 지금은 관용을 베풀지 않아 우환이 끓는 것이 아니라 전문경 같은 무서운 호랑이가 없는 게 탈이야. 그러니 소매를 더 걷어붙여도 괜찮다고 용기를 북돋아 주도록 하게."

옹정이 희고 가지런한 윗니로 입술을 꼭 깨물며 말했다.

"알겠사옵니다, 폐하!"

장정옥이 대답과 함께 서둘러 물러가려고 했다. 그러자 옹정이 다시 불러 세우더니 웃으면서 덧붙였다.

"군무도 아닌데 뭘 그리 서두르나? 방 선생과 짐과 함께 조선¹禮膳을 같이 하고 일하러 가도 늦지 않네."

옹정은 말을 끝내고서는 바로 수라상을 들여오라는 명령을 내렸다. 장정옥과 방포는 못내 부담스러웠으나 어쩔 수 없이 대답과 함께 고마움을 표했다. 곧 어선방의 태감들이 접시를 하나 둘씩 들고 나왔다. 그리고는 정교한 선탁膳卓에 정성껏 배열해 놓았다. 음식은 푸짐했다. 제비집과 닭고기찜, 오리구이, 노루고기볶음, 거위찜, 사슴꼬리탕 등 이루 말하기 어려울 정도로 많았다. 네 개의 은 접시에는 야채도 조금씩 올라와 있었다. 여러 가지 떡과 만두를 비롯한 궁중 다과 역시 빠지지 않았다. 젓가락을 어디다 두어야 할지 모를 지경이었다. 옹정이 그 사이 옷을 갈아입고 중간에 자리하면서 말했다.

"자네들은 짐의 옆에 편히 앉아 마음껏 들게. 알고 있겠지만 짐은 평소에 이렇게 푸짐하게 먹는 경우가 거의 없다네. 오늘은 자네 두 사람에게 푸짐한 어선을 한번 먹여보고 싶어서 특별히 준비한 거야. 자네들이 체면 차리고 먹지 않으면 짐이 준비한 것이 의미가 없어져 버리고 만다고. 짐은 원래 기름기를 싫어하니 짐에게는 신경을 쓰지 말게."

옹정은 먼저 젓가락을 들었으나 음식에는 그다지 손을 대지 않았다. 때문에 방포와 장정옥 역시 제대로 먹지를 못했다. 더구나 둘은 옹정과 마찬가지로 평소에도 "음식 먹을 때는 말을 하지 않는다"는 원칙을 내세워 음식상을 앞에 두고는 좀체 말을 하지 않는 사람들이었으므로 대단히 엄숙한 분위기 속에서 식사를 계속 했다.

창밖은 점점 더 흐려져 찬 기운을 듬뿍 머금은 바람이 불어 닥쳤다. 바깥의 병풍 앞에서는 먼지가 소용돌이치면서 달팽이처럼 팽그르르 도는가 싶더니 궁벽 쪽으로 사라지고는 했다. 두 사람은 뭔지 모를 불안감이 교차되는 느낌을 받으면서 옹정의 눈치를 살폈다. 젓가락을 들었다 놓았다 하느라 음식 맛을 제대로 느낄 수가 없었다. 둘은 진수성찬을 앞에 두고 이토록 힘겨운 일이 벌어지리라고는 생각조차 못했으나 어쨌거나 현실은 그랬다. 드디어 옹정이 수저를 내려놓았다. 두 사람은 기다렸다는 듯 일어나 어선을 내려주신 것에 감사드린다는 인사를 올렸다. 그러나 옹정은 아무 말 없이 잔뜩 찌푸린 창 밖에만 멍하니 시선을 두고 있었다. 심사가 복잡한 듯했다.

그가 한참 후에야 비로소 숨을 길게 몰아쉬면서 명령을 내렸다.

"모든 태감, 궁인들은 물러가라!"

고무용이 즉각 대답을 하더니 양심전에 있는 모든 태감과 궁녀들을 데리고 조용히 물러갔다. 장정옥과 방포는 옹정이 뭔가 중요한 밀유를 내릴 것 같은 느낌이 들어 약속이나 한 듯 서로를 마주봤다. 그러나 옹정은 더 이상 말이 없었다. 궁금하기 그지없었으나 물어볼 수도 없었다. 숨 막히는 침묵이 흘렀다. 그러기를 얼마나 했을까, 옹정이 드디어 입을 열었다.

"형신, 짐은 선제보다 까다로워 비위 맞추기가 여간 어렵지 않다는 말이 밖에서 나돈다고 하더군. 그게 사실인가? 바깥 형세는 방 선생보다 자네가 더 잘 알 테니 아는 대로 말해보게."

"그런 얘기가 있사옵니다."

장정옥은 느닷없는 옹정의 질문에 가슴이 쿵! 내려앉는 느낌을 받았다. 그러나 옹정의 말이 관가에서는 더 이상 비밀이 아닌 사실이었으므로 속이고 감추고 할 수도 없었다. 그가 상체를 깊이 숙인 채 아뢰었다.

"폐하께서는 지엄하시고 강직하신 인상을 많이 보이셨사옵니다. 그래서 선제와는 다르다는 인상을 주게 된 것 같사옵니다. 관가의 생리라는 것은 원래 윗사람의 성격을 요모조모 잘 따집니다. 그에 맞춰아부를 떨기 위해 눈치를 보는 감각이 더 예민해지는 것 같사옵니다. 그러나 폐하께서는 빈틈을 허용하지 않으시옵니다. 당연히 이런저런소문이 나도는 것 같사옵니다."

옹정은 조금 창백해 보이는 낯빛을 한 채 머리를 저었다.

"짐에 대한 소문이나 말은 그것 뿐만은 아닌 것 같네. '강도 황제'라느니 '압수수색 황제'라느니 하는 말도 있잖아. 또 '타부제빈打富濟貧 황제' 뭐 그런 말도 있고. 수도 없이 많은 것 같은데, 사실인가?"

장정옥은 옹정의 말에 즉답을 하기가 어려웠다. 그저 마른침을 꿀꺽 삼킨 채 몸만 숙이면서 대답을 하지 못했다. 감히 옹정이 입에 올린 말을 반복할 수 없었던 것이다. 말하자면 묵인이었다. 그러자 방포가 두 눈에 은근한 빛을 보이면서 나섰다.

"신이 알기로는 방금 말씀하신 그런 말이 나도는 것도 사실이옵니다. 하오나 성은에 감격해마지 않는 신하들도 대단히 많사옵니다. 여론이 일치하지 않는 것도 세상의 이치이오니 폐하께서는 그 점 유의하여 주시옵소서. 신은 진심으로 그렇게 생각하옵니다."

옹정이 방포의 말에 얼굴에 자조 섞인 미소를 띤 채 말했다.

"짐은 마음이 상해서 이러는 것이 아니야. 짐을 미워하는 사람은 세 부류인 것으로 알고 있네. 지엄무상한 황제의 자리를 노렸다가 짐에게 빼앗긴 자, 짐이 인정사정 보지 않고 재산을 몰수해 거리로 내쫓아버린 탐관오리들, 지역 실력자임을 내세워 거들먹거리면서 행세를 하던 자! 바로 그런 자들이야. 당연히 짐을 향해 이를 갈고 있지 않겠나? 그러나 정옥, 자네는 기억하고 있을 거야. 선제께서 붕어하실 당시 우리 대청의 국고에 은이 얼마나 있었는지 말이야."

"예, 폐하! 당시 국고에는 칠백만 냥이 고작이었사옵니다."

"지금은 어떤가?"

"오천만 냥이 비축돼 있사옵니다."

옹정이 천천히 자리에서 일어나면서 말을 이었다.

"이 오천만 냥은 결코 백성들의 등골을 뽑아서 모은 것이 아니네. 그동안 탐관오리들이 먹은 것을 게워내게 해서 전부 국고에 넣었을 뿐이지. 그리고 짐은 궁궐을 보수하거나 금원禁苑을 짓기 위해 따로 숨겨둔 돈 같은 건 한 푼도 없네. 짐이 스스로의 양심에 한 치의 가책도 없는 한 짐은 자신할 수 있네. 짐을 비난하고 짐에게 등을 돌리는 사람은 누가 뭐래도 소수에 불과할 것이라고 말이야. 물론 짐은 스스로 옳다고 판단하면 모든 이들이 등을 돌린다고 해도 겁나지 않아!"

잠깐 침묵이 흘렀다. 옹정의 발자국 소리만 도금된 바닥에서 절도 있게 울려 퍼질 뿐이었다. 한참 후 그가 다시 천천히 입을 열었다.

"오천만 냥……, 이 액수를 유지한다면 짐은 무슨 일이든 할 수 있어. 황하의 수로 정비를 비롯한 사업도 할 수 있고, 재난을 구제할 수도 있지. 전쟁에 대비할 수도 있고……. 나 애신각라 윤진은 이만하면 하늘에 계신 조상들과 온 천하의 억만 백성들에게 적어도 손가락질은 받지 않을 것이네."

옹정이 고개를 들어 궁전 천장의 조정藻井(아름다운 문양과 조각 및 그림으로 장식한 중국 전통 건축물의 천장)을 바라보면서 속에서 불붙고 있는 화염을 토해내듯 말했다. 장정옥이 그 화염에 같이 휩싸인 듯 온몸이 후끈 달아오르며 무겁게 입을 열었다.

"폐하……!"

"짐이 하고자 하는 일이 용두사미가 되는 경우는 절대 없을 거네. 종실宗室의 내친內親이든 조정의 귀족, 고위 관리이든 짐에게 걸림돌이 되는 자는 그 누구를 막론하고 가차 없이 제거해버릴 거야. 짐은 결단을 내렸어. 연갱요, 짐의 앞길을 막고 있는 이 대못을 뽑아버리기로 했다고!"

옹정의 눈빛에서는 마침내 시퍼런 독기까지 뿜어져 나오고 있었다. 순간 장정옥은 천길 벼랑에서 떨어져 내리는 것 같은 기분을 느꼈다. 그러나 곧 가까스로 정신을 추스른 다음 심각한 표정을 한 채 말했다.

"연갱요가 자신의 공로를 내세워 오만방자하게 굴고 정무를 방해한 것은 모두가 아는 바이옵니다. 하오나 폐하께서는 이제 막 그에게 작위를 내리고 직위를 올려줬사옵니다. 그렇듯 연갱요는 드높은 성총을 한 몸에 받고 돌아갔사옵니다. 지금은 뜨거운 감자라고 해도 좋사옵니다. 그런데 갑자기 죄를 묻는다면 연갱요도 불복할 뿐만 아니라 사람들도 의아해할 것이옵니다. 또 앙심을 품고 호시탐탐 기회를 노리고 있는 소인배들에게 조정을 혼란에 빠뜨리게 하는 명분도 줄 수 있사옵니다. 폐하께서는 다시 한 번 생각해주시옵소서."

장정옥이 잠깐 말을 멈췄다. 이어 뭔가를 생각하는 것 같더니 다시 입을 열었다.

"이 감자가 식을 때까지 몇 년 동안 기다리는 것이 좋겠사옵니다. 그러면 신이 직위는 올리면서 권력은 차츰 줄이는 방법을 고안해 그의 병권을 박탈하겠사옵니다. 그렇게 천천히 목을 죄어가는 것이 훨씬 안전하고 승산이 있사옵니다."

방포가 장정옥의 말을 듣자마자 한숨을 내쉬었다. 그러면서 천천히 입을 열었다.

"형신, 솔직히 폐하께서는 이렇게 마음을 굳히시기 전에 나와 오사도 선생의 의견을 먼저 물어오셨소. 우리는 조정의 한가운데 서 있는 그대처럼 그다지 책임감 있는 조언은 못해 드렸소. 그저 참작이나 해주십사 하고 말씀을 드렸을 뿐이오. 우리 생각이 짧았는지도 모르오. 그러나 연갱요의 오만한 전횡과 발호의 움직임을 보면 몇 년 후에는 그 세력이 예측할 수 없는 지경에 이를지도 모르는 일이오. 이번에는 하남성에 손을 뻗쳐 개혁을 추진하지 못하도록 전문경의 손목을 비틀지 않았소! 어디 그뿐이오? 강소, 절강의 이위에게도 사사건건 감 놔라 배 놔라 하고 있소. 그래서 이위가 무척 골치를 앓고 있다오. 광동성 순무 공육순孔毓徇에게도 손을 뻗었다고 하고……. 오늘은 우리가 폐하께 밀주해 건의하는 자리요. 그러니 만큼 솔직히 터놓고 얘기해야 하지 않겠소? 몇 년 후에 연갱요가 '팔황자당'과 동류합오同流合汚(더러운 것끼리 한데 뭉침)했다고 가정을 한번 해보오. 그때 안에서는 의정왕의 권위에 짓눌리고 밖에서는 병권을 틀어쥔 공작대장군公爵大將軍(연갱요를 의미함)이 밀어붙이면 장상 그대는 과연 어떻게 되겠소? 지금처럼 소신껏 활개치고 일을 할 수가 있겠소? 그대의 재상 자리도 얼마나 보존할 수 있겠소? 미래는 아무도 모르는 일 아니겠소?"

옹정이 방포의 말이 끝나자 냉엄한 얼굴에 한 가닥 웃음을 띤 채 말했다

"짐은 이미 마흔여덟 살이야. 갈 길은 먼데 날은 어두워지고 있는 형국이지. 앉아서 몇 년씩이나 더 기다릴 수가 없다는 얘기네. 형신, 우리 대청에 진정으로 군사를 알고 이끌어 나갈 수 있는 믿음직한 병권의 파수꾼은 오직 이친왕뿐이야. 그런데 자네도 봐서 알다시피 건강이 여의치가 않아. 만에 하나 잘못되기라도 한다면 우리는 손을 써보고 싶어도 속수무책인 지경에 이를 수도 있네. 게다가 융과다는

도무지 그 본심이 무엇인지 종잡을 수가 없는 사람이야. 전혀 도움을 기대할 수 없지. 윤사는 또 어떤가? 황제 자리를 노리는 그 사람의 욕망은 아마 죽어서야 수그러들까? 더구나 벌써부터 윤사와 관련된 연갱요의 움직임이 심상치 않다는 보고도 올라와 있어. 자네, 앞뒤를 잘 재 보게. 우리가 몇 년씩이나 지켜볼 수 있겠나? 물론 짐은 연갱요의 목숨까지 빼앗겠다는 뜻은 아니야. 그가 병권을 순순히 내놓고 본분을 지키겠다면 짐은 그의 여생을 책임져 줄 용의가 있네. 마제도 이제는 늙었어. 방 선생도 그저 포의선비일 뿐이고. 짐은 자네한테 큰 기대를 걸 수밖에 없어."

장정옥은 옹정의 말이 끝나기도 전에 이미 그의 말뜻을 알 수 있었다. 옹정이 거는 기대가 너무도 커서 자신의 어깨는 무너질 것 같았다. 그는 자신의 말 한마디에 대청大淸의 운명이 오락가락한다는 생각에 피가 마르는 느낌을 견뎌내면서 한참 생각에 골몰했다. 세 사람은 창문을 스치는 가는 빗소리를 들으면서 그렇게 오래도록 침묵을 지켰다. 그러기를 얼마나 했을까, 장정옥이 드디어 입을 열었다.

"신, 지의에 따르겠사옵니다. 하온데 폐하께서는 어떤 계획을 갖고 계시옵니까?"

"오늘 오후에 짐은 도리침을 부를 계획이네. 연갱요를 항주杭州 장군으로 보낼까 하는데, 도리침이 이 일을 처리하는 데 적합할 것 같네."

옹정이 느릿느릿 입을 열었다. 장정옥이 적이 놀라는 표정을 지었다. 그러자 방포가 말했다.

"연갱요가 순순히 폐하의 지의를 따르면 만사가 술술 풀리는 거요. 그러나 만에 하나 그렇게 하지 못하겠다면 악종기의 대영에서 연회를 베풀어 생포하는 수밖에!"

방포의 말이 끝나기 무섭게 장정옥이 반대의견을 피력했다.

"방 선생, 지금은 법통法統이 엄연한 태평성세요. 연극을 하는 것도 아니고, 너도나도 알고 있는 고서古書의 방식을 그대로 재연한다면 누가 속아 넘어가겠소! 만약 연갱요가 지의를 받들지 않는 것은 말할 것도 없고, 연회에도 참석하지 않는다면 그때 가서는 어떻게 할 거요? 설혹 성공한다 해도 연회석상에서 죄 없는 공신을 죽였다는 여론은 무슨 수로 잠재울 수 있겠소? 연갱요의 부하들이 들고 일어나는 것에 대한 대비는 돼 있는 거요? 청해에 있는 악종기의 부대는 고작 만 명밖에 되지 않소. 그에 반해 연갱요의 군사는 무려 십만 명을 넘어서고 있소. 게다가 아홉째 패륵 윤당도 연갱요의 군중에 있지 않소? 그건 큰일을 자초하는 발상이 아닐 수 없소."

장정옥의 반박은 아귀가 딱딱 맞아 돌아갔다. 옹정과 방포는 할 말을 잃었다. 한참 후에야 방포가 눈꺼풀을 내리깔면서 말했다.

"형신의 질책에 공감하오. 내가 너무 급했던 탓에 생각이 짧았소."

옹정도 빙그레 웃으면서 말했다.

"잘못 생각할 수도 있는 거지. 그것 가지고 지나치게 자책하지는 말게. 형신, 자네는 어떤 경우에나 균형을 잃지 않는 것을 보니 '형신'衡臣이라는 이름 두 글자에 추호도 손색이 없는 것 같네. 그러면 무슨 좋은 계책도 가지고 있겠지? 어서 말해보게."

"단숨에 목적지에 도착하려는 생각은 무리이옵니다. 몇 단계로 나눠 차근차근 진행하는 것이 좋겠다는 말씀이옵니다."

장정옥이 신중하게 입을 열었다. 이어 설명을 덧붙였다.

"연갱요는 당장은 온 천하가 들고 일어나 성토할 만큼 죄를 지은 것이 없사옵니다. 오히려 큰 영웅으로 부각돼 있는 실정이옵니다. 하오니 은혜를 베푸실 데는 후하게 하시옵소서. 또 군비도 충분히 보내

주시옵소서. 그러나 이미 전쟁이 끝났으니 열한 개 성의 병마를 관장할 수 있는 병권은 조정에서 회수하는 것이 바람직하옵니다. 이를 위해 폐하께서 직접 지의를 내리실 필요는 없사옵니다. 그보다는 신이 병부를 통해 정유廷諭를 내려 교섭하는 것이 훨씬 나을 것 같사옵니다. 그래도 연갱요는 감히 공공연하게 반항을 하지 못할 것이옵니다."

"음……!"

"이런 전제하에 원단元旦에 연갱요에게 술직을 하라고 북경으로 불러들이면 되옵니다. 그때 가서 오지 않는다면 그것은 공공연하게 지의에 불복하는 행위가 되옵니다. 조정에서 연갱요를 탄핵할 수 있는 명분을 얻게 되옵니다. 그리고는 악종기에게 대장군직을 대리하게 한 다음 사천 주둔군을 청해성으로 옮기도록 조치하면 될 것이옵니다. 만약 연갱요가 여기에도 따르지 않는다면 그것은 곧 모반으로 볼 수 있사옵니다. 그러나 풀 한 포기 제대로 자라지 않는 청해 모래밭에서 십만 대군이 군량미 없이 얼마나 버틸 수 있겠사옵니까? 명분 없이 감히 반란을 일삼을 수 있는 자가 몇 명이나 되겠사옵니까? 물론 연갱요가 순순히 북경으로 와 준다면 양상은 크게 달라질 것이옵니다. 폐하께서도 병권을 빼앗는 것으로 만족하신다 하셨사오니 지나치게 그를 괴롭힐 것도 없사옵니다."

장정옥은 그야말로 주도면밀한 책략을 내놓고 있었다. 하나같이 조리가 분명하고 이치에 들어맞았다. 방포마저 고개를 숙인 채 속으로 감복해마지 않을 정도였다. 급기야 그가 자조 어린 웃음을 지으면서 말했다.

"형신은 양모陽謀로 승부를 거는 진정한 신하의 풍모를 갖췄사옵니다. 그러나 이 방포는 음모陰謀로 폐하께 잘못된 간언을 하였사옵니다. 창피스러워 고개를 들 수가 없사옵니다. 그렇사옵니다. 형신의 뜻대로 큰 흐름을 타게 될 경우를 생각해볼 수 있사옵니다. 이 경우 여기에 남아 있는 연갱요의 부하 장군들의 가족들에게 안락한 거처를 마련해주면 되옵니다. 그쪽에서 감히 연갱요의 선동에 동조하지 못하도록 하는 방법이옵니다. 또 북경을 비롯한 인근 지역의 방어를 강화할 목적으로 열일곱째마마를 북경으로 불러들이는 것도 방법이 될 수 있사옵니다. 건강이 여의치 않은 열셋째마마를 보좌하게 한다는 명분도 있사옵니다. 융과다 문제도 크게 다르지 않을 것 같사옵니다. 어제 들어온 밀주문에 의하면 국구 융과다는 몰래 재산을 친구의 집이나 서산 사찰에 분산시켜 놓느라 여념이 없다고 합니다. 그가 무슨 생각에서 이런 행동을 하는지 모르겠사옵니다. 그러나 그가 이미 폐하께 마음이 멀어지고 있다는 사실을 보여주는 분명한 증거이옵니다. 지난번 창춘원을 수색한 것이 무슨 의도에서였는지는 굳이 따질 필요도 없사옵니다. 그는 이제 구문제독 자리에서 물러났사옵니다. 그러나 그 뿌리 깊은 유착 관계는 아직 남아 있을 것이옵니다. 경계해야 하옵니다. 또 폐하께서 전에 내리신 주비를 신이 읽어보니 연갱요에 대해 치하하신 부분이 상당했사옵니다. 이제부터는 슬슬 거둬들여야겠사옵니다. 사실 조정의 관리들은 관가의 기압계라고 할 수 있을 정도로 상황에 민감하옵니다. 그렇게 하면 금세 조정과 폐하의 깊은 뜻을 알아차리고 자기 자리를 찾아갈 것이옵니다. 이렇듯 가랑비를 내리다 보면 아무리 둔한 사람이라도 옷이 젖는 줄을 알게 되옵니다. 연갱요도 그 옛날의 연갱요가 아니라는 냄새를 다분히 맡을 것이옵니다. 만약 이렇게 한 다음 손을 쓴다면 갈 곳을 몰라 허둥대는 민심의 혼란은 피해갈 수 있을 것이옵니다."

장정옥은 자신의 의견을 존중하면서 부족한 부분을 물 샐 틈 없이 채워주는 방포의 건의에 박수를 보내지 않을 수 없었다. 곧 적절한 조치가 내려질 것이라고 생각했다.

장정옥과 방포가 물러나 밖으로 나왔을 때였다. 잿빛 하늘은 손을 뻗으면 금세라도 닿을 것처럼 낮게 드리워져 있었다. 비는 부드럽게 흩날리듯 내리고 있었다. 옹정은 궁전 밖까지 두 사람을 배웅 나왔다 의도적으로 고개를 들어 하늘을 바라봤다. 얼굴에 닿는 느낌이 시원한 실비를 일부러 맞으려는 것이었다. 형년이 그 모습을 발견하고는 황급히 달려 왔다.

"아니 되옵니다, 폐하! 감기라도 드시면 큰일 나옵니다. 우산을 쓰시고 잠깐 시원한 바람만 쐬고 들어가셔야 하옵니다."

옹정이 여전히 고개를 젖히고 눈을 지그시 감은 채 웃었다.

"유월에 감기가 웬 말인가? 자네는 종수궁에나 가보게. 도리침에게 황후마마를 배알했으면 건너오라고 전하게."

옹정은 말을 마치고는 바로 궁전 안으로 들어갔다. 이어 동난각의 남쪽 창문을 열어젖힌 채 자리에 앉았다. 동시에 책상 위에 높게 쌓여 있는 상주문을 뒤적이기 시작했다. 훑어보기는 했으나 아직 주비를 달지 않은 것들이었다. 조금 전 장정옥과 토론을 마치자마자 다시 읽어봐야겠다는 생각이 들었던 것들이기도 했다. 잠시 후, 그가 잠시 뭔가를 생각하더니 바로 광동성 총독인 공육순이 올려 보낸 밀주문을 골라냈다. 이어 주사를 듬뿍 묻혀 한 글자씩 주비를 달기 시작했다.

다음부터 문안을 올리는 상주문 외에는 노란 비단 겉봉을 사용하지 말도록 하게. 성인의 후예라는 사람이 물건 귀한 줄을 몰라서야 되겠는가?

주사를 너무 많이 묻혀서일까, 옹정이 글씨를 쓰기 시작한 지 얼마 되지 않았을 때 큰 덩어리의 주사가 상주문에 툭하고 떨어졌다. 더구나 황급히 문질러 닦는 바람에 주사는 더 많이 번지고 말았다. 그러자 그는 황급히 옆 자리에 꼼꼼하게 설명을 곁들였다.

짐이 부주의하여 얼룩을 남긴 것이니, 자네는 놀랄 것 없네.

옹정은 작은 글씨로 상황을 설명한 다음 다시 주비를 적어나갔다.

자네는 지난번 올린 상주문에서 짐이 풍대 대영의 열병식에 참석한 것은 연갱요의 요청에 따른 것이라는 소문을 들었다고 했어. 그 말은 누구한테 들은 것인가? 연갱요의 형이 광동성 해관海關에 몸을 담고 있는데, 혹시 그 사람한테서 들었는가? 그런 망언은 짐이 생각하건대 국구 융과다가 연갱요의 공로를 질시해 흘렸을 수도 있네. 짐이 어린 군주도 아닌데, 어찌 연갱요의 입김에 불려 다닐 수 있겠는가? 그런 가당치도 않은 말은 듣지도 말고 옮기지도 말게.

옹정은 주비를 다 쓰고 난 다음 또 다른 상주문을 뽑아들었다. 사천성 순무인 왕경호王景灝가 올린 주장이었다. 옹정은 순간 그가 연갱요가 추천한 사람이라는 사실을 떠올렸다. 그리고는 한참 동안의 심사숙고를 거친 다음 비로소 주비를 적어내려가기 시작했다.

자네는 연갱요에게 밉보인 적이 없는지 잘 생각해보게. 그렇지 않고서야 연갱요가 갑자기 호기항을 불러 자네를 대신하게 할 이유는 없지 않은가? 그러나 짐은 호기항을 보내지 않기로 했으니 자네는 안심하고 일하게. 짐이 이번에 보니 연갱요는 그 옛날의 그 사람이 아니었네. 교만이 하늘을 찌르고 오만방자했어. 짐의 눈에 거슬리는 것이 한두 가지가 아니었네. 정신을 못 차려서 그런 것인지 아니면 교만해져서 그런지는 모르겠네. 자네는 비록 그 사람의 추천을 받았다고는 하나 절대 그에게 빌붙는 평범한 사람으로 전락해서는 안 되네. 짐이 기용한 대신인 만큼 다른 사람 눈치 보지 말고 맡은 바에 충실하게. 짐은 결코 연갱요가 맘대로 할 수 있는 그런 무능한 군주가 아니네.

옹정은 왕경호에게 보내는 주비를 다 적은 다음 한쪽으로 밀어놓았다. 그러자 그의 눈에 '고기탁'이라는 이름 석 자가 확 들어왔다. 연갱요와는 상극인 인물이었다. 옹정으로서는 마음이 끌릴 수밖에 없었다. 얼마 후 그가 상주문을 대충 읽어보고 나서 잠시 생각하더니 주비를 달기 시작했다.

능陵의 풍수를 보라던 일은 어찌 됐나? 준화에 마땅한 자리가 없으면 다른 곳도 고려해 볼 수 있네. 좋은 곳을 물색해 두기를 바라네. 그리고 요즘 들어 연갱요가 상주해온 사실들을 종합해 볼 때 그 저의가 궁금하네. 동기가 불순해 보이는 일도 한두 가지가 아니네. 자네가 지난번 올렸던 상주문 내용에 비춰볼 때 짐은 자네와 사이직에게 대단히 미안하다는 생각도 드네.

옹정은 끝으로 연갱요가 올린 문안 상주문을 집어 들었다. 천천히 다 읽은 다음에는 턱을 치켜들고 한참이나 생각을 했다. 그러다 일필휘지하듯 초서체로 마구 주비를 써내려가기 시작했다.

지난번 주장에서 자네는 짐에게 "전쟁에서 이겨도 교만하지 않고 공을 이뤄도 만족을 못 한다"고 했지. 틀린 말은 아니네. 또 서부 전투의 대승을 두고 짐을 복 많은 사람이라고 하는 이들이 있는 줄 아는데, 그것은 뭘 모르고 하는 소리네. 그건 실로 성조聖祖(강희제)의 공덕에 힘입었기에 가능했던 일일세. 자네 부하들 중에 누구 하나 성조께서 손수 발탁하고 키우지 않은 사람이 있는가? 자네를 비롯해 이번 서부 전투에 투입됐던 모든 병사들은 조정의 공신이자 짐의 은인이야. 진정한 뜻에서의 복된 황제가 되기 위해 짐은 오늘도 초심을 잃지 않기 위해 노력하고 있는 중이네…….

옹정은 연갱요에게 보내는 주비까지 다 쓰고 나서 비로소 고개를 들었다. 면전에 서 있는 고무용의 모습이 눈에 들어왔다. 그가 다그치듯 말했다.

"도리침 왔는가? 들라 하게."

말을 마친 옹정은 곧 신발을 신고 내려섰다. 일등시위 복장으로 갈아입은 도리침이 고무용의 말을 듣고 안으로 들어섰다. 신수가 훤할 뿐만 아니라 더욱 패기도 넘치는 모습의 그는 그러나 옹정이 방 안에서 서성이면서 거니는 모습을 보고는 행여 그를 놀라게 할세라 감히 인기척도 내지 못했다. 그저 조용히 궁전 한구석에 무릎을 꿇고 있을 뿐이었다. 옹정이 그런 그를 발견한 것은 창가까지 갔다가 발걸음을 돌릴 때였다. 동시에 그에게 입을 열었다.

"성은이 망극하네 어쩌네 하는 말은 하지 말게. 대신 짐이 자네에게 내리는 임무를 하나 완수해야 하네."

"예, 폐하!"

"들자하니 융과다 국구의 재산이 너무 많아 처치곤란이라고 하더군."

옹정의 얼굴에 음산한 미소가 번졌다. 이어 그가 다시 잔인한 어조로 천천히 덧붙였다.

"사람을 시켜 뒷조사를 해보게. 그 많은 재산을 어디에다 감춰뒀는지 우리도 눈요기 좀 하게. 확실한 물증이 잡히면 주청을 올려 몰수하도록 하게."

"예, 폐하!"

46장
모반의 길로 내달리는 연갱요

융과다의 집이 압수 수색을 당했다는 소식은 화살처럼 날아서 연갱요의 군중에 전해졌다. 그 소식을 들은 연갱요는 큰 충격을 받았다. 원래 그는 마음속으로 융과다를 그다지 인정하지 않았다. 융과다의 경우에 경험과 경륜은 있을지 몰라도 실제 전공戰功은 별로 세운 적이 없음에도 불구하고 탁고대신이라는 이유만으로 상서방대신 자리에 올랐던 것이다. 연갱요는 대장군이 되고 나서 처음 올리는 밀주문에서 "융과다는 평범하기 이를 데 없는 사람입니다"라는 언급을 하기도 했다. 그러나 그의 그런 선입견은 거센 반박에 부딪혔다. 옹정이 무려 3000자도 넘는 장문의 주비를 내려 보내면서 융과다의 '평범'하지 않은 점을 부각시켰던 것이다. 더구나 당시 옹정은 "융과다는 성조께서 짐에게 남겨주신 든든한 주춧돌이다. 자네와 마찬가지로 이 종묘사직에 없어서는 안 될 간성이다"라고까지 하며 그를 높이 평가했다. 이후 그는 황제의 체통을 봐서라도 더 이상 융과다를 무시할 수가 없었다. 북경에 들어갈 때마다 가끔씩 그에게 줄 선물도 챙겼고 가깝게 지내려고 노력했다.

그러던 이듬해 봄이었다. 연갱요의 둘째 아들 연희年熙가 갑자기 병이 들어 위중하게 됐다. 옹정은 남의 일 같지가 않아 연희의 생신팔자生辰八字를 고기탁에게 주면서 사주풀이를 부탁했다. 고기탁은 연갱요가 원래 아들을 잃을 팔자라고 단언했다. 옹정은 연희를 살리기 위한 묘수를 찾기 위해 고민에 고민을 거듭했다. 그러다 마침 융과다 슬하에 아들이 없다는 사실을 알고 즉시 연희를 그의 양자로 보내라는 명령을 내렸다. 재앙을 피하게 할 목적도 있었으나 두 사람의 관계를 가까워지게 하려는 옹정의 배려였다. 그후 융과다와 연갱요는 자연스럽게 가까워졌다. 밖에서 보기에는 완벽한 '장군과 재상의 결합'이었다.

그러나 연갱요는 억지로 짜집기한 것 같은 이 관계가 마냥 어색하기만 했다. 때문에 얼마 전 옹정이 "국구가 구문제독 자리를 내놓은 것은 짐의 입김이 전혀 작용하지 않은 완전한 본인의 의사였다"라는 주비를 내렸을 때도 융과다가 성총을 잃어 어쩔 수 없이 물러났다고 냉정하게 판단할 수 있었다. 융과다가 성총을 잃은 것에 대해서도 특별한 반응이나 느낌도 없었다. 그저 대장군에 더해 상서방대신의 의자에 앉아 있는 자신의 미래 모습을 그려보기만 했다. 꿈과 현실은 요원하다고 보면 요원할지 모르나 가끔은 종이 한 장의 차이일 때도 있다고 생각한 것이다.

하지만 연갱요도 융과다의 집이 압수수색당한 현실 앞에서는 완전히 자유로울 수가 없었다. 옹정이 황제 자리에 오른 이후 주요 대신에게 그런 처벌이 내려진 것이 처음이었기 때문이다.

'뭐니 뭐니 해도 융과다는 그래도 국구國舅야. 성총이 나를 능가하는 지고무상의 탁고중신이야. 그럼에도 집을 압수수색 당했다는 것은 시사하는 바가 대단히 커. 그저 그렇게 넘길 일이 아니야.'

연갱요는 생각이 거듭될수록 융과다의 일이 심상치 않다고 생각했다. 토사구팽의 비애 같은 것을 느끼기도 했다. 아무튼 그는 사태가 뭔가 이상한 방향으로 흐르고 있다는 사실을 은연 중 감지하고 있었다. 그러나 도대체 어디에서 삐걱대는 소리가 나는지는 아직 알 수 없었다. 그는 관보를 받고 한참 넋이 나간 표정을 짓고 있다가 겨우 정신을 차리고는 상성정을 불렀다.

"며칠 동안 잠을 설쳤더니 머리가 어지럽네. 오늘은 아참衙參(아침, 저녁으로 아문에 모이는 것을 의미함)을 하지 않겠어. 가서 장군들을 해산시켜. 그리고 사람을 보내 왕 대인과 아홉째마마를 불러오도록 해."

"예, 그렇게 하겠습니다. 유묵림 참의께서 오늘 악종기 장군의 대영으로 떠나시면서 돌아오는 대로 대장군을 뵐 거라고 했습니다. 접견하실 수 있겠습니까?"

상성정이 힘겨워 보이는 몸짓으로 허리 굽혀 인사를 하면서 물었다. 백발이 미세하게 떨리고 있었다. 연갱요가 즉각 대답했다.

"어디 좀 덜 들러붙는 고약은 없나? 어쨌거나 악종기 대영이 금방 달려갔다 올 수 있는 곳은 아니잖아. 여기서 수십 리는 떨어져 있지 않은가 말이야. 설사 돌아온다고 해도 저녁 무렵이겠지. 그건 그때 가서 보기로 해."

그때 밖에서 장화소리가 들려왔다. 이어 왕경기가 털털하게 웃으면서 들어섰다.

"대장군께서 어디 불편하시다고요? 제가 맥을 좀 봐드리겠습니다.

고약만 붙여서는 아무 소용없습니다."

왕경기는 말을 마치자마자 당일 감숙성 난주蘭州에서 보내온 문서와 주장들을 연갱요의 책상 위에 올려놓았다. 검토해 달라는 얘기였다.

왕경기는 서부에 서무관으로 온 지 이미 반년이 넘었다. 적지 않은 나이를 생각하면 황막한 서부의 생활을 견디기 어려울 텐데, 그는 기력이 젊은이 뺨칠 정도로 대단했다. 한가할 때면 연갱요를 도와 군무까지 처리할 정도였다. 또 시간이 날 때면 고금을 넘나드는 화제를 꺼내서 연갱요에게 피가 되고 살이 되는 정신적인 양식을 공급해주고는 했다. 뭔가 자문을 구하면 질문이 채 끝나기도 전에 답변을 해주었다. 문서 처리에 능하고 걸어 다니는 백과사전으로 통하는 그다웠다. 그 결과 그는 어느새 연갱요에게는 하루라도 떨어지면 허전해서 살 수 없을 정도의 지낭智囊(꾀주머니)이 되어 있었다. 연갱요는 차를 내오게 하고 자리도 내주면서 말했다.

"마음도 울적하고 몸도 뻐근하고 좀 그렇소. 왕 대인이라도 봐야 숨통이 트일 것 같소."

연갱요가 말을 마침과 동시에 관보를 왕경기에게 건네줬다. 그리고 자신은 북경에서 보낸 상주문에 대한 답장을 뜯어봤다. 그러나 왕경기는 관보를 볼 생각은 하지도 않았다. 윤당을 통해 관보의 내용을 알고 있었던 것이다. 그가 뭔가 잠시 생각하더니 갑자기 거두절미하고 말했다.

"다음 차례는 연 대장군입니다."

"그게 무슨 말이오?"

순간 연갱요의 손이 흠칫 떨렸다.

"제 말은……."

왕경기의 얼굴에서는 이미 웃음기가 사라지고 없었다. 세월의 풍상을 겪은 흔적이 역력한 얼굴 주름도 전혀 움직일 줄 몰랐다. 그가 관보를 말아 쥔 손을 책상 위에 올려놓고 말했다.

"폐하께서는 대장군에 대한 의심의 골이 깊어지고 있다는 얘기입니다. 아마도 여덟째마마를 수술하려던 칼로 먼저 대장군의 수급을 취하려 하는 것 같습니다."

연갱요가 왕경기의 말에 불에 덴 듯 화들짝 놀랐다. 마치 생판 모르는 사람을 처다보듯 눈을 부릅뜨고 왕경기를 뚫어지게 노려보았다. 이어 쉰 목소리로 말했다.

"나는 폐하와 골육의 정을 나누는 사이야. 생사를 같이 하는 군신간이기도 하고. 더구나 막 혁혁한 전공까지 세웠다고! 그런데 폐하께서 무슨 연유로 나를 의심하신다는 말이오?"

왕경기는 대답은 하지 않은 채 담담한 표정으로 발악에 가까운 연갱요의 눈빛을 응시했다. 이어 난데없이 푸우! 하고 웃음을 터트렸다.

"그러고도 대장군께서는 유장儒將으로 자처하십니까? 황실에서는 친부모 형제간에도 골육의 정 같은 것은 없다고 해도 좋습니다. 그런데 어찌 대장군께서는 그렇게 어리석은 생각을 하십니까? 융과다는 폐하와 골육의 정을 나눈 사이가 아니라서 그런 꼴을 당했습니까? 선제께서 붕어하셨을 당시 안에서는 여러 왕들이 호시탐탐 제위를 노리고 있었습니다. 또 밖에서는 강적들이 먹구름처럼 무겁게 변경을 덮쳤습니다. 융과다가 마음먹기에 따라 대청의 명운을 결정지을 후계자가 나올 형국이었습니다. 만일 그 당시 융과다가 조금이라도 생각을 달리 했다면 지금의 황제는 달라졌을 겁니다. 그렇듯 융과다는 폐하에게는 둘도 없는 탁고중신이었습니다. 옹립의 공이 혁혁한 인물입니다. 그럼에도 융과다는 지금 어디에서 무엇을 하고 있습니까? 장군께서는 심사숙고하셔야 합니다. 장군께 악비岳飛와 같은 충정이 있습니까? 한신韓信과 같은 공로가 있습니까? 아니면 명나라의 영락황제처럼 전임 황제와 진정한 골육의 정을 나눴습니까?"

연갱요의 뺨이 왕경기의 거침없는 말에 경련을 일으켰다. 연갱요가 곧 집어삼킬 듯한 노여움에 떨며 다그쳤다.

"누구의 종용을 받아 나에게 그런 말을 지껄이는 거요? 누가 시켜서 그러는 거냐고?"

"그 사람에게 큰소리치지 마오. 내가 시켰소."

갑자기 문 밖에서 윤당의 목소리가 들려왔다. 이어 안으로 들어온 윤당은 긴 두루마기 자락을 여미며 연갱요와 얼굴을 맞대고 앉았다. 그리고는 눈을 가늘게 좁히면서 다분히 도발적인 표정을 지으면서 아직 충격에서 헤어나지 못한 연갱요를 바라봤다.

"대장군은 지금 누란의 위기 속에서 살고 있소. 나는 장군의 처지를 마냥 지켜보고만 있을 수가 없었소. 그래서 왕 선생을 시켜 당장은 아프겠지만 언젠가는 도려내야 하는 환부에 칼을 댄 거요. 이유는 단 한 가지요. 그대를 구하는 것이 바로 우리 대청의 사직을 구하는 길이기 때문이오."

연갱요가 느닷없이 나타나 뒤통수를 치는 윤당과 왕경기를 의혹에 찬 시선으로 번갈아 쳐다봤다. 그러더니 갑자기 고개를 젖히고 미친 듯이 웃었다. 이어 뚝 웃음을 멈추더니 살벌한 표정을 지었다.

"아홉째마마, 마마께서 폐하께 충성한다면 나는 마마를 '아홉째마마'로 존경해 받들겠습니다. 하지만 마마께서 폐하께 불충을 일삼는다면 나는 마마를 인간 윤당으로밖에는 치부하지 않을 겁니다. 잊지 마십시오. 나는 평범한 제독 장군이 아닙니다. 황월절黃鉞節(황제를 의미하는 노란색 도끼 모양의 표식)을 소지하고 천자검天子劍을 지닌 전곤^梱대장군입니다."

"바로 그렇기 때문에 당신은 더 아슬아슬한 지경에 놓이게 된 거요. 그대에게는 토사구팽의 위기가 코앞에 닥쳐왔소. 그로 인해 나도 순망치한^{脣亡齒寒}의 위기에 노출돼 있소. 그대를 구해내지 못하면 나도 존재할 수 없는 처지이기 때문에 오늘 진지하게 대책을 논의하러 온 것이오."

윤당이 전혀 흐트러짐 없는 표정을 지은 채 느릿느릿 입을 열었다. 그러자 연갱요가 흥! 하고 콧방귀를 뀌었다. 이어 장화 속에서 노란 겉봉의 상주문을 홱 뽑아내더니 던져주다시피 했다.

"두 분은 분명히 뭔가 착각하고 있습니다. 이건 얼마 전에 폐하께서 내리신 주비 내용입니다. 보면 알겠으나 폐하와 나 사이에는 너무나도 끈끈한 정분이 탯줄처럼 이어져 있습니다. 설사 폐하를 위해 죽는다고 해도 나는 여한이 없습니다."

윤당이 주비를 읽어보고 나서 왕경기에게 건네줬다. 그리고는 가소롭다는 듯 웃었다.

"알고 보니 대장군은 말귀도 못 알아듣는 것 같소. 폐하께서는 분명히 따귀를 때리고 있는데, 대장군은 그것을 정분으로 알고 있으니 말이오!"

연갱요가 윤당의 거리낌 없는 당당함에 다소 의아했는지 고개를 갸웃거렸다. 그러더니 상주문을 가져다 다시 읽어봤다.

"그대는 넷째마마를 수십 년이나 시중들었다면서 아직 그 성격조차 파악하지 못하는 것은 아니겠지?"

윤당이 고소하다는 듯 헤헤 웃었다. 그러면서 부채를 폈다 접었다 하면서 연갱요의 표정을 유심히 살폈다. 이어 눈썹을 치켜 올린 채 다시 말을 이었다.

"이 주비에서는 서부 대첩의 공로를 황제의 '타고난 복'이라고 말하고 있소. 또 '자네 이하 장병'들 덕분이라고 콕 집어 말하고 있소. 그러니 그대는 이미 얻은 것에 만족하고 잡념을 버리라는 뜻이 아니겠소? 대장군도 생각해보오. 북경으로 가기 전에 받은 주비에 이렇게 애매모호한 단어들이 있었는가?"

순간 연갱요의 눈빛이 번쩍 빛났다. 마음이 흔들리는 모양이있다. 그러나 곧 다시 냉소를 흘렸다

"아홉째마마께서 제위에 오르지 않은 것이 얼마나 다행한 일인지 모르겠습니다. 그렇게 의심이 많으신데 신하들이 기를 펴고 살기나 했겠습니까? 무엇이든지 내 마음대로 해석하고 내 뜻대로 풀이하자고 들면 옥에서도 티를 가려낼 수 있는 것 아닙니까? 달걀에서 뼈를 골라내려 하지 말고 괜히 엉뚱한 말로 멀쩡한 사람을 바보로 만들지 마십시오."

"방금 받은 그 주비를 대장군에게 보여주게."

윤당이 내뱉듯 말했다. 연갱요는 윤당의 자신감 넘치는 말에 뭔가 불길한 예감이 슬며시 밀려왔다. 왕경기가 문안 상주문을 건네줬다. 연갱요는 떨리는 손으로 상주문을 폈다. 피를 뿌려놓은 듯 섬뜩해 보이는 두 줄의 주홍색 초서체의 글이 한눈에 들어왔다.

연갱요는 과연 순수한 신하인가? 짐은 아직 그 사람에게 '순'純자를 허락하지 못하겠네. 이에 대해 할 말이 있으면 비밀리에 상주하도록 하게. 6월 하순에.

연갱요에게는 더 이상 익숙할 수 없는 옹정의 친필이 확실했다. 필체를 모방한 흔적은 전혀 보이지 않았다. 순간 연갱요의 가슴은 세차

게 뛰기 시작했다. 얼굴도 벌겋게 달아올랐다. 연갱요는 도대체 문제의 주비가 누가 올린 상주문에 대한 답인지 알 길이 없었다. 이름은 있었으나 종이가 붙어 가려져 있었기 때문이다. 그는 급기야 궁금증을 참지 못하고 손으로 종이를 떼려고 했다. 그때 윤당이 상주문을 휙 낚아채가며 다시 헤헤 하고 웃었다.

"그건 안 되지. 다른 사람 목숨도 중요하니까. 그래도 못 믿겠다면 왕경호王景灝가 받은 그 사본을 대장군에게 보여주게."

순간 연갱요는 완전히 넋이 나가고 말았다. 바보처럼 종이를 받아든 채 초점 잃은 눈빛으로 대충 훑어보는 둥 마는 둥 했으나 여전히 정신은 차리지 못했다. 결국 종이를 스르르 땅바닥에 떨어뜨렸다. 왕경호는 운귀 총독인 채정과 몰래 서신을 주고받으면서 연갱요를 심심찮게 매도해 온 인물이었다. 나중에 그 사실이 들통 나 연갱요의 눈 밖에 나기도 했다. 바로 그 때문에 연갱요는 왕경호가 인명을 쓰레기처럼 취급한다고 밀주했다. 왕경호를 내쫓고 호기항을 그 자리에 앉히기로 결심하기도 했다. 아무려나 연갱요는 밀유가 위조된 것이 아니라고 생각했다. 그런 것을 위조해낼 수 있는 사람은 그가 아는 한 아무도 없었다. 얼마 후 그가 마치 몽유병 환자처럼 정신을 차리지 못한 채 서재를 왔다 갔다 하면서 중얼거리듯 말했다.

"어찌…… 이럴 수가! 이건 사실이 아니야……."

"이건 사실입니다."

왕경기가 이를 악문 채 못을 박았다.

"융과다의 집이 압수수색당한 것처럼 이건 엄연한 사실입니다. 대장군께서는 폐하의 삼대三大 금기禁忌를 범했습니다. 조속한 시일 내에 대책을 세우지 않으면 큰 화를 자초하게 될 것입니다."

연갱요는 여전히 극도의 경악과 공포에서 헤어 나오지 못한 듯했다.

계속 정신을 차리지 못한 채 중얼거리기만 했다.

"삼대 금기라니? 무슨 삼대 금기……?"

그러자 윤당이 옆에서 목소리를 높였다.

"이것 보오, 연 장군! 정신 차리시오. '생사는 운명에 달려 있고, 부귀는 하늘이 내린다'生死有命 富貴在天고 했소. 명색이 대장군이라는 사람이 그 무슨 한심한 작태요? 정신 차리고 내 말 좀 들어보오."

연갱요는 윤당의 질책을 듣고서야 비로소 제정신이 번쩍 돌아왔다. 자리에 털썩 주저앉으며 쓴웃음을 지었다.

"독은 독으로 다스리라고 했다고, 날벼락 맞은 사람한테 날벼락 같은 소리를 하니 겨우 제정신이 돌아오는 것 같네요. 추태를 보여 면구스럽기도 하네요. 어떤 가르침을 주실지 말씀해보세요."

역시 연갱요였다. 그 자신이 표현했듯 마른하늘의 날벼락 같은 충격이었을 터이나 천천히 평소의 위엄과 안정을 찾아가고 있었던 것이다. 연갱요의 말에 윤당이 기다렸다는 듯 즉각 대답을 했다.

"내키지 않게 내린 상을 넙죽 받았으니 그것이 첫 번째 금기를 범했다고 볼 수 있소. 폐하가 즉위할 당시는 내우외환과 위기가 도처에 도사리고 있던 때였소. 따라서 서부 전투의 대승은 폐하가 민심과 대국大局을 안정시키는데 상당한 힘이 되었소. 또 폐하는 대장군의 힘을 빌려 여덟째마마를 압도하고 여러 신하들의 불만을 잠재우려 했소. 때문에 어쩔 수 없이 그대에게 큰 상을 내렸던 거요. 눈이 어지러울 정도의 작위와 성대한 환영 의식을 통해 그대는 신하임에도 왕후王侯에 못지않은 대우를 받았소. 더 이상은 어떻게 해줄 수도 없을 정도로 말이오. 그러나 그대는 폐하의 의중을 읽어내지 못했소. 주는 대로 당당하게 받았소. 당연한 줄 알고 의기양양해하면서 그걸 즐기기도 했소. 사실 그대는 사양하는 척이라도 했어야 했소. 적당히 뒤로 물러났어야 했다는 말이오. 곽자의郭子儀(당나라 때의 명장)는 어떤 공신이오? 그럼에도 그는 일부러 주색에 빠져 자신의 욕망을 잠재웠소. 결국에는 자신의 수명을 다 누리고 죽었소. 서달徐達(명나라의 개국공신. 주원장의 죽마고우)은 중산왕부中山王府에 은거하면서 정치에는 일절 간여하지 않았소. 그래도 황제는 알아서 맛있는 거위찜도 하사해 가며 아끼고 잘해줬소. 그런데 그대는 어찌 했소? 노란색 말고삐를 부여잡고 검붉은 적토마에 떡하니 앉아 왕공 이하 수천 명이 수십 리 길섶에 늘어서서 환호성을 지르는 가운데 개선했소. 그런데 그렇게 당당해 보일 수가 없었소. 어디 그뿐인 줄 아오. 폐하가 풍대 대영에서 그대의 부하들에게 갑옷을 벗으라고 명령했을 때도 그랬소. 그대의 부하들은 누구 하나 폐하의 명에 따른 사람이 없었소. 입장을 바꿔 그대가 황제였다면 그 굴욕을 그냥 넘길 수 있었겠소? 의심이 많은 주인은 원래 겁이 많은 법이오. 지금 폐하는 이치를 정돈하려고 하고 있소. 그러나 그대는 심심치 않게 각 성의 인사人事에 간섭해 왔소. 연 대장군, 그대는 폐하의 팔꿈치를 잡아당기는 기휘忌諱를 범했소. 그것이 그대가 범한 세 번째 금기요. 곰곰이 생각해보오. 그대는 스스로 관리를 얼마나 선발했고, 다른 성의 정무에 얼마나 개입해 왔는지를…… 폐하는 먼저 그대의 힘을 빌려 염친왕을 제압하려고 하오. 여덟째당이 명실 공히 와해된 다음에는 그대의 병권을 박탈하려고 계획을 세웠소. 그러나 이제 폐하는 연 장군이 여덟째 형님보다 더 위험한 존재라는 것을 깨달았소. 그래서 그대를 먼저 제거하려고 하는 거요!"

연갱요는 윤당의 말이 이어지는 동안 깊은 꿈에서 깨어나듯 깜짝깜짝 놀라는 반응을 보였다. 부들부들 떨리는 손으로 식은땀이 질펀한 이마를 떠받쳤다. 그러다 힘겹게 입을 열었다.

"내가 행실이 좀 지나쳤던 점은 인정합니다. 하지만 결코 다른 마음이 있었던 것은 아닙니다. 도대체 어디서부터 뭐가 잘못 돼서 폐하의 노여움을 불러 일으켰는지⋯⋯?"

"아직도 이 양반 정신 못 차린 거 좀 봐!"

윤당이 연갱요의 말에 즉각 야유 섞인 웃음을 지어보였다. 이어 천천히 덧붙였다.

"그대가 우리 넷째 형님을 알면 얼마나 알겠소? 같이 자란 나보다 더 많이 아는 것은 아니지 않소. 서녕 대첩 이후의 상황을 한번 되돌아보오. 보친왕 홍력을 비롯해 별 볼 일 없는 선비 유묵림까지, 그대의 대영에는 하루라도 조정에서 보낸 감시꾼들이 끊어진 적이 없었소. 그렇지 않소? 원래 있던 시위들도 감시꾼이었지. 나중에 그대한테 길들여져서 이상하게 되기는 했지만."

연갱요는 멍하니 창밖을 내다봤다. 청해성답게 겨우 음력 7월에 접어들었을 뿐인데 벌써 서늘한 기운이 감돌았다. 눈앞에 보이는 백양나무 잎들은 벌써부터 하나둘씩 떨어져 내리기 시작했다. 그 앞의 넓은 연병장에서는 모래바람이 회오리를 일으키면서 쫓고 쫓기는 추격전을 벌이다가 곧 한데 뒤엉켜 돌아갔다. 가끔씩 서풍이 크게 불어닥칠 때면 유리창에 모래가 부딪치는 소리도 들렸다. 연갱요는 문 앞의 버드나무에 눈길을 던졌다. 자신이 청해성으로 오던 해에 손수 심은 나무였다. 그동안 별로 신경을 쓰지 않아 몰랐으나 어느새 팔뚝만큼 굵게 자라 있었다. 그는 기승을 부리는 모래바람의 유린에 처절한 몸짓으로 구원을 호소하는 것 같은 버드나무에서 천천히 눈길을 돌렸다. 순간 그는 자신의 가슴 속에도 메마른 모래바람이 불어와 심장에 생채기를 내는 것 같았다. 그러다 성난 소용돌이로 변해 끝 모를 심연으로 빠져드는 느낌이었다. 그는 새삼 삶의 허무함을 실감했다…….

연갱요는 바깥풍경에서 눈길을 거둬들여 눈앞의 두 사람을 바라봤다. 갑자기 그들이 그렇게 낯설어 보일 수가 없었다. 깊은 꿈속에서 놀라 깬 것 같기도 하고, 마치 한 세기를 훌쩍 뛰어넘은 느낌마저 들었다. 그가 맥을 놓아버린 듯 후줄근하게 앉아 있는가 싶더니 드디어 머리를 두 팔 사이에 깊이 파묻었다. 그리고는 신음 같기도 하고 눈물 젖은 탄식 같기도 한 소리를 냈다.

"이제 어떻게 하지……?"

"여덟째 형님께서는 그대의 고초를 너무나 잘 알고 계시오."

윤당은 교만함과 횡포가 하늘을 찌를 것 같던 연갱요가 허물어지는 꼴을 보면서 속으로 쾌재를 불렀다. 그러나 겉으로는 애써 처연한 표정을 지은 채 부드러운 목소리로 말을 이었다.

"자고로 시세時勢가 영웅을 낳는다고 했으나 반대로 영웅이 시세를 낳는 수도 있소. 너무 좌절하지는 마시오. 내가 이곳 군중으로 온 지도 벌써 이 년이라는 세월이 흘렀소. 그동안 유심히 살펴보니 아직 열넷째마마를 그리워하는 사람들이 있소. 변치 않은 옛 부하들의 마음이 엿보였소. 열넷째마마가 저렇게 억울한 나날을 보내고 있는 것에 대해 삼군三軍은 불복하고 있소. 열넷째마마를 대영으로 다시 모실 수만 있다면 연 대장군과 쌍벽을 이뤄 어느 누구도 감히 넘볼 수 없는 국면을 이끌어낼 수 있을 텐데. 또 안에서 기무旗務를 관장하고 있는 여덟째마마께서 팔기의 철모자왕들을 집결해 차근차근 우리와 호응할 준비를 해나가도 괜찮을 거요. 군이 피비린내를 풍기지 않더라도 국면을 반전시킬 수가 있을 거요. 그때 가면 우리 연 대장군께서는 비로소 진정한 영웅으로 거듭날 수 있을 테지."

연갱요가 윤당의 말에 가슴이 타서 재가 되는 듯 불안해하며 머리를 저었다.

"어찌 됐든 폐하께서는 나의 은주恩主이십니다. 내가 어떻게 배신할 수가 있겠습니까? 폐하께서는 아직 나를 반역에 나선 신하라고 지목하지 않았습니다. 그런데 내가 먼저 배신한다면 세상 사람들은 또 얼마나 상종 못할 망나니라고 나에게 욕설을 퍼붓겠습니까?"

윤당이 연갱요의 말에 바로 코웃음을 쳤다.

"세상 사람들은 그저 성패成敗로 영웅을 논할 뿐이오. 연 장군, 어쩌다가 그렇게 융통성 없이 변했소, 큰일을 할 사람이."

연갱요가 다시 머리를 흔들었다. 그리고서는 입을 닫았다. 그러나 처음보다 훨씬 힘없는 몸짓으로 보아 왕경기는 연갱요가 동요하고 있는 것이 분명하다고 판단했다. 이어 책상 앞으로 다가가서 붓을 들어 몇 글자를 적었다. 그리고는 말했다.

"대장군, 고개를 들고 이걸 좀 보십시오. 선제의 유조遺詔 원문은 이랬습니다."

傳位十四子

연갱요가 무슨 영문인지 몰라 잠시 어정쩡한 표정을 지었다. 그러자 왕경기가 붓을 들더니 '십'十자에 두 획을 더 보탰다. 그러자 '십'자는 '우'于(……에게 라는 뜻)자로 변했다.

傳位于四子

연갱요는 벌어진 입을 다물 줄 몰랐다. '열넷째에게 제위를 물려준다'는 말이 바로 '넷째에게 물려준다'는 말로 바뀐 것이다.

"바로 여기에 비밀이 숨어 있었던 것입니다. 융과다의 '공'功과 '죄'罪 모두 여기에 있습니다."

왕경기가 이를 갈면서 단호하게 말했다. 그리고는 껄껄 웃으며 종이를 찢어버렸다. 이어 다시 입을 열었다.

"사실이 이런데 그 사람을 어떻게 '황제'라고 할 수가 있겠습니까? 천지와 조상을 기만한 명실 공히 찬위간웅纂位奸雄이라고 해야죠. 열넷째마마야말로 진정한 우리 대청의 주인입니다. 대장군께서는 사적史籍을 많이 읽어 잘 아시지 않습니까? 자고로 연호年號에 '정'正자 붙은 사람치고 제대로 돼 먹은 인간은 하나도 없지 않았습니까? 금나라 해릉왕海陵王의 '정릉'正隆, 금나라 애종哀宗의 '정대'正大, 원나라 순제順帝의 '지정'至正, 명나라 무종武宗의 '정덕'正德 등은 다 하나같이 역사에 오점만을 남긴 인물들의 연호 아닙니까? 이 '정'正자를 놓고 볼 때, '왕심王心이 흐트러진' 형상을 하고 있습니다. 또 '일지'一止 두 글자로 파자破字를 할 수도 있습니다. 대장군께서는 하늘의 뜻에 순응해 도탄에 빠진 대청을 구원해야 합니다. 그것만이 하늘 아래에서 가장 떳떳하고 당당한 일을 하는 겁니다. 그런데 어찌 초개같은 인간들의 손가락질에 연연할 수 있겠습니까?"

즉석에서 토해내는 왕경기의 그럴싸한 찬조纂詔의 황언荒言은 거침이 없었다. 죽은 사람도 벌떡 일어나게 만들 수 있는 입담이라고 해도 좋았다. 연갱요는 걷잡을 수 없이 흔들렸다. 벌겋게 달아올랐던 낯빛은 어느새 창백하게 질렸다가 나중에는 다시 시퍼렇게 굳어졌다. 그는 다리 힘줄이 빠진 듯 자리에 허물어졌다. 이어 두 손으로 얼굴을 감싸고 넋 나간 사람처럼 중얼거렸다.

"이럴 수는 없어! 죽느냐 사느냐의 문제요. 생각 좀…… 해봐야겠소……."

유묵림이 악종기를 만나고 서녕으로 돌아왔을 때는 황혼 무렵이었다. 그의 직책인 참의도대는 나름 특별하다고 할 수 있었다. 우선 청해성에 주둔하고 있는 여러 부대 사이의 의견을 조율해 원만한 관계를 유지하도록 하는 것을 주된 임무로 하고 있었다. 또 각 주둔군의 군량미 조달도 책임지고 있었다. 그러나 그는 황제의 파견을 받은 군무軍務 담당 흠차欽差 신분인 탓에 연갱요와 악종기 등 그 누구의 명령도 받지 않았다. 서녕에 자신의 참의도대아문도 설치할 수 있었다. 그가 그 아문에 도착해 말에서 내리기도 전에 문지기가 달려와 아뢰었다.

"연 대장군께서 유 대인에게 도착하시는 대로 연회에 참석하시라면서 초청장을 보내 오셨습니다."

유묵림은 악종기와 대군의 월동 준비 상황에 대해 논의하고 먼 길을 달려오느라 많이 지친 상태였다. 그저 푹 쉬고만 싶었다. 그러나 그는 어제 받은 옹정의 주비 한 구절을 떠올렸다. 옹정은 그 주비에서 "연갱요의 군대 문제와 관련해서는 일의 중요도를 떠나 사흘에 한 번씩 보고를 올리라"고 분명히 지시를 한 바 있었다. 그는 곧바로 말에서 내려 가마를 갈아타고 대장군 행원으로 향했다. 이어 자신이 왔다는 통보도 생략한 채 청색 두루마기 차림 그대로 중군의 군막으로 들어갔다.

군막 안에는 일곱 석의 술상이 마련돼 있었다. 그곳에 빙 둘러앉은 이들은 모두 연갱요의 부하 장군들이었다. 저마다 취기가 올라 얼굴이 불콰한 채 마구 떠들어대고 있었다. 연갱요는 주석의 첫 번째 술상 앞에 앉아 있었다. 또 옆으로는 그의 3대三大 도통都統인 여복汝福, 왕윤길王允吉, 위지약魏之躍, 그리고 부장副將인 마훈馬勳, 양주涼州 총병總兵 송사진宋司進 등이 배석해 있었다.

유묵림이 들어서는 것을 보고는 연갱요가 손짓을 했다.

"어서 오게. 대참의大參議 대인, 우리는 지금 주령酒令을 하고 있던 중이었어. 늦게 온 대가로 벌주 한 잔 마셔야지."

"대장군께서는 오늘 무슨 좋은 일이 있으신가 보군요! 방금 들어오면서 보니 복도에 희자戱子(연극배우)들도 보이더군요. 오늘 입복, 눈복, 귀복 다 터졌네요. 나는 악종기 장군에게 갔다가도 술 한잔을 한터라 몸이 피곤하군요. 이 자리도 두려운데요?"

유묵림이 웃으면서 자리에 앉았다. 연갱요가 말했다.

"내가 자네의 주량을 모를까 봐! 군소리 하지 말고 마시게. 끄윽! 사실은 폐하께서 나에게 하사하신 법랑주琺瑯酒 두 병을 여러분들과 같이 맛보고자 했었어. 그러던 차에 전문경까지 수박을 몇 수레 보내왔더군. 그래서 혼자 청승맞게 먹느니 다들 같이 즐기려고 불렀던 거야. 그렇게 알고…… 자, 벌주부터 한 잔 마시게."

유묵림은 연갱요가 따라주는 벌주를 연거푸 석 잔이나 들이켰다. 가능하면 마시지 않으려고 했으나 연갱요가 직접 따라주는 열성까지 보이는 데야 어찌 할 도리가 없었다. 그가 몸을 부르르 떨면서 술기운에 몽롱해졌을 때였다. 연갱요의 부장인 위지약이 입을 열었다.

"대장군, 계속 주령만 하지 마시죠? 주령을 할 사람들은 하고 연극 구경을 할 사람들은 따로 구경하게 허락해주십시오."

연갱요가 즉각 대답했다.

"창자를 뒤집어 빨아도 먹물 한 방울 안 나올 무식한 인간들에게 주령을 하라고 하니 판이나 깨는군. 알았네, 주제파악하고 알아서 빠져주니 잘 됐네. 그러면 연극을 시작하라고 하게나. 우리는 계속해서 주령이나 하지. 내 차례지?"

연갱요가 이어 젓가락으로 접시 언저리를 두드리면서 말했다.

나에게 빈 방이 하나 있어 한나라 유방劉邦에게 선물하니,

유방이 거절하네.

이유가 뭐냐고 물으니,

춘색春色이 살랑살랑 숫총각 마음을 간지럽혀

잠을 이룰 수가 없어서 그렇다네.

　유묵림이 들어보니 이번 주령은 먼저 물건을 하나 거론한 다음 옛 사람 이름에 대입해 고시古詩 한 구절로 끝을 맺는 것이 분명했다. 그가 잠시 생각하는 사이 옆자리의 왕윤길이 주령 하나를 말했다.

나에게 부채가 하나 있어 조자건曹子建에게 선물하니,

조자건이 거절하네.

이유가 뭐냐고 물으니,

한 줄기 싱그러운 바람에 황홀한 전율이 온몸 가득해서 그렇다네.

　다음에는 송사진의 차례였다. 그도 행여 뒤질세라 한마디를 토해 냈다.

나에게 활이 하나 있어 봉몽蓬蒙에게 선물하니,

봉몽이 거절하네.

이유가 뭐냐고 물으니,

저기 저 백로들이 떼를 지어 푸른 하늘로 올라가는 것이 안 보이느냐고

하네.

　그때 연갱요 옆에 앉아 있던 도통인 여복이 말을 받았다.

나에게 수탉이 한 마리 있어 곽자의에게 선물하니,

곽자의가 거절하네.

이유가 뭐냐고 물으니,

수탉이 홰를 치니 천하가 다 밝았다고 하네.

좌중의 사람들은 여복의 주령이 끝나자마자 바로 벌떼같이 달려들어 글의 앞뒤가 통하지 않는다고 주장하고 나섰다. 그러면서 새로 짓든지 벌주를 마시든지 하라고 물고 늘어졌다. 그러자 연갱요가 유묵림을 힐끗 쳐다보더니 말했다.

"모르는 소리! 앞뒤가 안 맞기는. 내가 보기에는 딱 맞아 떨어지는구먼. 날이 밝았으니 수탉이 필요 없다는데, 왜 말이 안 된단 거야? 잡아서 술안주 하는 것이 더 낫지."

유묵림은 분위기가 슬슬 자신이 원치 않는 방향으로 기울어가고 있다는 사실을 느꼈다. 주령의 분위기를 완전히 바꿔야겠다는 생각도 굳혔다.

나에게 월륜月輪 하나 있어 유백륜劉伯倫에게 선물하니,

유백륜이 싫다고 하네.

이유가 뭐냐고 물으니,

백옥쟁반으로 잘못 알았다고 하네.

연갱요가 유묵림의 주령이 끝나자마자 바로 머리를 가로저었다.

"끝부분은 고시古詩를 차용해야 한다고. 도대체 어디에 '백옥쟁반으로 잘못 알았다고 하네'라는 내용의 시가 있나? 악종기한테 가서 싸구려 술을 마시고 왔나? 천하의 천재가 왜 그러나?"

연갱요의 말이 끝났을 때였다. 갑자기 복도에서 북소리와 퉁소소리가 크게 들려왔다. 제갈량이 동풍을 빌어 조조에게 보낸 〈초선草船으로 화살을 얻어온다〉는 제목의 연극이 시작된 모양이었다. 연갱요 등은 그러거나 말거나 유묵림이 벌주를 마셔야 한다면서 마구 떠들어댔다. 유묵림이 슬머시 웃으면서 말했다.

"이청련李青蓮의 시에 '소싯적에 달을 몰라, 백옥쟁반이 내걸린 줄 알았네'라는 구절이 있어요. 대장군께서 그 유명한 시구도 모르다니요? 북경에 있을 때 나는 왕문소하고 이 시구를 또 이렇게 고치기도 했다고요. '소싯적에 비를 몰라, 하늘이 오줌 싸는 줄 알았네. 소싯적에 우레를 몰라, 하늘이 방귀 뀌는 줄 알았네'. 재미있지 않나요, 대장군?"

술에 취한 좌중의 사람들이 유묵림의 말에 연신 박수를 쳐대기 시작했다. 연갱요 역시 나오지도 않는 웃음을 억지로 끌어내면서 크게 따라 웃었다. 이어 무대 위를 힐끔 바라보더니 유묵림에게 물었다.

"악종기는 월동 준비를 다 마쳐가고 있던가?"

유묵림 역시 광대놀음을 하는 연극배우들의 모습에 시선을 두고는 건성으로 대답했다.

"대장군과 속도가 비슷한 것 같았어요. 다만 온돌을 놓는데 벽돌이 좀 부족하다고 하더군요. 그래서 제가 만 명밖에 안 되는 사람들이 쓰면 얼마나 쓰겠느냐면서 대장군에게 조금 얻어 쓰라고 했어요. 제가 가장 우려하는 다른 것이 아닙니다. 식량 공급이 차질을 빚는 겁니다. 현재 섬서성, 감숙성의 양고糧庫는 재해 지역을 구제한 탓에 텅텅 비어 있는 실정이에요. 이위가 이십만 석을 보내주기로 했으나 한 번에 만 석씩밖에 보낼 수 없다고 하네요. 그러다가 폭설로 길이 막혀 공급이 차질을 빚으면 어떻게 하나 걱정이에요. 악종기 장군과 상의해서 사천성의 구제 양곡을 좀 받으면 모를까."

연갱요가 유묵림의 말이 끝나자 바로 다그쳤다.

"그래 악종기는 뭐라고 그러던가?"

"다 같이 폐하를 위해 뛰는 입장에서 네 것 내 것 따질 게 뭐 있느냐고 하더군요. 있으면 나눠 먹고 없으면 쪼개 먹고 하면 된다더라고요. 한마디로 화끈했어요."

유묵림이 말했다. 사실 요즘 들어 연갱요가 가장 걱정하는 것은 다른 것이 아니었다. 바로 식량이었다. 그러나 그는 유묵림의 말을 통해 이위의 도움을 바란다는 것은 거의 불가능하겠다는 생각을 하지 않을 수 없었다. 한마디로 '천부지국'天府之國이라고 불리는 부유한 사천성이 바로 옆에 있는데도 쌀 한 톨 마음대로 할 수 없는 처지가 되었다. 악종기가 모든 권한을 다 가지고 있기 때문이었다. 그는 소리 없이 한숨을 토해냈다. 서부 전투를 앞두고 자신과 공로를 다투게 될까봐 지레 걱정한 나머지 오랜 지기였던 악종기를 매몰차게 밀어낸 사실이 갑자기 후회가 되었다. 그가 연신 소리를 죽인 채 한숨을 쉬었다.

"그래도 이위를 독촉하는 것이 낫겠네. 월동 식량은 사천성에 손을 내밀 수 없어. 악종기도 먹고 살아야 할 테니까."

"예, 그렇게 해보지요."

유묵림이 당연하다는 듯 대답했다. 이어 바로 입을 닫아버린 연갱요에게 물었다.

"왕경기 대인과 상성정 어른께서는 안 왔네요? 아홉째마마께서도 안 보이시고?"

연갱요가 대답했다.

"바빠서 못 왔어. 아! 그리고, 서준이 사고를 쳐서 대리시大理寺로 연행됐다고 하던데? 자네가 탄핵했다는 소리가 들려? 여덟째마마의 심복이기 때문에 그동안 탄핵에 성공한 사람이 하나도 없었는데, 자네는 정말 대단한 사람이야. 그런 친구를 단 한 번에 쓰러뜨렸으니!"

"아닙니다. 저는 그 사람을 탄핵한 적이 없습니다. '다행불의필자폐' 多行不義必自斃(나쁜 짓을 많이 하면 자살하는 것과 마찬가지라는 의미)라고 했습니다. 고약한 행동을 밥 먹듯 하고 다니는 자는 굳이 손보지 않아도 스스로 자기가 판 함정에 빠지게 돼 있는 것이죠."

유묵림이 순간적으로 소순경을 떠올렸는지 만감이 교차하는 표정을 지은 채 차갑게 말했다. 사실 그의 말은 크게 틀린 것은 아니었다. 서준의 죄명은 "성조 청나라를 비방하고 명나라를 추앙했다"는 것이었으니까. 유묵림은 소순경이 세상을 떠난 후 그녀의 원수를 갚기 위해 서준의 죄상을 하나둘씩 모으는 데 진력했다. 그러다 그의 시집詩集에서 치명타를 안길 수 있는 글귀를 찾아냈다. 서준은 어느 시에서 이렇게 적고 있었다.

밝은 태양明日은 정이 있어 나를 잊지 않고 있듯이
청풍淸風도 뜻이 없으면 사람을 붙잡지 않는다.

유묵림은 그 대목이 명나라 시절이 다시 도래하기를 갈구하는 마음의 발로라고 분명하게 판단했다. 즉각 그 사실을 성토하는 탄핵안을 올렸다. 그가 그런 생각을 하고 있을 때였다. 마침 무대 위에서 제갈량 역을 맡은 배우의 명령이 들려왔다.

"사공들은 잘 들어라! 이제부터 뱃머리를 돌려 화살을 받도록 하라!"

배우의 대사에서 유추할 수 있는 장면은 웬만한 사람은 다 아는 장면이었다. 제갈량의 지혜를 유감없이 보여주는 압권이라고 할 수 있었다. 연갱요의 부장 위지약이 대사만 듣고도 감동을 했는지 즉각 엄지를 내둘렀다.

"역시 공명은 기인奇人이야. 공자 같은 인물이 아니면 저런 후예를 낳지 못하지. 그리고 보면 천도天道는 허무한 것이 아니야. 선행을 하면 꼭 보답을 받게 돼 있다고."

위지약은 제갈공명을 공명이라는 이름 때문에 공자의 후예라고 말하고 있는 것이었다. 연갱요가 그의 말을 듣고는 너무나 기가 막혀서 타박을 하려고 했다. 그러자 유묵림이 정색을 한 채 먼저 입을 열었다.

"그럼요! 천도는 허무한 게 아니고말고요. 진시황 뒤에는 진회, 위무제 뒤에는 위충현 같은 망종들이 나왔잖아요. 그런 것을 보면 악은 악을 낳고, 죄악을 저지른 자는 반드시 그에 합당한 벌을 받게 돼 있어요."

연갱요가 유묵림의 말을 듣고 있다 말고 갑자기 "푸우!"하고 입에 넣었던 술을 사방으로 내뿜었다. 유묵림의 재기발랄하고 순발력 있는 재담에는 당하지 못할 것 같았다. 그리고는 자신의 실수를 덮어 감추려는 듯 연신 엄지를 내둘렀다.

"역시 뛰어난 재사才士는 한마디를 해도 영양가 있는 소리만 한다니까!"

연갱요의 말에 모두들 빙그레 웃음을 지었다. 그러나 그런 웃음과는 반대로 좌석은 점점 어색하게 식어가고 있었다. 유묵림은 순간 오늘 저녁에 써야 할 밀주密奏가 있다는 생각이 들어 자리에서 일어나면서 말했다.

"이거 먼저 일어나야 할 것 같습니다. 끝까지 자리를 같이 해야 하는데, 대장군께는 대단히 실례입니다만 오늘은 너무 몸이 피곤해 도 저히 버틸 수가 없네요."

유묵림은 말을 마치자마자 바로 자리에서 물러났다. 연갱요 역시 미소를 지으면서 머리를 끄덕여 보일 뿐 억지로 붙잡으려 하지 않았 다.

유묵림은 조용히 인사를 올리고는 거처로 돌아왔다. 이어 옹정이 하사한 회중시계를 꺼내봤다. 해시亥時가 끝나가는 시각이었다. 그는 잠을 쫓을 심산으로 차를 진하게 타서 두 잔이나 마셨다. 머리가 한 결 맑아지는 것 같았다. 그가 정신을 집중해 밀주문 초고를 생각하 고 있을 때였다. 책상 위에 놓여 있는 학 모양으로 접힌 쪽지 한 장 이 그의 시선을 끌었다. 순간 그는 흠칫하면서 종이가 놓여 있는 곳 으로 다가갔다. 펼쳐 보니 뭐가 뭔지 모를 해괴한 그림이 아무렇게 나 그려져 있었다.

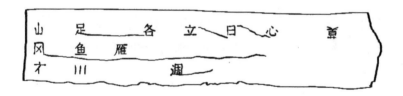

유묵림은 고개를 갸웃거렸다. 미간을 찌푸린 채 종이에서 시선을 떼지 못했다. 그림을 남기고 간 사람이 분명히 전달하고자 하는 뜻이 있을 것이라는 생각이 들었다. 그런 생각이 계속 뇌리에서 떠나지 않 자 급기야 그는 여러 각도에서 종이를 바라봤다. 동시에 중간 중간에 박혀 있는 글자를 풀이해 봤다.

순간 그는 얼음구멍에 빠진 것처럼 소름이 쫙 끼쳤다. 누가 끄적였 는지 모를 비밀스런 쪽지의 내용을 드디어 파악할 수 있었던 것이다. 뜻은 간단했다. '산은 높고 길은 먼데 무엇을 망설이는가. 경풍驚風에 어안魚雁(물고기와 기러기)이 떠난다 말하지 말고 야반삼경夜半三更에 문을 닫고 도망을 가라!' 대충 그런 뜻이었다. 유묵림은 종이를 들어 촛불에 댔다. 이어 타들어 가는 모습을 지켜보다 애써 진정을 하고 말했다.

"누가 이 따위 글을 끄적거렸어?"

"유 대인!"

대장군부에서 파견을 나와 시중드는 유씨가 유묵림을 말을 듣고는 대답했다.

"대장군의 행원에서 오후 늦게 유 대인에게 연회에 참석하라는 초청장을 전하러 사람이 다녀간 적이 있습니다. 그 사람이 잠깐 여기 앉아 있는 것은 봤으나 그림 같은 것을 그리는 것은 못 봤습니다."

"어떤 자식인지……, 사람을 우습게보고! 하하하하……."

유묵림은 일부러 별것 아니라는 듯 말하면서 크게 웃었다. 애써 느긋한 척도 했다. 그러나 그는 명민하기 이를 데 없는 사람답게 이미 사태의 심각성을 충분히 느꼈다. 주변에 자신의 일거수일투족을 훔쳐보는 자가 있으리라는 생각을 하지 않을 수 없었다. 하지만 그는 짐짓 대수롭지 않은 태도를 보이면서 길게 기지개를 켰다. 이어 말했다.

"원숭이에게 들어와 시중을 들게 하고 자네들은 그만 가서 쉬도록 하게."

유묵림은 주위를 물리치고는 서둘러 자신이 올리려다 미처 올리지 못한 상주문 원고들을 한데 묶어 봉투에 넣어 봉했다. 그리고는 잠시 생각하더니 봉투 위에 네 글자를 적었다. 연갱요의 이름을 뒤집어 적은 것으로, 그 의미는 아는 사람만 알아볼 수 있는 것이다

年羹堯謀反

(연갱요는 역모를 하기로 결정을 내렸습니다.)

얼마 후 유묵림을 전적으로 수발하는 원숭이가 문을 열고 들어왔다. 그는 유묵림의 낯빛이 평소와 다른 것을 발견했는지 걱정스러운 어조로 물었다.

"유 대인, 무슨 일이 생긴 겁니까?"

원숭이는 원래 소순경을 극진하게 수발하던 하인이었다. 바로 그 갸륵한 마음 씀씀이 때문에 유묵림은 그녀가 세상을 떠나자마자 그를 데려와 필묵을 준비하는 등의 시중을 들게 했다. 그의 판단은 틀리지 않았다. 원숭이는 유묵림의 기대를 저버리지 않고 일을 잘했다. 속도 깊었다. 유묵림은 무슨 일이 있느냐는 원숭이의 물음에 그저 시무룩하게 대답했다.

"이 문서를 오늘 밤에 악종기 군문한테 보내줘야 해. 무섭지 않겠어?"

"무섭기는요. 팔십 리 길도 되지 않는데요. 게다가 제가 말을 좀 탈 줄 알잖아요. 활도 잘 쏘고요. 승냥이 밥이 될 걱정은 없지 않겠어요?"

원숭이가 천진난만하게 웃었다. 유묵림이 흡족한 미소를 지은 채 원숭이의 어깨를 툭 치면서 당부했다.

"그래도 조심해서 잘 다녀와."

원숭이가 문서를 받아들고 막 물러가려 할 때였다. 유묵림이 황급히 그를 다시 붙잡으면서 목소리를 한껏 낮춰 귀엣말로 속삭였다.

"방금 했던 얘기는 밖에서 엿듣는 자들에게 들으라고 한 말이야. 지금 나가되 성 밖으로는 나가지 마. 어디 숨어 있다가 내일 내가 무사하면 그대로 돌아와. 그러나 만에 하나 나에게 무슨 일이 일어나게 되면 반드시 이 문서를 악 군문한테 전해드려야 해. 무슨 말인지 알겠지? 응?"

순간 원숭이의 얼굴에서 웃음기가 싹 사라졌다. 유묵림의 심각한 표정과 의미심장한 어조에서 뭔가를 직감한 모양이었다. 곧 그가 머리를 끄덕이면서 귀엣말을 했다.

"성 안에 저의 양어머니가 있어요. 오늘 저녁은 거기 숨어 있겠습니다. 내일 아침 악 군문의 수령증을 받아가지고 오겠습니다."

원숭이는 마지막 한 마디는 외치듯 큰소리로 말했다. 그리고는 밖으로 물러갔다. 잠시 후 요란한 말발굽 소리가 멀어져갔다. 다시 정적이 깃들었다.

유묵림은 문서를 안전하게 빼돌렸다는 생각이 들자 비로소 안도의 한숨을 토해낼 수 있었다. 곧 가만히 생각에 잠겼다.

'지금 내가 밤을 이용해 이곳을 떠난다고 해도 막을 사람은 없을 거야. 그러나 내가 받은 지시 중 첫 번째가 바로 '연갱요를 붙들어 매는' 것이 아닌가. 그런데 오늘 저녁 연갱요의 마수魔手를 피해 도망간다고 쳐. 결국에는 폐하로부터 혹독한 벌을 받을 수밖에 없을 거야. 그리고 연갱요는 아직 이렇다 할 모반의 움직임을 보이지 않고 있어. 이럴 때 내가 사라진다면 연갱요는 이판사판으로 나올지도 몰라. 이래도 죽고 저래도 죽을 바에는 역시 큰일을 하다 죽는 게 낫겠어.'

유묵림은 고민에 고민을 거듭했다. 결론은 똑같았다. 아직은 연갱요의 수중에 남아 있어야 했다. 그는 서서히 마음이 편해졌다. 나중에는 온돌에 벌렁 드러누워 창문을 때리는 모래바람 소리를 감상할 수도 있게 됐다. 만감이 교차하는 감정이 완전히 없어지지는 않아 이리저리 뒤척이기는 했으나 졸음도 몰려왔다. 눈꺼풀이 무겁게 내려앉기 시작했다…….

바로 그때였다. 밖에서 펑! 하는 폭발음이 들려왔다. 유묵림은 벌떡 일어나 앉았다. 순간 차가운 모래바람과 함께 방문이 활짝 열렸다. 그는 눈을 비비고 일어나 정신을 차렸다. 왕경기가 부하 몇 명을 거느리고 들이닥쳤다. 동시에 맹렬하게 몰아쳐온 모래바람이 그의 얼굴을 따갑게 때렸다. 책상 위에 흩어진 종이들이 기다렸다는 듯 진저리치면서 허공을 떠돌아다녔다. 유묵림은 딱히 예기치 못했던 상황이 아니었기 때문에 놀라지도 않았다. 오히려 담담하다고 하는 편이 좋았다. 그가 신발을 신고 내려서면서 히죽 웃으며 말했다.

"왕 대인, 연 대장군이 내 수급을 따오라고 시켰나보오?"

"아니, 숭정崇禎 황제의 뜻이오. 당신이 보기 드문 인재라는 것은 알고 있소. 그리고 오늘 내 손에 가게 되는 것도 개인적으로는 유감스럽게 생각하오. 그러나 우리 연 대장군께서 대명大明의 위업을 광복光復하는데 있어서 그대는 도움이 안 되는 존재요. 어떻게 할 수가 없소. 그냥 비명에 가는 것이 아니라 성스러운 위업을 위해 죽는 것이니 값진 희생이 아니겠소?"

왕경기가 을씨년스럽게 내뱉었다. 유묵림은 바로 조소를 날렸다.

"연 대장군이……, 대명을 광복한다고? 꿈도 야무지오."

"이미 열넷째마마를 모시러 갔소. 열넷째마마께서 도착하시는 대로 이곳 서쪽은 하늘을 찌르는 기세로 진동할 것이오. 우리가 들고 일어나 쳐들어가면 조정에서는 경황없이 갈팡질팡하겠지? 하하하하! 그때가 되면 여송국呂宋國(필리핀의 루손 섬)에 피난해 있던 주朱씨의 자손들이 다시 돌아와 국면을 수습할 테고……."

왕경기가 껄껄 웃으면서 말했다. 이어 등 뒤의 부하들을 향해 힘찬 고갯짓을 했다. 그러자 그의 부하 한 명이 미리 준비해 온 병에서 술 한 사발을 철철 넘치게 따라 유묵림에게 건넸다. 독주를 마시라는 뜻이었다.

유묵림은 혼신의 기운을 모아 왕경기를 뚫어지게 노려봤다. 불과 몇 시간 전까지 머리를 맞대고 간계奸計를 꾸몄을 연갱요의 악랄한 몰골이 그의 얼굴 위로 겹쳤다. 유묵림의 눈빛은 둘의 혼을 빼내 지옥으로 가지고 가 두고두고 괴롭히려는 듯 서슬이 푸르렀다. 왕경기는 차마 그 눈길을 마주하지 못하겠는지 외면하고 말았다. 곧이어 유묵림이 가소롭다는 듯 미소를 지어보이면서 입을 열었다.

"먼저 가서 기다리마."

유묵림은 말을 마치자마자 바로 술대접을 받아들고 주저없이 꿀꺽꿀꺽 들이마셨다.

47장

열넷째와 교인제의 생이별

　준화遵化에서 효릉孝陵을 지키는 열넷째 윤제가 독서로 소일하면서 세월을 낚은 지도 이미 1년이 넘고 있었다. 그는 장황자와 둘째 황자와는 달리 그저 '대불경'大不敬의 죄만 지었을 뿐이었기 때문에 왕작王爵만 박탈당한 상태였다. 때문에 고산패자固山貝子의 봉호封號는 그대로 보유하고 있었다. 그 덕분에 조정의 관보와 명조정기明詔廷寄는 빠짐없이 받아볼 수 있었다. 융과다가 "가산을 몰수당했다"는 소식을 연갱요에 앞서 접하는 것도 가능했다.

　그러나 아무리 그렇다고 해도 준화는 만만한 곳이 아니었다. 순치와 강희의 능이 있는 중요한 땅이었다. 때문에 숙위관방宿衛關防은 모두 북경의 선박영 우림군羽林軍에서 직접 나와 담당하고 있었기에 경계가 삼엄했다. 준화 현령뿐만 아니라 직예 총독과 순무조차도 마음대로 출입하는 것이 불가능할 정도였다. 그로서는 굵직굵직한 소식이외의 바깥세상 정보를 제대로 알 수가 없었다. 물론 간혹 여덟째 윤사를 비롯한 다른 형제들이 음식을 보내오거나 안부 편지를 전해오기는 했다. 하지만 내무부 능침사陵寢司아문의 관리와 태감들이 두 눈 부릅뜨고 음식을 검사하고 맛을 보고 나서야 비로소 윤제 본인에게 전달하는 상황에서는 달리 방법이 없었다.

그는 융과다가 재산을 압수당했다는 소식을 접했을 때는 고소하다는 생각을 했다. 이전에 품었던 얄미운 감정이 여전히 남아 있었던 것이다. 그는 자신과는 전혀 상관없는 사람의 얘기를 하듯 웃으면서 교인제에게 말했다.

"빌어먹을 영감탱이 같으니라고! 오늘 같은 날이 찾아올 줄은 몰랐겠지. 제까짓 것이 무슨 재주로 상서방대신 자리에 올랐겠어? 운 좋게 아바마마의 유조를 읽은 것밖에 더 있어?"

교인제가 윤제의 말을 듣자마자 애교 넘치는 목소리로 권유했다.

"열넷째마마께서는 이제 그런 잡다한 일에는 신경을 쓰지 마십시오. 그 옛날의 빌어먹을 과거는 깨끗이 잊는 것이 건강에도 좋을 것입니다. 저희 비천한 사람들은 그렇게 합니다. 그저 배부르고 등 따뜻하면 만족합니다. 또 평안무사한 것이 최고의 복이라고 생각합니다. 제가 보기에 폐하께서는 그래도 어머니가 같다는 정을 생각하셔서 열넷째마마에게는 각별하신 것 같습니다. 아홉째나 열째 마마처럼 밖으로 떠돌게 했다면 모래바람과 추위에 얼마나 고생을 하겠습니까? 어디를 가나 제가 따라다니겠으나 도움도 별로 안 될 테고……."

교인제가 눈물이 그렁그렁한 두 눈을 들어 윤제를 바라보았다. 나중에는 급기야 고개를 돌려 손수건으로 눈물을 닦았다. 윤제도 그 모습에는 적이 감화된 듯 부드러운 미소를 지었다.

"보다시피 나는 멀쩡하게 자네 곁에 있잖아. 걱정하지 말게. 이제는 엎질러진 물이고 돌이킬 수 없는 과거야. 나는 진작에 망상 같은 것은 다 떨쳐버렸네."

윤제는 모든 것을 초월한 듯 말했다. 그러나 속내마저 그런 것은 아니었다. 과거의 일은 결코 한때의 망상쯤으로 치부하고 지워버릴 수 있는 것이 아니었던 것이다. 외부와의 접촉에 한계가 있음에도 늘 촉각을 곤두세우고 있는 것도 바로 그 때문이었다. 그의 생각대로라면 융과다는 곧 부의部議에 넘겨져 상응한 처벌을 받게 될 수밖에 없을 터였다. 그러나 곧바로 내려진 지의旨意 내용은 많은 사람들을 헷갈리게 만들었다.

융과다는 이번원 상서의 신분으로 아이태령阿爾泰嶺으로 가서 책망 아랍포탄과 준갈이와 객이객의 유목 지역 경계를 확정지을 것이다. 또 협상이 끝나는 대로 그 자리에서 러시아 사신과 양국의 변경 문제를 상의해야 한다. 짐은 이번 일을 처리하는 태도를 면밀하게 참작하겠다. 융과다가 진정으로 개과천선하는 모습을 보인다면 그 죄를 너그럽게 용서해줄 수도 있다.

하지만 그로부터 한 달 뒤에 다시 내려진 지의의 내용은 전혀 달랐다. 엄청난 질책을 담고 있었다. 완전히 종잡을 수가 없었다.

융과다는 누누이 윤사를 탄핵해 그를 사지死地로 내몰고자 했다. 반대로 악륜대, 아이송아, 그리고 도통都統 여복汝福은 온갖 수완을 동원해 감싸려 했다. 윤사를 밀어내고 자립해 문호를 열려고 한 것과 관련한 그 예측불허의 속셈을 묻지 않을 수 없다.

윤제는 옹정이 또다시 토사구팽의 계략을 꾸미려 한다는 생각을 하지 않을 수 없었다. 또 그 행동의 정당성을 주장하기 위해 교묘하게 수작을 부리는 거라고 판단했다. 그러나 곧 여덟째 윤사까지 운운하고 자신의 심복 장군이었던 여복까지 거론하자 다시 오리무중에 빠졌다.

그는 궁금하고 초조하기 이를 데 없었다. 그러나 달리 어떻게 할 방법이 없었다. 물론 복진福晉(정실부인)과 복진의 측근이 두 달에 한 번씩 면회를 오기는 했다. 하지만 북경에 있는 왕부 역시 준화와 하나 다를 바 없었다. 철통같이 봉쇄되어 있었기 때문에 들을 만한 소식을 빼오는 것이 불가능했다. 그뿐만이 아니었다. 커다란 능원陵園의 궁침宮寢에는 수십 명의 궁녀들이 덩그러니 자리를 지키고 있었으나 교인제를 제외한 나머지와는 말조차 함부로 주고받을 수 있는 사이가 아니었다.

외원外園도 마찬가지였다. 채회새와 전온두 두 집사가 내무부에서 보내온 100여 명의 가인들을 데리고 번갈아가면서 대기하고 있었으나 3개월에 한 번씩 교체 투입됐기 때문에 수족으로 부리기가 어려웠다. 안면을 익혔다 싶으면 바로 떠나기 일쑤였다.

윤제는 갑갑하고 초조한 가운데 7월을 보냈다. 이제는 8월도 끝자락에 와 있었다. 관보를 봐도 더 이상 눈이 번쩍 뜨일 만한 변화는 보이지 않았다. 그는 급기야 마음이 편해졌다. 9월 9일 중양절에 즈음해서는 교인제와 함께 산에 올라 마음속 갈피갈피에 때처럼 끼어 있는 울분을 깔끔히 털어내려고 했다. 추위를 떨쳐내려면 그것도 방법이기는 했다. 그러자 교인제가 기쁜 표정을 숨기지 못했다.

"궁녀들도 속이 곪아터지려고 하더군요. 이참에 다 데리고 나가 노래 부르고 춤추면서 실컷 놀다 오는 것이 좋겠습니다. 열넷째마마께서 전에 만들어놓으신 가사에 제가 곡을 달아 놓았사오니 그때 가서 들려드리겠사습니다."

"여보게, 인제! 여기는 선제의 능침이 있는 곳이라는 사실을 항상 잊지 말게. 노래하고 춤출 곳이 따로 있지. 누구 귀에라도 들어가는 날에는 우리는 미친놈, 미친년 취급을 받는다고! 그래도 싸기는 싸지."

윤제가 쓸쓸한 웃음을 지어보였다. 그러나 이미 마음이 풍선처럼 들떠버린 교인제는 고개를 갸웃거렸다.

"마마께서는 어떨 때 보면 태산을 포용할 정도로 담대하십니다. 그러나 이럴 때는 겨자씨도 담지 못할 것 같습니다. 산의 방향을 한번 생각해보십시오. 산 저쪽은 경릉景陵, 또 다른 쪽은 효릉孝陵입니다. 남쪽에 있는 기봉산棋峰山은 지세가 좀 낮기는 하나 위에는 정자가 있습니다. 폐하께서 얼마 전에 하사하신 술 두 항아리가 있지 않습니까? 그걸 가지고 기봉산에 올라가 노래하고 춤추면서 경릉과 효릉에 계신 조상님들을 기쁘게 해드리는데, 그게 죄가 되겠습니까? 효도라고 칭찬을 받으면 또 모를까."

교인제의 말은 또랑또랑했다. 일리도 있었다. 윤제는 그 말을 듣고는 바로 얼굴이 활짝 펴졌다.

"자네는 정말 귀여워. 깨물어 주고 싶어. 어떻게 그런 깜찍한 생각을 하지? 좋아, 자네 뜻에 따르지."

윤제와 교인제가 열심히 대화를 주고받고 있을 때였다. 밖에서 전온두가 들어오더니 정방正房의 계단 밑에서 한쪽 무릎을 꿇은 채 말했다.

"열넷째마마, 북경에서 손님이 왔습니다. 십삼왕부의 수석태감인 조록趙祿입니다."

"만나지 않겠어!"

전온두의 말에 윤제의 얼굴이 삽시간에 딱딱하게 굳어졌다. 방금 전까지 웃음기가 남아 있던 얼굴이 아니었다. 곧 그가 오만한 표정을 지은 채 고개를 쳐들고 멀리 창밖의 백양나무 위에 있는 까마귀 둥지를 바라봤다. 그리고는 다시 입을 열었다.

"할 말 있으면 먼저 자네들한테 말하고 나중에 나에게 얘기하라고 전하게. 그래야만 내가 의심을 덜 받을 것이 아닌가."

교인제는 눈앞에서 오고가는 대화와 관련한 문제에 자신이 끼어 들어봤자 소용없다는 것을 모르지 않았다. 그녀로서는 말없이 가볍게 한숨만 지을 뿐이었다. 전온두가 대답했다.

"무슨 뜻인지 알겠습니다. 열셋째마마께서 편지 한 통과 술에 절인 대추 몇 항아리를 보내오셨습니다. 물건을 안으로 들여보내라 할까요?"

"음, 물러가게."

"예."

전온두가 대답과 함께 몸을 돌려 뒤로 물러가려고 했다. 그때 갑자기 윤제가 그를 불러 세웠다.

"편지를 가지고 왔다니, 사람도 들여보내게. 마음이 놓이지 않으면 자네나 채회새 둘 중 한 사람이 따라 들어와도 되네."

전온두가 윤제의 말에 담긴 의미를 알아채고 황급히 변명을 했다.

"무슨 그런 말씀을 하십니까? 소인도 어쩔 수 없이……. 게다가 이 친왕께서 보내신 사람이라 걱정 같은 것은 전혀 하지 않습니다."

전온두는 말을 마치고 바로 물러갔다. 교인제가 전온두가 사라지기를 기다렸다가 천천히 입을 열었다.

"마마! 저 사람들에게 좀 잘해주십시오. 소녀가 보기에 전온두와 채회새 둘은 양심도 있고 썩 괜찮은 사람들 같습니다. 지난번에 마마께서 아홉째마마에게 보내는 서신을 전해준 사실이 들통이 나 전온두가 내무부로 끌려가 다리뼈가 부러질 정도로 얻어맞았다고 합니다. 소녀가 겨우 추궁해 그 진상을 알아냈습니다."

윤제가 교인제의 말에 바로 냉소를 터트렸다.

"주유周瑜도 황개黃蓋의 곤장을 쳐서 조조曹操를 속였지. 고육지책苦肉之策을 썼다고. 자네는 여자라 남자들 사이에 오고가는 미친 짓은 잘 몰라."

윤제의 말이 채 끝나기 전이었다. 남령藍翎 정자를 단 태감 한 명이 용도甬道(건물 사이를 잇는 길)를 통해 복도를 따라 걸어오고 있는 모습이 보였다. 그 뒤에는 채회새가 일정한 간격을 두고 따라오고 있었다. 그러나 정방이 가까워오자 채회새는 멈춰 섰다. 태감은 계속 걸어오더니 윤제에게 고개를 숙였다.

"태감 조록이 열넷째마마께 문안을 올립니다. 부디 만복을 받으십시오!"

"일어나게."

윤제가 담담하게 한마디 던지고는 방 안에 들어가 자리에 앉았다. 이어 조록에게 자리를 내줬다.

"열셋째 형님은 본인도 건강이 여의치 않은데 나한테까지 신경을 써주니 정말 뭐라고 고마움을 표해야 할지 모르겠네."

조록은 윤제의 말이 끝나자마자 바로 황급히 안주머니에서 편지를 꺼내 두 손으로 윤제에게 건네줬다. 윤제가 봉투를 뜯으면서 지나가는 말처럼 물었다.

"그래, 이친왕께서는 좀 좋아지셨나?"

조록이 비스듬히 앉은 채 몸을 숙이면서 대답했다.

"요 며칠 사이에 많이 좋아지셨습니다. 그래도 아직은 조심하셔야 합니다. 태의는 담증痰症이라고 했으나 나중에 하남성에서 온 오鄔씨라는 사람이 맥을 보더니 노질癆疾(폐결핵. 당시에는 불치병)이라고 진단을 고쳐 내렸습니다. 이제 병명을 정확히 알았으니 치료하기 쉬울 겁니다. 효과도 아주 기대됩니다. 완치가 될지는 감히 장담할 수 없다고 합니다만……."

윤상이 보낸 편지에는 별 특별한 말이 없었다. 그저 마음을 비우고 고독을 즐기라거나 독서를 통해 인내하라는 등의 말이 대부분을 차지하고 있었다. 윤제는 심드렁한 표정을 지은 채 대충 읽어보는 척하다 말고 '노질'이라는 말에 흠칫 놀랐다.

"오씨라니 누군지 알겠어. 그 사람이야 열셋째 형님에게 구십 세까지는 문제없다고 큰소리 뻥뻥 친 사람이니 당연히 문제가 없겠지. 교인제, 조 대인께 차나 한 잔 올리지."

조록이 교인제가 물러가자 기다렸다는 듯 주변을 둘러봤다. 그리고는 장화 속에서 종이 한 장을 꺼내 윤제에게 건네주면서 나지막하게 말했다.

"여덟째마마께서 보내신 편지입니다. 잘 건사하십시오."

윤제가 편지를 받아들고는 의혹에 찬 시선으로 조록을 힐끗 쳐다봤다. 조록이 황급히 입을 열었다.

"열넷째마마, 명찰하시옵소서. 소인은 염친왕부의 태감 하주아와 의형제를 맺은 사이입니다. 이친왕이 연금당하신 강희 오십이 년부터 소인은 염친왕의 뜻에 따라 이친왕을 시중들기 시작했습니다. 그런 신분이 아니었다면 이 편지를 전해드릴 수 없었을 것입니다."

"음."

윤제가 그제야 마음이 놓이는 듯 편지를 폈다. 순간 적이 놀라는 표정을 지으며 조록을 바라봤다. 조록이 황급히 설명을 했다.

"쌀뜨물로 쓴 글씨입니다. 연기에 그을려야 글씨가 보일 것입니다."

교인제가 조록의 말이 채 끝나기도 전에 찻잔을 받쳐 들고 들어섰다. 조록은 갑자기 뚝하고 말문을 닫아버렸다. 그러자 윤제가 웃으면서 말했다.

"내가 아무리 초라한 신세이기로서니 심복 하나쯤도 없을까봐 그러나? 걱정 말게. 교인제, 이 종이를 가져다 기름등잔 연기에 그을려 와."

교인제가 말없이 종이를 받아들고 물러갔다. 윤제가 그제야 조록을 인정하는 듯 물었다

"여덟째마마는 잘 계신가? 성총도 여전하시고?"

"괜찮으신 것 같습니다. 소인은 열셋째마마를 시중들기 때문에 여덟째마마는 거의 만날 수가 없습니다. 설사 만나더라도 이야기를 나눌 수도 없습니다. 최근에 제가 열셋째마마가 장 중당과 얘기하는 것을 귀동냥해 들은 적이 있습니다. 연갱요, 융과다를 제거하지 않으면 폐하의 권력을 완벽하게 틀어쥘 수 없다고 하더군요. 또 조정 내의 붕당도 소멸시킬 수가 없다고도 말했습니다. 결국 융과다 중당은 이제 아무런 실권도 없는 산질대신散秩大臣으로 전락해버렸습니다. 이제 폐하께서는 연갱요의 병권을 박탈하려는 모양입니다. 이건 암암리에 떠도는 소문이라 진실 여부는 잘 모르겠습니다."

윤제는 곰곰이 생각해봤다. 확실히 조록의 말은 태감이 꾸며낼 수 있는 말이 아니었다. 그는 급기야 조록을 어느 정도 믿지 않을 수가 없다고 생각했다. 또 옹정이 만약 자신을 손보려 한다면 지금처럼 겉돌게 할 리가 없다고 판단했다. 그는 갑자기 너무나 많은 것이 궁금해졌다. 다시 뭔가를 물으려고 할 때, 교인제가 시커멓게 그을린 종이를 들고 다가왔다. 길지 않은 내용이었다.

아홉째가 서신을 보내왔네. 연갱요 본인이 아직 우왕좌왕하면서 결단을 내리지 못하고 있어. 그러나 제법 진전은 있다고 하네. 천고千古의 성패는 아우 자네의 일념一念의 선택에 달려 있네. 죽은 듯 골방을 지키고 있어도 죽고, 설치고 다녀도 죽을 판이야. 열넷째 아우의 현명한 판단을 기대하네. 노구老狗(왕경기)가 사람을 데리고 자네를 맞으러 미리 가 있네. 이 기회까지 놓치면 우리는 평생 배꼽을 물어뜯으면서 뒤늦은 후회를 하게 될 걸세.

편지에는 서두도 낙관도 모두 없었다. 그러나 초서체의 필적은 확실히 염친왕윤사의 친필이 틀림없었다. 순간 윤제의 모든 의혹은 한꺼번에 사라졌다. 곧 그의 얼굴은 가슴속에서 치솟는 뜨거운 열기로 벌겋게 달아올랐다. 뭐라고 형언할 수 없는 착잡한 감정이 뒤엉켜 돌아갔다. 그는 종이에 불을 붙였다. 종이는 재가 되어 흔적도 없이 사라졌다. 그가 우수에 젖은 눈빛으로 오색찬란한 산봉우리를 바라보면서 물었다.

"왕경기는 도착해 있나?"

"예, 열넷째마마! 왕경기는 지금 준화의 성 안에 들어와 있습니다."

"성 어디에?"

"그건 잘 모르겠습니다."

"내가 어떻게 만나면 되나?"

"여덟째마마께서 그러시더군요. 열넷째마마께서 능원陵園만 벗어나시면 왕 대인이 알아서 찾아뵐 거라고요."

윤제가 자리에서 일어났다. 그리고는 천천히 몇 발자국을 걸었다. 그러다 갑자기 웃음을 터트렸다.

"나는 마음이 고목처럼 죽어 있는 사람이네. 그 옛날의 날카롭던 기개는 다 닳아 없어진 지 오래 됐어. 그럼에도 바깥에 있는 형제나 친구들은 나에게 거는 기대가 이토록 크니 정말 웃기기 짝이 없군. 그만 물러가게. 자네를 파견한 사람한테 찾아가서 윤제는 이곳에서 늙어죽는 것이 소원이라고 전하게. 더 이상 괴롭히지 말라고 말이야."

조록은 윤제의 말에 어찌 할 바를 몰랐다. 그가 당장이라도 신발 신고 따라나설 것만 같더니 갑자기 변덕을 부린 탓이었다. 그가 한참 후에야 비로소 무릎을 꿇은 채 작별을 고했다.

"알겠습니다, 열넷째마마. 부디 옥체를 보존하십시오. 소인은 그만 가보겠습니다."

조록이 말을 마치고는 다시 머리를 조아렸다. 그리고는 어깨를 축 늘어뜨린 채 물러갔다.

"현명한 판단을 하셨습니다, 열넷째마마."

교인제가 곁에서 내내 조마조마한 마음으로 손에 땀을 쥐고 있더니 적이 안도하는 표정으로 말했다. 마음이 무척이나 놓이는 눈치였다. 그녀가 윤제에게 차를 따라주면서 다시 입을 열었다.

"저런 사람들은 정말 믿을 수가 없습니다. 전에 열넷째마마께서 밖에서 군사를 거느리고 계신 적이 있다고 들었습니다. 그때 여덟째마마께서 열넷째마마의 눈앞에 간첩을 심었다면서요? 솔직히 지금 마마께서는 아무것도 가진 것 없는 빈털터리입니다. 그들이 뭣 때문에 그토록 선심을 베풀어 마마를 구출하려 들겠습니까? 설사 모든 것이 소녀의 기우일지라도 마마께서는 그들이 일으키는 소용돌이에 휘말려들면 안 됩니다. 득이 될 것이 하나도 없을 것입니다."

"네가 알기는 뭘 안다고 그래? 언제부터 이렇게 말이 많아졌어? 이게 지금 자네 여자들이 끼어들 일인가?"

갑자기 윤제의 불호령이 떨어졌다. 교인제는 느닷없는 윤제의 고함소리에 기가 질린 나머지 안색이 창백하게 질린 채 황급히 뒤로 물러났다. 기가 죽어 고개만 푹 숙이고 있었다. 늘 윤제를 스승처럼 존경하고 오빠처럼 믿어왔으니 그럴 만도 했다.

　그러자 윤제가 그 모습이 안쓰러운지 긴 한숨을 토해내면서 교인제에게 다가갔다. 이어 부드럽게 어깨를 껴안은 채 자상하게 위로했다.

　"자네가 나를 위해 마음고생 하는 것을 내가 모를 리 있겠나? 여기는……, 여긴 그야말로 살아있는 관槨이야. 나는 목숨이 붙어있는 송장이고. 살아 숨을 쉬어도…… 고깃덩어리나 마찬가지지. 그러나 나는 바깥 정세를 몰라도 너무 몰라. 어떻게 쉽게 뛰쳐나갈 수 있겠나? 자네를 이렇게 고생시키는 것도 너무 마음 아픈 일이네."

　윤제는 진정 어린 고백을 하는 것 같았다. 교인제 역시 뜨거운 눈물을 흘렸다. 그녀는 설움에 북받쳐 흘러내리는 뜨거운 눈물을 닦을 생각도 하지 않은 채 흐느꼈다.

　"저도 사내대장부가 이렇게 사는 것이 죽는 것보다 괴롭다는 것을 잘 알겠습니다. 마마께서 알아서 결정하십시오. 소녀는 그곳이 칼산이 되든 불바다가 되든 죽을 때까지 따라다니겠습니다. 그러나 여덟째마마도 마음 씀씀이가 그다지 바른 것 같지는 않은 듯합니다. 연갱요 역시 못 미덥기는 마찬가지 아니겠습니까? 소녀는 마마께서 무모한 짓을 하지 말았으면 하는 뜻에서……. 소녀는 마마의 아기를 가진 몸이옵니다."

　"그러니까 나도 대단히 조심스러울 수밖에 없네."

　윤제가 교인제를 위로하듯 어깨를 감싸 안아주었다. 이어 혼잣말처럼 중얼거리듯 한마디를 더 덧붙였다.

　"그래도 물은 건너봐야 얼마나 깊은지를 알지. 혹시 나에게 진정으로 기회가 찾아올는지도 모르는데……."

9월 9일 중양절에는 공교롭게도 큰비가 내리기 시작했다. 기봉산에 올라 노래하고 춤추면서 명절을 제대로 즐기려 했던 교인제는 어쩔 수 없이 능원을 벗어나지 못하게 됐다. 그래서 윤제가 머무르는 편전偏殿에서 모처럼 술잔을 기울이면서 조촐하게 보내려고 했다. 그러나 윤제는 조록을 만난 이후 마음이 완전히 콩밭에 가 있었다. 어떻게든 왕경기를 만나야겠다는 생각을 했는지 능원을 벗어나 바람을 쐬고 오자는 고집을 부렸다.

"마마께서 비나 눈이 내리는 날을 무척이나 좋아하신다는 것은 알고 있습니다. 그러나 이렇게 많은 사람이 악기를 챙겨들고 비까지 맞으면서 기봉산에 올라 보십시오. 사람들의 시선을 끌 수밖에 없지 않겠습니까? 그래도 정 나가셔야겠다면 소녀와 둘이서만 가는 것이 어떻겠습니까? 외원外院의 전온두와 채회새만 데리고 조용히 다녀오면 다른 사람들의 눈에 띈다고 해서 누가 수군거리기야 하겠습니까?"

교인제의 제안에 윤제가 흔쾌히 대답했다. 기봉산은 능원의 침궁에서 그다지 멀리 있지 않았다. 경릉과 효릉을 마주하고 있을 뿐만 아니라 지세가 주변보다 낮았다. 다소 외로워 보이는 고봉孤峰이라고 할 수 있었다. 그러나 경치 등은 꽤 괜찮았다. 무엇보다 산 전체에 청회석靑灰石이 가득했다. 또 산 정상에는 샘이 있어 항상 물이 사방으로 흘러내렸다. 산등성이에 울창한 초목과 무성한 숲이 있었다. 그뿐만이 아니었다. 언제 누가 지었는지 모를 샘터 옆의 육각형 정자는 제법 운치가 있었다. 그곳에서 멀리 내다보면 북쪽으로 경릉과 효릉을 볼 수 있었다. 남쪽으로는 마란욕馬蘭峪(하북성에 소재하고 있음)이 시야에 가득 안겨왔다. 동서로는 여러 산들이 팔을 벌려 외로운 기봉산을 껴안고 있었다. 때문에 아침에는 운해雲海가 산봉우리를 살포시 감싸는 경관을 구경할 수 있고, 저녁에는 노을의 경쾌함을 만끽

할 수 있었다. 한마디로 천혜의 수려함을 자랑하는 명승지로서 전혀 손색이 없는 곳이었다.

윤제는 그 경치를 감상하고 싶어서 그런지 모처럼 가마를 타지 않았다. 곧 일행 네 사람은 우비를 입고 계단을 하나씩 올라 산 정상에 다다랐다. 신발과 바짓가랑이는 흠뻑 젖어버리고 말았다. 윤제는 가쁜 숨을 몰아쉬면서 정자로 들어가 기둥에 기대 앉아 바람을 힘껏 들이마셨다. 그 사이에 나머지 사람들은 가지고 온 음식을 펴놓느라 정신없이 바쁘게 움직였다.

눈길을 돌려 사방을 바라봤다. 가랑비가 소리 없이 내리고 있었다. 추색秋色이 짙어가는 산에서는 나뭇잎이 오색찬란한 색깔로 사람들의 시선을 붙들어 매고 있었다. 그 사이로 드문드문 보이는 검푸른 송백松栢은 그래서 더욱 유난스러워 보였다. 윤제는 조용히 귀를 기울였다. 바람소리를 비롯해 빗소리, 송백의 파도소리와 출렁대는 샘물의 지저귐이 어우러지는 소리가 가만히 들려왔다. 세속의 때를 솔로 깔끔히 씻어내는 듯한 청정 세계에 들어선 것 같았다.

교인제를 비롯한 세 사람은 음식을 한가득 펴놓고도 빗속의 경관에 취해 비감과 우수, 그리고 희열이 교차된 눈빛으로 멍하니 먼 곳을 응시하고 있는 윤제를 감히 부르지를 못했다. 윤제가 무엇인가에 그토록 빠져 있는 모습을 보이는 것은 그다지 흔한 일이 아니었던 탓이다. 시간이 얼마나 흘렀을까, 윤제가 한숨과 함께 즉흥시를 나지막이 읊조리기 시작했다.

고개 들어 내 저 하늘에 묻노니,
화음복선禍淫福善 그 무엇이 진실이더냐.
예양豫讓은 숯불 삼켜 헛되이 죽었으나,

진회秦檜가 천수를 누리다니 그 웬 말인가?

무뢰한無賴漢 유방은 천하를 차지했으나,

영웅 항우項羽는 어찌 해서 외로운 죽음을 맞는가.

자고로 호걸의 삶은 허무하노니,

능강陵崗에서 무너지는 내 마음 그 누가 알리오!

윤제가 시를 다 읊조릴 무렵이었다. 어디선가 찬바람이 불어 닥쳤다. 순간 넋을 놓고 있던 사람들이 흠칫하면서 부르르 몸을 떨었다. 교인제는 비분悲憤과 처량한 감정에 잠긴 윤제의 목소리에 잠시 할 말을 잊은 듯했다. 그저 두 손을 모은 채 구름이 어지럽게 엎치락뒤치락 하는 하늘을 향해 빌고 또 빌 뿐이었다.

"나무아미타불南無阿彌陀佛, 나무대자대비구고구난관세음보살南無大慈大悲救苦救難觀世音菩薩……."

윤제가 그 모습을 보더니 씁쓸한 웃음을 지었다.

"만물은 원래 끊임없이 불생불멸의 윤회를 거쳐 새로이 태어나고 죽고 하는 거야. 다만 대도大道는 바다처럼 깊어 우리 평범한 속세의 사람들은 이 천지의 조화를 제대로 알지 못할 뿐이지."

윤제가 말을 마치자마자 술잔을 들어 혼자서 벌컥벌컥 들이마셨다. 전온두가 황급히 다가가 술잔을 채워줬다. 이어 조심스럽게 아뢰었다.

"열넷째마마의 울적한 기분을 풀어드리려고 나왔는데, 그렇게 쓸쓸한 시를 읊조리시니 소인도 괜히 서글퍼집니다. 이 술 한 잔 더 받으시고 이번에는 기분 좋은 시 한 수 읊어주시면 좋겠습니다."

채회새 역시 한마디 거들었다.

"소인은 평생 시 읊는 소리에 감화된 적이 없습니다. 그러나 이번에는 두 팔에 소름까지 돋는군요. 이 느낌을 뭐라고 표현할 수가 없습니다. 소인이 듣기에 방금 읊조린 시는 밖에서 들으면 안 될 것 같습니다. 서건학 대인의 아들 서준이 뭔가 한 구절 잘못 써서 폐하께 된통 혼이 났다고 합니다. 그리고 사사정査嗣庭이라는 사람은 과거시험 문제 출제를 잘못해 천뢰天牢(조정에서 직접 관장하는 감옥)에 갇혔다지 뭡니까? 폐하께서 지닌 성정으로 미뤄 볼 때는 이렇듯 사소해 보이는 일도 큰 화를 자초할 수 있을 겁니다."

윤제는 서준의 일에 대해서는 들은 바가 없었다. 하지만 사사정이 과거시험 문제를 잘못 출제해 문자옥文字獄을 초래한 사건은 잘 알고 있었다. 그가 냉소를 터트렸다.

"자네가 깊은 내막을 알 리가 없지. 사사정은 융과다의 사람이야. 또 서준은 여덟째마마의 문하이지. 폐하께서 진작부터 이를 갈던 차였으니 꼬투리가 잡힌 거야. 작정을 하고 누군가의 흠집을 내려고 하면 그것보다 쉬운 일이 어디 있겠어? 폐하께서도 내 목을 치려면 '대불경'이라는 죄명으로도 충분히 할 수 있어. 내가 꼭 이런 시를 읊어대지 않더라도 말이야."

윤제가 말을 마치고는 또다시 술잔을 입 안에 털어 넣었다. 이어 뭔가를 기다리는 듯 주위의 산들을 천천히 둘러봤다. 교인제는 순간 윤제가 은근히 '가슴 뛰는 만남'을 기대하고 있다는 사실을 알았다. 연갱요의 사람을 기다리고 있는 것이 틀림없어 보였다. 그러나 우무雨霧 속에 몸을 움츠리고 있는 숲속 그 어디에서도 사람의 모습은 보이지 않았다. 그녀가 일말의 위안을 느끼면서도 윤제의 처지에 상심했는지 은근하게 술을 권했다.

"방금 하신 말씀에 소녀도 공감합니다. 그러나 소녀는 운명을 받아들이고 느긋하게 기회를 기다리노라면 언젠가는 해 뜰 날이 있을 것이라고 믿어마지 않습니다. 불법佛法에서는 모든 것이 공허하다고 했습니다. 또 만 가지 인연도 다 허무한 것이라고 가르치고 있습니다. 아무리 강한 사람일지라도 하늘과는 대적할 수 없는 것입니다."

"인제, 자네는 과연 청출어람靑出於藍의 인재야. 진정한 사내는 하늘을 거스르고 대적하지 않지. 나는……, 팔자라는 것을 믿어."

윤제가 먼저 술 한 모금을 마셨다. 이어 세 사람에게 자리에 앉으라고 명하고는 일일이 술을 따라줬다. 넷은 그렇게 주거니 받거니 술을 마셨다. 그러다 보니 어느새 신시申時가 가까워오고 있었다. 비도 거의 멈춘 것 같았다. 윤제는 그제야 채회새와 전온두의 어깨를 짚은 채 조심조심 산을 내려왔다.

윤제가 능원 침궁의 측전側殿으로 돌아와 옷을 갈아입고 미처 한숨을 돌리기도 전이었다. 이문二門에서 경비를 서고 있던 군교가 들어와 보고를 올렸다.

"마란욕의 총병 범시역範時繹이 뵙기를 청했습니다."

범시역은 윤제가 미처 대답도 하기 전에 20여 명의 군관들을 데리고 안으로 들어섰다. 그리고는 문 앞에서 잠시 멈춰 자신의 부하들에게 명령을 내렸다.

"너희들은 밖에서 기다려!"

범시역은 부하들을 남겨두고 혼자서 성큼성큼 걸어 들어왔다. 그의 장화에서 나는 발소리와 장검 및 허리띠가 부딪치는 소리가 무게 있게 울렸다. 순간 조용하던 측전은 전율에 떨었다. 물러가려던 전온두와 채회새가 범시역의 기세에 놀란 나머지 얼굴이 창백해졌을 정도였다. 급기야 윤제가 벌떡 일어서면서 고함을 질렀다.

"범시역, 지금 뭘 하는 건가?"

"열넷째마마께 문안을 올립니다."

범시역은 날렵하게 한쪽 무릎을 꿇은 채 군례를 올렸다. 이어 머리를 조아린 다음 몸을 일으켜 세웠다.

"소인은 폐하의 명령과 상서방 마 중당의 수유를 받들고 열넷째마마의 신변을 지키러 왔습니다. 누구인지는 모르나 열넷째마마를 납치하려 한다는 첩보가 날아들었습니다. 어제 준화성 안에서 대대적인 수색작전을 폈습니다. 그 결과 주범 왕경기를 생포했습니다. 그 사실 역시 열넷째마마께 알려드리겠습니다. 열넷째마마께서는 부디 아랫것들의 어려움을 헤아려 주시기 바랍니다. 앞으로 밖으로 나가실 때는 저희 총병아문에 반드시 통보해 주셨으면 합니다."

좌중의 사람들은 느닷없이 튀어나온 갑작스런 소식에 깜짝 놀랐다. 저마다 나무토막처럼 그 자리에 굳어져버렸다. 윤제가 한참 후에야 비로소 악몽에서 깨어난 듯 쓴웃음을 터트렸다.

"그런 일이 있었는가? 이 마당에도 나를 보물로 간주하는 사람들이 있었다니, 웃다가 이가 빠질 일이로구나! 그런데 그 왕경기라는 자는 어떤 인물인가? 누가 그를 여기에 보냈다는 말인가?"

"소인도 잘은 모르겠사옵니다, 열넷째마마. 소인은 그저 범인을 붙잡아 순천부에 넘기라는 명령만 받았을 뿐입니다. 어제저녁 직예 총독아문에서 전해온 소식에 의하면 능침 내부에도 왕경기 일당이 있다고 합니다. 채회새, 전온두가 누구입니까? 헌명憲命을 받들어 체포하겠습니다."

범시역이 즉각 대답했다. 이름이 거명된 채회새와 전온두는 황당하기 그지없었다. 서로를 번갈아 보면서 어찌 할 바를 몰랐다. 그때 윤제가 나섰다.

"바로 이 두 사람이지. 둘 다 내무부에서 파견 나온 사람들이야. 일도 열심히 하고 폐하의 치하와 격려도 받은 사람들이지. 혹시 왕경기가 모함을 했는지도 모르는 일이니 돌아가서 직예 총독에게 확실한 증거를 확보한 후에 사람을 잡아가도 늦지 않을 거라고 전하게. 저들이 날개가 돋지 않는 이상 담을 넘어 도망가지도 못할 것 아닌가."

범시역이 즉각 상체를 숙인 채 말했다.

"직예 총독 자리는 잠시 비어 있습니다. 신임 총독인 이불 대인은 아직 부임하시지 않으셨습니다. 이것은 직예 총독아문에서 상서방의 명령을 받고 전해온 헌명입니다. 조속히 체포하라고 했습니다. 열넷째 마마의 협조를 부탁드립니다."

범시역이 말을 마치고는 다시 한 번 군례를 올렸다. 이어 바로 일어나 명령을 내렸다.

"연행해!"

"예!"

범시역의 명령이 떨어지기 무섭게 밖에서 대기하고 있던 군관들이 우렁찬 대답과 함께 굶주린 늑대처럼 들이닥쳤다. 이어 눈 깜짝할 사이에 채회새와 전온두를 결박해 꽁꽁 묶었다. 그리고는 거칠게 등을 떠밀어 밖으로 밀어냈다. 범시역이 화를 주체하지 못해 씩씩거리는 윤제를 의식한 듯 공손히 말했다.

"이렇게 열넷째마마를 놀라게 해드려서 대단히 황송합니다. 소인은 명령에 무조건 복종할 수밖에 없는 아랫것입니다. 제 처지를 이해해주시기 바랄 뿐이옵니다. 정말 부득이했습니다……."

"이 빌어먹을 놈아! 나불대지 말고 꺼져! 내가 이러고 있으니까 허수아비 취급하는데, 내가 못해 본 것이 뭐가 있어? 직예 총독이 그렇게 큰 권한이 있다면 가서 폐하께 상주하라고 해. 나는 패자인지 나발인지도 싫다고 말이야. 이제는 머리 깎고 산으로 들어갈 거라고!"

윤제는 온몸의 피가 거꾸로 치솟는 듯 얼굴이 시뻘게져서는 목에 무섭게 핏대를 돋우면서 고함을 질렀다. 얼마나 흥분했는지 손까지 무섭게 떨고 있었다. 급기야 그가 머리에 쓰고 있던 금룡관金龍冠을 잡아당겨 땅바닥에 힘껏 내동댕이쳤다. 10개의 동주東珠가 떨어져나가더니 사방으로 굴러갔다…….

그러나 범시역은 여전히 웃는 얼굴을 한 채 더욱 부드럽게 말했다.

"부디 고정하십시오, 열넷째마마. 소인은 여기서 머물며 전력을 다해 열넷째마마를 보호할 의무가 있사옵니다. 열넷째마마께서는 황실의 귀한 혈육이십니다. 누가 뭐라고 해도 소인의 주인이십니다. 그런데 이렇게 역정을 내시면 소인도 몸 둘 바를 모르겠습니다."

범시역이 잠시 말을 그치고는 웃는 눈으로 돌부처처럼 굳어져 있는 윤제를 바라봤다. 이어 다시 덧붙였다.

"말씀드리기 송구합니다만 한 가지 더 아뢸 일이 있습니다. 다름이 아니라 열넷째마마 주변의 태감과 궁녀들도 다 교체하라는 지시가 있었습니다."

범시역의 어조는 그지없이 공손하고 부드러웠다. 그러나 그 속에는 전혀 여지를 남겨두지 않는 단호함이 서려 있었다. 순간 윤제는 머릿속이 벌집을 쑤셔놓은 것처럼 윙윙거렸다. 아득한 천 길 낭떠러지로 떨어지는 듯 정신을 차릴 수가 없었다. 교인제를 향하는 눈빛에는 이렇게 허망하게 생이별을 할 수는 없다는 다급함이 어려 있었다. 그가 한참 후에 냉소를 터트렸다.

"이 사람들까지 놔두지 못하겠다? 하나도 남겨두지 않고 없애버릴 건가?"

범시역이 윤제의 말에 황급히 허리를 굽실거리면서 대답했다.

"그건 잘 모르겠습니다. 태감과 궁녀들은 모두 내무부에서 관장하니까요. 신은 그저 명령에 따라 움직일 뿐입니다. 열넷째마마께서 바라시는 바가 있으시면 직접 폐하께 상주하십시오. 그러면 은지恩旨가

내려질 것입니다."

"나는 한 사람만은 곁에 두고 싶네."

"누구 말씀입니까?"

"교인제."

"그건 안 됩니다."

범시역이 단호하게 말했다. 그러나 그는 거의 울상이 돼 있는 윤제를 보면서 속으로는 측은한 마음도 들었다. 하지만 어쩔 수 없었다. 그는 내무부에서 보내온 체포증을 윤제에게 보여줬다. 거기서 윤제는 '교인제 등 48명의 태감, 궁녀들'이라는 글자를 분명히 확인할 수 있었다. 윤제가 스르르 눈을 감았다.

범시역이 쓸쓸한 웃음을 지어보이면서 한숨을 내쉬었다.

"폐하의 권위는 예측할 수가 없습니다. 천명天命은 어길 수가 없는 것입니다. 이렇게 하는 게 어떻겠습니까? 제가 사람들을 데리고 마란욕까지 가겠습니다. 그러나 북경에는 보내지 않고 있겠습니다. 그러니 열넷째마마께서는 빨리 폐하께 주장을 올리십시오. 폐하의 허락이 떨어지면 신은 곧바로 사람들을 다시 데려오도록 하겠습니다."

"그 사람한테 비굴하게 매달릴 것 없습니다, 열넷째마마!"

범시역의 말이 채 끝나기도 전이었다. 갑자기 교인제가 날카로운 어조로 한마디를 내던졌다. 비장하기까지 한 말이었다. 그래서일까, 그녀의 낯빛은 핏기 하나 없이 창백했다. 입을 실룩거리는 모습이 금방이라도 울음을 터트릴 것 같았다. 그녀는 마지막으로 눈 속에 윤제를 새기려는 듯 찬찬히 살펴보더니 천천히 그에게 다가가 무릎을 꿇었다. 그리고는 입술을 덜덜 떨면서 말했다.

"오늘 이 자리가 마지막일지도 모릅니다. 생이별이 될지 모르는 마당이니 소녀는 여태 가슴속 깊이 간직해 온 비밀을 열넷째마마께 털어놓고자 합니다. 소녀는 원래 낙호樂戶 천민이었습니다. 어머니께서 어떤 분과 사랑에 빠져 제가 태어났습니다. 그러나 어머니는 천민으로서 금기시돼 있는 일을 저질렀다고 해서 집안사람들의 시달림을 받았습니다. 나중에는 견디다 못해 산서山西로 도망가서 교씨 성을 가진 집에 몸을 의탁하게 됐습니다. 내놓고 자랑할 일이었으면 진작 말씀 드렸을 텐데……. 열넷째마마는 소녀의 은주恩主입니다. 동시에 사랑하는 부군夫君입니다. 추호도 숨기는 것이 없어야 하겠기에 마지막으로 말씀 올리는 바입니다."

교인제는 북받치는 자신의 감정을 이기지 못했다. 긴 속눈썹에서 어느새 커다란 눈물이 대롱대롱 맺히더니 비 오듯 흘러내렸다. 그녀가 흐느껴 울면서 다시 말을 이었다.

"얼마 전 소녀가 《금루곡》金縷曲이라는 가사를 읽어드린 적이 있습니다. 그때 마마께서는 상서롭지 못한 느낌이 든다면서 그만 하라고 했습니다. 그러나 지금은 마지막으로 마마의 반주에 맞춰 이별가 삼아 부르겠습니다. 허락해주십시오."

윤제는 더 이상 교인제와의 이별을 막기 위해 몸부림치지 않았다. 커다란 고통을 안으로 삭이려는 모습이 무척이나 초연해 보였다. 곧 그가 천천히 책장으로 다가가 가야금을 내렸다. 얼마 후 닿을 듯 말 듯한 손길에 심산유곡의 샘물이 떨어지는 것 같은 청량한 음이 방안 가득 퍼졌다. 가슴 저미는 슬픔이 고스란히 담겨있어 듣는 이의 심금을 울렸다. 교인제가 눈물 흥건한 얼굴을 들더니 비감에 젖은 채 노래를 부르기 시작했다.

가을비가 추적추적 지치지도 않는구나.
초라하게 퇴색해가는 앙상한 나무들이 처량해서 어쩌나!

떠나는 이의 슬픔을 꼭 닮은

이 처절함이여.

황홀했던 그날을 떠올리면서 거울 앞에 앉으니,

미간에는 그이의 모습만이 그늘이 돼 서려 있구나.

아! 새벽 찬이슬에 옷섶 적시는 이 눈물,

가슴을 저미는구나.

떠나간 낭군이여, 부디 보존하시옵소서.

신첩 생각에 애간장 닳지 마시고,

정 그리우면 항상 그 자리에 있는 반석盤石을 바라보면서

한 줄기 눈물을 쏟으시옵소서…….

교인제가 노래를 마치고는 한쪽에서 기다리고 서 있는 범시역을 향해 고개를 돌렸다. 이어 차가운 어조로 말했다.

"갑시다!"

교인제는 단호하고 결연한 한 마디를 남기고 성큼 문지방을 넘어섰다. 범시역은 윤제를 향해 무릎을 꿇어 보이고는 태감, 궁녀들을 데리고 뒤를 쫓아나갔다.

커다란 침전은 횅한 적막감에 휩싸였다. 살짝 굵어진 빗소리만 숨막히는 정적을 더욱 소름끼치게 만들 뿐이었다. 윤제가 실성한 사람처럼 멍하니 앉아 있더니 갑자기 미친 듯 가야금이 놓인 쪽으로 달려갔다. 이어 가야금 줄을 쥐어뜯었다. 그는 펑펑 줄이 끊어지는 소리에 울분을 삼키는 듯 고개를 한껏 젖히고 껄껄 웃었다. 그리고는 다시 가야금을 들어 힘껏 창밖으로 내던졌다. 나중에는 갈기를 곧추 세운 사자처럼 뜰로 뛰어나가더니 두 팔을 뻗어 하늘을 올려다보고는 허물어지듯 빗물에 주저앉았다.

"옹정……, 윤진! 당신, 그러고도 나하고 피를 나눈 형제야? 그러고도 내 형이냐고! 하늘이시여! 내가 전생에 무슨 죄를 지었기에 이런 귀신도 사람도 아닌 황실의 사람으로 태어나게 했습니까? 예? 왜! 왜, 왜, 왜……!"

비는 갈수록 더 세차게 쏟아져 내렸다. 그러나 윤제는 그 비를 피할 생각조차 하지 않았다.

48장

탄핵

　전문경은 준화에서 사건이 벌어진 바로 다음날 옹정의 지의에 따라
상서방에서 서정대장군 연갱요를 북경으로 불렀다는 관보를 읽었다.
그에게서 술직述職의 말을 듣기 위해 부른 것이었다. 그리고 9월 24
일, 연갱요에게서 출발한다는 상주문이 조정에 날아들었다. 그에 대
한 옹정의 비유批諭는 간단하고 형식적인 내용이었다.

　"짐은 우리 군신간의 감격 어린 재회를 기대하네. 오는 길에 조심해
서 무사히 오기를 바라네. 11월에 만날 그날만을 손꼽아 기다리네."

　전문경의 명성은 피비린내를 풍기며 조류씨 사건을 매듭지은 이후
로 하루가 다르게 퍼져나갔다. 당연히 양 옆에서 전문경의 다리를 붙
잡고 늘어지던 호기항과 차명은 큰 짐, 작은 보따리를 껴안고 쫓겨나
듯 다른 곳으로 부임해 가야 했다. 전문경은 이때부터 하남성에서는
요지부동의 입지를 굳혔다. 그로서도 나름대로 아주 만족하고 있었

다. 그러던 어느 날이었다. 정확히 장구를 안찰사 서리로 앉힌 다음 날이었다. 그에게 돌연 옹정의 주비가 날아들었다. 짤막했으나 글자 사이사이에서는 쇳소리가 났다.

장구가 과연 어떤 인물이기에 자네가 곁에 두지 못해 그렇게 안달인가? 사람은 속된 마음이 생기게 되면 공公, 충忠, 능能 그 무엇도 제대로 지키기 어려운 것이네. 짐은 깊은 우려와 유감을 표명하는 바이네.

전문경은 곤혹스러웠다. 어떻게 자신의 결백을 증명하고 옹정의 오해를 풀어주어야 할지 뾰족한 방법이 떠오르지 않았다. 더구나 서재에서 문서를 관리하는 필진원 한 사람만 남겨두고 나머지 막료들은 이미 다 교체한 뒤였다. 그러나 필진원은 글 실력이 그다지 만족스러운 수준이 아니었기에 전문경을 보좌하기에는 역부족이었다. 내키지는 않았으나 그는 고민 끝에 오사도를 찾아가기로 했다. 곧이어 족집게 '지낭'智囊 오사도의 영양가 있는 한 수를 기대하면서 서둘러 가마를 타고 혜제惠濟 골목에 있는 오사도의 자택으로 향했다.

"아니, 전 중승이 어쩐 일입니까? 그렇지 않아도 오늘은 찾아뵈려고 했습니다. 잘 됐습니다. 먼저 걸음을 하게 해서 미안하기는 하지만."

오사도가 몇몇 가인들이 서적을 정리하는 모습을 지켜보고 있다가 전문경을 발견하고는 반색을 했다. 이어 그를 맞아들이면서 자리를 안내했다. 전문경은 피곤함이 잔뜩 묻어있는 얼굴을 손바닥으로 쓰으 쓸어내리면서 오사도를 힐끗 쳐다봤다. 계절이 이미 늦가을에 접어들었음에도 오사도는 아직 홑옷을 입고 있었다. 평소의 행동이 검소함과는 거리가 멀어 보이는 그답지 않았다. 하기는 평소에도 옷에는 그렇게 신경을 쓰지 않았다. 언제나 닳고 닳아 하얗게 색이 바랜 겹옷 아니면 긴 두루마기를 입는 것이 고작이었다. 그럼에도 흰 머리카락이 듬성듬성한 머리채를 한 올의 흐트러짐도 없이 정갈하게 땋아 내려 목에 슬쩍 걸친 모습은 나이에 걸맞지 않게 멋스러운 정취를 풍겼다.

전문경이 언제나 무언가에 구속되지 않고 자유분방해 보이는 오사도를 보면서 바로 한숨을 토해냈다.

"오 선생은 마치 신선 같아 보입니다. 부러워 죽겠어요. 나도 좀 구름처럼 살아보고 싶은데 그게 안 되네요."

오사도가 담담히 웃으면서 입을 열었다.

"그래서 관리의 몸이 자유스럽지 못하다는 것 아닙니까? 그래도 관직에 있으면 나름대로의 좋은 점도 있지 않습니까. 포송령蒲松齡 선생이 말했듯 '나서면 수레와 말이 즐비하고, 들어가면 또 고당高堂이구나. 밑에는 수백 명이 엎드려 머리 조아리니 이 또한 별천지로구나!'라는 말을 들을 수 있는 것이 관리 아니겠어요? 사람 위의 사람으로 굽어보면서 일갈하는 재미도 쏠쏠할 겁니다. 나는 이제 곧 고향 무석無錫으로 돌아가게 됐습니다. 언젠가 수레 타고 가다 갓 쓰고 걸어가는 이 사람을 만나면 못 본 척하지는 않겠죠?"

오사도가 말을 마치고는 소탈하게 껄껄 웃었다. 전문경이 깜짝 놀라며 물었다.

"오 선생, 하남을 떠날 것이라는 말씀입니까?"

오사도가 머리를 끄덕이며 환하게 웃었다.

"나는 이 날을 학수고대해 왔습니다. 고향으로 돌아가고 싶어 얼마나 심혈을 기울였는지 모릅니다. 일부러 그대의 미움을 사서 쫓겨나기도 했습니다. 남경에서 북경으로 갔다가 다시 개봉으로 돌아오고 말았지만 말입니다. 그런데 이번에는 확실합니다. 보친왕께서 폐하께 주청을 올렸어요. 폐하께서 이를 허락하셔서 나는 강남으로 돌아가 초야에 묻히게 됐어요. 폐하의 이 사람에 대한 배려는 정말 극진하십니다."

전문경이 오사도와 사이가 좋지 않았던 지난날을 떠올린 듯 갑자기 시무룩한 표정이 됐다. 그러나 바로 미간을 좁히면서 말했다.

"선생은 콧노래라도 부르고 싶겠지만 이제 나는 어떻게 합니까?"

전문경이 말을 마치기 무섭게 소매 속에서 옹정의 주비를 꺼내 오사도에게 건넸다. 이어 간절하게 부탁했다.

"한 수 가르침을 주십시오. 그렇지 않으면 못 가게 물고 늘어질 겁니다."

오사도가 주비를 받아들고 잠깐 보더니 전문경에게 돌려주면서 말했다.

"또 한 방 얻어맞은 모양이군요. 이것 봐요, 중승! 얻어맞는다고 꼭 나쁜 것만은 아닙니다. 어루만져 준다고 꼭 좋은 일도 아니듯이 말입니다. 이위, 악이태는 둘 다 폐하께서 믿고 일을 맡기시는 신하들이잖아요. 그럼에도 몇 번씩이나 개의 피를 뒤집어쓰듯 질펀하게 욕을 얻어먹고는 했어요. 나는 그것보다 심한 주비朱批도 많이 봤어요. 그것들에 비하면 그대의 이것은 아무것도 아니에요. 이런 것을 가지고 속상해 할 필요는 없지 않을까요? 그대가 보기에 장구는 틀림없는 착실한 일꾼이다, 그렇게 상주문을 올리면 돼요. 그도 아니라면 머리 숙여 공손하게 잘못을 인정하면 되는 것이고."

전문경이 잠시 생각한 다음에 말했다.

"내 생각도 그렇습니다. 솔직히 나는 어려울 때 장구가 내민 돈이 그렇게 반가울 수 없었어요. 돈에 눈이 뒤집혔다고 할 수도 있어요.

그러나 내 생각에 폐하께서 이런 식으로 주비를 내리시게 된 것은 호기항, 차명과 관계가 있을 겁니다. 그들이 큰 역할을 했을 거예요. 그것들이 폐하를 배알하는 자리에서 분명히 나를 비난했을 겁니다. 하기야 나는 연 대장군의 눈 밖에도 나 있으니 도대체 누가 찔렀는지는 잘 모르겠지만 말입니다."

오사도가 빙그레 웃었다.

"연갱요에게 미운 털이 박힌 것은 확실합니다. 그대는 낙민 사건 때부터 시작해 연 대장군이 심어놓은 사람들을 줄기차게도 괴롭혔죠. 이렇게 말하면 내가 너무 잘난 척을 하는 것인지는 모르겠으나 아무튼 내가 그대하고 같이 있지 않았다면 연갱요는 진작 그대에게 마수를 뻗쳤을 겁니다. 꽃병 속에 든 쥐를 잡으려고 해도 꽃병을 깨뜨리기가 아까워서 그대로 놔두듯 나를 의식해서 경거망동을 하지 않았을 뿐이라고요."

전문경은 오사도의 말에 바로 낙담한 표정을 지었다.

"그런데 이제는 오 선생도 떠나지 않습니까!"

오사도가 대답했다.

"내가 올 때 아무 이유 없이 그냥 오지 않았듯 가는 것도 아무런 연유 없이 그냥 가는 것이 아닙니다. 폐하께서 내가 초야로 돌아가는 것을 윤허하신 것은 뭔가 뜻이 있을 겁니다."

전문경은 오사도의 말을 듣는 순간 바로 다시 옹정의 주비를 떠올렸다. 이어 당황하면서 말했다.

"그렇다면 나도 오 선생의 뒤를 이어 고향으로 보내질지도 모르겠네요."

"전 대인, 보아 하니 그대는 일에는 밝으나 이치에는 어두운 것 같습니다. 폐하께서 즉위하신 지 이 년밖에 안 되는 사이에 그대는 육품 관리에서 일약 봉강대리로 간택됐어요. 폐하께서 그대에게 벼슬 맛이나 실컷 보라고 목마를 태워 주신 것은 아니지 않습니까? 그대가 그런 생각을 품는다면 폐하께서는 '성은을 저버렸다'고 말씀하시면서 크게 죄를 물을 겁니다. 결코 용서하지 않을 것이라는 말입니다. 세상 사람들도 그대에게서 등을 돌릴 것이고!"

오사도가 몸을 뒤로 젖히면서 말했다. 전문경은 점점 더 망연자실한 표정을 지었다.

"그러면 저는 어떻게 해야 되겠습니까? 이제 곧 융과다가 물러나고 연갱요가 상서방으로 들어올 텐데. 두고두고 보복하려고 하면 당하게 될 험한 꼴이 한두 가지가 아닐 텐데."

오사도가 반드시 그렇지만은 않다는 듯 웃으면서 말했다.

"언젠가는 알게 될 겁니다. 연아무개가 가장 이를 가는 상대가 바로 나 오사도라는 사실을 말입니다. 그대는 이 사실도 알아야 해요. 고금의 군왕들 중에서 이목耳目의 영통함이 지금의 폐하를 능가할 군왕은 없다는 사실을 말입니다. 선제를 포함해도 그렇습니다. 폐하께서는 저잣거리의 행태마저 손금 보듯 장악하고 계시죠. 전 대인은 아마도 본인이 호기항을 쓰러뜨렸다고 생각하고 있겠죠? 그러나 문제 많은 이 하남성에는 그대 말고도 수많은 사람들이 있어요. 아마도 그들은 열흘에 한 번꼴로 폐하께 이곳 소식을 소상히 전달할 겁니다. 호기항과 차명은 그대와의 사적인 원한 관계로 쫓겨난 것이 아닙니다. 폐하께서는 여러 경로를 통해 정보를 입수했을 겁니다. 그리고 그것들에 근거해 그 둘이 하남성의 정무를 아수라장으로 만들었음이 분명하다는 판단을 내리셨을 거예요. 그것이 그대의 뜻과 맞아떨어진 것이죠. 폐하께서는 측근이라고 해서 무조건 편의를 봐주시는 분이 절대 아닙니다. 그대는 나도 쫓아내려고 했으나 뜻대로 되던가요?"

전문경이 다시 길게 한숨을 내쉬었다. 비로소 "장구는 틀림없는 착실한 일꾼이다, 그렇게 상주문을 올리라. 그도 아니라면 머리 숙여 공손하게 잘못을 인정하라"는 오사도의 말뜻을 알 것 같았다. 그가 그렇게 생각하고 있을 때였다. 막료 필진원이 몇몇 아역들을 거느리고 손에 주사함奏事函을 받쳐 든 채 들어와 보고를 올렸다.

"중승 대인, 방금 전해 받았습니다."

전문경이 벌떡 일어나 주사함을 향해 절을 올리고는 열쇠를 꺼내 함을 열었다. 앞뒤를 생략한 누군가의 상주문이었다. 역시 자신이 장구를 기용한 것에 대해 탄핵하는 내용이었다. 전문경은 오사도를 슬쩍 쳐다봤다. 그러나 오사도는 입을 다문 채 그저 웃기만 했다. 전문경은 황급히 상주문에 첨부된 주비를 읽기 시작했다.

누군가 또 이런 상주문을 올렸기에 자네가 직접 보도록 보내는 바이네. 자네가 성은에 보답하고자 노력하고 짐을 기만하지 않는다는 것을 짐은 믿어마지 않네. 그러나 자네가 기용한 부하가 자네를 기만하고 배신하지 말라는 법은 없네. 사람을 기용할 때 가장 바람직하지 못한 것은 그 겉모습에 혹해 맹신하는 것이야. 또 단점을 무조건 덮어 감추려 하는 자세도 문제라고 할 수 있지. 짐이 알기로 장구는 사악하고 저질스러운 자야. 자네의 순수한 마음을 이용하려 드니 부디 정신을 차리게⋯⋯.

전문경이 안도의 한숨을 크게 내쉬면서 눈을 스르르 감았다. 그리고는 뒤로 벌렁 드러누운 채 자책을 했다.

"나는 사리에 어두울 뿐만 아니라 사람 보는 눈도 없어요. 폐하께서는 나를 이토록 잘 아시는데, 난 자신이 섬기는 주군을 이렇게 몰랐으니 말입니다. 그래놓고는 폐하의 마음은 예측불허니 어쩌니 했으니 정말 가소롭기 짝이 없습니다. 오 선생과도 매일 얼굴을 맞대고 있었으면서도 그 비범함을 발견하지 못하고 흔하디흔한 막료 취급을 했으니 가당키나 합니까? 정들자 이별이라더니, 오 선생도 이제 떠나시는군요. 제가 이제야 지난날을 뼈저리게 뉘우치고 선생을 붙잡으려 하는데 말입니다."

필진원은 전문경이 주비를 읽고 나서 어째서 그토록 홀가분해 하는지는 몰라도 별로 놀라지는 않았다. 하지만 오사도가 떠난다는 말에는 깜짝 놀라지 않을 수 없었다.

"오 선생, 가기는 어디를 간다는 말입니까? 이렇게 잘해주는 곳이 또 어디 있다고 그렇게 욕심을 부린다는 말이오? 전 중승처럼 손 큰 사람도 없을 것입니다."

오사도가 필진원의 말에 소리 없이 실소를 머금었다.

"나는 비싸기로 소문난 소흥^{紹興} 출신 막료가 아니에요. 그런 재목도 아니고요. 그대들은 허구한 날 내가 돈만 많이 받는다고 질투하지 않았나요? 저 속에 뭐가 들어 있나 보라고요……."

오사도가 말을 마침과 동시에 책을 넣어둔 궤짝 위의 자그마한 함을 가리켰다.

"여기에서 받은 은표^{銀票}가 한 푼도 빠짐없이 다 들어 있어요. 나는 소맷자락으로 청풍을 가르면서 거리낌 없이 떠나고 싶습니다."

"오 선생……!"

오사도가 웃으면서 필진원의 말을 막았다.

"잠깐만 내 말 좀 들어봐요. 전 대인, 내가 보기에 필진원 이 양반은 자기 관리를 기막히게 잘하는 사람이에요. 앞으로 도움깨나 받겠습니다. 필진원, 그대는 전 중승을 잘 보좌해 충정으로 일관하세요.

아마 그러면 오 년 내에 지부 자리는 떼어 놓은 당상이 될 것 같네요. 중승, 내 말 맞죠?"

"그럼요! 그건 그렇게 어려운 일이 아니죠."

전문경이 옹정의 두 번째 주비를 받고 마음이 한결 가벼워졌는지 희색이 만면한 얼굴이 되었다. 이어 주사함을 필진원에게 넘겨주면서 넛붙였다.

"가지고 가서 잘 읽어보고 나하고 논의하자고. 앞으로 자네도 관보를 열심히 읽고 내가 어려움에 봉착했을 때 헤쳐 나갈 활로를 모색하는 데 큰 도움을 주었으면 하네. 이제부터 형벌, 전량錢糧, 문서를 관리하는 세 부서의 막료들을 모두 자네가 일괄 지휘하도록 하게."

필진원이 곧 고개를 숙이고 물러갔다. 전문경은 잠시 생각에 잠겼다. 그러다 한참 후 어눌하게 입을 열었다.

"……저는 아무래도 그릇이 너무 작은 것 같습니다. 사람을 대하는 데 있어서도 그렇고 일에서도 마찬가지고요. 전에 오 선생에게 유난스레 굴었던 점도 그렇고. 폐하를 위해 일심전력으로 뭔가 큰일을 해보겠다는 사람이 귀족들한테 미운 털이나 꽉꽉 박히고……. 후유! 큰일이오……."

오사도는 진지하게 지난날을 반성하는 전문경의 모습을 보고 적잖이 놀랐다. 하기야 싫은 소리 한마디 들어 넘길 줄 모르고, 아집과 독단으로 똘똘 뭉친 사람이 그런 말을 하고 있으니 낯설다 못해 어이없기도 했다.

그는 지팡이를 짚고 일어서서 창가로 다가갔다. 이어 정원 가득한 붉은 단풍을 응시했다. 그리고는 오래도록 생각에 잠겼다. 얼마 후 그가 고개를 번쩍 들더니 한숨을 토해냈다.

"그대만 그런 생각을 하는 것이 아니오. 폐하께서도 똑같은 생각을 하고 계시오."

"그게 무슨 말입니까?"

"폐하께서는 '수백 년의 퇴폐풍조를 일신하리라'는 집념을 가지고 파죽지세로 밀고 나가고 계세요. 그러다 보니 아무래도 거의 모든 관리들로부터 경원을 당하고 급기야는 그들이 등 돌리고 떠나가는 사태까지 초래하게 됐죠. 옹친왕 시절에 폐하께서는 스스로 고신孤臣이 되기를 원했어요. 그러나 지금은 진정한 '혼자'가 되시고 말았어요. 지고무상의 보좌에 앉아 계시나 사실은 가시밭길을 걷고 계시는 중이라고 할 수 있습니다."

"……"

"폐하께서는 홀로 창칼을 들고 포화 속을 헤쳐 나오신 고신 출신이에요. 그래서 원리원칙에 강해요. 따돌림을 당하는 고신들을 더 좋아하시죠. 두 팔로 감싸 안아 보호하려 하시기도 합니다."

"글쎄……?"

전문경이 오사도의 말에 고개를 갸웃거렸다. 그 사이 잠시 침묵하면서 생각에 잠겨 있던 오사도가 자리로 돌아가 앉았다. 이어 웃음 띤 얼굴로 전문경에게 물었다.

"그대는 대체 어떤 신하가 되고 싶습니까? 뚜렷한 색깔 없는 보통의 순무가 되려고 합니까? 아니면 한 시대를 풍미하는 명신이 되고자 합니까?"

전문경이 오사도의 뜬금없는 질문에 눈을 크게 떠 보였다. 이어 당연한 것을 왜 묻느냐는 듯 대답했다.

"내가 한낱 순무로 끝내려고 이 고생을 사서 하는 줄 압니까? 나는 당연히 명신으로 사책史冊에 기록되기를 바라죠."

오사도가 전문경의 말이 끝나자마자 자신의 은표가 들어 있던 함

속에서 두툼한 편지 한 통을 꺼내서 보여줬다. 빈틈없이 봉해진 편지였다. 봉투 겉봉에는 '반드시 비밀리에 상서방을 통해 폐하께 직주하기를 바람'이라는 글이 적혀 있었다. 오사도는 시무룩한 표정으로 그 편지를 전문경 앞으로 밀어 보냈다. 그리고는 전문경이 받아들고 겉봉을 뜯으려 하자 황급히 말렸다.

"뜯지 말아요. 지금 뜯어보면 효과가 없을 겁니다."

전문경이 마치 불에 덴 듯 흠칫 놀라면서 손을 움츠렸다. 이어 의혹에 찬 시선으로 눈앞의 신통함을 넘어 신비스럽기까지 한 장애인을 바라봤다. 오사도가 모른 척하고 말했다.

"그대가 봉투 하단에 '신 전문경'이라고 적어 넣어요. 그런 다음 순무의 도장을 찍어 올려 보내면 됩니다."

전문경이 고개를 갸웃거렸다.

"그러면 이건 내가 올리는 상주문이 됩니다. 만약 폐하께서 내용에 대해 물어 오시면 어떻게 합니까? 나는 아무것도 모르는데, 그게 말이나 됩니까?"

"나는 내일 개봉을 떠날 것입니다. 그대는 오늘 이 주장을 보내도록 하세요. 내가 이곳을 떠난 후 그대한테 편지를 보낼 겁니다. 그러면 알게 될 겁니다. 이 상주문은 내가 가장 공을 많이 들여 쓴 주장이라고 할 수 있습니다. 그대를 생각하고 쓴 것은 아니에요. 원래는 이위 그 친구에게 줘서 재미 좀 보게 하려던 참이었죠. 그런데 그대가 오늘 찾아왔으니 달리 선물할 것도 없고 이걸 주지 않을 수가 없네요. 그러고 보면 우리 사이에도 인연이 각별한 것 같군요. 혹시라도 나를 믿지 못하겠다면 돌려줘도 돼요. 그래도 괜찮아요. 그러나 믿음이 가면 육백리 긴급서찰로 발송하도록 하세요."

오사도가 웃으면서 말했다. 전문경은 상주문을 내려놓았다가 다시

집어 들었다. 이어 마치 갓 태어난 아들을 받아 안는 아버지처럼 편지를 경건하고 조심스럽게 응시하더니 옷 속으로 밀어 넣었다. 그리고는 입술을 움찔거리면서 말했다.

"그만 가봐야겠습니다. 내일 조촐하게나마 송별잔치를 마련하겠습니다."

전문경은 말을 마치자마자 자리에서 일어나 길게 읍을 했다. 그리고는 천천히 밖으로 걸음을 옮겼다.

드디어 날이 밝았다. 전문경은 성의 남쪽 혜제교^{惠濟橋}에 있는 접관청^{接官廳}에서 오사도를 위한 송별연을 베풀었다. 당연히 아문의 막료와 사관들이 모두 나와 그에게 아쉬운 작별을 고했다. 오사도는 점심 무렵이 다 되어서야 겨우 수레에 몸을 싣고 떠날 수 있었다. 전문경이 오사도를 바래다주고 아문으로 돌아왔을 때였다. 막료 필진원이 말했다.

"오 선생께서 중승 대인께 편지를 남기셨습니다."

전문경은 경황없이 허둥지둥 편지를 뜯었다. 짤막한 몇 줄의 글귀가 한눈에 확 들어왔다.

나는 이번 남행길을 통해 관가와 영원한 이별을 고하게 됐습니다. 그동안 같이 관가에 몸담고 있으면서 미운 정 고운 정 다 들었습니다. 떠나가는 나그네의 심정으로 대신 상주문을 적어 올리기로 했습니다. 제목은 '주군을 배신해 난정^{亂政}을 일삼고 성은을 저버린 연갱요의 열두 가지 죄를 탄핵함'으로 달았습니다. 아마도 이 상주문이 폐하 앞에 전해지는 날은 연갱요의 세력이 종말을 고하는 날이 될 겁니다. 내 말을 믿지 못하겠다면 조용히 지켜보기만 하면 됩니다. 내가 이렇게 하는 것은 그대가 순무 자리에 있으면서 나에게 뭘 잘해줬기 때문이 아닙니다. 그 옛날 대각사^{大覺寺}에서 의리 있게 도움을 준 것에 대한 답례라고 보면 됩니다. 잘 생각해보십시오.

오사도가 다시 한 번 인사를 올립니다.

전문경이 편지를 다 읽고 나서는 소스라치듯 놀라서 명령을 내렸다.

"어서 말을 달려 쫓아가. 상주문을 회수해야 해!"

필진원이 흥분한 전문경을 달랬다.

"이미 늦었습니다. 지금쯤은 아마 고비점高碑店까지는 갔을 겁니다. 전 중승, 어제 저녁 오 선생과 밤새워 얘기를 나눴습니다. 그러고서야 비로소 그 분의 진가를 뒤늦게나마 진정으로 알게 됐습니다. 학식이 타의 추종을 불허할 정도로 뛰어난 것은 말할 것도 없고, 인격 역시 걸출한 인물이었어요. 절대로 전 중승에게 해가 될 일을 할 사람이 아닙니다. 그 점은 안심해도 좋을 것 같네요. 그리고 대인과는 17년 전부터 잘 알고 지내는 사이라고 하던데요? 기억을 돌이켜보세요."

전문경은 상주문을 보낸 것이 아무래도 부담스러운 모양이었다. 필진원의 말을 듣는 둥 마는 둥 하면서 계속 불안한 자세를 보였다. 워낙 엄청난 파장을 몰고 올 것이 분명한 내용이었으니 그럴 만도 했다. 그러나 이제는 엎질러진 물이었다. 어쩔 도리가 없었다. 그는 오사도가 남긴 편지를 다시 집어 들어 쳐다보면서 중얼거리듯 말했다.

"대각사라……. 아! 그렇다면 김옥택에게 쫓겨 절에 숨어들었던 그 절름발이가 저 절름발이였나?"

연갱요는 음력 10월 9일 수십 명의 수행원을 대동한 채 당당하게 북경으로 돌아왔다. 사실 그가 북경으로 와서 술직을 하라는 옹정의 지의를 받았을 때는 9월 13일이었다. 그러나 그는 부대의 월동 준비가 끝나지 않았다는 핑계를 대고는 '상당 기간 출발을 연기'해줄 것을 요청했다. 그러자 엿새 후 '자네를 부른 이유는 바로 군대의 월동 문제를 논의하기 위함이네'라고 회유하는 듯한 옹정의 두 번째 지의가 도착했다.

연갱요로서는 더 이상 변명하기가 어려웠다. 그러나 그는 조금 더 버텼다. 궁여지책으로 건강상의 이유를 들기까지 했다. 하지만 끈질긴 데는 옹정 역시 만만치 않았다. 태의원 의정醫正에게 10명의 태의를 딸려 보내겠노라는 뜻을 전달해 온 것이다. 연갱요로서는 더 이상 북경행을 미룰 명분이 없었다. 그렇게 해서 연갱요는 울며 겨자 먹기로 북경에 모습을 나타낸 것이다.

사실 연갱요가 북경행을 하루하루 미뤄온 것은 두려워서가 아니었다. 그러기에는 옹정과 자신 사이의 깊은 관계를 너무나 자신하고 있었다. 얼굴 맞댄 채 몇 마디만 주고받으면 연갱요의 '순도'純度를 장담할 수 없다고 판단한 옹정의 '작은 오해'를 풀어줄 수 있을 거라고 자신했다. 뿐만이 아니었다. 그는 윤당과 왕경기가 자신을 자기편으로 끌어들이려고 젖 먹던 힘까지 쏟아 부었음에도 불구하고 그들의 해적선에 오르지 않았다는 최면을 스스로에게 걸었다. 물론 유묵림의 죽음에 대해서는 제대로 보호하지 못한 책임을 피해갈 수 없을 터였다. 하지만 자신의 손에 피가 묻지 않은 이상 진상 규명의 적극성을 보여주면 그것으로 충분할 거라고 생각했다.

그가 갖은 핑계를 대가면서 시간을 끈 것은 무엇인가를 기다리고 있었기 때문이었다. 그러나 무엇을 기다렸는지는 그 자신도 알 수 없었다. 아마도 열넷째 윤제가 염친왕에 의해 구출되기를 기다렸을 수도 있었다. 또 매번 옹정을 만날 때마다 이름 모를 압박감에 시달리던 그 느낌이 싫기도 했다.

그는 그러나 막상 북경에 발을 들여놓자 오히려 더 태연해졌다. 또한 지의를 받고 온 몸이기 때문에 북경에 있는 자신의 집에도 들르지 못하는 불편 정도는 감수했다. 그는 대충 북경 근교의 역관에서 새우잠을 자고는 이튿날 수레를 타고 서화문으로 가서 패찰을 건넸다.

잠시 후 먼저 장정옥의 접견을 받으라는 지의가 전해져 왔다. 연갱요는 지난 번 왔을 때와는 천양지차인 썰렁한 분위기를 온몸으로 느끼면서 융종문으로 들어갔다. 그곳을 지나 막 건청문으로 발을 들여놓으려 할 때였다. 시위 덕릉태가 앞을 막고 나섰다.

"장 중당께서는 군기처에 계십니다. 그리로 가십시오."

연갱요는 마치 어쩌다 시내구경 나온 시골영감 같은 어리벙벙한 모습을 보이며 물어물어 군기처를 찾아갔다. 그러나 그곳에서도 말단 시위한테 제동이 걸리고 말았다.

"장 중당께서는 지금 접견 중이십니다. 대장군께서는 잠시 기다려 주십시오."

연갱요는 슬며시 화가 치밀었다. 그러다 눈앞에 보이는 옹정의 친필 철패에 눈길이 갔다. 군기처의 문 앞에 놓은 그 패에는 '왕공대신 및 문무백관들은 지의 없이 사사로이 진입할 수 없다. 어기는 자는 목을 벤다'라고 쓰여 있었다. 연갱요로서도 찬바람에 몸을 떨면서 꼼짝없이 밖에서 기다리는 수밖에 없었다. 그는 군기처를 들어가고 나가는 사람들을 멍하니 바라보면서 이제나저제나 자신을 불러주기를 기다렸다. 그러나 번번이 다른 사람들만 불려 들어갈 뿐이었다.

그렇게 시간이 한 시간 가까이 흘렀다. 그제야 누군가 솜으로 된 주렴을 걷고 나오더니 연갱요에게 다가왔다. 가까이 온 사람은 다름 아닌 신임 직예 총독 이불이었다. 그와는 익히 알고 지내는 사이였다. 그가 반가움에 뭐라고 인사말이라도 건네려 할 때였다. 새파란 시위가 갑자기 재촉을 했다.

"어서 들어가십시오, 연 대장군! 장 중당께서는 양심전으로 폐하를 배알하러 가셔야 하기 때문에 시간이 그리 넉넉하지는 않습니다."

"오! 연 장군, 오랜만이오!"

장정옥이 찻잔에 입을 가져가다 연갱요가 들어서는 것을 보고 말했다. 이어 황급히 찻잔을 도로 내려놓으면서 다시 입을 열었다.

"오느라 수고가 많았습니다. 어제 저녁에 찾아가려고 했었으나 염친왕께서 오셔서 새벽까지 계시는 바람에 가보지 못했네요. 팔기인들에게 주는 월정 경비를 올려주는 일을 논의하기 위해 직접 방문하셨죠. 그러다 아침에 등청을 하니 폐하께서 우리 두 사람이 먼저 만나라는 지의를 내리셨어요. 그래서 기다리고 있던 참입니다. 그런데 생각보다 늦었네요?"

연갱요는 순간 그동안 꾹꾹 참아왔던 분노가 활화산처럼 폭발할 것 같았다. 그도 그럴 것이 장정옥이 자신과 직급과 품계는 같았으나 작위는 낮았음에도 예를 갖춰 인사도 하지 않았다. 게다가 밖에서 한 시간이나 기다리게 해놓고는 늦게 왔다면서 은근히 핀잔을 주지 않는가!

연갱요는 당장 장정옥의 멱살이라도 잡을 듯이 눈을 부라리다가 가까스로 화를 가라앉히고는 그를 마주하고 털썩 앉았다. 이어 애써 웃음을 지은 채 말했다.

"장 대인은 대단히 바쁘시네요? 찾아오는 사람이 많군요. 겨우 차 한 잔 마시고 숨 돌리려고 했는데, 귀찮게 해서 미안합니다."

장정옥은 연갱요의 도발적인 언행 따위에는 무관심한 듯했다. 별다른 반응을 보이지 않으면서 차를 가져오라는 명령을 내리고는 말했다.

"요즘 들어 북경 날씨는 춥고 건조한데 어떻습니까? 그래도 지낼 만하죠?"

연갱요는 사실 밖에서 사시나무 떨 듯 떨었다. 그러나 방 안의 훈기에 어느새 추위를 잊고는 자신감 넘치는 어조로 대답했다.

"이런 추위쯤이야 뭐! 형신, 대인께서도 우리 대영에 가서 며칠만 있어 보면 진짜 추위라는 것이 어떤 것인지를 실감하게 될 겁니다. 폐하께서 월동 준비에 대해 상의하시고자 나를 부르셨다는데, 장 중당께서 얘기 좀 잘 해주세요. 지금 우리는 식량과 땔감 모두 겨울을 나기에는 턱없이 부족한 실정이에요. 현재 비축돼 있는 것으로는 정월 말까지밖에 못 갈 겁니다. 서북에는 이월이라도 온통 얼음 천지인데 병사들이 춥고 굶주리면 큰일 아니겠습니까?"

장정옥이 생각에 잠긴 표정으로 머리를 끄덕였다.

"그렇죠. 관보에 의하면 청해 서쪽과 신강 동남쪽으로 눈이 아주 많이 내렸다던데, 과연 그렇습니까?"

연갱요가 대답했다.

"난리도 아니죠. 악이태 쪽에서 우리한테 식량 만 석을 빌려달라고 했는데, 폭설 때문에 보내지도 못하고 있어요. 이번에 오면서 보니 다들 눈 때문에 아우성이더군요. 우리가 있는 곳만 눈이 비켜갔다고 해요. 사실 천막 위에 눈이 덮이면 오히려 더 따뜻할 텐데 말입니다."

장정옥이 한숨을 내쉬면서 말했다.

"그렇군요! 거기서는 그 고생을 하는데. 우리는 정말 배부른 사람이 배고픈 사정을 모르는 격이라고 해야 하나요? 아무튼 참 힘들겠어요. 요즘 관보를 보니 하남에도 눈이 내린다고 하더군요. 게다가 호광湖廣(광동성과 호남성)과 산서山西에서도 진눈깨비와 눈이 내려 난리라고 해요. 정말 보통 일이 아닌 것 같습니다. 그래서 폐하께서 여복汝福을 평량平凉에 주둔시키려고 하시는 것 같습니다. 또 왕윤길을 섬서로 철수시킬 생각이신 것 같아요. 뿐만이 아닙니다. 왕지약도 천남川南(사천성 남부)으로 옮기실 계획인 듯해요. 나는 폐하의 그런 생각에 처음에는 공감하지 못했었어요. 그러나 이제 보니 역시 폐하의 생각은 대단히 주도면밀하시고 현명해요. 이렇게 뿔뿔이 흩어져 있으면 이 눈길에 식량을 운반하는 고생은 면하게 될 것 아닙니까? 각자 현지에 비축돼 있는 식량으로 해결하면 될 테니까요.”

순간 연갱요는 깜짝 놀라고 말았다. 옹정의 ‘월동 계획’이라는 것이 바로 자신의 군대를 제각각 흩어지게 하려는 것이었다. 그로서는 정말 꿈에도 생각하지 못한 일이었다. 그는 장정옥과 몇 마디 주고받으면서 비로소 한 가지 분명한 사실을 깨달았다. 자칫하다가는 옹정이 파 놓은 덫에 무기력하게 걸려들고 말 것이라는 사실이었다. 그러나 그런 식으로 허무하게 병권을 빼앗길 수는 없었다. 그가 애써 당황한 기색을 감추면서 입을 열었다.

“그건 재고해야 할 것 같습니다. 워낙 예삿일이 아니라서 말입니다. 내 밑의 부장들을 그런 식으로 여기저기 떨어져 있게 하는 것은 대단히 위험한 발상입니다. 만약 내년 봄에 눈이 일찍 녹아 책망 아랍포탄과 나포장단증이 대거 쳐들어온다고 생각해보세요. 그때 우리는 미처 손도 써보지 못하고 먹히는 수가 있습니다. 그리고 설사 계획대로 추진하더라도 내가 직접 나서서 처리해야 할 것 같습니다.”

“그렇게 할 수도 있겠죠. 아무려나 오늘은 폐하께서 대장군을 접견할 수 없으실 겁니다. 오늘이 재계일齋戒日이어서 조금 있다 사직단을 참배하고 제를 올려야 해요. 음……, 이렇게 하는 게 좋겠네요. 먼저 역관으로 돌아가 계세요. 폐하께서 시간이 나시는 대로 부르실 테니.”

그렇게 말한 장정옥은 곧바로 자리에서 일어났다. 연갱요는 할 수 없이 물러나는 수밖에 없었다.

　군기처를 나선 장정옥은 영항永巷을 따라 북으로 발걸음을 재촉했다. 곧 양심전 수화문이 눈에 보였다. 경비를 서고 있던 장오가가 장정옥을 보자마자 입을 열었다.

　"폐하께서 장 중당이 도착하시는 대로 따로 통보할 필요 없이 들이라고 하셨습니다."

　장정옥이 고개를 끄덕여 보이고는 서둘러 수화문 안으로 들어가 붉은 돌계단 아래에 막 발을 디뎠다. 바로 그때였다. 옹정이 고래고래 고함을 지르면서 악에 받친 어조로 누군가를 훈계하는 소리가 들려왔다. 장정옥은 고개를 갸웃거리면서 궁전 안으로 들어갔다. 목향아를 비롯한 10명의 시위들이 무릎을 꿇고 있었다.

　옹정이 장정옥에게 힐끗 눈길을 주고는 다시 말을 이었다.

　"짐이 어떤 사람인데 자네들의 그따위 허튼소리를 들어 넘길 것 같은가? 연갱요야말로 자네들의 진정한 주인이야. 지금 역관에 있을 테니 아부하고 잘 보이고 싶은 자는 당장 나가 보라고!"

　"폐하……! 폐하께서는 뭐든지 연 대장군의 명령에 따라야 한다고 지시하셨사옵니다. 때문에 연 대장군이 신발을 신겨달라고 할지라도 거역해서는 안 되는 줄 알았사옵니다. 그래서 아무리 하찮은 일을 시켜도 내색하지 못했던 것이옵니다. 절대 폐하의 은혜를 망각하고 의리를 저버린 것은 아니옵니다. 부디……."

　목향아가 연신 머리를 조아리면서 아뢰었다. 그러나 옹정은 냉소를 터트렸다.

　"형신, 이것들이 말하는 걸 좀 들어보라고. 일이 이 지경인데도 짐의 은혜를 망각하지 않았다고 발뺌을 하네? 짐은 자네들에게 그 사

람의 시중을 들라고 했지 결코 노예가 되라고 하지는 않았어. '시중'
을 든다고 다 노예여야 하는 줄 알았나? 짐이 자네들을 보낸 이유
는 군영에 익숙한 쓸 만한 만주족 장군 몇 명을 배출해내기 위해서
였어. 또 잘하고 못하고를 떠나 연 장군에 대한 모든 것이 궁금하기
도 해서였어. 더구나 연 장군은 판단 미숙으로 일을 그르칠 염려가
있었어. 그럼에도 자네들은 간언하기 껄끄러웠을 거야. 짐은 그럴 때
를 대비해 훈유訓諭도 할 생각이었어. 대국大局을 생각한다면 그렇게
라도 해야지. 그런데 자네들은 얼마나 못났기에 짐의 의중을 하나도
헤아리지 못했나? 고작 한다는 짓이 병사들 뒤치다꺼리나 했어. 심
지어는 연 장군의 방을 청소하고 요강까지 내다버렸잖아! 그리고도
올려 보내는 상주문마다 그 사람이 마치 제갈공명의 환생이라도 되
는 양 온통 사탕발림 소리를 해대고…… 자네들은 간도 쓸개도 없
는 인간들이야?"

"……"

"연갱요가 스무 명의 몽고 부녀자들을 곁에 두고 시첩으로 삼았다
고도 하더군. 그게 과연 사실인가?"

"아뢰옵니다, 폐하! 사실이옵니다……"

"그 친구가 아홉째마마에게 주인 행세를 했다고도 해. 그것도 사
실인가?"

"사실이옵니다, 폐하……"

"그자의 부하들이 다른 곳으로 일을 보러 가면 그곳의 지부 이하
관리들이 모두 무릎을 꿇은 채 예를 갖췄다는 말도 있어. 그 역시
사실인가?"

"직접 목격하지는 못했지만 갔다 온 친병들이 자랑삼아 떠들어대
는 소리는 들었사옵니다. 신은 그저 몇몇 몰지각한 자들이 밖에서 으

스대고 다녔거니 생각해 연갱요에게 주의를 줬을 뿐 폐하께 상주하지는 않았사옵니다. 죽을죄를 지었사옵니다."

"다녔거니 생각했다고? 그게 짐을 위해 일하는 태도야? 그런 어불성설이 어디 있어. 또 그런 오만방자가 어디 있는가? 꼴도 보기 싫으니 자네를 끔찍이도 위해주는 진짜 주인한테 찾아가 어루만져 달라고 해! 썩 꺼지지 못해?"

옹정이 급기야 버럭 화를 냈다. 그러자 10명의 시위들은 저마다 얼굴이 사색이 된 채 죽어라 머리를 조아렸다. 이어 무릎걸음으로 물러갔다. 그때 장정옥이 그들에게 한마디 더 던졌다.

"자네들은 폐하께서 윤허하셨으니 가서 연갱요를 만나보도록 하게. 북경까지 왔는데, 보지 않을 수는 없지 않은가."

장정옥의 말에 시위들이 잠시 주춤했다. 이어 연신 고개를 조아리면서 대답을 했다. 옹정이 다시 목향아를 향해 입을 열었다.

"자네 주인은 돈 많은 사람이니 맛있는 것도 사 달라고 하게. 먹으면서 짐이 했던 말도 토씨 하나 빼놓지 말고 다 고자질하고!"

목향아가 옹정의 비아냥거림에 비굴한 웃음을 지으면서 다시 다짐했다.

"두 번 다시 폐하의 체통을 구기는 일은 없을 것이옵니다. 미운 놈떡 하나 더 준다고 그래도 이놈의 몸에는 만주족의 피가 흐르고 있으니 그 점을 감안하시어 한 번만 용서해주시옵소서."

"그 속에 들어가 봐야 알지."

목향아가 한껏 비굴하게 나오자 옹정의 표정이 조금은 풀린 듯했다. 곧이어 그가 찻잔을 들고는 한 모금 마시고 나서 덧붙였다.

"짐은 연갱요에게 무슨 억하심정이 있어서 이러는 것이 아니네. 연갱요는 정말 대단한 공로를 세웠어. 누가 뭐라고 해도 짐의 팔다리와 같은 귀중한 신하인 것은 변함이 없네. 짐은 자네들이 마음을 콩밭에 두고 있는 것 같아 경종을 울려준 것이네. 물러가게!"

옹정은 시위들이 수화문을 나서는 모습을 보고 나서야 비로소 시선을 거둬들였다. 이어 길게 한숨을 토해냈다.

"따지고 보면 자기들 말대로 하나같이 귀한 집안에서 태어나기는 했지. 하지만 그러면 뭘 해? 조상들의 영웅적 기개는 눈 씻고 찾아봐도 없는데! 게다가 설설 알아서 기면서 무골충 행세나 하니 지켜보는 짐이 속이 터져! 됐어, 저것들 얘기는 그만하자고! 머리 아프네. 그래, 연갱요는 만나봤나? 뭐라고 하던가?"

장정옥이 그제야 연갱요를 접견했을 때의 자초지종을 들려줬다. 이어 다시 몇 마디를 덧붙였다.

"소신이 보니 연갱요는 겨울철 식량 운송에 따른 어려움을 그런 식으로 해결하는 것에 대해 탐탁지 않게 여기는 것 같았사옵니다. 나름대로의 이유를 드는데 일리는 있어 보였사옵니다. 그러나 신은 명확한 의사 표시는 하지 않았사옵니다. 내년 봄에 여기저기에 흩어져 있는 군부대를 다시 청해로 집결시키려면 왔다갔다 길에 뿌리게 될 돈도 결코 무시하지는 못할 것이옵니다. 또 밖에서 보기에는 꼭 연갱요의 세력을 분산시키기 위한 조치쯤으로만 비쳐지는 것도 그렇사옵니다."

옹정이 장정옥의 말을 묵묵히 듣고 난 다음 천천히 입을 열었다.

"짐은 안심할 수가 없네. 왕경기와 채회새 등이 윤제를 납치해 어디로 가려고 했겠어? 연갱요에게 가는 것 외에 다른 길이 또 있었겠어?"

옹정이 말을 마치고는 장정옥에게 자리를 내주면서 앉도록 했다. 장정옥이 조심스럽게 자리에 앉더니 느긋하게 아뢰었다.

"폐하께서 염려하실 법도 하옵니다. 그러나 지금 연갱요를 북경에 붙들어 둔다고 해도 별로 큰 의미는 없사옵니다. 더구나 대외적으로 조정의 체면이 훼손될 우려도 있사옵니다. 연갱요가 주저하면서도 결국에는 제 발로 온 것을 보면 자기들끼리 뭔가 떳떳하지 못한 작당을 하긴 했어도 아직 이렇다 하게 진척된 것은 없는 것 같사옵니다. 앞에서 차고 나가는 힘이 없으면 반란이라는 것이 그렇게 쉽게 일으킬 수 있는 것이 아니옵니다. 이 일은 왕경기 사건을 심문하고 나서야 갈피가 잡힐 것 같사옵니다. 그러니 그렇게 성급해 할 필요도 없사옵니다. 또 성급해서는 아니 되옵니다. 이번에 연갱요는 신에게 한 가지를 깨우쳐 주었사옵니다. 그것은 다른 것이 아니옵니다. 병사들을 대거 움직이느니 그 목덜미를 움켜쥐고 있는 손을 교체하는 것이 바람직하다는 사실이옵니다. 바로 각 주둔군의 사령관들을 바꾸는 것이죠. 우선 그의 세 부하 장군들을 운남과 귀주, 광동 쪽으로 보냈으면 하옵니다. 이어 악종기의 부하들 중에서 믿을 만한 장군들을 연갱요의 군중으로 파견할 필요가 있을 것 같사옵니다. 그러면 거의 실수가 없을 것이옵니다."

옹정은 뭔가 결정을 내리려는지 장정옥이 말하는 사이에도 방 안을 부산스럽게 왔다 갔다 하면서 서성거렸다. 그리고는 한참 후에야 입을 열었다.

"듣고 보니 그렇군! 돈도 절약하고 대외적으로 크게 떠들썩하지도 않고. 짐도 자네 생각에 크게 공감하네. 군기처 명의로 전근 명령을 내리도록 하게. 저녁에 자네가 작성한 문서를 한번 보겠어. 그런 다음 팔백리 긴급서찰로 발송하도록 하게."

장정옥이 옹정의 말이 끝나자 자리에서 일어서면서 짧게 대답했다. 이어 덧붙였다.

"연갱요에 대해서는 아직 이렇다 할 단서를 잡지 못했사옵니다. 심증만 있을 뿐 확실한 물증이 없사옵니다. 때문에 폐하께서도 그 사람의 체면을 어느 정도 고려해 주시는 것이 좋겠사옵니다."

장정옥의 말을 듣고 난 옹정이 머리를 끄덕이더니 밖을 향해 바로 소리쳤다.

"고무용!"

"찾아계셨사옵니까, 폐하!"

"역관으로 가서 연갱요에게 지금 즉시 패찰을 건네고 들어오라고 하게."

49장

연갱요의 목줄을 죄다

때는 옹정 2년 정월 20일이었다. 연갱요가 북경을 떠나 다시 청해 대영으로 돌아가는 길에 오른 지 열하루 째 되는 날이기도 했다. 노새가 끄는 11대의 수레가 섬서성 서부의 황토 고원에 이르렀다.

그러나 대영으로 가는 노정은 쉽지 않았다. 모든 것을 통째로 날려 버리고야 말 것 같은 서북풍이 돌풍을 일으키며 기승을 부렸고, 더불어 황사가 대지를 온통 휘감았다. 그로 인해 사람들의 입을 비롯해 눈과 코 등에는 모래가 쉬지 않고 들이닥쳤다. 천으로 얼굴을 아무리 휘감아도 모래는 틈새를 뚫고 들어왔다. 고개를 드는 것은 아예 불가능했고 눈을 뜰 수도 없었다. 그래도 그들은 묵묵히 발걸음을 옮겼다. 저마다 죄수들처럼 고개를 가슴께까지 숙인 채 숨도 제대로 쉬지 못하기는 했지만. 그 와중에도 '정서대장군 연갱요'征西大將軍年라고 적혀 있는 수십 개의 용기龍旗는 별로 기가 죽지 않은 듯했다.

광기 어린 몸부림을 치면서 온몸으로 모래바람에 항거하는 것 같은 강인한 모습을 보였다.

그런 마당에 연갱요라고 해서 멀쩡할 수는 없었다. 실제로도 그는 마치 20년을 훌쩍 뛰어넘은 것처럼 늙고 볼품이 없어 보였다. 일단 안색이 메마르고 초췌했다. 갑자기 늘어난 주름이 칼로 도려내기라도 한 듯 깊어 보였다. 눈언저리 역시 시커멓게 웅덩이처럼 패어있었다. 아마도 몇 날 며칠 동안 이어지는 수면부족 때문이거나 오는 길 내내 물 부족으로 몸을 제대로 씻지 못해서 그런 것 같았다. 어쨌든, 생기라고는 찾아볼 길 없는 말라버린 우물 같은 그의 두 눈은 무척이나 우울해 보였다. 또 망연한 빛으로 가득했다. 평소의 당당하던 자세는 찾아볼 수도 없었다. 머릿속이 하얗게 탈색돼 아무 생각도 없는 사람처럼 창밖만 하염없이 내다볼 뿐이었다. 말도 전혀 하지 않았다. 그저 허옇게 껍질이 일어나고 갈라 터져 피가 맺힌 입술을 가끔씩 혀로 적시는 모습만이 그가 살아있는 사람이라는 사실을 말해주고 있었다.

상성정이 그런 그의 모습을 안쓰럽게 지켜보다 양가죽 속에 숨겨놓은 물병에서 물 한 사발을 따라줬다. 목이 말라 그러는 줄 생각하는 듯했다. 그가 말했다.

"군문, 물이라도 좀 드십시오. 북경을 떠난 이후부터 음식도 드시지 않고 말씀도 안 하시니, 이러다 몸져눕기라도 하지 않을까 걱정스럽습니다. 뭔가 걱정이 많으신 것 같은데, 괜찮으시면 마음 터놓고 얘기를 하십시오. 훨씬 홀가분해질 겁니다."

"나는 괜찮으니 자네나 마시게."

연갱요가 절레절레 머리를 저었다. 그리고는 깊은 한숨을 내쉬었다. 가슴속을 짓누르고 있는 울분을 토해내려는 듯했다. 곧이어 그가 호랑이가죽 등받이에 벌렁 기댄 채 자조적인 웃음을 지었다.

"걱정이 많은 것은 사실이네. 솔직히 이번에 가보니 폐하께서 나를 대해주는 태도가 이전 같지 않았어. 나는 내가 뭘 그렇게 잘못했는지 모르겠어. 이제 어떻게 해야 할지도 모르겠고."

상성정이 의외라는 듯 흠칫 놀란 표정을 지었다.

"설마 그렇기야 하겠습니까? 이번에는 술직차 가셨기 때문에 지난번과 비할 수는 없습니다. 그래도 여덟 명이 드는 가마에 앉혀 성 밖까지 바래다주지 않았습니까? 마 중당과 장 중당이 직접 환송연도 베풀어줬고요. 그런 것을 보면 군문을 향한 폐하의 마음은 여전한 것 같았습니다. 솔직히 어떤 독무나 장군이 번번이 그런 예우를 받을 수 있겠습니까."

연갱요가 상성정의 위로가 끝나자마자 바로 한숨을 쏟아냈다.

"자네가 나를 위로하려고 하는 말인 줄 내가 모를 줄 아는가? 그동안 있었던 일은 내가 차차 얘기할 거야. 그런데 그것들이 하는 짓에 대해서는 내가 도저히 참고 있을 수가 없어. 그 열 놈의 시위들 말이야. 대영에 있을 때는 감히 말도 걸지 못하던 것들이 이번에는 같은 수레에 앉아 가겠노라고 떼를 쓰는 것 좀 보라고. 오는 길에 들렀던 곳의 관리들도 냉기를 쌩쌩 풍겼어. 완전히 찬밥 취급을 했다고. 그런 것을 눈치 빠른 자네가 느끼지 못했을 리가 없지 않은가!"

상성정은 정곡을 찌른 연갱요의 말에 아무런 대꾸도 하지 못했다. 그저 물 사발을 받쳐 든 채로 멍하니 있었다. 그러다 한참 후에야 한숨을 내쉬면서 입을 열었다.

"사실 북경에 들어서는 순간부터 느낌이 달랐습니다. 대장군, 이제 어떻게 하실 겁니까?"

연갱요가 눈을 지그시 감은 채 한숨을 토했다.

"그러게 말이야. 원래 앞날은 길흉을 점칠 수가 없는 것 아닌가. 머리 싸매고 진지하게 고민해 봐야겠지."

옹정은 북경에서 모두 세 차례 연갱요를 접견했다. 그때마다 장정옥의 주문대로 번번이 속내와는 무관한 친절을 베풀었다. 자상하게 대해주기도 했다. 첫 번째 면담에서는 주로 연갱요의 군사 문제와 관련한 보고를 듣기만 했다. 거의 말을 자르지도 않았다. 연갱요는 대영의 월동 준비에 대해서만 거의 두 시간을 할애해 보고를 할 수 있었다. 옹정은 심지어 보고 중간에는 그와 오선午膳(점심)도 함께 했다. 부지런히 음식을 집어주면서 그의 말에 귀를 기울였다. 연갱요는 당연히 대군이 흩어져서는 안 되는 이유를 거듭 강조했다. 옹정은 머리를 끄덕여 보면서 말했다.

"선제는 말 잔등에서 천하를 얻으신 황제이셨네. 반면 짐은 책상 위에서 천하를 다스리는 황제라고 해야 하겠지. 아무려나 장정옥이 군사에 대해서는 잘 모르니 자네를 불러와 상의할 수밖에 없었네. 자네의 뜻이 정 그렇다면 단 한 명의 병사도 움직이지 않는 걸로 하지. 있는 식량이야 어떻게든 날라다 먹지 못하겠나!"

그러나 건청궁 서난각에서 이뤄진 두 번째 접견 때는 첫 번째와는 완전히 분위기가 달라졌다. 그때 옹정은 얼굴의 웃음은 잃지 않으면서도 약간 질책을 했다.

"이보게, 대장군! 자네는 똑똑한 사람이 왜 그러나."

옹정은 그러면서도 인삼탕을 한 그릇 가져다 연갱요에게 주게 하라는 지시는 잊지 않았다. 그리고는 옹정의 핀잔에 당황하는 그를 향해 덧붙였다.

"지난번 헤어질 때 짐이 재삼 당부했었지. 자네는 군사 분야에 대해서만 전력하면 된다고. 가급적이면 다른 지역의 정무에는 개입하지 않는 것이 좋겠다고 말했잖아. 그런데 어째서 자네는 남의 제사에

감 놔라 배 놔라 했다는 말인가?"

연갱요는 옹정의 직설적인 닦달에 말문이 막히고 난감하기만 했다. 옹정이 그런 연갱요의 표정을 힐끗 쳐다보고는 히죽 웃으면서 말을 이었다.

"자네 형 연희요年希堯가 또 실수한 것 같은데? 자네가 무슨 글을 써줬는지는 모르겠으나 그걸 가지고 광동성에서 사사건건 정무에 간섭했다고 하더라고. 그 때문에 그곳 총독 공육순이 이를 간다는군. 공육순 그 사람, 자네도 알지? 성질머리 대단한 친구지. 선제께서도 그 고집에는 두 손을 들었다는 것 아닌가! 다행히 공육순은 밀주문으로 넣었어. 만약에 명발明發로 보내 관보에라도 올랐더라면 온 천하가 결코 정당화될 수 없는 자네의 그 행실을 다 알았을 것이 아닌가?"

……옹정은 중간 중간 따끔하게 견제하는 질책을 늘어놓으면서 연갱요와 긴 점심을 함께 했다. 가벼운 농담을 섞어가며 연갱요의 표정을 관찰하는 것 역시 잊지 않았다. 또 건청궁 입구까지 그를 바래다주면서 붉은 돌계단 위에서 당부했다.

"자네 형의 일 때문에 너무 걱정하지는 말게. 다시 한 번 부탁하는데 자네는 자네 일만 열심히 하면 돼. 장군, 장군 하는 것은 군대를 관리한다고 해서 그렇게 부르는 것이야. 엉킨 실타래 같은 민정에는 개입할 이유가 하등 없지 않겠어? 그렇게 하면 공연히 족제비를 잡으러 나섰다가 고약한 비린내만 실컷 맡는 격이 되지 않겠어? 잡지도 못하면서 말이야."

……노면이 고르지 못한 듯 수레가 덜컹 튀어 올랐다. 연갱요는 순간 엉덩방아를 찧었다. 그 바람에 흠칫 놀라면서 생각에서 잠시 헤어날 수 있었다. 얼마 후에는 다시 세 번째 접견을 떠올렸다.

"또다시 자네를 그 험한 곳으로 보내려니 짐의 속이 영 말이 아니네. 조금만 참아주게. 이번에 가면 그리 오래 고생시키지는 않겠네. 내년에는 병력을 움직여야 할 일이 없을 것이라고 생각해. 충분히 자네를 불러들일 수 있어. 만약 돌아와서도 계속 군무를 보고 싶으면 그렇게 해. 그러나 이제는 군무가 지긋지긋하다면 상서방으로 와도 좋아. 자네 마음대로 하게. 무슨 일을 하든지 자네는 영원한 유장儒將이야. 무후武侯(제갈량을 의미함)의 환생이라는 말이네."

옹정이 시름 어린 표정을 지으면서 말했다. 연갱요는 그의 과분한 격려와 치하에 그야말로 몸 둘 바를 몰랐다.

"신은 여러모로 대단히 부족하옵니다. 과분한 치하에 황송하기 그지없을 따름이옵니다. 신은 목숨을 걸고 나포장단증의 잔여 세력을 소멸하겠사옵니다. 책망 아랍포탄도 진압하겠사옵니다. 그 길만이 폐하의 망극한 성은에 보답하는 길이라고 생각하옵니다."

……어화원의 푸르른 기운은 쇠잔해지고 초목은 메말라가고 있었다. 옹정은 천천히 발길 닿는 대로 걸으면서 담담한 미소를 지어보였다. 그리고는 천천히 입을 열었다.

"자네 뜻은 가상하네. 그러나 공로라는 것은 혼자서 포식하면 오히려 독이 되는 수도 있어. 다른 사람에게도 기회를 줘야지. 그렇지 않으면 적들이 득실거리게 돼. 자네의 처지가 위태로워진다는 얘기일세. 짐은 자네를 진정으로 아끼고 위하는 마음에서 이런 말을 하는 것이네. 악종기에게 한번 맡겨보는 것이 어떤가? 일등공작一等公爵은 아무나 되나? 자기 스스로 뼈저리게 느껴야 자네의 입장도 알게 될 것이 아닌가."

옹정은 말을 마치고는 어화원 입구에서 이별이 아쉬운지 연갱요의 어깨를 두드려줬다. 그리고는 진지한 어조로 당부의 말을 건넸다.

"다른 엉뚱한 생각은 하지 말게. 그저 짐이 자네를 믿고 있다는 것만 명심하게. 여기에서 짐이 조금 더 욕심을 부려본다면 자네가 조금만 더 순수해졌으면 하네. 자고로 제갈무후(제갈량을 뜻함), 악비岳飛 이런 사람들을 빼고 순수한 신하라고 손꼽을 만한 사람이 어디 있는가? 짐은 자네가 세 번째로 손꼽히는 사람이 되었으면 하는 바람뿐이네. 어쨌거나 타인의 구설수에 휘말리는 가벼운 사람이 되지 말게. 누가 뭐래도 자기만의 소신을 끝까지 밀고 나가는 묵직한 인물이 되어주었으면 하네."

옹정이 말을 마치고는 껄껄 웃으면서 명령을 내렸다.

"수레를 대령하라! 짐의 무후武侯께서 나가신다!"

'무후……. 그렇다면 폐하는 자신을 아두阿斗(유비의 아들. 무능한 사람의 대명사)라고 생각하고 있다는 말인가!'

연갱요는 자신의 생각이 거기까지 미치자 자기도 모르게 눈을 번쩍 뜨고 벌떡 일어났다. 그리고 허겁지겁 물을 들이켜고는 두 손으로 머리를 받친 채 생각에 잠겼다. 순간 그는 비로소 모든 고민을 해결할 실마리를 찾은 것 같았다.

'그래, 어떻게 하든 수중의 십만 정예군을 놓쳐서는 안 돼. 지금 '아두'가 '무후'에게 마수를 뻗치지 못하는 것은 바로 이들 십만 정예군이 두렵기 때문이야.'

연갱요가 내린 결론은 그처럼 간단했다. 사실 그의 생각은 일리가 없지 않았다. 그가 북경에 체류하고 있던 40일 동안 장정옥이 보인 행보만 봐도 그랬다. 당시 장정옥은 비밀리에 수많은 독무와 장군들을 만나 의견을 물었다. 그리고는 호랑이를 산으로 돌려보내듯 그를 다시 청해의 대영으로 보내기로 결정을 내렸다. 말하자면 욕금고종慾禽故縱(붙잡기 위해서는 일부러 풀어줘 경각심을 늦추게 하는 것)이라는 전

략적 효과를 꾀한 것이다. 그렇게 생각한 연갱요의 얼굴에 악의에 찬 미소가 번졌다.

'수중에 병력만 장악하고 있다면 누가 감히 나한테 함부로 덤비겠어? 내가 싫다면 나를 좋아하는 사람한테 가면 되지 않는가! 그 상대가 아홉째마마가 될지라도 꼭 그렇게 하면 안 된다는 법은 없지 않은가!'

연갱요는 그런 생각이 들자 자신도 모르게 거친 숨을 토해냈다. 그러나 연갱요의 그 미소는 오래가지 못했다. 그의 일행이 감숙성 난주 경내에 들어섰을 때였다. 역도驛道의 양 옆에 전부 새것인 몽고식 전포氈包(몽고족들이 사용하는 천막)가 이채로운 커다란 군영이 보였다. 대채大寨를 이루고 있는 모습이 장관이었다. 또 식량과 땔감을 넘칠 정도로 가득 실은 마차도 역도를 꽉 메운 채 서행西行을 하고 있었다. 그는 명색이 서부 지역의 군무를 관장하는 최고 통수권자라고 할 수 있었다. 그럼에도 그런 방대한 움직임을 전혀 모르고 있었다. 연갱요의 충격은 이루 말할 수가 없었다. 그는 더 이상 10명의 시위들을 믿을 수 없다는 결론을 내렸다. 그러나 애써 충격을 감춘 채 상성정에게 진鎭 내로 들어가 진상을 알아보라는 명령을 내렸다. 이어 임시로 홍고묘紅古廟의 역관에 머물기로 했다.

그의 일행이 막 역관에 들어가 여장을 풀었을 때였다. 목향아가 한 손에 술이 담긴 조롱박을 들고, 다른 한 손에는 채찍을 들고는 들이닥치듯 문을 밀고 들어왔다. 이어 히히 웃으면서 말했다.

"아이고, 다리야! 어쩌다 수레를 타고 호사를 좀 해보려고 했더니, 그럴 팔자가 아닌가 보네요? 하기야 그래도 말 타고 달리는 것이 통쾌하지! 대장군, 술 좀 있으면 주십시오. 아, 그리고 조금 더 가서 쉬기로 해놓고 왜 갑자기 여기에서 묵기로 결정하신 겁니까? 묵은 때

좀 벗겨보려고 다음 역관에 물을 데워 놓으라고 했는데!"

목향아가 거들먹거리면서 꾸벅 건성으로 인사를 하고는 말했다. 이어 허락도 없이 온돌 모서리에 털썩 앉았다.

"나는 대장군이야! 내가 묵고 싶은 곳에 묵는데 무슨 군소리가 그리 많아. 누가 자네를 이렇게 순식간에 변화시킨 괴력을 가졌는지는 모르겠으나 똑똑히 알아둬, 이 친구야! 내 삼척三尺의 금지禁地에도 규칙은 있어. 채찍과 조롱박 치워! 그리고 단추도 제대로 잠가! 우리 친병에게 귀싸대기 얻어맞고 싶지 않으면!"

연갱요가 차갑게 내뱉었다. 그러나 목향아는 연갱요의 말을 대수롭지 않게 생각하는 것 같았다. 마치 보란 듯이 손에 들고 있던 것을 아무 데나 집어던지고는 연갱요를 유심히 들여다보면서 씩 웃었다.

"제 버릇 남 못 준다고 하지 않습니까! 그새 북경 물 좀 먹었다고 대장군의 규칙을 까맣게 잊고 말았지 뭡니까. 고치겠습니다. 고치면 되겠죠?"

목향아가 말을 마치고 실실 웃음을 흘리면서 물러갔다. 연갱요는 화가 치밀어 올랐으나 달리 방법이 없었다. 성질을 죽인 채 마음을 다잡는 것 외에는……. 마침 그때 친병 한 명이 들어왔다. 연갱요가 그를 보고는 내뱉듯 퉁명스럽게 물었다.

"상 군문, 아직 안 들어왔나?"

친병이 연갱요의 안색이 거칠어보이자 조심스럽게 군례를 올리면서 대답했다.

"아직 상 군문을 뵙지 못했습니다. 난주蘭州 장군아문에서 노란 함을 전해왔습니다."

친병이 곧 노란 비단으로 겉면을 두른 함을 두 손으로 받쳐 올렸다. 연갱요는 함을 받아들고는 허리춤에서 열쇠 하나를 꺼내서 구멍으로 밀어 넣었다. 함은 찰칵 하는 소리와 함께 열렸다. 속에는 두 개의 상주문이 들어 있었다. 그는 재빨리 그중 하나를 꺼냈다. 시뻘건 주비가 한 눈 가득 들어오는 상주문이었다.

전문경이 올린 상주문을 한 부 베껴 보내는 바이네. 상주문 내용이 과연 사실이라면 진짜 억장이 무너지네. 자네가 그런 식으로 짐을 대해왔다니! 북경에서는 조신하고 성실해 보이던 자네가 밖에서 그런 행동을 보인다니, 도대체 웬 말인가? 이번에 만나본 자네는 확실히 전과는 달랐어. 어딘가 모르게 비뚤어져 보였네. 짐의 눈에 거슬리는 부분이 한두 가지가 아니었어. 그동안 정신이 타락한 것인가, 아니면 지나친 상전 대접에 눈에 뵈는 것이 없어서 거만해진 것인가?

연갱요는 주비의 내용을 보고 화들짝 놀라지 않을 수 없었다. 전문경의 상주문을 읽어볼 정신을 차리지도 못한 채 서둘러 다음 주비도 읽어 내려갔다.

짐은 오늘 호기항을 만나봤네. 자네는 제정신이 아니었네. 어찌 이런 작자를 순무 자리에 추천할 생각까지 했는지 자네 저의가 정말 궁금하군!

"올 것이 왔구나!"

연갱요는 자신도 모르게 비명과 같은 짧은 말을 조용히 내뱉었다. 입술도 부르르 떨었다. 회한 같기도 하고 저주 같기도 한 반응이었다. 각오는 했어도 옹정이 그렇게 빨리 안면을 몰수할 줄은 예상하지 못했다. 그러나 그는 곧 정신을 차리고는 손사래를 쳐 친병을 내보냈다. 이어 두 다리에 힘이 쭉 빠지면서 자리에 털썩 주저앉고 말았다.

그리고는 경황없이 다시 일부분만 옮겨 베낀 듯한 전문경의 상주문을 읽기 시작했다. 상주문에 쓰인 해서체의 글씨는 네모반듯했다. 추호의 흐트러짐도 없었다. 순간 그는 글씨들이 모두 작은 감옥처럼 느껴졌다. 수많은 글자들이 자기를 향해 목을 조여 오는 것 같은 착각에 사로잡혔다. 내용은 그런 생각을 하기에 부족함이 없었다.

대장군 연갱요는 황자들에게 빌붙어 권력을 남용해 난정亂政을 초래했사옵니다. 폐하께서는 반드시 그 죄를 엄정히 물어야 하옵니다. 직무도 박탈해야 할 줄로 아옵니다…….

전문경의 상주문은 연갱요가 황자들에게 빌붙었다는 사실에 대한 세 가지 증거를 대고 있었다.

우선 처음으로 태자를 폐위시켰을 때인 강희 48년 정월의 일이었다. 당시 연갱요는 황태자가 되기 위해 가장 열을 올렸던 염친왕, 열넷째 윤제 등과 그림자처럼 붙어 다녔다. 상주문은 이에 대해 '밀실에서 종일 수군거리면서 음모를 꾸몄사옵니다. 그럴싸한 미사여구로 자신의 행동을 합리화시켰사옵니다. 이 어찌 순수한 신하의 덕목에 어울리는 행위이옵니까?'라고 주장했다.

두 번째 증거는 태자가 두 번째로 폐위 당했을 때였다. 상주문은 역시 '강희 오십일 년에 연갱요는 주청을 올리지도 않은 채 사사롭게 북경에 잠입했사옵니다. 그리고는 규서, 왕홍서 등 사악한 간신배들과 밤에 만나고 새벽에야 헤어지는 수상한 행동을 보였사옵니다. 일거수일투족이 조심스러울 때임에도 감히 그런 짓을 하고 다녔사옵니다. 저의가 무엇이겠사옵니까?'라면서 이에 대해 통렬하게 비판했다.

상주문이 주장한 세 번째 증거는 연갱요의 간담을 더욱 서늘하게 만들었다. '선제께서 붕어하셨을 때였사옵니다. 연갱요는 북경으로 떠나는 전前 대장군왕 윤제에게 '무기 하나 없이 그런 호랑이굴로 들어가는 것이 얼마나 위험천만한 일이냐'면서 극구 말렸다고 하옵니다'라고 적시하고 있었다.

연갱요는 머리가 어지러웠다. 눈이 가물거려 상주문을 더 이상 읽어내려 갈 수가 없었다. 모든 것이 반박의 여지가 추호도 없는 사실이었다. 그는 극도의 불안을 느끼지 않을 수 없었다. 가슴은 툭 치기만 해도 터질 것만 같았다.

그때 마침 상성정이 들어섰다. 그리고는 망연자실한 채 금방이라도 허물어져 내릴 것 같은 연갱요를 바라보면서 놀란 어조로 물었다.

"대장군, 왜 이러십니까? 어디 불편하기라도 하신 겁니까?"

연갱요는 상성정이 가까이 다가서면서 연신 부르고서야 정신이 번쩍 돌아왔다. 동시에 한없이 불안했던 마음이 갑자기 분노로 바뀐 듯 물 한 잔을 단숨에 비워버렸다. 얼굴에는 마음속의 울화를 꺼버리려는 노력이 고스란히 나타났다. 곧 그가 거칠게 냉소를 터트렸다.

"상주문도 있고 폐하의 주비도 있어. 읽어봐. 웃기지도 않는군! 나보고 밖에서 나도는 소문은 한쪽 귀로 듣고 한쪽 귀로 흘려버리라고 할 때가 언제였냐고! 그 말이 아직도 내 귓속에서 생생한데, 이런 것은 왜 천리 밖에 있는 사람에게 꼬박꼬박 전해주는 거야?"

상성정이 휘둥그레진 눈을 한 채 상주문과 주비를 받아들었다. 이어 성난 사자처럼 갈기를 곧추세우고 있는 연갱요를 힐끗 곁눈질해 보고는 그것들을 자세하게 읽어보기 시작했다. 그 순간 연갱요는 피가 끓어서 더 이상 참을 수 없는 듯 맹수처럼 벌떡 일어났다. 그리고는 여전히 이성을 찾을 수가 없는 듯 등불 밑에서 긴 그림자를 끌고 왔다 갔다 부산스럽게 굴었다. 동시에 주문을 외우듯 중얼거렸다.

"이제야 그 속을 완전히 알겠어. 자기가 건너온 다리는 부숴버리는 격이야. 가루를 다 빻았으니 맷돌 돌리던 당나귀는 죽여 없애는 격이라고. 내가 모르는 줄 알아? 셋째 황자와 장황자를 싸움 붙여 서로 물고 뜯게 만들었지. 결국에는 둘 다 무너지게 만들었어. 완전히 어부지리야. 자기는 치고 빠지는 수작을 벌인 것이 아니고 뭐야? 자기 목숨을 구해줬던 고복마저 눈 더미 속에 파묻어 죽여 버렸으니……. 그러니 나라고 가만 놔둘 리가 있겠어? 그러고 보니 이 상주문 이거……?"

연갱요가 한참을 투덜거리다 말고 갑자기 걸음을 멈췄다. 그리고는 매섭게 상주문을 노려보면서 손가락으로 가리켰다.

"내가 단언해. 이건 분명히 그 절름발이 새끼가 쓴 거야. 전문경은 그 사건들에 대해 이렇게 속속들이 알고 있을 리가 없거든. 병신 고운 데 없다고, 자기 바퀴에 깔려 죽을 놈 같으니라고. 내가 가만 놔두나 봐라!"

연갱요는 마치 밀렵꾼이 파놓은 함정에 빠진 굶주린 승냥이 같았다. 분노에 차 날뛰며 성질을 이기지 못하고 무서운 눈으로 잡아먹을 듯 어딘가를 노려보았다. 그러기를 얼마나 했을까. 그가 갑자기 조용해졌다. 어딘지 모르게 단단히 각오를 한 듯했다. 곧 그가 직접 팔을 걷어붙이고 먹을 갈기 시작했다. 상성정은 그가 옹정의 주비에 대한 답신을 쓰려 한다는 것을 알고 즉각 화선지를 펴놓았다. 이어 나지막한 목소리로 말했다.

"대장군, 고정하시고 침착하게 상주하십시오."

"알았어."

연갱요가 다리를 포개고 좌정한 채 눈을 지그시 감았다. 그리고는 한참 동안 앉아 있는가 싶더니 긴 한숨을 토해내면서 붓을 들었다.

어좌御座 앞에서 삼십 일도 넘게 있으면서 폐하께 아무런 보탬도 되지 못하고 오히려 과실과 허물로만 얼룩진 몸으로 돌아오는 마음이 심히 무겁사옵니다. 오늘 주비를 받아봤사옵니다. 폐하 말씀의 위엄에 긴장과 불안을 금할 길이 없었사옵니다. 전문경의 상소문을 읽은 다음에는 자기 관리에 실패한 소신을 크게 질책하기도 했사옵니다. 신은 공로가 높은 만큼이나 죄질도 심히 무거운 줄 알고 있사옵니다. 신은 선제께서 붕어하신 후 막 출범한 폐하의 조정에서 파격적으로 발탁되는 성은을 입었사옵니다. 승승장구하는 행운도 한 몸에 지녀 왔사옵니다. 신은 늘 그 성은에 보답하려는 일념 하나로 목숨을 걸고 불충한 신하들과 싸웠사옵니다. 그리고 마침내 변경을 어지럽히는 세력들을 잠재우는 쾌거를 이룩했사옵니다. 물론 이 모든 것은 폐하의 홍복과 불철주야 심려를 기울이심에 힘입었사옵니다. 그렇지 않았다면 불가능했을 일이라고 생각하옵니다. 전아무개는 신의 기세가 하늘로 치솟자 폐하께서 위기를 느끼신다고 판단하지 않았나 싶사옵니다. 또 토사구팽을 할 것이라고 미리 추측했을 수도 있사옵니다. 급기야는 폐하의 뜻에 편승하려는 심산에서 이런 상소문을 올리지 않았나 생각되옵니다. 폐하께서 죽음을 내리신다면 소신은 죽지 않을 수 없사옵니다. 그 점은 자명하옵니다. 그러나 악명을 뒤집어 쓴 채 구족九族이 비명에 가게 된다면 천지의 조화에 어긋날지도 모르옵니다. 그 두려움이 정말 크옵니다.

연갱요는 단숨에 상주문을 써내려갔다. 그리고는 다시 읽어보지도 않은 채 상성정 앞으로 밀어 보여줬다.

"어떤가?"

"앞부분은 흠잡을 데 없는 것 같습니다. 그런데 뒷부분은 지나친 점이 없지 않은 듯합니다. 유난히 민감하신 폐하께서 받아들일 수 있을지 모르겠습니다."

상성정이 우울한 안색을 한 채 느릿느릿 입을 열었다. 연갱요는 다시 읽어보았다. 그러나 그저 토사구팽 네 글자만을 죽죽 그어버렸을 뿐이었다.

"폐하 같은 사람한테는 이런 식으로 밀어붙여야 해. 내가 스스로 뺨 때리고 알아서 설설 기면 더 우습게보고 깔아뭉개려 들 거라고. 조금 세게 나가는 것이 오히려 나아."

상성정은 끝까지 소신을 굽히지 않은 사이직의 경우를 떠올렸다. 동시에 사이직처럼 하다 아슬아슬하게 위기를 모면한 다음 더 중용을 받은 손가감도 떠올렸다. 연갱요의 말에도 일리가 있는 것 같았다.

"폐하의 마음은 너무 종잡을 수 없는 것 같습니다. 냉정하고 독해 보이기도 하고요. 방금 제가 둘러보고 왔습니다만 군관들이 전부 생판 모르는 사람들로 바뀌었습니다. 어느 소속이냐고 물었더니, 여복 장군 휘하에 있다고 하더군요. 이곳으로 겨울을 나려고 왔다는 겁니다. 그 사람들과 깊은 얘기를 나눌 수도 없고 해서 그냥 왔습니다."

여복이라면 염친왕의 문하이자 열넷째 윤제의 심복이었다. 연갱요와도 이런저런 인연이 있었다. 순간 연갱요는 바로 안도의 한숨을 내쉬었다. 다른 사람은 몰라도 여복만은 자신을 배신할 리가 없다고 생각한 것이다.

연갱요는 홍고묘紅古廟에서 출발한 지 사흘 만에 드디어 대장군 행원이 있는 서녕으로 돌아올 수 있었다. '집'으로 돌아온 셈이었다. 그러나 그는 집에 도착하는 그 순간 전혀 편안함을 느끼지 못했다. 그가 경악할 만한 일이 기다리고 있었다. 행원의 주인이 더 이상 연씨가 아니었던 것이다.

악종기는 계급이 각각 다른 100여 명의 군관들을 인솔해 접관청接官廳까지 연갱요를 마중 나왔다. 연갱요는 그를 보는 순간 은근히 흐

못했다. 그가 화해를 청하려는 차원에서 먼 길도 마다 않고 나온 줄 알았기 때문이었다. 그러나 악종기가 데려온 군관들 중에 연갱요가 얼굴을 알 수 있는 사람은 단 한 명도 없었다. 여복, 마훈, 위지약, 왕윤길, 송사진 등 부하 장군들의 모습은 어디에도 보이지 않았다. 연갱요는 다시 하급 군관들의 얼굴을 찬찬히 살펴봤다. 안면이 있을까 말까 하는 몇몇만 빼고는 역시 대부분 얼굴조차 생소한 사람들이었다. 그는 순간 속으로 아차! 하면서 자리에 앉았다. 이어 냉소를 머금었다.

"자네도 내가 찬밥만 얻어먹고 온 것을 알고 있나 보지? 담벼락이 무너지려고 하면 다 같이 힘을 모아 밀어버린다더니, 바로 그 짝이 났군! 아홉째마마는 처지가 처지이니 만큼 얼굴을 못 내민다고 하더라도 방귀 냄새나 맡으면서 쫄래쫄래 따라 다니던 것들은 도대체 어디 가서 뒈졌기에 코빼기도 보이지 않는 거야?"

"앉게. 천천히 얘기하지."

악종기는 연갱요에 비해 키가 머리 하나는 작았다. 그럼에도 근육질의 단단한 체구에서는 날카롭고 거센 힘을 물씬 풍겼다. 그가 거품을 물고 있는 연갱요를 향해 허허 사람 좋게 웃으면서 술을 따라 줬다. 이어 천천히 말했다.

"연 대장군이 북경에 가고 나서 얼마 안 돼 행원을 대신 맡으라는 지의가 내려졌어. 나는 지의에 따랐지. 그러나 대장군의 제도나 규칙 같은 것은 하나도 뜯어고치지 않았어. 그들이 오지 못한 것은 다른 곳으로 발령이 나 떠나갔기 때문이야. 그러니 그리 서운해 하지 말게. 자자, 술이나 마시고 그동안의 회포나 풀어보자고."

연갱요가 악종기의 설명을 듣더니 온몸을 흠칫 떨었다. 그리고는 칼끝 같은 예리한 눈빛으로 악종기를 노려보면서 약간 쉰 목소리로 물었다.

"자네는 무슨 자격으로 내 휘하 장군들을 마음대로 발령을 내고 그러는가? 그들을 도대체 어디로 보냈어?"

악종기가 히죽 웃으면서 대답했다.

"여복은 채정蔡斑에게 보냈어. 위지약은 악이태, 왕윤길은 이극소맹伊克昭盟 지역으로 보냈고. 모두 더 높은 장군으로 승진시켜 보냈어. 대장군인 자네가 서녕 대첩을 이끌어내고 나서 그들에게 그렇게 약속했다면서? 그래서 내가 대장군을 대신해 좋은 일을 했을 뿐이지. 그렇지 않았다면 나에게 무슨 그럴 권한이 있었겠어? 이제 대장군이 돌아왔으니 나도 임무 완성이야. 내가 보냈다고는 하나 다시 데려오고 싶으면 대장군 명령 한마디에 다 해결되는 것 아닌가?"

악종기는 대수롭지 않게 말했다. 그러나 듣는 연갱요의 마음속에는 갈피갈피에 살얼음이 끼는 듯했다. 그의 얼굴에서는 진정 고립무원이란 것이 어떤 느낌인지 알게 된 공포가 어렸다.

옹정은 연갱요에게 단 한 명의 병사들도 이동시키지 않겠다는 요지의 말을 분명히 한 바 있었다. 그러나 입에 침도 마르기 전에 심복 장군들을 전부 빼돌려버렸다. 연갱요가 실성한 듯 멍하니 악종기에게 시선을 두고 있더니 갑자기 한밤의 부엉이 우는 소리 같은 등골 오싹한 웃음을 토해냈다. 그리고는 술잔을 들어 꿀꺽꿀꺽 들이붓고 나서 입을 쓰윽 닦으면서 말했다.

"내가 맞춰볼게. 우리 그 친구들을 빼돌리고 대신 들어온 자들은 모두 자네의 대영에서 갖다 심은 자들이지? 아니면 자네의 대영이 아예 이곳 서녕으로 옮겨왔든가! 그리고 아홉째마마는 이미 사천성 북쪽으로 '월동'의 명목으로 모셨을 테고?"

"연 장군, 안 됐으나 하나도 못 맞췄네."

악종기가 쥐를 잡아 앞발로 지그시 누르는 고양이의 여유처럼 연갱요가 말하는 모습을 보고 있는가 싶더니 느릿느릿 입을 열었다. 이어 진지한 어조로 설명을 덧붙였다.

"여복의 자리에는 호광湖廣 수사水師인 길합라吉哈羅가 들어왔어. 또 왕윤길을 대신해서는 감숙성 포정사 덕수德壽, 위지약 자리에는 운남성 포정사 조삼曹森이 투입됐지. 나는 자네의 대영에 내 사람은 하나도 심지 않았어. 자네가 염려하는 아홉째마마는 아무 곳에도 가지 않고 여기 계셔. 다만 오늘 몸이 좋지 않아 못 나온 것 같아. 그리고 나는 우리 중군中軍 칠백 명만 데리고 서녕으로 왔을 뿐이야. 대영은 제자리에 있다고. 자! 길합라, 조삼, 덕수 그대들은 나와서 대장군께 술 한 잔씩 올리시게!"

길합라를 비롯한 새로 임명된 세 도통都統은 악종기의 말이 떨어지기 무섭게 대답과 함께 모습을 드러냈다. 그중 마른 옥수숫대 같은 체격에 머리마저 길쭉한 사내는 산호 정자만 달았을 뿐 공작 화령도 없었다. 아마도 길합라일 터였다. 길합라에 비하면 다른 두 명의 포정사는 작고 두루뭉술한 편이었다. 둘 다 삼품의 정자를 하고 있었다.

연갱요는 그들을 보자마자 이 정도 인물들이라면 자신의 군중에서는 눈 감고도 한 수레는 채울 수 있다는 생각부터 했다. 심드렁한 표정으로 그들의 인사를 받은 것도 다 그 때문이었다. 그러나 연갱요가 그러든 말든 그들 세 도통은 태연하게 인사를 마치고 한 사람씩 술을 따라 올렸다. 그리고는 당당하게 앞가슴을 내민 채 한쪽으로 물러섰다. 곧이어 길합라가 가장 먼저 오리를 방불케 하는 목소리로 입을 열었다.

"저는 폐하의 명령을 받고 대장군의 휘하로 왔습니다. 그런 만큼 대장군의 명령이라면 물불을 가리지 않을 것을 맹세합니다. 저는 생긴 것은 보는 사람한테 미안할 정도로 못 생겼으나 무능한 놈은 아닙니다. 강희 육십 년 묘족 토사들의 반란이 일어났을 때였을 겁니다. 당시 삼십 명을 거느리고 묘족의 근거지로 쳐들어가 반란분자 칠백여 명을 제압한 그 길합라가 바로 저라는 사람입니다.”

길합라는 자신의 못 생긴 외모와 특별히 내세울 것 없는 궁색함 때문에 주위사람들에게 멸시 받고 주눅깨나 들어 있었던 듯 입을 열자마자 자신의 자랑부터 늘어놓았다. 말하는 투로 봐서는 수백 번도 더 우려먹었을 자신의 유일한 공로인 듯했다.

연갱요는 그제야 바로 눈앞의 사람이 누구인지 알 수 있을 것 같았다. 강희가 ‘고담영웅’孤膽英雄이라는 칭호를 내린 바 있는 이른바 ‘길장군’이었다. 그는 다시 천천히 물 항아리처럼 생긴 두 포정사에게 시선을 줬다. 주변의 시선에는 아랑곳하지 않은 채 태연하게 음식을 먹고 술을 따라 마시는 모습이 무척이나 당당해 보였다. 축 내리 깐 눈꺼풀도 그리 만만치 않게 보였다. 연갱요는 그새 하늘을 찌르는 오만한 태도를 점점 거둬들이면서 말했다.

“사람을 어찌 외모로만 판단할 수 있겠는가! 아랫것들이 말을 듣지 않으면 주저하지 말고 나한테 알리도록 하게. 또 여러분들도 자애自愛해 주었으면 하네. 나는 군령을 어기는 자에 대해서는 가차 없이 처벌하는 사람이네. 자, 새 식구들, 내가 내는 술은 아니나 한잔 들지!”

악종기가 연갱요의 말이 끝나기를 기다렸다는 듯 끼어들었다.

“인수인계가 제대로 된 것 같군. 그러면 우리 대영에도 할 일이 산적해 있어서 나는 그만 가봐야겠어. 이 술은 대장군을 영접하고 나 자신을 전송하기 위해 마련한 술이야. 자, 연 대장군의 승승장구를 위해! 여러분의 일취월장을 위해!”

악종기는 술잔을 비운 다음 연갱요부터 시작해 좌중의 사람들에게 다시 한 잔씩 더 따라줬다. 그러자 무거워 숨이 막히기만 하던 접관청의 분위기는 바로 활기를 되찾기 시작했다.

'악종기가 물러가면 병권 걱정은 사라진다. 다른 일은 천천히 해도 별 문제가 없을 거야.'

연갱요는 그렇게 생각하자 기분이 조금 나아졌다. 자신 역시 일일이 술을 따라 권할 정도로 마음도 안정되었다. 이렇게 해서 그는 새로 만난 부하들과 신시申時가 다 될 때까지 담소를 나눴다.

그가 막 밖에서 돌아와 말에서 내리는 윤당과 마주친 것은 술기운이 어느 정도 올라 소피를 보러 밖으로 나왔을 때였다. 당연히 그가 반색을 했다.

"조금만 일찍 오시지. 술자리가 끝나가게 생겼는데!"

"나는 숙소에서 뒷일을 준비하고 있었소. 내 것도 준비하고 그대의 것도 준비하고 다 했지."

윤당이 퉁명스레 쏘아붙였다.

"아홉째마마! 뒷일을 준비하다니요? 그게 도대체 무슨 말씀입니까?"

"며칠 뒤면 자연히 알게 될 거요."

윤당이 냉소를 흘리면서 덧붙였다.

"그대는 이미 병권을 빼앗기고 말았소. 알겠소?"

"무슨 자다가 남의 다리 긁는 소리를 하시는 겁니까? 보시다시피 나는 아직 대장군이지 않습니까!"

연갱요가 취기가 올라오는 듯 눈을 게슴츠레하게 뜬 채 반박했다. 윤당은 어처구니가 없다는 듯 연신 냉소를 흘렸다. 그리고는 접관청 쪽으로 발길을 옮겼다. 연갱요는 자신도 모르게 짤막한 몇 마디를 내뱉었다.

"한신韓信(유방에게 토사구팽 당하는 한나라의 대장군)! 내가 한신이 된다는 얘기인가?"

옹정의 주비가 날아든 것은 연갱요가 대장군 행원으로 돌아온 지 사흘 만이었다. 내용은 꽤나 길었다.

연갱요, 자네가 홍고묘에서 보낸 주장奏章을 받아보고 짐은 경악을 금하지 못했네. 자네는 사람을 너무 많이 죽여 귀신이 달라붙었나, 아니면 술에 취해 마구 허튼소리를 지껄이는 것인가? 짐은 그래도 부처의 자비심으로 어떻게든 자네를 구제해 보려고 했어. 그래서 다른 사람들이 올린 상주문까지 보여주면서 자네의 양심을 깨우쳐 볼까 했지. 그러나 자네는 짐의 의중을 헤아리기는커녕 엉뚱한 소리로 다시 짐을 실망하게 만들었네. 자네의 오만불손은 그야말로 구제불능이야! 자네는 '조건석척'朝乾夕惕(아침부터 저녁까지 열심히 일함) 네 글자를 감히 '석양조건'夕陽朝乾이라고 바꿔 써서 짐을 저물어가는 석양에 비유하는 대담함까지 보였어. 짐은 이미 악종기에게 지의를 내려 자네의 정서대장군 직위를 대신하라고 했네. 보아하니 자네는 클 '대'大자와는 인연이 없는 것 같아. 그래서 자네를 항주 장군으로 발령을 내는 바이네. 주비를 받는 즉시 인수인계를 하도록 하게. 그러나 짐은 토끼가 죽자 개를 잡아먹어 버리는 그런 황제로 남기를 원하지 않네. 그런 만큼 자네가 본분을 지키는 한 괴롭히는 일은 없을 것이네. 안심하게.

연갱요는 옹정의 주비를 무려 한 시간 동안이나 보고 또 봤다. 아무리 눈을 씻고 봐도 달라지는 것은 없었다. 그는 자신도 모르게 오장육부가 어디론가 다 빠져나가버린 듯한 공허함을 느꼈다. 머리가 떨어져 나간 것처럼 아무런 생각도 하지 못했다. 결국 벼락 맞아 넘어간 고목처럼 그 자리에 주저앉고 말았다. 때마침 상성정이 들어와 묵묵히 연갱요를 일으켜 세웠다.

하늘은 무겁게 흐려 있었다. 그러나 눈은 내리지 않았다. 다만 찬바람이 휘감아 뿌리는 모래바람은 여전했다. 사람들의 얼굴을 쉬지 않고 마구 때리고 있었다. 연갱요는 마치 구리로 만든 조각상처럼 꼼짝 않고 서 있었다. 한손을 장검에 올리고 다른 한손은 불끈 쥔 채였다. 그는 내장을 파 먹힌 물소의 배처럼 횡뎅그렁해 보이는 대장군 행원을 뚫어지게 바라봤다. 하늘 높이 펄럭이는 '대장군 연갱요'大將軍年라고 쓰인 깃발이 그렇게 서글퍼 보일 수가 없었다. 그래도 깃발을 호위하고 서 있는 병사는 여전히 그 자리에서 가슴을 내밀고 어깨를 쭉 편 채 전방만을 주시하고 있었다. 창문을 딱딱 때리는 모래바람 소리도 그대로였다. 마치 앞으로도 아무런 변화가 없을 듯했다. 그러나 그 쥐 죽은 듯한 고요 속에 서 있는 단 한 사람만은 달랐다. 그는 곧 사라져갈 운명이었다.

연갱요가 한동안 넋이 나간 표정으로 있더니 궤 속에서 두툼한 봉투 하나를 꺼냈다. 그리고는 상성정에게 건넸다.

상성정이 고개를 갸웃거리면서 봉투를 펼쳤다. 그는 순간 불에라도 덴 듯 화들짝 놀랐다. 봉투 속에는 10만 냥짜리 용두龍頭 지표支票가 무려 70~80장이나 들어 있었던 것이다. 상성정이 도로 봉투를 연갱요에게로 밀어내면서 말했다.

"둘째 도련님, 저는 연씨 가문의 대은大恩을 먹고 살아온 가노家奴입니다. 조상대대로 받은 은혜를 갚을 길 없어 막막하기만 한데 이렇게까지 하시면 저는 돌아가신 조상님들께 면목이 없습니다."

연갱요는 상성정이 너무 공손하게 나오자 땅이 꺼질 듯 한숨을 토해냈다. 이어 풀 죽은 목소리로 말했다.

"자네는 나와 특별한 인연이 있는 사이야. 때문에 나는 무조건 자네를 믿어. 솔직히 나는 오래 전부터 오늘을 준비해 왔어. 자칫 우리 가문이 멸문지화를 당할지도 모른다는 각오는 항상 하고 있었지. 내가 몽고족 여자들을 열 명씩이나 데려다 놓은 것도 그 때문이었어. 우리 가문이 씨가 마르게 할 수는 없었거든. 다행히 둘은 이미 임신을 한 상태이니 오늘 저녁……."

연갱요가 갑자기 목소리를 죽였다. 감정이 북받치는 모양이었다. 곧 그가 다시 입을 열었다.

"오늘 저녁 그 둘을 데리고 자네는 여기를 떠나게. 내가 병사들로 하여금 산서山西까지 무사히 갈 수 있도록 해줄게. 산서에 도착하는 대로 자네는 병사들을 되돌려 보내면 돼. 친척이나 친구의 집은 찾아가지 말고 누구도 감히 생각 못할 오지로 숨어드는 것이 좋겠어. 내가 무사히 이 생사의 관문을 넘는다면 당연히 자네들을 찾아 나설 거야. 그러나 만에 하나 우리 일문의 구족이 멸문지화를 당하는 날에는 모든 것이 수포로 돌아가겠지. 앞으로 태어날 아이들 중에 남자 아이가 있으면 자네가 잘 거둬줘. 진심으로 부탁하네. 부디 그 아이를 잘 키워 우리 연씨 가문의 대를 잇게 해줘. 잘 부탁하네."

연갱요의 두 눈에서는 어느새 눈물이 주르륵 흘러내렸다. 그럼에도 상성정은 분명한 태도를 보이지 않았다. 그러자 연갱요가 소리를 죽인 채 흐느끼면서 말을 이었다.

"사람들의 이목만 아니면 나는 무릎이라도 꿇었을 거야."

상성정이 연갱요의 당부에 봉투를 갓난아기 껴안듯 조심스럽게 안았다. 그리고는 하염없이 눈물을 쏟았다. 밭고랑처럼 깊게 팬 주름마다 흐릿한 눈물이 잔뜩 고였다. 그가 눈물을 훔치면서 다시 흐느꼈다.

"둘째 도련님, 제 마음도 갈기갈기 찢어집니다. 당부하신 일은 제가 목숨이 붙어 있는 날까지 책임지겠습니다⋯⋯."

두 사람이 눈물범벅이 돼 부둥켜안고 있을 때였다. 밖에서 친병 한 명이 들어와 아뢰었다.

"연 대장군, 악종기 군문께서 의문儀門에 도착하셨습니다. 폐하의 지의를 전달하러 왔다 합니다."

"예포를 울리고 중문을 열어라! 향을 사를 책상도 준비하고. 내가 직접 영접하러 나가겠다."

연갱요는 평소와 다름없는 근엄한 목소리로 명령을 내렸다. 이어 마지막으로 자신을 진심으로 섬기고 믿으면서 따랐던 측근 상성정을 바라봤다. 그 눈빛에는 가슴이 뭉개지는 애절함과 간절한 기대, 뭐라고 형언하기 어려운 빛이 서려 있었다.

50장
극품대신極品大臣의 최후

　장정옥은 연갱요가 순순히 명령에 복종하는 고분고분한 자세를 보였다는 내용의 급보가 북경에 날아들었을 때 누구보다 기뻐했다. 안도의 한숨을 크게 내쉬었다. 가장 우려했던 연갱요와 악종기의 충돌이 아슬아슬하게 비켜 갔으니 그럴 만도 했다. 장정옥은 곧 악종기로부터 날아온 팔백리 긴급서찰을 들고 양심전으로 향했다.

　"그 친구가 의외로 철이 들었군. 아무튼 다행이네."

　옹정이 방포와 장기를 두면서 장정옥이 읽어주는 상주문의 내용을 들었다. 그러다 옆에서 구경하고 있던 윤상을 향해 말했다.

　"짐은 방 선생과 장기를 둬서 졌으나 깨끗하게 패배를 인정하네. 그러나 연갱요와 둔 장기 한 판은 짐이 이겼어. 당당하고 통쾌하게 이겼지."

　옹정이 너무나도 무거운 등짐을 지고 가다가 산비탈에 내려놓고 난

뒤의 날아갈 듯한 홀가분한 표정을 지어보였다. 안색도 좋아보였다. 그러나 몸은 마음고생을 많이 한 듯 비쩍 말라 있었다. 윤상이 보기에는 강풍이 불면 훅 날아갈 듯했다.

옹정의 말에 그동안 더욱 핼쑥해진 그가 한 올의 웃음기를 피어 올리면서 입을 열었다.

"형신은 크고 작은 일 따로 없이 섬세한 마음가짐으로 임하는 태도가 돋보이옵니다. 상서방에서 이 일을 맡아 처리하기를 참 잘한 것 같사옵니다."

옹정이 윤상의 말을 듣자마자 웃으면서 자리에서 일어나더니 난각으로 들어갔다. 그리고는 책상 위에 두툼하게 쌓여 있는 주장을 가져다 윤상에게 건네줬다.

"이건 어젯밤에 주비를 달아놓은 상주문 사본이네. 원본은 이미 발송했지. 자네들도 읽어보게."

윤상은 옹정이 건네주는 상주문을 받아 들었다. 언뜻 보이는 길고 마른 손가락이 핏기 하나 없이 너무나도 희었다. 그는 맨 위에 올라와 있는 상주문에 눈길을 줬다. 연갱요가 지난번 서녕을 떠나오면서 보내온 글이었다. 그에 대한 옹정의 주비는 간단했다.

주장을 받아본 후 짐은 안도했네. 자신의 착오를 진심으로 뉘우치고 회개한다면 그 잘못의 흔적은 차츰 지워져 언젠가는 없어질 것이네. 다만 그 회개가 진정으로 마음에서 우러나오는 뉘우침이 아닐 때는 문제가 될 수 있네. 그것은 심히 두려운 것이야. 후자에 속하지 않기를 바라네.

고기탁의 상주문에 대한 주비도 있었다. 처음 것보다도 더욱 짧았다.

짐은 연갱요의 재주가 아까워. 가능하면 그 공로가 지워지지 않기를 바라네. 아직은 그래도 만회의 여지가 있지 않을까 싶어. 요즘 들어 많이 회개하는 모습도 보이고.

전문경에게 보내는 주비는 많이 달랐다.

자네 말대로 연아무개는 경망스럽고 저돌적이기 이를 데 없네. 자네의 주장을 받고 짐은 크게 공감했어. 그의 직급을 낮추기로 했지. 앞으로 그는 더 이상 정무에 개입할 힘이 없을 것이야. 자네는 안심하고 일하게.

나머지 주비들 역시 전문경에 보내는 것과 비슷했다. 대부분 연갱요를 성토하는 내용을 담고 있었다.

윤상은 주비들을 방포에게 넘겨줬다. 방포는 그것들을 말없이 다시 장정옥에게 건넸다. 그러자 장정옥은 갓 올라온 명발明發 주장奏章들의 요약본을 옹정에게 두 손으로 받쳐 올리고는 방포가 건넨 주비들을 받아 읽어보기 시작했다.

옹정 역시 요약본을 넘기면서 읽어 나갔다. 모두 백여 가지도 넘는 주장의 내용을 담고 있었다. 하나같이 연갱요의 전횡과 정무 개입, 그리고 뇌물수수에 대해 빗발치듯 성토하는 글들이었다. 옹정이 대충 몇 장을 들춰보고는 미소를 지었다.

"담이 넘어가려고 하면 사람들이 너도나도 몰려들어 밀어버린다더니, 세상인심이라는 것은 과연 갈대 같은 것이군. 어떻게든 끼어들어 발길질이라도 한 번 더 하려 들지 손 내미는 사람은 하나도 없지 않은가! 유중불발留中不發(보류한 채 주비를 보내지 않는다는 뜻)하도록 하게."

"예!"

장정옥이 짤막하게 대답했다. 이어 다시 미간을 좁힌 채 덧붙였다.

"하오나 폐하, 고쳐 생각해보니 이건 백여 명도 넘는 관리들의 주장이옵니다. 전부 보류한다는 것은 다수의 의견을 너무 무시하는 것으로 비춰질 수도 있사옵니다. 그리고 연갱요는 정말 간이 큰 사내입니다. 이번에 항주로 떠나면서 천이백 명의 친병을 대동했사옵니다. 또 양교亮轎(평교자) 이백칠십 대, 타교駝轎(낙타가 끄는 가마) 이천 대, 마차馬車 사백여 대를 동원했사옵니다. 그로 인해 온 천하가 다시 한 번 떠들썩했사옵니다. 그 어마어마한 움직임에 여론도 제각각이었사옵니다. 그럼에도 그 사람은 한 술 더 떠 항주 포정사아문에 글을 보내 백이십 칸짜리 궁궐을 지을 준비를 하라고 했다 하옵니다. 이렇듯 갈수록 그 횡포가 더해가니 사람들의 분노가 폭발하지 않았겠사옵니까?"

윤상은 장정옥의 입에서 연이어 튀어나오는 천문학적인 수치에 머리를 절레절레 흔들었다. 그러나 방포의 생각은 많이 달랐다.

'연갱요는 폐하의 뜻을 저버린다는 죄명을 뒤집어쓰지 않기 위해 그런 식으로 욕심을 부렸을 거야. 땅이나 집에 대한 욕심이 많은 탐욕스런 탐관오리로 자신을 위장한 것이지. 완전 전시용이라고 볼 수 있어. 그러면 폐하께서는 그가 권력을 추구하려는 정치적 야심이 없다고 판단하실 것이고……'

물론 방포는 다른 한편으로는 장정옥이 연갱요의 목을 끝까지 옥죌 수밖에 없는 입장도 이해하고 있었다. 연갱요를 물속으로 잡아당겨 물을 먹게 한 장본인은 다름 아닌 장정옥이었다. 물에 빠진 미친 개가 언덕에 올라오면 더 광분해 날뛸 것이 뻔했으니 장정옥으로서는 그럴 수밖에 없었던 것이다. 방포는 그런 생각을 하면서 입을 열어 뭔가 말하려다가 곧 소리 없는 한숨으로 자신의 생각을 대변하고 말았다.

"하늘에서는 비가 쏟아지려 하는데 어미는 시집을 가겠다 조르는 격이군. 대장군 자리에서 쫓겨났으니 탐관오리라도 돼야겠다 이 말인가? 짐의 심기를 불편하게 만들려고 작정을 한 게로군. 짐이 여생을 바치려 하는 이치 쇄신에 제동을 걸다니, 더 이상은 용서 못해."

옹정이 어두운 표정을 한 채 내뱉었다. 그리고는 자리에서 바로 일어나 상주문 더미에서 누군가의 글을 찾아냈다. 바로 양명시의 상주문이었다. 곧 그가 불편한 심기를 드러내듯 장기판을 한쪽으로 와락 밀어버렸다. 이어 주필을 들어 양명시의 주장에 주비를 달기 시작했다.

> 자네는 덕德으로 운남성을 감화시켜 가시적인 성과를 올렸네. 여러 가지로 심기가 불편하던 짐으로서는 실로 흡족한 일이 아닐 수 없어. 대개 덕은 과시해도 좋으나 재주는 과시해서는 아니 되네. 연갱요가 그 전형이라고 할 수 있지. 그는 그 공로가 하늘을 찌르던 큰 영웅이었어. 그러나 지금은 살신지화殺身之禍를 범한 죄인으로 전락하고 말았네.

옹정이 주비를 대충 쓰고 나더니 갑자기 냉소를 터트렸다.

"짐이 이른 바 토사구팽이라는 것을 하는 건지 아닌지는 자네들이 더 잘 알 것이라고 믿네. 그 사람은 근신하고 진심으로 회개해야 해. 그러나 그러기는커녕 갑자기 온갖 재물에 눈에 어두운 탐관오리로 변해서는 짐의 은혜를 배신했다는 불충의 죄를 덮으려고 해. 꼴이 참 가관이야. 이제 온 천하에 '나 이런 사람이요, 옹정이 나를 어떻게 하나 두고 보시오.' 뭐 이런 식으로 유세를 하고 다닌 것과 마찬가지 아닌가? 그러니 천하 백성들의 정서를 고려해야 하는 짐으로서는 저자를 살려둘 수 없지 않은가? 더 중요한 것은 부정부패의 전형을 없애 버리지 못하는 것이 될 거야. 만약 그렇게 되면 천하의 백관들로 하여금 탐관오리의 전철을 밟도록 종용하는 것과 무엇이 다르겠는가?"

옹정은 격분했다. 방포가 그의 말을 잠시 곱씹으면서 뭔가를 생각하더니 바로 조심스레 아뢰었다.

"그자를 주誅(죽이다)하시겠다는 폐하의 말씀을 듣고 보니 중간역할을 제대로 못한 신이 부끄럽기 그지없사옵니다. 폐하께서 연갱요를 제거하시는 것은 당연한 일이옵니다. 그러나 탐관오리라는 것에 초점을 맞추시는 것은 조금 그렇사옵니다. 그것보다는 그 무서운 구석이 없었던 전횡과 발호의 행보를 꼬집는 것이 더 바람직할 것 같사옵니다."

"자네들은 알면서도 말을 아껴왔어. 그러나 짐은 이해하네."

옹정이 방포의 제안에 간단하게 대답하고는 다시 상주문을 뒤적였다. 이어 연갱요가 서녕으로 돌아가는 길에 보내온 문안 상주문을 꺼낸 다음 그 위에 일필휘지를 했다.

자네가 문안을 올린 그 지역은 '황제가 삼강구三끄口에 모습을 드러내면 아름다운 호수는 전쟁터로 변할 것이다'라는 해괴한 소문이 나도는 곳이라는 것을 짐은 알고 있네. 하필이면 왜 거기에서 문안을 올렸는지 그 저의가 궁금하네. 짐과 그곳에서 목숨을 건 한판 대결을 꼭 벌여보고 싶다는 의지로 비춰지는군! 자네가 만약 스스로 제호帝號를 정해 황제이기를 자칭한다면 짐은 그것을 하늘의 뜻으로 받아들이겠네. 그러나 이제 자네가 삼강구에서 황제를 자칭할 일은 없을 것이네!

옹정이 주비를 다 쓰고 난 다음 붓을 홱 내던지면서 장정옥에게 말했다.

"짐이 주비를 단 주장들을 전부 관보에 오르게끔 명발하도록 하게. 연갱요에게 주비를 받는 즉시 답장을 보내라고도 이르게. 그리고 이부, 형부, 병부, 호부에 명령을 내려 연갱요를 탄핵하는 상주문들은 전부 한 부씩 베껴 놓으라고 하게."

옹정은 그날 이후로 닷새째 되던 날 명조明詔를 발표했다.

항주장군 연갱요의 직급을 십팔 등급 강등시키니 처분을 기다리라.

연갱요는 마침내 도저히 빠져나올 수 없는 막다른 골목으로 내몰리고 말았다. 나라 안팎은 온통 연갱요에 대한 성토의 목소리로 떠들썩했다. 상서방에는 전국 곳곳에서 올라온 주장들이 마치 눈처럼 쌓이기 시작했다.

그러나 그 와중에 곤란한 상황에 봉착한 사람도 없지 않았다. 연갱요의 직급을 '18등급 강등'시키라는 지의를 받아든 절강성 순무 절이극折爾克이 바로 그 주인공이었다. 그는 뒷머리를 긁적이면서 무척이나 난감해했다.

청나라의 제도는 관리의 등급을 기본적으로 9품 18급으로 나누고 있었다. 항주 장군은 그중 두 번째로 높은 '종일품'에 해당했다. 문제는 여기에서 18등급을 더 강등시킬 경우 전혀 등급조차도 없는 '미입류'未入流가 된다는 사실이었다. 당연히 '미입류'들은 무관武官이 되는 것이 불가능했다.

절이극은 지의에 따르지 않을 수도 없고, 그렇다고 딱히 다른 방법도 없어 고민에 고민을 거듭했다. 결국 양강 총독 이위에게 도움을 청했다. 이위의 답변은 의외로 분명하고 단호했다.

"이 멍청한 사람아! 폐하의 뜻은 아예 내쫓으라는 거잖아! 엉덩이 걷어차 내쫓기가 뭣하면 그대의 경내에 있는 허름한 성문 한 군데 찾아서 문지기나 시켜! 내가 며칠 후에 보러 가겠다고 전하게."

절이극은 이위의 제안대로 하기 위해 항주 어느 곳에 허름한 성문이 있는지를 생각해봤다. 그러나 아무리 생각해봐도 항주에는 '허름한 성문'이 없었다. 결국 그는 궁여지책으로 항주에서 30리 떨어진 곳의 유하留下라는 작은 진으로 연갱요를 보내기로 결정했다. 그곳 진내의 북문이 오랫동안 방치된 탓에 굉장히 '허름'하게 변해 있었던 것이다.

연갱요는 한때 한쪽 발만 굴러도 거대한 청나라의 절반이 흔들릴 정도로 막강한 권력을 휘둘렀다. 그야말로 극품대신極品大臣(품계를 따질 수 없는 대신)이라고 해도 좋았다. 눈에 보이는 것도 없었다. 그런데 지금, 그는 '병'兵자가 새겨진 손바닥만 한 저고리를 껴입고 있었다. 새삼 자신의 삶이 얼마나 엄청난 행보를 이어왔는지 느낄 수 있었다.

그는 18살에 종군해 특유의 명민함과 용감한 투지로 22살에 일약 4품 유격遊擊의 반열에 오르는 기염을 토한 바 있었다. 이후 남순길에 오른 강희를 호위하는 임무를 훌륭하게 완수했다는 공로를 인정받아 운 좋게 기적旗籍에도 들었다. 옹친왕의 문하가 되는 행운도 안았다.

이후에도 거침없었다. 두 번씩이나 강희를 따라 서정 길에 올랐을 때는 창槍 한 자루로 천군만마 사이에서 종횡무진縱橫無盡하는 활약을 보여줬다. 호랑이에게 날개가 돋친 듯 용맹함을 마음껏 과시한 것이다. 무인지경이 따로 없었다고 해도 좋았다. 강희는 당연히 그의 용감무쌍함에 반해버렸다. 때문에 사천성 포정사에서부터 시작해 순무, 대장군에 이르기까지 그에게는 수많은 영광의 순간들이 탄탄대로로 펼쳐있었다. 한마디로 말해 그는 30년 동안 청운을 타고 승승

장구한 행운아였다.

그러나 한순간에 정점에서 곤두박질쳐 흙 속에 파묻힌 패배자가 됐다. 그는 당초 모든 것을 각오한 듯 담담하려고 노력했다. 그러나 생각하면 할수록 억울하다는 생각이 들었다. 이대로 죽기에는 너무 허무하다는 생각을 하기에 이른 것이다.

유하진은 경관이 수려한 강남의 자그마한 고장이었다. 북으로는 부춘강富春江이 흐르고, 남쪽으로는 용문산龍門山에 의지하고 있었다. 게다가 동서남북이 온통 호수와 부두 등으로 점점이 수놓인 듯했다. 그러나 성城 북문이 있는 곳에는 인적이 드물었다. 풀숲도 우거져 있었다. 심지어 연갱요가 겨우 몸을 뉘일 수 있는 문간방에는 이끼마저 시퍼렇게 돋아 있었다.

그곳 사람들은 그가 어디에서 온 누구인지에 대해서 전혀 관심이 없었다. 알려고 하지도 않았다. 그저 매일 묵묵히 빗자루를 가지고 마당을 쓸고 다니는 늙은이가 가끔씩 태극권을 하는 모습을 신기하게 느낄 따름이었다…….

연갱요 역시 사람들과 만나거나 대화를 나누지 않았다. 그저 매일 저녁 관보를 챙겨보는 것을 유일한 취미이자 낙으로 삼고 있을 뿐이었다. 근래 들어서는 온통 자신의 죄상을 성토하는 내용으로 관보가 도배돼 있었음에도 남의 일 대하듯 무덤덤하게 받아들이면서 꿋꿋이 읽었다. 관보에 올라와 있는 내용을 보고 답장을 적어 발송하면 혹시라도 요행이 생길지도 모른다고 생각한 것이다.

그는 그처럼 무료하게 조정의 최종 판결을 기다리는 일상을 반복하고 있었다. 그러는 한편, 자신을 보러 온다고 했던 이위를 목을 빼고 기다렸다. 또 금방이라도 어두운 숲속에서 귀신이 튀어나올 것만 같은 창밖을 바라보면서 자신이 유하진에서 어떻게든 살아남기만을 간절히 염원하기도 했다. 매일 밤마다 지칠 줄 모르고 어디론가 찾아가는 부춘강의 물소리를 들으면서.

그러나 그를 찾아온 것은 더욱 냉엄한 현실이었다. 5월 22일에 도착한 옹정의 주비는 그의 마지막 희망마저 꺾어놓기에 부족함이 없었다.

연갱요 자네는 권력을 남용해 뇌물을 수수하고 갖은 죄행을 일삼아 왔네. 이제 입을 닫고 있던 피해자들이 속속들이 성토를 하기 시작했네. 자네에게 뒤통수를 맞은 짐은 그저 치가 떨릴 뿐이야.

이어 7월 12일과 9월 17일에 날아든 주비는 아예 연갱요로 하여금 실낱같은 희망마저 접게 만들었다. 9월 17일의 주비는 더욱 그랬다.

이제 와서 더 살고 싶다니, 그게 웬 말인가? 짐은 이미 도리침을 광주로 보내 자네 형을 붙잡아오게 했어. 다음은 자네 차례라는 것을 일러두네.

주비에는 백관들이 올려 보낸 탄핵 상주문을 정리하고 요약한 연갱요의 죄명이 나열돼 있었다. 대역죄 5건, 군주를 기만한 죄 9건, 광포하고 패륜을 일삼은 죄 13건…… 모두 92건이었다. 그 외에 주비에는 대리시, 형부에서 합의한 후에 '곧 전형典刑에 처할 것이다'라는 내용도 들어 있었다.

옹정은 연갱요가 자살로 생을 마감하기만을 기다리는 듯했다. 그러나 그러면 그럴수록 죽음의 목전에서 어떻게든 살아남고자 하는 연갱요의 욕망은 더욱 강렬해져만 갔다.

결국 그는 9월 17일 저녁, 깨어진 창문으로 스며드는 달빛을 빌려

〈임사애구절〉臨死哀求折, 즉 죽음에 임박해 간절하게 생명을 구한다는 제목의 상주문을 썼다. 바람에 펄럭이는 종이등紙燈을 찢어 쓴 이 글은 그야말로 제발 목숨만 부지하게 해달라는 애걸의 글에 다름 아니었다. 내용은 정말 비참했다.

이제야 비로소 제 자신이 어떤 배은망덕을 일삼은 죄신인지를 뼈저리게 느끼고 통탄하고 있사옵니다. 제발 이 한 목숨만 살려주시옵소서. 만약 그렇게 해주신다면 폐하를 위해 거듭나겠사옵니다. 충실한 개가 되고, 말이 되겠사옵니다. 제발 살아 있게만 해주시옵소서. 피를 토하는 간절함으로 삼가 폐하 전에 이 글을 올리옵니다.

연갱요는 상주문이 너무 비참하다는 생각이 들었는지 망가진 붓을 툭! 하고 분질러 내던졌다. 더 이상 쓸 수가 없었던 모양이었다. 그는 곧이어 벌렁 뒤로 드러누워 버렸다. 될 대로 되라는 심산인 듯했다.

이위가 전해온 연갱요의 결명문乞命文을 받아든 장정옥은 서둘러 양심전으로 달려갔다. 수화문에 들어서자 고무용이 반색을 하면서 맞았다.

"폐하께서 장 중당을 부르셨습니다. 제가 막 나가려던 참이었습니다. 마침 잘 오셨습니다."

장정옥은 서둘러 궁전 안으로 들어갔다. 옹정은 마제와 얘기를 나누는 중이었다. 그러나 그가 나타나자 황급히 손짓으로 불렀다.

"어서 오게. 이 고집스런 늙은 마 선생 좀 말리게. 짐은 어떻게 할 도리가 없네."

장정옥이 연갱요의 결명문을 두 손으로 옹정에게 올리고 나서 아뢰었다.

"무슨 말씀인지 알 것 같사옵니다. 신 역시 마 중당을 입이 닳도록 설득했사옵니다. 그러나 결국 고집을 꺾지 못했사옵니다. 물론 폐하께서 낙향을 허락하지 않으시면 늙은 말이 그늘 밑에 드러누워 쉴 수는 없겠사옵니다."

"짐도 억지로 사람을 붙들어 맬 수는 없지만……."

옹정이 온돌에서 내려서서 방 안을 거닐더니 한숨을 내쉬었다. 이어 천천히 말을 이었다.

"짐은 더 이상 각박하고 인정머리 없는 주군이라는 명성은 듣기 싫네. 마제, 그대는 그대를 향한 짐의 마음을 알고 있을 것이네. 태자가 폐위를 당했을 때 그대는 윤사를 태자 자리에 올려놓으려고 물밑 공작을 줄기차게 했지. 명실상부한 '여덟째당'이었어. 그 죄로 그대는 선제에 의해 천뢰에 투옥됐어. 그러나 나중에 짐이 그대에게 새 생명을 불어넣어줬어. 즉위하자마자 풀어줬잖아! 또 막중한 권한을 위임했을 뿐만 아니라 높은 작위도 하사했네. 왜냐고? 우리는 성현이 아니고 인간세상의 연화煙火를 먹고 사는 인간이기 때문이지. 누구나 실수는 할 수도 있다는 얘기야. 짐이 보기에 그대는 잠깐 동안의 판단 오류로 실수를 범하기는 했으나 진실하게 주인을 섬기는 마음이 한결같았어. 청렴한 관리이기도 했지. 창춘원 사건이 일어났을 때 만약 자네가 나서서 융과다에게 제동을 걸지 않았더라면 어떻게 됐겠는가? 무슨 일이 발생했을지는 아무도 모르네. 자네는 현명한 신하야. 우리 대청은 아직도 자네를 필요로 해. 그래서 짐은 억지를 써가면서 욕심을 내고 있는 것이네. 이렇게 붙잡는데도 자네는 꼭 그렇게 짐의 곁을 떠나가야겠나?"

옹정의 말이 끝나자마자 마제가 엉거주춤 일어나더니 구부정한 허리를 깊숙이 꺾었다. 이어 진지한 자세로 아뢰었다.

"신 역시 폐하에 대한 미련을 버릴 수는 없을 것이옵니다. 그러나 신의 나이는 이미 칠십이옵니다. 이 상황에서 소화해낼 수 있는 일은 갈수록 적어질 수밖에 없사옵니다. 그럼에도 자리만 떡하니 지킨 채 맡은 바 임무가 버거워 헉헉댄다면 어떻게 폐하의 높고 크신 은혜와 기대에 부응할 수가 있겠사옵니까! 사람은 들어가고 나갈 때를 알아야 한다고 생각하옵니다. 지금은 제 역할과 구실을 못하는 사람이 젊고 패기 있는 유망한 친구들에게 자리를 내줘야 할 때이옵니다. 악이태나 이위처럼 젊고 싱싱한 친구들이 폐하 곁을 지켜준다면 폐하로서도 훨씬 든든하실 것이옵니다."

"상서방은 글에 능한 사람이라야 하네. 이위와 악이태는 적임자가 아니야. 이치吏治를 쇄신하는 데는 전문경이나 이불, 이위, 악이태 등의 관리들이 한몫을 해줄 것이네. 짐은 그들을 모범적인 관리로 내세워 이치 쇄신의 선봉에 내세울까 하네. 워낙 사방으로 깊고 질기게 뻗어나간 악습의 뿌리인지라 예리한 공구 없이는 엄두도 못 낼 것이니⋯⋯."

말을 마친 옹정은 한숨을 내쉬었다. 그러자 장정옥이 황급히 아뢰었다.

"정말 지당하신 말씀이옵니다. 신의 어리석은 생각으로는 마 선생을 고향이 아닌 북경 근교에 머물게 하는 것이 좋겠사옵니다. 수시로 자문을 받을 수 있도록 하는 것도 좋은 방법이 될 것 같사옵니다."

옹정이 장정옥의 말에 머리를 끄덕였다.

"그래! 형신, 자네 의사대로 추진하게."

옹정이 말을 마치고는 손에 들고 있던 연갱요의 걸명문을 힐끗 쓸어내렸다. 그리고는 책상 위에 아무렇게나 내던졌다. 마제가 옹정의 표정을 유심히 살피고 나더니 입을 열었다.

"또 연갱요가 올린 상주문이옵니까? 그 지경에 이르렀는데 폐하께서는 더 이상 무엇을 망설이시옵니까?"

마제의 닦달에 옹정이 길게 탄식을 토했다.

"아무래도 자살을 할 친구는 아니야. 그렇다고 달리 손을 쓰자니 차마 그렇게 할 수도 없을 것 같아. 그대들과는 달리 그래도 짐에게는 개인적으로 처남이잖아. 그의 여동생 연비年妃도 병들어 있는 처지인데……. 아침에 가보니 피골이 상접해서 자리에서 일어나지도 못하더군. 죽어라 베개에 머리를 박으면서 입만 실룩거릴 뿐 말도 못하는 모습이 정말 가슴 아팠네. 짐을 따라 수십 년 동안 갖은 풍랑을 헤쳐온 여자이네. 정말이지 안 됐어……."

옹정이 갑자기 말끝을 흐렸다. 아니나 다를까, 곧이어 그의 두 눈에 눈물이 그렁그렁 맺히기 시작했다. 장정옥이 그 모습을 지켜보다 괴로운 표정을 짓더니 고개를 떨어뜨렸다.

"폐하! 연비는 연비이고, 연갱요는 연갱요이옵니다. 연갱요는 결코 용서받을 수 없는 죄를 지었사옵니다. 폐하께서는 연비까지 연루시키지 않으신 것으로 이미 망극한 성은을 베푸셨사옵니다. 나라라는 것은 공기公器이옵니다. 사적인 감정이 개입돼서는 절대로 아니 되옵니다."

마제가 호두처럼 쭈글쭈글한 얼굴을 한 채 덤덤하게 말했다. 옹정은 순간 머리가 무거워 견딜 수 없는 듯 힘겹게 머리를 든 채 궁전 천장의 조정藻井만 뚫어지게 바라봤다. 그러기를 얼마나 했을까, 드디어 그가 길고 거친 한숨을 토해냈다.

이어 말없이 책상 앞으로 다가가서는 종이 한 장을 꺼내더니 곧 뭔가 적어내려가기 시작했다.

걸명문은 읽어봤네. 자네에게 자살을 기대할 수는 없을 것 같네. 어쩔 수 없이 짐은 자네에게 죽음을 내리려 하네. 자네는 책을 가까이 하는 사람이라 사적史籍을 많이 읽었을 것이야. 그래서 아마 알 거야. 자네처럼 주군을 우습게 아는 신하는 자고로 없었다는 사실을 말일세. 짐이 자네 일가에 쏟은 정성을 생각해서라도 자네가 이런 식으로 짐을 배신할 수는 없지 않겠는가? 자네가 불충한 신하라는 증거는 속속 드러났어. 그럼에도 짐은 행여나 자네가 개과천선하지 않을까 기대했어. 환골탈태해서 다시 돌아오지 않을까 하는 미련을 가졌었지. 정말 미련한 생각이었어. 그랬음에도 자네는 끝까지 짐을 우습게 만들었어. 죽음을 내린다고 짐을 원망하지는 말게. 그랬다가는 불서佛書에서 말하듯 영원한 지옥에 떨어질 것이니 그리 알게. 그 경우 만겁萬劫이 지나도 자네의 죄는 씻어지지 않을 것이네. 옹정 3년 12월 11일.

옹정은 붓을 내려놓은 다음 수유手諭를 장정옥에게 건네줬다. 이어 다소 심란한 눈빛으로 동난각을 뚫어지게 바라봤다. 장정옥은 순간적으로 옹정이 동쪽 방향을 노려보는 이유를 알아챘다. 그것은 자금성의 동쪽에 머물고 있는 동생 윤사를 이미 다음 목표로 정했다는 얘기였다.

'사실 연갱요가 죽으면 한쪽 팔이 떨어져 나간 윤사를 도마 위에 올리는 것이 그리 어렵지 않을 수 있어. 그러나 피비린내는 진동하겠지. 또 폐하는 친동생을 죽였다는 악명에서 벗어나지 못할 거야. 그렇다고 그 악성 종양을 제거해버리지 못하는 것도 말이 안 돼. 그러면 이치 쇄신을 꾀하는 폐하의 웅심雄心은 한낱 물거품처럼 흔적도 없이 사라지고 말 거야.'

장정옥은 그런 생각이 들자 자신도 모르게 몸을 부르르 떨었다.

입도 열지 못했다. 그것은 마제도 마찬가지였다. 순간 쥐 죽은 듯한 침묵이 이어졌다. 그런 가운데 대전大殿 한 모퉁이의 자명종만이 딱! 딱! 하는 소리를 내고 있었다. 단조롭고 지칠 줄 모르는 소리였다.

〈2부 「조궁천랑」 끝. 3부 9권에 계속〉